던전에서 만남을 추구하면 안 되는 걸까 10

오모리 후지노 OMORI FUJINO

일러스트 야스다 스즈히토 YASUDA SUZUHITO

김완 옮김

© Suzuhito Yasuda

던전에서 추구 만남을 하면 안 되는 걸까 10

오모리 후지노 지음 | **야스다 스즈히토** 일러스트 | **김완** 옮김

S.NOVEL

헤파이스토스   HEPHAISTOS

오라리오에서 으뜸가는 스미스 기술력을 자랑하는 【헤파이스토스 파밀리아】의 주신.
헤스티아와는 천계 시절부터 질긴 인연으로 맺어진 사이.

로키   LOKI

오라리오 최대 파벌인 【로키 파밀리아】의 주신. 의문의 가짜 관서 사투리를 쓴다.
권속인 아이즈를 아낀다.

리베리아 리오스 알브   RIVERIA LIOS ALF

오라리오에서도 손꼽히는 실력을 자랑하는 로키 파밀리아의 부단장. 종족은 하이엘프.
【로키 파밀리아】 소속.

프레이야   FREYA

【프레이야 파밀리아】의 주신.
신들 중에서도 손꼽히는 미모를 가진 '미의 여신'.

시르 플로버   SYR FLOVER

주점 【풍요의 여주인】의 점원.
우연한 만남으로 벨과 친해졌다.

헤르메스   HERMES

【헤르메스 파밀리아】의 주신. 파벌들 사이에서 중립을 표방하는 여리여리한 남신. 기민하고 빈틈이 없다. 누군가의 명령으로 벨을 감시하도록 부탁을 받은 것 같은데……?

타케미카즈치   TAKEMIKAZUCHI

【타케미카즈치 파밀리아】의 주신.

히타치 치구사   HITACHI CHIGUSA

【타케미카즈치 파밀리아】 소속 단원.

리드   LIDO

'제노스'의 두령. 싹싹한 리저드맨.

우라노스   OURANOS

던전을 관리하는 길드의 주신.

이켈로스   IKELOS

【이켈로스 파밀리아】의 주신. 오락을 좋아하며 '재미있느냐 없느냐'에 따라 악으로도, 정의로도 변모한다.

츠바키 콜브랜드   TSUBAKI COLLBRANDE

하프드워프 스미스.
【헤파이스토스 파밀리아】 소속. 전투능력도 높아 Lv.5를 자랑한다.

베이트 로가   BETE LOGA

늑대 수인 웨어울프. '풍요의 여주인'에서 벨을 비웃었지만, 얼마 전 미노타우로스와 싸우는 모습을 보며 인식을 달리 한다. 【로키 파밀리아】 소속.

핀 디무나   FINN DEIMNE

로키 파밀리아 단장. 머리가 비상하다.
【로키 파밀리아】 소속.

오탈   OTTARL

【프레이야 파밀리아】에 속한 초 실력파 모험자.

류 리온   RYU LION

엘프. 원래는 뛰어난 모험자였다.
현재는 주점 '풍요의 여주인'에서 점원으로 일한다.

아스피 알 안드로메다   ASUFI AL ANDROMEDA

수많은 매직 아이템을 개발하는 아이템 메이커.
【헤르메스 파밀리아】 소속.

카시마 오우카   KASIMA OUKA

【타케미카즈치 파밀리아】 단장.

비네   WIENE

벨이 던전 계층 영역 '거목미궁'에서 만난 용종 소녀. 인간의 말을 할 수 있다.

레이   REI

'제노스' No.3의 실력자. 아름다운 세이렌.

펠즈   FELS

우라노스를 따르는 수수께끼의 메이거스.

딕스 페르딕스   DIX PERDIX

【이켈로스 파밀리아】 단장. 희귀한 몬스터를 노리는 흉악한 헌터.

헤스티아
HESTIA
인간과 아인을 넘어선 초월존 재인, 천계에서 내려온 신. 벨이 속한 【헤스티아 파밀리아】의 주신. 벨이 정말 좋아!

벨 크라넬
BELL CRANEL
본 작품의 주인공. 할아버지의 가르침 때문에 던전에서 멋진 헤로인과 만날 날을 꿈꾸는 신출내기 모험자. 【헤스티아 파밀리아】 소속.

릴리루카 아데
LILIRUCA ARDE
'서포터'로 벨의 파티에 들어온 소인족 파룸 소녀. 보기보다 힘이 장사. 【헤스티아 파밀리아】 소속.

아이즈 발렌슈타인
AIS WALLENSTEIN
아름다움과 강함을 겸비한 오라리오 최강의 여성모험자. 별명은 【검희】. 벨에게는 동경의 존재. 현재 Lv.6. 【로키 파밀리아】 소속.

야마토 미코토
YAMATO MIKOTO
극동 출신 휴먼. 한번 미끼로 삼았던 벨에게 용서를 받은 데에 은혜를 느끼고 있다. 【헤스티아 파밀리아】 소속.

벨프 크로조
WELF CROZZO
벨의 파티에 들어온 스미스 청년. 벨의 장비 《강총이 Mk-II》의 제작자. 【헤스티아 파밀리아】 소속.

에이나 튤
EINA TULLE
던전을 운영하고 관리하는 '길드' 소속 접수원. 벨과 함께 모험자 장비를 구입하는 등 공사 양면에서 도와준다.

산죠노 하루히메
SANJONO HARUHIME
벨과 환락가에서 마주친 극동 출신 여우수인, 르나르. 【헤스티아 파밀리아】 소속.

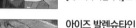

CHARACTER & STORY

미궁도시 오라리오—— 통칭 '던전'이라 불리는 장대한 지하미궁을 보유한 거대도시. 모험자가 되려는 소년 벨 크라넬은 이 도시에서 여신 헤스티아와 만나 【헤스티아 파밀리아】의 일원이 된다. 동경하는 【검희】에게 인정을 받고자 던전 탐색에 매진하는 하루하루. 이윽고 던전을 통해 서포터 릴리, 스미스 벨프, 극동 출신 미코토, 르나르 하루히메도 같은 【파밀리아】의 일원이 되었다. 그런 가운데 마주친, 인간의 말을 할 줄 아는 용종 소녀 비네. 그리고 지성을 가진 몬스터 '제노스'들. 그러나 비네에게는 헌터의 미수기 덕쳐오고 있었는네……

커버 그림, 본문 일러스트 | **야스다 스즈히토**

망집에 지배당한 사내가 있었다.

그는 총명했으며, 절묘했으며, 또한 위대한 장인이었다.

그는 온갖 공예품이며 건축물을 만들어낼 수 있었다. 문화와 문명에까지 공헌한 그의 기술은 신들의 칭송을 마음껏 누렸으며, 백대리석 거탑마저도 자신의 손으로 완성시켰다. 우아하고도 장엄하며 그 어떤 건축물보다도 하늘에 가까운 그 탑은, 그야말로 신들에게 어울렸기에 훗날 【바벨】이라 불리게 되었다.

그는 그야말로 절세의 천재였다. 동서고금 타의 추종을 불허할 정도로.

어떤 발명도 그에게는 손쉬운 일이었다.

——내가 만들지 못할 것은 없다.

그는 자신이 세계 최고이리라 믿어 의심치 않았다.

그러나—— 그 사내는 세계의 끝에서 **보고야 말았다.**

대륙 한구석에 입을 벌린 '구멍'.

자신의 발밑에 펼쳐진, 지상과는 다른 또 다른 세계.

불가사의한 인광으로 가득 찼으며, 본 적도 없는 풀꽃과 광석이 나고, 교차하는 길은 미로를 이루었다. 여러 층으로 나뉜 계층은 새로운 영역으로 나아감에 따라 경치가 완전히 바뀌었다. 무한히 괴물을 낳는 마굴이었으며, 심연으로 이어지는 듯한 지하미궁이었다.

지상에서 격리된 장대한 폐쇄세계가 그의 눈에는 '작품'

으로 비쳤다.

인간이 도저히 가늠할 수 없는 거대한 의지가 만들어낸 초자연적인 창작물. 사내는 어느 사이엔가 그 비경을 알기 위해 몸을 단련하고 '그릇'을 승화시켜, 미궁 안으로 안으로 파고들어 갔다.

그리고 알면 알수록 톡톡히 깨닫게 되었다.

인간의 지혜로는 헤아릴 수도 없는 복잡기괴한 구조를. 조형을.

'던전'의 신비를.

사내는 망가졌다.

큰 충격을 받았던 것이다.

마치 삼라만상이 내포된 것과도 같은, 혼돈의 극치에 달한 '아름다움'에.

망가진 사내의 목에서 울려 퍼진 절규는 그야말로 인간이기를 그만둔 '괴물'의 산성(産聲) 그 자체였다.

그 후로 사내는 집념에 사로잡혔다.

주어진 사명을 완수해나가는 한편, 착실하게 상식의 틀을 벗어나 잘못된 길을 걷기 시작했다. 일반인들은 이해할 수 없는 온갖 작품을 만들어내고, 과거의 천재는 어느 사이엔가 '기인'이라 불리며 조롱을 받게 되었다. 이윽고 어느 날을 경계로 사내는 역사에서 완전히 모습을 감추었다.

자신이 갈고 닦은 기술의 정수로, 무엇과도 바꿀 수 없는 망념의 힘으로, 지하미궁을 웃도는 또 하나의 '세계'를 창조하고자 했던 것이다.

──인간의 손에는 과분한 영역이겠지만, 알 게 뭐냐.

──반드시 그것을 초월하고 말리라.

──신조차 이르지 못했던 영역이라면, 우선 신부터 넘어주마.

껍질이 터져 나가고, 맨살이 드러나고, 피가 아무리 흐른다 해도 끌과 망치를 쥔 그의 두 손은 멈출 줄을 몰랐다. 그 누구에게도 알려지지 않은 채 사내는 망념의 길을 하염없이 달려 나갔다.

그러나 그의 야망은 중도에서 좌절되고 말았다.

수명이라는 인간의 한계였다.

사내는 인간인 자신의 몸을 증오하고, 차츰 말을 듣지 않는 팔다리에 절망을 느꼈으며, 꺼져가는 목숨의 기한에 통곡했다. 그리고── 고육지책으로 어떤 수기(手記)에 저주의 말을 남겼다.

그가 마음속에 그렸던 '설계도'와 함께.

전승될 핏줄이라는 이름의 계보에, 자신의 이름을 이어받을 후세 사람들에게, 사내는 모든 것을 맡겼다.

『만들어라, 만드는 거다!

그것을 능가할 창조물을, 나의 갈망을!!

사명을 다해라!! 이름도 얼굴도 모르는 후예들이여!

한번 이 수기를 본 자는 피의 주박으로부터 벗어나지 못하리!

미칠 듯한 굶주림과 갈망은 치유되지 않으리라! 내장을 태우는 충동의 포로가 되어라!!

욕망을 관철하라!

피의 호소에 순종하라.

갈망에 충성하라.

바라는 바에 순수하라!

대망을, 대망을, 대망을!!

저주받은 우리의 숙제를 해결하라!!』

수기에 기록된 것은 사내의 망념이었다.

"……."

너덜너덜해진 그 수기를, 소파에 등을 기댄 딕스는 한 손에 들고 말없이 읽어나갔다.

변색되고 흐려져 읽을 수 없는 글자도 있는 페이지를 마석등 밑에서 넘기고 있으려니, 그의 등에 휴먼 거한이 말을 걸었다.

"딕스, 준비 끝났어."

그를 돌아보며, 딕스라 불린 사내는 머리 위로 젖혀놓았던 고글을 눈가까지 내렸다. 스모키 쿼츠 렌즈를 장착하고 입가를 틀어 올렸다.

"좋아, 가자."

자리에서 일어나, 손에 들린 수기를 소파 위에 아무렇게나 집어던졌다.

곁에 있던 으스스한 붉은 창을 들고, 부하 거한을 데리고, 고글 사내는 어스름이 지배하는 공간을 걸어 나갔다.

감도는 석재의 냄새, 따뜻한 햇빛과는 거리가 먼 으스스함. 곧 모습을 드러내기 시작한 시커먼 우리 앞을 지나가며 딕스는 유쾌하다는 듯이 중얼거렸다.

"『바라는 바에 순수하라』…… 그야말로 명언이야."

절그럭절그럭, 주위에서 겁먹은 듯 울리는 사슬 소리를 등진 채.

최악의 헌터는 목을 울리며 웃었다.

6장 폭풍 전야

눈부신 빛이 옅은 잠에서 의식을 끌어올려주는 것을 또 렷이 알 수 있었다.

뺨을 비추는 아침 햇살의 감촉에 눈을 뜬다.

뿌연 시야 속에 펼쳐진 것은 눈에 익은 내 방의 광경이었다. 팔지 않고 남겨두었던 청수정이며 과일 씨앗이 든 작은 병 등등 미궁의 수집품으로 장식해둔 책상, 의자, 생색만 날 정도의 책과 이미 효력을 잃은 그리므와르가 놓인 휑뎅그렁한 책장, 무기와 방어구를 수납해둔 반쯤 열린 개조 옷장.

내 방이다.

【파밀리아】의 홈에 마련된 개인실.

"……."

벽에 걸린 시계가 아침 단련을 빼먹었을 뿐만 아니라 이미 아침식사 시간이 다가왔음을 가르쳐주었다.

몸을 일으킨 나는 침대에 시선을 떨구었다.

바로 곁을 바라본다.

아무것도 없다. 아무도 없다.

텅 빈, 주름이 진 새하얀 시트가 있을 뿐이다.

침대 위에서, 이제는 없는 여자아이의 모습을 찾던 나는 눈을 내리깔고 일어났다.

잠옷을 갈아입고 방문을 열었다. 복도는 조용했으며, 맞은편의 창문으로 안뜰을 내려다보아도 들떠서 떠들어대는 누군가의 음성은 들려오지 않았다. 우리들의 집이 이렇게

나 조용했다니.

완연한 여름이 느껴지는 강한 햇살을 받으며, 3층에서 1층으로 내려갔다.

"안녕……."

대식당에 들어가자 이미 벨프를 비롯한 동료들이 모여 있었다.

"여."

"안녕히 주무셨어요."

뒤늦게 나타난 나에게 벨프와 릴리가 웃음을 지었다. 어딘가 신경을 써주듯.

미코토 씨, 메이드복 차림의 하루히메 씨도 이쪽을 알아보고 아침 인사를 해주었다. 간신히 지은 듯한 미소와 함께.

주방에서 풍기는 향긋한 냄새는 미코토 씨가 만든 극동풍 달걀말이일까. 분명 달콤하겠지. 나는 먹기 전부터 기시감을 느꼈다.

"웬일이냐, 늦잠을 다 자고."

"미안……."

"나무라는 게 아니에요. 준비는 다 끝났으니까 벨 님은 기다리세요."

"응……. 어, 주신님은?"

"헤스티아 님께서는 아르바이트 전에 들를 곳이 있다 하시면서 조금 전에 나가셨습니다, 벨 공."

"네. 감자돌이를 서둘러 드시면서……."

벨프와 릴리도, 미코토 씨와 하루히메 씨도 여느 때와 같은 분위기로 말을 걸어주는 것 같았지만 조금 달랐다. 톱니바퀴가 잘 맞물리지 않는 듯한⋯⋯ 톱니바퀴가 하나 사라져 헛도는 듯한.

다들 어딘가 어색하다. 대화가 잘 이루어지지 않고, 자칫하면 화창한 아침 날씨에 어울리지 않는 분위기가 풍길 것 같았다. 당혹스러운 표정으로, 집중력을 잃은 것처럼 아침 준비를 하고 있다.

특히 하루히메 씨가 심했다. 명랑한 분위기가 자취를 감춘 그녀는 우울해하는 빛이 역력했으며, 여우 귀도 굵은 꼬리도 축 늘어졌다.

지금도 무언가를 고민하는 것처럼 입을 다문 채 접시를 늘어놓는다.

"⋯⋯하루히메 공."

"아⋯⋯ 왜 그러시옵니까, 미코토 님?"

"접시가, 하나 많습니다⋯⋯."

미코토 씨가 침통한 표정으로 지적하자 하루히메 씨가 흠칫했다.

"죄, 죄송합니다!"

서둘러 접시를 치운다. 여분의 접시가 놓였던 곳은, 바로 얼마 전까지만 해도 그 아이가 앉아 있던 자리였다.

언제나 무구한 웃음을 짓던⋯⋯ 용종 여자아이.

나와 릴리, 벨프는 그 광경을 보고 아무 말도 할 수 없었다.

"잘 먹겠습니다…….."

준비를 마치고 식탁에 앉았다.

식사가 시작되었어도, 식당은 여전히 조용했다.

길드가 발령한 극비 미션으로부터 이틀.

던전 제20계층의 '미개척영역'——'제노스'들의 비밀 마을에서 있었던 일은 우리 【헤스티아 파밀리아】에 어두운 그림자를 드리웠다.

'제노스'. 말을 하는 몬스터.

괴물이면서도 지성을 가졌으며, 인간으로부터도 동족으로부터도 기피를 사는 이단의 존재.

검은 옷의 메이거스——자신을 '현자'의 말로라고 자칭했던——펠즈 씨는 그들이 인류와 지상에 강렬한 동경을 가졌다고 말했다. '전생'이라는 '꿈'을 통해. 지상으로 진출한다는, 하염없이 곤란한 선망과 함께.

충격을 넘어선 '미지'의 연속이었다.

숫제 생각을 포기해버리고 싶어질 정도로 하염없이.

하지만 지금, 우리가 별말도 없이 초연한 태도를 보이는 것은…… 더욱 단순한 이유다.

비네와의 이별.

우리가 한 차례 보호했던 그 아이의 신병은 동포인 '제노스'들이 맡았다. 그들의 바람과는 달리 지상에 '괴물'이 있을 곳은 없다. 몬스터로부터 탈환하고 지켜왔던 지상은 인류의 영역이다. 인류가 그들의 존재를 용납하지 않는다.

이쪽에 파국이 찾아오기 전에, 나아가서는 비네를 위험으로부터 멀리하기 위해 우리는 헤어졌다.

실제로── '제노스'를 노리는 헌터들이 이곳 오라리오에 도사리고 있다고 펠즈 씨는 말했다.

말을 하는 몬스터에 대해 알아내고자 우리를 염탐했던 그 남신, 이켈로스 님에 대해서는 펠즈 씨에게도 이미 밝혔다. 그리고 우리가 할 수 있는 일은 없다는 이야기를 듣고 말았다.

아무것도 할 수 없다는 무력감, 그리고 몸의 반쪽을 잃어버린 듯한 적막감과 상실감.

지금 우리는 그런 기분에 휩싸였다.

"……."

식당에선 여전히 대화가 없었다. 벨프와 릴리가 무언가 이야기의 실마리를 찾아보려 하지만 그쪽도 잘 되지 않았다.

미션을 마치고 어제 이른 아침에 지상으로 귀환한 우리는 이제까지 계속 이런 분위기였다.

헤어지면서 마지막으로 본 그 아이의 슬픈 얼굴을 떠올릴 때마다 내 가슴에도 아픔이 찾아왔다.

문득 깨닫고 보면 벨프와 동료들의 시선은 내 곁…… 비네의 자리에 모여든다.

뻥 뚫린 공간.

얼마 전까지의 떠들썩한 소란이 거짓말이었던 것처럼.

모두들 그 아이의 모습을 찾고 있다.

여자아이 단 한 명이 사라졌을 뿐인데, 다들 당혹감을 감추지 못한다.

하루히메 씨도, 미코토 씨도, 벨프도, 릴리마저도.

그것이 슬프기도 하고…… 조금, 기쁘기도 했다.

가족이었던 그 시간은 결코 '거짓'이 아니었다는 사실을 알 수 있었다.

설령 그 아이가, 우리와는 다른 몬스터라고 해도.

"……벨?"

식사를 마치고 식당을 나가려는 나에게 벨프가 말을 건넸다.

"잠깐…… 던전에 다녀올게."

발을 멈추고 대답한 나에게 벨프만이 아니라 릴리와 미코토 씨, 하루히메 씨도 하나같이 걱정스러운 표정을 지었다. 모두의 표정을 어깨 너머로 보며 쓴웃음을 지었다.

"걱정 마. 금방 돌아올 거니까."

확인하고 싶은 것이 있었다.

이곳 오라리오에서 줄곧 모험자로 살아갈 거라면…… 확인해야만 하는 것이.

"정말, 괜찮겠냐?"

"응……."

평정을 가장하며 대답하고, 나는 조용히 대식당 문을 닫았다.

내 방으로 돌아가 장비를 챙기고, 홈 '화덕관'을 나섰다.

"……."

하늘은 화창했다.

질서정연하게 포장된 도로가 햇살을 반사한다. 열기를 뿜어내는 포석만이 시야에 비쳐, 내 얼굴이 아래를 향하고 있었다는 사실을 겨우 깨달았다.

마차가 달리는 소리, 길을 오가는 사람들의 잡담. 도시는 여느 때와 다를 바 없는 소리로 넘쳐났다.

나는 말없이 몸에 익은 움직임을 따라 하늘 높이 솟구친 '바벨'까지 이어지는 길을 따라갔다.

그리고 서쪽 메인 스트리트로 들어섰을 때, 갑자기 누군가가 말을 걸었다.

"벨 씨."

"아…… 시르 씨."

주점 '풍요의 여주인' 앞을 지나가려던 나에게, 가게에서 나온 시르 씨가 계단을 통통통 내려왔다.

"안녕하세요. 오늘도 도시락 만들었어요. 괜찮으시면…… 벨 씨?"

점심이 든 광주리를 들고 웃음을 지으려던 시르 씨는 잠시 말을 끊더니 내 얼굴을 들여다보았다. 연회색 머리카락을 찰랑이며, 근심하듯 눈썹을 늘어뜨린다.

"무슨 일, 있으셨어요? 평소보다 안색이 좋지 않은 것 같은데……."

"……!"

너무 쉽게 간파해버린 시르 씨가 대단한 걸까, 아니면 내가 너무 티 나는 걸까.

어느 쪽이든 그녀를 걱정시켜버린 나는 황급히 변명했다.

"아뇨, 괜찮아요. 그냥 늦잠을 좀 자는 바람에……."

"……그런, 가요."

"그래서, 저기, 오늘은 던전에 가서 금방 돌아올 거라, 점심은…… 저기, 죄송해요."

받아든 광주리는 돌려주어야만 한다. 또 한심한 표정을 지었다가는 이 사람에게 걱정을 끼쳐버릴지도 모른다. 그렇게 생각한 나는 재빨리 오늘의 도시락을 거절했다.

서툰 미소를 지으며 가슴 가득 죄책감을 품은 채 사과하고 있으려니…… 나를 빤히 바라보던 시르 씨는 한 걸음, 내 앞으로 바짝 붙었다.

"엑."

바로 눈앞, 한껏 좁아진 거리.

비누 같은 냄새가 풍겨 나도 모르게 얼굴을 붉혀버린 가운데, 시르 씨는 내 얼굴을 향해 검지를 내밀었다. 그리고.

"벨 씨는 기운이 난다~ 기운이 난~다~."

"……."

……빙글빙글, 코앞에서 손가락을 돌리기 시작했다.

"벨 씨는 웃는다~."

"……저기, 시르 씨?"

"에잇."

"아야."

결정타라도 날리려는 양 코를 콕 누르는 바람에 무의식 중에 소리를 냈다. 눈을 껌뻑거리는 나에게 시르 씨는 활짝 미소를 지었다.

"기운이 나는 주문이에요. ……고아원 아이들한테도 해준다구요."

얼굴을 바짝 붙이며 비밀을 공유하듯 귓속말을 해주는 시르 씨.

놀라 굳어버렸던 나는 그 말을 듣고…… 정말로 얼굴에 긴장이 묻어나지 않는 웃음이 퍼지는 것을 느꼈다.

아마도 한동안은 잊어버리고 있었을, 자연스러운 미소.

눈앞에서 기뻐하며 웃는 이 사람에게, 정말로 기운을 나눠받은 것 같았다.

"……고맙습니다, 시르 씨. 다녀올게요."

"네. 다녀오세요."

아무것도 묻지 않고 배웅해주는 시르 씨에게 감사와 미안함을 느끼면서, 나는 그 자리를 떠났다.

"백발 바부팅이냥! 네가 시르의 도시락을 안 받으면 우리가 처리해야 한단 말이냥——!!"

"그건 그거대로 문제지만······ 모험자 군이 어쩐지 기운이 없어 보였지?"

"이제까지 그렇게 풀 죽은 얼굴은 처음 봤다옹."

가게 창문에서 이 모습을 지켜보던 아냐, 루노아, 클로에가 입을 모아 감상을 늘어놓았다. 후갸악 항의하며 눈물 짓는 아냐 옆에서 휴먼 루노아는 등 뒤를 돌아보았다.

"류도 걱정돼?"

"아니오, 저는······."

그녀들과 마찬가지로 벨과 시르를 지켜보던 엘프 류는 부정하려다가 말을 멈추었다.

"······네, 신경이 쓰입니다."

닷새 전, 아마조네스 아이샤와 함께 제18계층에 동행했던 후로 이상하다고 느꼈던 소년의 분위기를 떠올리며 솔직한 마음을 털어놓았다.

바깥에 있던 시르와 마찬가지로, 류는 멀어져 가는 소년의 등을 바라보았다.

◆

도시에 햇살이 내리쪼인다.

대륙의 계절은 본격적으로 여름을 맞으려 했으며, 나날이 기온이 높아졌다. 오라리오도 예외는 아니어서 대로를 지나는 시민들에게서도 얇은 반소매 같은 시원한 차림이 눈에 띄었다.

미궁으로 가는 모험자들은 어떤가 하면, 여느 때와 똑같은 배틀클로스와 방어구를 걸친 채 머리 위에서 내리쪼이는 햇빛에 지글지글 타들어갔다. 그중에서도 갑주와 중장비를 걸친 덩치 큰 수인이나 드워프의 얼굴은 땀투성이였다. 더위를 못 이겨 방어구를 얇게 했다가 목숨을 잃어버리면 웃음거리도 되지 못한다. 햇빛이 닿지 않는 던전에 내려가기만 하면 된다고, 센트럴 파크로 속속 모여드는 모험자들의 발은 자연스레 빨라졌다.

그런 모험자들과 함께 벨이 던전으로 향한 것과 거의 같은 시각.

"아~ 미안한데 가네샤 좀 만나게 해주지 않겠느냐?"

얼굴에 살짝 땀이 맺힌 헤스티아는 코끼리 머리를 가진 거인상── 다른 파벌의 본거지를 방문 중이었다.

"면회 약속도 없이 갑작스럽게 찾아와 너희에게는 폐가 되겠지만……."

자신들보다도 조그만 여신의 부탁에, 문 앞을 지키던 수인과 드워프 남성 단원은 얼굴을 마주 보았다.

장소는 오라리오 남서쪽, 교역소 부근. 높고 새하얀 담장에 에워싸인 넓은 부지 한가운데에는 팔짱을 끼고 책상다리로 앉은 괴상망측한 거인상이 존재했다.

【가네샤 파밀리아】의 홈, '아이 엠 가네샤'였다.

올려다보면 고개가 아파질 정도로 쓸데없이 커다란 거

인상, 이 아니라 건물을, 무슨 약을 잘못 먹었는지 주신이 저금을 탈탈 털어 한 방에 구입해버렸다는 이야기는 유명하다. 바벨이나 번화가 같은 곳과 함께 오라리오 관광명소 중 하나로도 손꼽힌다.

──언제 봐도 존재감 장난 아니네.

헤스티아가 기괴한 홈을 보며 그런 생각을 하고 있으려니, 문지기 중 수인이 잠시 기다려달라고 말하고 부지 안으로 들어갔다. 다른 파벌의 주신이 직접 찾아왔음에도 경계하지 않고 정중하게 대응해주는 단원들에게 감사하면서 거인상의 가랑이──건물 입구──를 지나는 청년을 지켜보았다.

"주신 가네샤 님의 그 영문 모를 언동만 어떻게든 해주신다면야 저희도…… 으흑!"

"아~ 너희도 고생이 많구나~."

드워프 문지기의 푸념을 친절하게 들어주고 있으려니 이내 수인 청년이 돌아왔다.

"가네샤 님께서는 지금 뒤뜰에 계십니다. 혼자서 오셔도 상관없다고 하십니다."

"오오, 고마워."

길을 터주는 단원들에게 인사를 하며 정문을 통과했다.

조금 경계심이 없는 게 아닌가 생각하면서도, 그만큼 신용을 받는 것이리라 긍정적으로 판단하고 거인상을 피해 뒤뜰이라는 곳으로 향했다.

'아이 엠 가네샤'의 부지 내부는 푸른 초원——목초로 뒤덮여 있었다. 교역소에 들렀다 오는 것으로 여겨지는 상인들의 소란만 없다면 이곳이 대도시 한복판이라는 사실도 잊어버릴 것 같았다. 조그만 공장 정도의 규모가 있을 법한, 마구간임 직한 석조 시설이 시야 가장자리로 몇 곳이나 지나간 후에야 목적지인 뒤뜰에 도착했다.

"으헉."

거인상을 돌아 들어간 곳에 펼쳐진 광경에 헤스티아는 자신도 모르게 경악했다.

한적한 목초지의 풍경이 느닷없이 바뀌어, 태양의 빛을 반사하는 은색 방책에 에워싸인 곳이 나타났다. 헤스티아의 몸통보다 굵은 금속 창살의 소재는 미스릴일까, 무기 소재로 애용되는 해외 원산 다마스커스일까, 아니면 아다만타이트일까. 마치 거대한 말뚝처럼 땅속 깊이 지주가 박혀 있었다. 게다가 무장한 단원들이 방책 안팎을 포함해 몇 겹으로 경비를 서, 이 뒤뜰에만 기이할 정도로 삼엄한 분위기가 감돌았다.

그리고 방책의 중심에 있던 것은 테이머로 보이는 모험자들과 그녀들을 따르는——혹은 테임 중인——여러 마리의 몬스터였다.

"이, 이거 엄청난데……."

아름다운 푸른색 갈기를 흩날리며 날뛰는 켈피, 꼬리의 곤봉과 피부에서 튀어나온 스파이크로 공격하는 머리 셋

달린 아르마로사우루스. 하층영역 이하에만 서식하는 그 몬스터들에게 채찍을 휘둘러 힘으로 길들이려 하는 아름다운 테이머들.

몬스터 필리아에서 조련했던 개체를 포함해, 미궁에서 태어난 몬스터의 사육을 허가받은 곳은 오라리오 내에서도 【가네샤 파밀리아】뿐이라고 들은 적이 있다.

길드의 정보가 옳다면 【가네샤 파밀리아】의 단원 수는 도시 최대.

제1급 모험자를 비롯해 소속한 단원들의 평균 능력도 높고, 규모 그 자체도 오라리오 최고라 해도 과언이 아니다. 파벌의 등급은 S. 도시 최대 파벌인 【로키 파밀리아】, 【프레이야 파밀리아】와 견줄 정도다.

'미궁도시의 헌병'이라고도 불리는 파벌의 규모와 조직력이, 길드에서 유일하게 몬스터의 사육을 허락받은 이유 중 하나가 아닐까.

'【군중의 주인】이라…….'

오라리오의 시벽 문을 지키는 문지기를 비롯해 【가네샤 파밀리아】는 길드와 결탁하여 도시의 치안 유지에 힘쓴다. 일반인들의 신뢰는 절대적이다. 그런 시민들이 몬스터의 사육을 인정한다는 점에서도 알 수 있듯, 이는 모두 【가네샤 파밀리아】라면 괜찮으리라는 행적의 반증인 것이다.

헤스티아는 저마다 몬스터와 격투를 되풀이하는 테이머들에게 눈길을 빼앗겼으나, 이내 이곳을 찾아왔던 목적을 떠올리고 원하던 인물, 아니, 신물을 찾으려 했다.

일단 방책 주위에서 경비하는 단원들에게 물어보려 했을 때,

"내가 가네샤다!! 그러니 물어뜯으려 하지 마라, 몬스터!"

'아, 찾았다.'

쓸데없이 우렁찬 육성 덕에 이내 발견했다.

코끼리 가면을 쓴 남신은 방책 안에서 몬스터에게 슬금슬금 다가가려 했다. 매직 아이템인 발신기 플레이트 목걸이가 장착된 '인펀트 드래곤'── 조련이 끝난 몬스터는 테이머가 옆에 있는 한 느닷없이 달려들거나 하지는 않겠지만, 경계하는 눈빛으로 가네샤를 노려보았다.

"무서운 사람 아니니라~ 무서운 사람이 아니니라~?"

『…….』

"무서운 사람 아니니라, 아니니라~ ───옳~지옳지옳지옳지옳지옳지옳지!"

거구를 자랑하는 몬스터의 품으로 파고든 순간, 끌어안고는 목과 등을 쓰다듬어대는 가네샤.

『워어어어!』

조그만 드래곤은 즉시 이빨을 드러내며 코끼리 머리를 물어뜯으려 했다.

"으허억?!"

"이분이 진짜 뭐 하는 거야?!"

"그러니까 멍청한 짓 좀 하지 말라고 그랬잖아요?!"

데굴데굴데굴! 초원에 몸을 굴려 아슬아슬하게 긴급회피하는 가네샤를 향해 주위의 단원들에게서 비난이 쇄도했다. 흥분해 날뛰는 드래곤을 테이머들이 황급히 붙들었다.

일련의 광경에 헤스티아는 어이없다는 표정을 지었다.

"가네샤 위기일발!! ……휴우, 죽는 줄 알았다."

"혹시 맨날 이런 짓을 하는 거야, 가네샤?"

"으음, 헤스티아! 있었나!"

몬스터의 옆이라 격렬한 진동이 발생하는 가운데, 방책바로 앞까지 몸을 굴려 나온 가네샤를 기가 막힌다는 표정으로 내려다보는 헤스티아. 단련된 다부진 몸을 가진 코끼리가면 신은 그녀를 알아보고는 재빨리 일어나더니,

"토옷!"

금속 방책에 손을 걸치고 뛰어넘었다.

헤스티아의 바로 옆에 착지해 수수께끼의 포즈를 잡는다.

"잘 왔다! 그리고 질문에 대한 대답 말이다만 한가할 때는 언제나 이러지!"

"몬스터랑 놀려고 목숨을 걸어?"

"진정한 우정을 모색하기 위해서다!"

괜히 멋들어진 웃음을 지으며 하얀 이를 빛내는 가네샤에게 헤스티아는 탄식했다. 쓸데없는 이야기는 하지 말고

이곳에 온 용건만 마치기로 했다.

"네가 '제노스'를 안다는 이야기를 들었는데."

"……."

헤스티아가 말을 꺼내자 가네샤는 이제까지의 우스꽝스러운 언동을 뚝 그치고 입을 다물었다.

가면 밑에서——아마도——심각한 표정을 지으면서, 자리를 옮기자고 등을 보였다.

따라오려 하는 호위 단원들을 제지하고, 헤스티아와 단둘이, 흰색 담장이 이어진 나무 그늘 밑으로 가 이야기를 나눴다.

"알고 있었나? 지성이 있는 몬스터의 존재를."

"그래. 우라노스에게 직접 들었어."

우라노스라는 이름만 듣고도 가네샤는 모든 사실을 파악한 모양이었다.

미션을 수행해 '제노스'를 알게 된 벨과 마찬가지로, 헤스티아 또한 길드의 주신 우라노스에게서 비네를 비롯한 몬스터들에 관한 정보를 들었다.

우라노스와 펠즈가 이제까지 해왔던 일들, 그리고 여기에 한몫 가담한 가네샤에 대해서도.

"정말 놀랐어. 네가 우라노스한테 협조하고 있었던 것도, 몬스터 필리아의 비밀도."

"나도 처음에 타진을 받았을 때…… 우라노스에게 이야기를 들었을 때는 귀를 의심했지."

'몬스터 필리아'—— 괴물 축제. 아니, '괴물과의 우애'라 해야 할까. 이를 관장하는 가네샤는 우라노스의 신의에 어느 정도 이해를 보이고, 그런 상태에서 협력관계를 맺었다고 한다.

이제까지 본 적 없을 정도로 진지한 분위기를 풍기는 남신을 살피며, 헤스티아는 그간의 경위에 대해 물었다.

"믿었어? 우라노스가 한 말을."

"아니, 다른 기회에 **실물**을 보았지. 붉은 모자를 쓴 '고블린'…… 대면하자마자 유창하게 인간 말을 구사하니 눈을 돌릴 수도 없더군."

검은 옷의 메이거스 펠즈가 던전에서 몰래 데려왔다는 소형 '제노스'와 대화를 나누고, 가네샤는 그야말로 신음을 흘렸다고 한다. 비네를 알았던 【헤스티아 파밀리아】가 그랬듯.

그리고 그 후, 그는 모든 것을 받아들였다.

'제노스'를 직접 보고 자신의 눈으로 판단해, 우라노스와 펠즈의 제안—— '몬스터 필리아'의 진행을 위탁받은 것이다.

"……단원들에게는 말했나?"

"극소수에게만. 내가 아이들에게 무언가를 숨기다니, 우스운 일이지만…… 【파밀리아】 식구들은 전혀 모른다 해도 과언이 아니야."

그만큼 민감한 주제인 것이다. 만에 하나를 생각하면 정보 공유는 최소한도로 그쳐야 한다. 하계 사람들 중에는 혐오와 거절을 드러내는 사람도 적잖이 있으리라.

지금도 마음이 괴롭다고, 그렇게 말하면서 가네샤는 방책 안에서 조련 중인 단원들을 쳐다보았다.

"허가받은 몬스터의 사육…… 겉으로는 습성이나 생태를 연구해 미궁 탐색에 도움이 되는 정보를 수집하기 위해서라는 명목으로 이루어지고 있지."

"너희 단원들도 그렇게 알면서 하고 있을 테고……."

실제로 공헌도 하고 있다.

몬스터의 상세한 약점이나 습성은 길드의 미궁 자료에 유익한 정보로 갱신되고 축적되어, 던전에 가는 모험자들에게 도움을 준다. 직원이나 길드장 로이만도 이 시도의 유용성을 인정해 【가네샤 파밀리아】를 격려하기도 한다.

몬스터와의 우호라는 포석을 모르는 채, 아무도 의심을 품지 않는다.

"헤스티아, 너희 쪽은 어떻지?"

"우리 쪽은 시작이 시작이다 보니……. 아이들은 모두 다 알아."

비네의 보호로부터 시작된 이쪽의 사정을, 얼마 안 되는 정보공유자에게 설명했다.

미션에서 돌아온 벨 일행에게도 자신이 우라노스와 접촉했다는 사실은 들려주었다. 권속들이 '제노스'의 비밀 마을에서 보고 들었던 일들은 모두 안다.

우라노스와 펠즈의 뜻── 인류와 몬스터의 공존에, 헤스티아의 권속들이 다리가 되어주리라는 가능성을 보고 있다는 사실만은 감춘 채.

"너는 어떻게 할 생각이냐, 헤스티아?"

"……내가 제일 소중히 여기는 건 벨과 아이들이야."

벨을, 아이들을 지킨다. 함께 살아간다. 그것은 헤스티아의 숨김없는 의지였다.

그리고 이를 대전제로──

"──아이들이 무언가를 결정했다면, 나는 그걸 응원하고 지지하겠어. '제노스' 군들을 돕고 싶다고 한다면 힘을 빌려줄 테고."

"흐음……."

"주신의 명령 같은 걸로 행동을 속박할 생각은 없어."

헤스티아는 소년의 등에 '은혜'를 새겼을 때부터 변하지 않는 마음── 자신의 신의를 털어놓았다.

"이건 그 아이들이 걸어갈 이야기야."

그들의 결단에 맡기고, 돕고, 지켜보고 싶다.

헤스티아는 그렇게 말했다.

"……불안하지 않다고 한다면 거짓말이겠지만."

가면 안에서 빤히 응시하는 가네샤에게서 시선을 피하며 솔직한 심정을 툭 내뱉는다.

'제노스'라는 존재가 자신들만이 아니라 오라리오, 혹은 하계에 무엇을 가져다줄까.

몬스터와의 융화라는 황당무계한 이야기와 그에 따른 위험성, 그리고 지금도 선명히 떠오르는 덧없는 용족 소녀의 눈물 사이에서 갈등하며, 헤스티아는 초원을 둘러보았다.

푸른 하늘 아래, 고분고분해진 몬스터가 상처투성이 테이머의 사슬을 받고 있다.

"……가네샤는 어떻게 생각해? 어떻게 될까?"

"까놓고 말해, 모르겠다."

"그렇겠지……."

앞을 보는 헤스티아와 같은 광경을 바라보며, 가네샤는 솔직하게 대답했다.

한숨을 쉬는 여신의 시선 너머에서, 테이머는 바짝 다가서서 몬스터의 몸을 쓰다듬는다.

"다만."

"?"

"정말로 제노스가, 아니, 몬스터가 투쟁이 아닌 공존을 바란다면——"

앞을 보던 가네샤가 헤스티아에게 돌아서더니,

"나는 【군중의 주인】 가네샤를 그만두고── 【군중과 괴물의 주인】, 네오 가네샤가 되리라!!"

답답하던 공기를 불식하듯 그렇게 큰소리를 쳤다.

웃음을 보이며 질끈 힘을 담아 엄지를 척 내미는 가네샤에게 아연실색했던 헤스티아는…… 천천히 입가를 틀어 올렸다.

"……처음으로 가네샤가 멋있어 보이는데."

"나는 가네샤니까!"

자신만만하게 외치는 가네샤에게, 헤스티아는 목소리를 높여 웃었다.

❦

사방의 벽을 뒤덮은 것은 무수히 달라붙은 지도였다.

육로와 해로를 나타내는 양피지에 에워싸인 실내는 그 밖에도 수많은 물품으로 넘쳐났다. 사막 지역에서 온 것으로 보이는 직물, 조개껍질이나 진주로 장식한 장식품 등 오라리오에서는 보기 드문 이국의 물건들뿐이다. 여러 종류가 갖추어진, 생활의 흔적이 엿보이는 깃털 여행모도 눈에 뜨인다.

여행자의 집을 연상케 하는 그런 방 가운데에서, 한 쌍의 남녀가 책상을 사이에 두고 대면 중이었다.

"실패했단 말이지……. 난감하게 됐는데."

의자에 앉아 책상 위의 모래시계를 만지작거리는 것은 남신 헤르메스였다.

그의 앞에 선 사람은 딱딱한 표정을 지은 미녀, 아스피였다.

【헤르메스 파밀리아】의 본거지 내에 마련된 주신의 방에

서, 어떤 임무의 보고가 이루어지고 있었다.

"죄송합니다. 놈들이 철수한 후 단서를 찾아 오늘까지 수색을 계속했지만……. 놓친 책임은 모두 저에게 있습니다."

"아니, 책망하는 게 아니야."

자책에 시달리며 사죄하는 아스피에게 헤르메스는 신경 쓰지 말라며 손을 내저었다.

두 사람은 【이켈로스 파밀리아】에 감행한 이중 미행에 대한 이야기를 나누는 중이었다.

길드―― 우라노스 측에서 내린 이 의뢰는, 미션을 받고 '제노스'의 비밀 마을로 갔던 벨 일행을 미끼삼아 그들을 미행하는 헌터들을 아스피 휘하 【헤르메스 파밀리아】가 추적한다는 계획이었다. 아직까지 밝혀지지 않은 적의 아지트――밀수꾼이기도 한 적들이 '제노스'를 잡아놓은 은신처――를 발견하기 위해.

그러나 미행 도중 아스피 일행의 존재를 알아차린 【이켈로스 파밀리아】는 벨 일행의 추적을 단념하고 도주했으며, 작전은 실패로 끝나고 말았다.

"하지만 【만능자 페르세우스】라 불리는 네가 실패하다니……. 어떻게 생각했어? 상대에 대해."

"……이블스와의 관련이 의심되는 만큼, 하나같이 고수들뿐입니다. 특히 도당을 이끄는 고글 낀 사내는……."

【이켈로스 파밀리아】는 수상한 과거를 가진 던전 탐색계 파벌이다.

최소 20년 전부터 오라리오에 존재했으며, 파벌의 랭크는 B. '심층' 진출을 경계로 계층 공략 기록이 뚝 끊어졌다. 그 후로 모습을 감추고, 지하로 내려가버린 탓인지 현재는 모험자 업계에서 이름을 듣는 일도 별로 없다.

　"지독히 감이 예리합니다. 또한 머리도 잘 돌아가고요. 저희를 압도할 만한 전력을 갖추었으면서도 저희의 정체를 간파하자마자 재빨리 철수를 선택했습니다."

　적은 희대의 아이템 메이커로 명성이 자자한【페르세우스】를 경계했으리라. 몸을 '투명 상태'로 바꿔주는 '하데스 헤드' 외에도 어떤 고도의 매직 아이템들이 존재할지 모른다. 이러한 아스피 측의 카드를 파악할 수 없는 만큼, 생포당해 아지트가 탄로 날 가능성을 고려하여 자신의 도당을 한 명도 남김없이 철수시킨 것이다.

　"고글 낀 사내…… 딕스 페르딕스 말이지."

　"예.【이켈로스 파밀리아】의 단장이자…… 10년 전에 이미 제2급 모험자, Lv.4."

　별명은 '괴롭히는 자'라는 뜻에서【헤이저】.

　칭호를 받았던 당시에는 상식을 저버린 것처럼 몬스터를 학살해대는 것으로 유명했다.

　"그 후로 더욱 경험을 쌓았다고 한다면…… **제1급**에 준하는 실력을 가졌을 가능성이 있습니다."

　험악한 눈빛으로, 그리고 딱딱한 목소리로 말하는 아스피에게 헤르메스는 가볍게 한숨을 토했다.

"일단 우라노스한테는 사과한 다음 용서를 구하기로 하고…… 이번 건 때문에 '둥지'의 위치에 대해 적이 어느 정도 감을 잡을 만한 정보를 제공해버렸다고, 그렇게 생각해두는 편이 좋겠지?"

그는 자신의 생각에 잠긴 것처럼 등황색 눈을 가늘게 떴다.

"'제노스'들은 어떻게 됐습니까?"

"이중 미행의 성패에 상관없이 다른 '둥지'로 이주할 계획이었어. 지금은 아마 이동하는 중일 텐데."

우라노스와 펠즈가 미리 예정했던 대로 '제노스'는 제20계층의 비밀 마을에서 다른 계층으로 이동하는 중이라고, 헤르메스는 그렇게 말했다.

그럼에도 권속들 앞에서 독백처럼 중얼거리는 주신의 언동에는 우려가 배어 나왔다.

"이미 우리는 행방을 추적할 수도 없고, 걱정해봤자 헛수고겠지만……."

"……."

"하아. 이거 불길한 예감이 드네."

중얼거리면서 잠시 입을 다문다.

이윽고 고개를 든 헤르메스는 갑자기 날카로운 어조로 지시를 내렸다.

"'중층'의 움직임에서 눈을 떼지 마, 아스피. 리빌라를 중계지점으로 삼아서 계속 감시해."

"알겠습니다."

그리고는 신의 직감에 떠밀린 것처럼 덧붙였다.

"그리 멀지 않은 장래에—— 공세에 나설 거야."

7장 참극의 왕

© Suzuhito Yasuda

천장에서 무성한 이끼가 깜빡이는 별처럼 빛을 뿜는다.

주위에는 비에 젖은 고목을 연상케 하는 눅눅한 나무 향기가 떠돈다. 풀꽃이 가득 핀 공간 한구석에는 바로 위의 나무뿌리에서 떨어진 물방울이 소리를 내며 조그만 샘에 파문을 만들었다.

나무껍질로 뒤덮인 어스름한 '거목미궁'.

용종 소녀는 혼자 서 있었다.

은청색 머리카락이 이끼의 빛을 받아 빛났다. 울어서 퉁퉁 부은 흔적이 있는 호박색 눈은 까마득한 머리 위쪽, 나무껍질과 빛을 내는 이끼에 뒤덮인 미궁의 천장을 올려다본다.

소녀는 진짜 별이 뜬 밤하늘을 안다.

그 저택에서, 조그만 상자정원 안에서 소년과 함께 지상의 밤하늘을 올려다본 적이 있다.

아름다웠다. 가슴이 조여들 정도로.

쓴웃음을 짓는 소년에게 안겨, 그를 난처하게 만들면서도 계속 보고 싶었다.

거목이 빛을 발하는 이 무수한 빛의 입자는 분명 그 하늘 가득한 별과 비교해도 뒤떨어지지 않는 광경일 것이다. 수많은 모험자들의 눈과 마음을 빼앗고 경탄케 했던 환상적인 미궁 풍경이다. 그러나—— 소녀에게는 그 별무리의 광채 앞에선 빛이 바래는 것처럼 보였다.

그렇게 느낀 이유는 지금도 계속 그리워하기 때문이다.

지상의 그 광경을.

그곳에서 자신을 받아들여주었던 사람들을. 가족을.

소녀의 행동에 늘 깜짝 놀라며, 당황하며, 마지막에는 용서해주었던 소년의 웃음을.

아득한 머리 위를 올려다보던 소녀 비네는 몇 겹이나 되는 계층 너머에 있을 지상으로 마음을 보내듯 가슴에 두 손을 모았다.

"벨……."

조그만 입술이 중얼거렸다.

그 순간 가슴에 아픔이 내달렸다. 그 애절한 아픔에 호박색 눈이 다시 눈물을 지으려 했다.

"비네, 출발할게요."

등에 와 닿은 하피 소녀의 목소리에 비네는 잠시 있다가, 살짝 고개를 끄덕였다.

아쉬워하듯 천장에서 눈을 떼고, 은청색 머리카락을 흩날린다.

시선 너머에 있는 동포들의 곁으로 다가가, 대기 중이던 작은 룸에서 출발했다.

던전 제24계층.

비네 일행의 현재 위치이며, 진행 중인 계층이기도 했다.

아직까지 싸워본 적이 없는 비네를 중심에 놓고 진형을 짠 '제노스'의 수는 파티라 해도 될 정도의 규모였다.

아라크네, 하피, 포모르, 히포그리프, 워 섀도우, 그리고 부이브르인 비네. 도합 여섯 마리로 이루어진 몬스터 파티였다.

그녀들 외의 '제노스'도 모험자들이 '원정'을 할 때처럼, 다섯 내지는 일곱 마리 정도의 파티를 여럿 편성해 각자 이동하고 있었다.

무장을 갖춘 데다 원래의 서식계층에 상관없이 모인 '제노스'들은 솔직히 말해 던전 내에서도 이질적인 존재였으며, 과도하게 눈에 띈다. 실제로 갑옷이나 로브를 걸친 아라크네와 하피가 대열을 지은 광경은 서커스와도 같은 느낌을 주었다.

현재 마흔네 마리 이상인 그들이 한꺼번에 이동하면 싫어도 모험자들에게 포착되기 십상이며, 금세 소문이 퍼질 것이다. 개체별로 있다면 또 모를까, 서로 다른 다양한 종족의 몬스터가 공동체를 이루었다는 사실이 탄로 나면 위험하다. 모험자들의 쓸데없는 혼란과 경계만 부추길 것이다.

계층을 이동할 때는 언제나 모험자들에게 들키지 않도록 파티로 나뉘어 목표인 합류지점으로 향한다. 하층영역 이하의 층역에 비해 비교적 모험자의 수가 많은 '중층'에서는 더더욱 그렇다.

'제노스'를 이끄는 리저드맨 리드, 세이렌 레이는 1번과 2번 파티에서 출발했다. 뒤를 따르는, 비교적 힘이 약한 동포들에게 길을 확보해주기 위해 경로에 모험자들이 없는지 정찰을 하고 통상 몬스터나 이상사태를 제거해주는 것이다. 전투나 돌발적인 사고가 많은, 가장 위험한 역할이다.

비네는 안전한 후속부대에 있었다. 그녀의 호위로 '심층' 출신인 포모르 등 '제노스' 내에서도 실력파가 모였다.

까만 로브를 머리부터 폭 뒤집어써 이마의 빛나는 보석을 감춘 비네는, 벨 일행에 대한 마음을 정리하지 못해 고개를 숙인 채 눈물을 그렁거리고만 있었다.

"비네, 언제까지 울고만 있을 거야."

"미, 미안해, 라네……."

파티 전방에서 걷던 아라크네에게서 냉엄한 목소리가 날아들었다. 비네는 어깨를 흠칫 떨며 몸을 움츠렸다.

그녀의 이름은 라네라고 한다. 여자의 상반신과 거미의 하반신을 가진 아라크네 '제노스'이며, 이 파티의 지휘를 맡고 있다. 상반신에는 모험자의 갑옷을 입고, 머리에도 바이저가 달린 철제 투구를 썼다.

"여긴 마을이 아니야. 적의를 가진 동족이 우리를 공격할수 있어. 인간들한테 들켰다간 목숨을 잃을지도 모르고."

투구를 벗고, 흘러내리는 새하얀 머리카락을 흔들며 라네는 짜증이 묻어나는 목소리와 함께 비네를 노려보았다. 인류와 같은 구조의 붉은 두 눈이——아라크네는 원래 겹눈이다——치켜 올라갔다.

그녀의 머리카락을 포함해 상반신의 피부는 설원과도 같이 희다. 인류의 관점에서 보자면 마치 환자 같다고 형용하며 무서워할 만큼 희지만── 그것은 그녀의 미모에 전혀 흠을 주지 못했다.

모험자가 그녀를 본다면 우선 추악한 거미의 하반신에 혐오감을 느끼고, 다음으로는 아름다운 여자의 상반신에 시선이 못 박힐 것이다. 신에게 질시를 살 정도의 미모에. 그럼에도 라녜는 인간도 몬스터도 경계하는 것처럼, 동포들 이외의 앞에서는 투구를 써 한사코 그 미모를 감추었다.

"비네, 아직도 슬퍼요?"

라녜에게 질책을 받아 완전히 풀이 죽은 비네를 위로하듯, 그녀와 비슷한 로브를 쓴 하피 피아가 곁으로 다가왔다.

"……응."

"그 지상 분들…… 벨 씨네하고는 언젠가 또 만날 수 있을 거예요. 분명."

비네와 외견상 나이가 비슷한 소녀는 어깨까지 늘어진 다홍색 머리카락을 찰랑거리며 미소를 지어주었다.

그녀의 말에 눈물샘이 자극을 받아 눈꼬리에 물방울이 맺혔던 비네가 끄덕끄덕 몇 번씩 고개를 움직이고 있으려니…… 털에 싸인 굵은 손가락이 눈물 젖은 뺨을 부드럽게 닦아주었다.

『우오…….』

"……고마워, 포우."

올려다볼 정도의 거구를 자랑하는 포모르 포우에게 비네가 희미한 웃음을 지어주었다.

거대한 몸집과 달리 포우는 마음이 착하다. 비네처럼 인간의 말을 하지는 못하고, 입에서 나오는 것도 고함이나 포효뿐이라 의사소통은 어렵지만 몸짓에서는 그의 따뜻한 성격이 전해졌다. 전투가 벌어지면 대형 브레스트 플레이트를 입은 자기 몸을 방패 삼아 거대한 메이스를 휘둘러 과감하게 적을 날려버리며 비네 일행을 지킬 것이다. 감정의 움직임을 읽을 수 없는 새까맣고 동그란 눈은 항상 동포를 지켜본다.

포우 외의 이들도 그렇다.

누구보다도 지상 사람들에게 관심이 많은 하피 피아는 호기심이 왕성하다.

날개 소리를 내며 하늘에 떠 있는 히포그리프 클리프는 활달하고 장난을 좋아한다.

목소리를 내지 못하는 워 섀도우 오드는 솔선해서 싸우며 동료들을 아낀다.

라네도 무섭기는 하지만 동포에 대한 온정과 배려가 있다.

모두들 다정하다. 이제 막 만난 비네를 생각하고 소중히 대해준다.

이곳이 비네가 있을 곳이다. 유일하게 존재를 허락받은

공동체인 것이다.

'그렇지만……'

그 사실을 알지만, 비네는.

도저히 쓸쓸함을 씻을 수가 없었다.

그것은 고독함에 울던 자신을 처음으로 발견하고 안아주었던 사람이, 웃음을 나눠주었던 인간들이 있었기 때문이다.

용종 소녀는 지금도 그들의 온기를 원했다.

그들이 자신과는 다른 인간이라 해도.

"……비네, 그 인간들은 잊어버려. 너에게는 해가 될 뿐이야."

비네와 피아의 대화를 나무라듯 아라크네 라녜가 충고했다. 가증스럽고 신물이 난다는 양.

라녜는 리드나 레이와는 달리 인류에 대해 비호의적인 감정을 가진 그룹 중 하나였다. 고참에 속하는 가고일 그로스를 필두로, '제노스' 중에서 절반은 못 되지만 3분의 1 정도의 비율로 인류에 반감을 가진 자들이 있다.

그들에게 무슨 일이 있었는지는 모른다. 하지만 비네는 그것이 슬펐다.

"왜 라녜는, 벨이랑 다른 사람들을 싫어해……?"

"……."

"벨도, 하루히메도, 주신님도 다들 착했는걸? 날, 안아줬는걸?"

"그런 건, 그냥 한때의 변덕이야……."

"그렇지 않아!"

그들과의 유대를 부정당한 비네는 눈물 맺힌 눈으로 항의했다.

그런 그녀의 모습을 라네는 씁쓸하게 일그러진 얼굴로 돌아보았다. 조금 전부터 계속 이랬다. 아라크네는 유창한 인간의 말을 구사하면서도, 그 말에 담긴 감정은 인류에 대한 동경과는 거리가 멀었다.

분노와 증오, 혹은 탄식이라 불러야 할 감정으로 물들어 있었다.

"아무것도 몰라, 너는."

"어?"

"인간들에 대해 아무것도 몰라. 놈들의 잔학함도, 교활함도——"

다른 동포들이 입을 다무는 가운데, 눈을 크게 뜬 비네에게 라네가 말을 이었다.

——그 인간들도 언젠가는, 너를.

그녀가 그렇게 말을 하려던 바로 그때.

깔쭉깔쭉한 비네의 귀에 찢어지는 듯한 고함소리가 들렸다.

"!!"

움찔! 비네의 어깨가 크게 떨렸다.

그녀가 느닷없이 멈추는 바람에, 라네를 비롯한 동포들

이 놀라 쳐다보았다.

"비네?"

"이봐, 왜 그래?"

의아한 표정을 짓는 피아와 라네를 내버려둔 채 비네의 귀가 꿈틀꿈틀 미동했다.

"드, 들려……."

몬스터 중에서도 최강이라 칭송을 받는 용의 종족은, 다른 종족과 비교해도 잠재능력이 훨씬 뛰어나다. 용종인 '부이브르' 또한 청각을 비롯해 오감 능력이 예민하다.

같은 계층 내지만, 아득히 멀리 떨어진 곳에서 울려 퍼지는 가느다란 소리—— 다른 '제노스'들이 감지하지 못한 '비명'도 그녀의 귀는 포착할 수 있었다.

"울고 있어…… 살려달라고."

비네는 직감으로 이해했다.

이 목소리가 모험자도, 몬스터도 아닌, 자신들처럼 지성을 가진 동포의 것임을.

한편으로는 너무나도 비통한 외침이어서 마치 자신의 몸이 찢어지는 것 같을 착각을 느꼈다. 이렇게 애절하고 고통에 물든 비명을, 태어난 지 얼마 되지 않은 비네는 처음 들었다.

부들부들 떨기 시작하는 자신의 몸을 나뭇가지처럼 가느다란 두 팔로 꼭 끌어안았다.

"살려달라니…… 동포의 목소리가 들렸단 말이에요?!"

경악하는 피아의 물음에 비네는 고개를 끄덕였다.

"으, 응…… 굉장히, 괴로워해…… 구해줘야 해!"

가슴에 두 손을 모은 용종 소녀는 용기를 쥐어짜내 호소했다. 울고 있던 자신을 구해준 소년을 떠올리며, 동포들의 얼굴을 몇 번이고 둘러보았다.

"어떻게 할까요, 라네?"

"……."

하피, 히포그리프, 워 섀도우, 포모르가 아라크네에게 판단을 구했다.

비네의 언동으로 판단하건대 그녀가 들은 비명은 '제노스'의 멤버들 것은 아니다. 그들도 만나본 적이 없는 새로운 동포일 가능성이 있었다.

파티 지휘를 맡은 라네는 동료들의 시선을 받은 후, 눈물을 쏟을 것 같은 비네를 응시하며 침묵을 깨뜨렸다.

"……상황을 보러 가지. 비네, 안내해."

비네의 심상찮은 기색을 보고 사태를 심각하게 받아들인 라네는 결단을 내렸다.

궁지에 빠졌을지도 모르는 동포를 간과하는 것은, 광대한 미궁 속에서 얼마 안 되는 동료와 모여 사는 그녀들 '제노스'에게는 불가능한 일이었다.

철컹. 철제 투구의 바이저를 내리는 라네의 모습을 보며 다른 '제노스'들도 긴장을 띠었다. 포모르가 털을 곤두세우고, 워 섀도우는 온몸에서 끼릭끼릭 소리를 내고, 히포그리프는 강하게 날개를 쳤다.

리드 일행과 하층영역에서 합류하려던 예정을 잠시 중단하고, 아라크네가 이끄는 파티는 별도의 행동에 들어갔다.

"오드, 가봐."

『──.』

라네의 지시를 받은 워 섀도우 오드가 힘차게 달려 나갔다. 잠시 간격을 두고 파티도 그 뒤를 따랐다.

오드는 풀 플레이트 아머를 입고 있었다. 인간의 형태를 띤 그림자 같은 몸을 머리부터 발끝까지 갑옷으로 감싼 그는 모험자들에게 들켜도 언뜻 본 정도로는 몬스터임이 발각되지 않는다. 우선 그가 혼자 앞장을 서고, 모험자나 위험요소가 존재하지 않는지 확인한 다음 나아가는 것이 이 파티의 진행방식이었다.

마치 솔로 모험자인 양 칠흑의 중장갑을 철컹철컹 울리며 통로를 나아가는 오드. 모퉁이나 교차로에 접어든 그가 주위로 고개를 돌리고, 와도 좋다고 손으로 신호를 하면 라네 일행도 인적 없는 길을 통과한다. 몬스터와 조우하면 오드는 건틀렛에서 튀어나온 날카로운 다섯 손가락──워 섀도우의 손가락 칼로 찢어 혼자 격퇴해버렸다.

네 쌍의 다리를 놀리는 한편, 라네는 손에 든 붉은 수정에 말을 걸었다.

"──그로스, 새 동포가 있을지도 몰라. 한번 살펴보고

오겠어."

한 박자를 두고, 어렴풋이 빛을 내는 수정에서 대답이 돌아왔다.

『뭐라고? ——기다려라, 라녜. 우리가 갈 때까지 움직이지 마라.』

"아니, 가야겠어."

들려온 목소리를 라녜는 딱 부러지게 거부했다.

『라녜, 내 말을 들어라! 무언가가 이상하다. **함정**일 가능성이——』

"그렇다 해도 무리야, 그로스."

어조가 격렬해진 호소를 가로막으며 그녀는 수정을 꽉 움켜쥐었다.

"이 비명을 듣고도 멈출 수는 없어."

이미 비네 이외의 멤버들도 그 목소리를 들을 수 있었다.

귀를 막고 싶어질 정도로 높은 비명은 나아갈수록 점점 커져 '제노스' 일행에게서 냉정함을 앗아갔다. 바닥을 박차는 다리, 하늘을 치는 날개는 이미 조바심에 점점 가속되고 있었다.

귀에 달라붙는 통곡에 라녜는 이를 악물었다.

"만약 인간 놈들의 소행이라면, 더더욱 내버려둘 수 없어."

투구의 바이저 안에서 표정을 지운 채 일방적으로 말을

끊는다. 그치지 않는 제지의 목소리에서 귀를 닫아버린 채, 라녜는 붉은 수정을 허리의 파우치에 집어넣었다.

"거의 다, 왔어……!"

"오드, 직선 룸이다!"

파티를 유도하던 비네의 지시를 다 들을 필요도 없이 라녜가 고함을 질렀다.

그녀가 바라보는 전방, 세로로 길게 찢어진 나무껍질의 거대한 틈새. 통로와 이어진 룸의 출입구를 통해 갑옷 차림의 워 섀도우가 선두로 돌입했다.

지체하지 않고 뒤를 따른 라녜 일행과 비네의 시야에——그 광경이 들어왔다.

"——이게 무슨."

흩날리는 깃털과 함께 붉은 물방울이 뚝뚝 떨어진다.

이끼의 빛에 비친 룸의 중앙. 오도카니 돋아난 나무의 뿌리께에 펼쳐진 피웅덩이.

거대한 나무의 줄기에 사슬로 묶인 가느다란 몸.

마치 때까치가 잊고 간 먹이처럼, '그녀'는 나무에 꽂혀 있었다.

몸에는 수없이 찔리고 베인 상처가 났으며, 새빨간 옷을 입은 것처럼—— 그녀에게 가해진 고문이 어떤 것이었는지를 말해주듯, 온몸에서 피를 흘렸다. 펼쳐진 두 날개팔과 피에 물든 하반신은 십자를 그렸으며 머리는 힘없이 늘어졌다.

두 날개를 강철 말뚝에 꿰여 고정당한, 한 마리의 세이렌.

"히익……?!"

그 처참한 광경에 비네는 갈라진 목소리로 숨을 멈추었다.

몬스터의 책형(磔刑).

던전에 펼쳐질 리가 없는 기이한 광경.

나무 위쪽에는 칠흑의 거대 벌, 여러 마리의 '데들리 호넷'이 날개 소리를 내며 사신과도 같이 그녀의 주위를 선회했다. 비네 일행과 마찬가지로 비명을 듣고 왔는지, 무기질적인 거대한 눈으로 빈사상태인 세이렌을 살피며 당장이라도 그 커다란 턱으로 물어뜯으려 한다.

"……큭!! 피아, 클리프!!"

다음 순간 라녜의 호령이 날아들었다.

말이 떨어지기 무섭게 하피 소녀는 날개를 펼쳐 몸에 걸쳤던 로브를 날려버리고, 포효하는 히포그리프와 함께 '데들리 호넷'에게 날아들었다. 거대 벌의 무리는 재빨리 반격을 시도했지만 깃털 탄환과 날카로운 부리 앞에 순식간에 찢겨나가 격추되었다.

초조함에 사로잡힌 하피와 히포그리프는 즉시 세이렌에게 다가가 발에 달린 발톱으로 사슬과 말뚝을 파괴했다.

구속에서 풀려나 풀썩 떨어지는 그녀의 몸을, 성큼성큼 달려간 포모르가 받아주었다.

포우의 팔에 떨어진 그녀에게 라녜가 달려가고, 뒤늦게

비네와 다른 멤버들도 모여들었다.

"이봐, 무슨 일이 있었던 거야?! 대답해!"

갈색 깃털이 달린 세이렌이었다. 피에 젖었지만 곱다는 것을 알 수 있는 용모, 무엇보다도 몬스터에게 표적이 되었다는 것이 그들의 동포라는 사실을 가르쳐주었다.

레이와는 다른 종류의 세이렌은 이제는 목소리도 낼 수 없는지 공허한 눈으로 입을 살짝 벌린 채 뻐끔뻐끔 무언가를 중얼거렸다.

'빌어먹을……!'

이런 짓을 하는 몬스터란 있을 수 없다. 분명히 **인위적**이었다.

동포에게 저지른 짓에 라네의 분노가 비등점을 넘어서려 했다. 그와 동시에 이곳에 오는 도중 수정을 통해 들었던 '함정'이라는 단어가 뇌리에서 깜빡거렸다.

고개를 든 라네가 동료들에게 경계를 촉구하려 했을 때.

"──도망, 쳐."

피투성이 세이렌은 눈을 크게 뜨며 떨리는 목소리로 중얼거렸다.

그리고.

"정말 눈물 나지 않아? 몬스터란 것들은 말이야."

남자의 경박한 목소리가 울려 퍼졌다.

"우리 모험자보다도 훨씬 동료애가 깊지 뭐야."

룸 곳곳에서, 나무껍질과 같은 색으로 동화된 은폐용 천을 벗어던지며 스무 명은 될 법한 모험자들이 모습을 나타냈다.

체취를 감추는 냄새자루를 내팽개치면서, 룸 한가운데에 돋아난 나무 주위, 비네 일행을 에워싼다. 그중에서도 '제노스'들의 정면, 룸의 통로 입구 앞에 선 고글 쓴 사내가 손에 든 붉은 창으로 자신의 어깨를 두드렸다.

"정말—— 잘 속는다니까."

사내의 입술이 초승달 모양을 그렸다.

"모험자……!"

위장을 푼—— 매복했던 자들을 보고 라네가 얼굴을 일그러뜨렸다.

모험자, 아니, 헌터의 집단.

휴먼, 수인, 드워프, 아마조네스. 두목으로 여겨지는 고글 낀 사내와 마찬가지로 냉혹한 웃음을 짓는 데미휴먼들은 저마다 무기를 들었다. 세이렌의 몸을 몇 번이나 베고 찔렀을, 피에 젖은 검과 창이다.

"이딴 짓을 했던 게……!"

"물어볼 필요도 없지 않을까, 아라크네 언니?"

나무에 매달렸던 동포는 '미끼'였다.

도망치지 못하도록 나무에 묶어놓고, 몸을 상처 입혀 몇 번씩 비명을 지르게 했던 것이다. 광대한 던전 속에서, 괴음파까지도 뿜어낼 수 있는 세이렌의 막대한 성량을 이용해 '제노스'를 유인하고자.

청각이 뛰어난 비네를 불러내고자.

고글 낀 사내—— 딕스는 아연실색한 비네를 시야에 담으면서 스모키 쿼츠 렌즈 안에서 붉은 눈을 가늘게 떴다.

"'하층'에 보내지 않으려고 24계층에서 진을 쳤던 건데……
생각대로 잘 풀린 모양이야."

다섯 명 정도의 패거리를 데리고 단 하나뿐인 출입구를 등으로 가로막아, 딕스는 비네 일행의 퇴로를 빈틈없이 차단했다.

미궁에서도 인적이 없는 계층 깊은 곳에, 모험자들의 희열에 찬 웃음소리가 울려 퍼졌다.

그리고 그 직후.

『!!』

상황에 휩쓸리려 하던 비네 일행의 옆에서 이제까지 가만히 있던 오드가 침묵을 깨며 딕스에게 돌진했다.

제2급 모험자의 중견에 필적하는 속도, 어둠의 질주. 검은색 중장갑을 입은 워 섀도우는 분노에 사로잡힌 갑옷의 망령과도 같이 달려가 포악한 헌터를 자신의 손톱으로 찢어발기려 했다.

급속도로 접근하는 오드를 보고도 고글 낀 사내는 창을 겨누려 하지 않았다.

그리고 오드가 내민 팔이 사내의 얼굴을 꿰뚫으려던 순간.

『――――?!』

딕스의 뒤에서 튀어나온 대검이 오드의 몸을 **양단했다.**

"어?"

입술에서 툭 떨어진 비네의 목소리.

그녀의 시야 속에서, 시간의 흐름이 완만해진 것처럼, 둘로 갈라진 워 섀도우 동포가 천천히 허물어졌다.

갑옷과 함께 비스듬히 베인 몸―― 상반신과 하반신이 지면에 굴렀다.

"그랜, 이 멍청한 자식아. 알맹이를 팔 수 있는 몬스터면 어쩌려고 그래."

"미, 미안, 딕스……."

오드를 베었던 것은 휴먼 거한이었다. 대머리에, 얼굴에는 시커먼 문신을 새겼다. 얼굴은 무법자답게 악랄한 인상이었다. 그랜이라 불린 이 거한은 체구에서는 상상할 수 없을 정도로 재빠르게 딕스의 뒤에서 튀어나오면서 무기인 대검을 휘두른 것이다.

그리고 그런 악한을, 딕스는 불평 한 번으로 위축시켰다.

"오, 드……?"

현실을 아직 받아들이지 못한 비네의 말라붙은 목소리가, 둘로 갈라진 워 섀도우에게 향했다.

지면에 엎드린 채 쓰러진 오드는 철그럭철그럭, 갑옷 잠금쇠에서 소리를 내며 떨리는 팔을 내밀려 했으나――

콰작.

딕스의 발이 투구 위로 그의 머리를 밟아 짓이겼다. 부츠 밑에서 시커먼 체액이 피웅덩이처럼 지면에 퍼져나갔다. '제노스'들 사이에서 흐르는 한순간의 정적. 그러거나 말거나 딕스는 자신의 발밑에서 즉사한 몬스터에게 눈길도 주지 않고 몇 걸음 앞으로 걸어나왔다.

　"생각보다 적잖아……. 그걸 쓸 필요도 없겠네."

　맥 빠진다고 중얼거리는 고글 낀 사내. 하지만.

　얼어붙은 비네를 바라보고는 입가를 틀어 올렸다.

　"좋아── 사냥해."

　그렇게 내려진 명령에 헌터들이 환성을 질렀다.

　"얘들아!!"

　라네의 외침과 함께 '제노스'가 분노의 포효를 터뜨렸다.

　웃음으로 얼굴을 일그러뜨린 헌터들과 라네 일행이 충돌해, 순식간에 전투가 벌어졌다.

　"아, 아……?!"

　비네는 움직일 수 없었다.

　요란하게 울려 퍼지는 무기 소리와 사나운 포효, 그리고 흉악한 살의의 소용돌이가 온몸을 휩쌌다. 그 다정하던 동포들이 사람의 얼굴을 잊고 '괴물'의 본성을 드러낸 채 인간들에게 발톱과 이빨을 들이대려 한다.

　선혈이 춤을 추었다. 비명이 흩어졌다.

　아라크네 전사에게서 방출된 거미줄이 헌터들을 옭아매고, 하피 소녀가 쏘아낸 깃털 탄환이 상대의 무기를 튕겨냈다. 히포그리프는 날개를 펼쳐 공중에서 고속으로 달려들었다.

경솔하게 거리를 좁혔던 휴먼과 수인이 공격의 먹이가 되었다.

"으윽?!"

"하하──!!"

그러나 헌터들은 겁을 먹지 않았다.

한 사람이 쓰러지면 그 몸을 밟고 넘어서며 덤벼들고, 방패를 내밀며 육탄돌격을 시도하는가 하면 다리를 노려 지면에 쓰러뜨리려 한다. 아군까지 미끼로 삼아 내지르는 칼날들. 결정타는 화염 화살과 치유를 가져다주는 '마법'의 빛이었다.

헌터들은 강했다. 무엇보다도 **작전**이 뛰어났다.

어지간한 몬스터보다도 훨씬 강한 '제노스'들에게 결코 혼자서는 덤비려 하지 않고 사각을 노려 여러 방향에서 쳐들어왔으며, 숫자의 폭력과 짐승 같은 연계로 짓밟으려 했다. 파티를 짜서 몬스터를 사냥하는, 인류가 오랫동안 갈고 닦은 전술이다. 게다가 이들은 일부러 비네를 노려 라네 일행을 무너뜨리려 했다.

싸울 수 없는 비네를 지키고자 네 마리만으로 싸우는 '제노스' 측의 형세는 시시각각 기울어지기 시작했다.

"윽?!"

아군을 미끼삼아 품에 파고든 아마조네스의 체술에 하

피 소녀가 땅바닥에 내리찍혔다. 히포그리프 또한 '마법'의 직격을 맞아 추락했을 때 가차 없이 창에 찔렸다. 화살과 투석 공격으로부터 비네를 감싼 라녜의 철제 투구가 거한 그랜의 대검에 맞아 튕겨 날아갔다.

온갖 무기와 마법을 구사하는 헌터들은 단숨에 '제노스'들을 유린하려 했다.

『우어어어어어어어어어어어어어어어어어어어어!!』

"앗── 끄에엑!!"

그런 가운데 포모르가 처절한 포효와 함께 대형 메이스를 휘두르며 헌터들을 단숨에 날려버렸다.

2M이 넘는 대형급인 포우는 혼자여도 숫자의 폭력에 굴하지 않았다. 교묘한 연계도 잔재주에 불과하다는 양 아랑곳하지 않는다. 화살과 '마법'이 날아들어도, 보통 몬스터에게는 불가능한 수읽기와 회피 능력을 발휘해 피해를 최소한도로 억제하면서 헌터들을 한 사람, 또 한 사람 압도적인 완력으로 쓰러뜨렸다.

그가 내리친 메이스가 방패를 든 드워프와 함께 요란하게 지면을 함몰시켰다.

"안 되겠어, 딕스!! 이 자식 강해!!"

다섯 사람이 달려들어도 붙들어놓을 수 없는 포모르를 앞에 두고 헌터 한 사람이 견디지 못하고 비명을 질렀다.

"야, 야. 겨우 한 마리 가지고 그래."

룸 출입구 앞에서 움직이지 않던 딕스는 어이없다는 목

소리와 함께 침을 뱉고── 날끝이 뒤틀려 구부러진 붉은 창을 손에 들었다.

그때까지 혼자 방관하던 고글 낀 사내가, 움직였다.

『우어어!!』

포모르 포우가 유유하게 걸어오는 사내를 발견했다.

부상 당한 헌터들이 뿔뿔이 흩어져 도망치는 가운데 딕스를 보며 눈꼬리를 틀어 올린다. 어깨 근육을 부풀린 포모르는 접근하는 적의 리더를 향해, 메이스를 치켜들었다가 혼신의 힘으로 휘둘렀다.

깔끔한 직선을 그리는 수평공격. 그 무시무시한 기세에 공간이 뒤틀렸다.

직격당하면 고깃덩어리가 되어 튕겨져 날아갈 일격에, 딕스는── 비스듬히 기울인 붉은 창의 자루로 거대한 메이스를 미끄러뜨렸다.

『────.』

막대한 불꽃이 튀고, 요란한 마찰성이 발생했다. 초중량 둔기가 창 한 자루에 공격의 궤도가 엇나가 허공을 갈랐다. 자신의 세 배는 될 법한 포모르의 굵은 팔이 펼친 공격을, 딕스는 완벽하게 흘려낸 것이다.

'기술'과 '허허실실'. 포악한 헌터의 실력을 드러내는 확실한 기술.

교차한 순간, 포모르의 까만 두 눈에 사내의 흉악한 웃음이 비쳤다.

그대로 물 흐르듯 바로 옆을 스쳐 지나가며, 딕스는 상대의 배후 위치를 차지했다.

"대형급 사로잡으려다 혼이 난 적이 있거든."

메이스를 휘두른 채 무방비한 자세에 빠진 포우의 배후. 경직된 등에, 딕스는 담담하게 창을 찔렀다.

"너한텐 일 없어."

푹. 둔중한 소리.

중후한 브레스트 플레이트, 두꺼운 가슴 부분. 이러한 모든 것들을 심홍색 날이 관통했다. 등 뒤에서 가슴을 꿰뚫린 포우의 입에서 피가 솟았다.

"포우?!"

멀리 떨어진 곳에서 혼자 전투를 계속하던 라녜가 비명을 질렀다.

그리고 비네는, 뻣뻣하게 서 있을 수밖에 없었다.

『꺼, 어…….』

손안에서 미끄러져 떨어지는 대형 메이스.

자신의 가슴에서 돋아난 흉흉한 무기를 내려다보며, 포모르는 떨리는 손가락으로 그 자루를 쥐었다.

창을 뽑아내려 하는 몬스터에게── 딕스는 잔인한 웃음을 지었다.

"죽어."

창을 완력만으로 올려 베어, 꿰뚫었던 거구를 세로로 갈라버렸다.

가슴에서 위쪽을 향해 몸이 찢겨진 포모르는 땅에 두 무릎을 꿇었다.

"——."

쓰러지기 직전, 포우의 옆얼굴이 살짝 움직여 빛을 잃은 눈동자와 비네의 눈이 마주쳤다.

선혈이 흩어지는 가운데, 분명히 이쪽을 향해 움직인 그의 오른팔—— 눈물을 닦아주었던 그 커다란 손을 보고, 비네의 시야는 색을 잃었다.

"……포우?"

갈라진 목소리. 그러나 대답은 돌아오지 않는다.

아라크네와 헌터들이 자아내는 전투의 소리를 인식하지도 못한 채, 비네의 시야가 뿌옇게 흐려졌다.

"오드. 클리프. 피아……?"

양단된 위 섀도우는 무참한 주검으로 변하고, 히포그리프는 무수한 창에 꿰뚫려 살해당했으며, 힘없이 쓰러진 하피 소녀는 죽었는지 어떤지도 알 수 없다.

지면에 누운 세이렌은 이미 숨이 끊어졌다.

시야에 비친 동포들의 이름을 부르는 소녀의 마음이 소리를 내며 균열을 일으켰다.

"싫, 어………… 싫어."

호박색 눈에서 눈물이 솟아나 청백색 뺨을 타고 흘렀다.

목에서 솟아나는 외침과 함께 비네의 감정은 폭발했다.

"싫어——!!"

고함을 지르며, 쓰러진 포모르에게 달려간다.

눈앞에서 무릎을 꿇고, 피에 젖는 것도 아랑곳 않으며 그의 오른손을 가슴에 끌어안았지만 그 커다란 손은 두 번 다시 비네의 눈물을 닦아주지 않았다.

넘쳐나는 눈물을 막을 방법을 모르는 소녀는 얼굴을 일그러뜨리고 울부짖었다.

"싫어, 싫어, 싫어……!!"

오열을 흘리면서 포모르의 주검을 눈물로 적신다.

이런 건 싫어.

꿈이라면 깨어나. 제발.

가슴이 찢어지는 심정과 함께 몇 번이나 애원했지만, 정적에 잠긴 미궁은 비네의 바람에는 대답하지 않은 채 식어가는 주검으로 잔혹한 현실을 들이댈 뿐이었다.

마를 줄 모르는 눈물을 흘리며, 쓰러진 포모르에게 매달리려던 그때.

비네의 몸을 시커먼 그림자가 덮었다.

"안심해, 괴물."

"──."

눈물에 젖은 용종 소녀를 내려다보며 딕스는 웃었다.

슬픔에 잠긴 표정이 무엇보다도 기분 좋다는 듯, 목을 울리며 조소했다.

"너만 따돌리지는 않을 테니까."

눈물 고인 비네의 눈이 크게 뜨였다.

흘러내린 후드 아래, 이마의 아름다운 붉은색 돌에 눈을 가늘게 뜨며 사내는 한 손으로 든 붉은 창을 내질렀다.

시야를 물들이는 붉은 색. 몸을 엄습하는 충격.

비네의 의식은 금세 끊어져버렸다.

"컥, 크윽⋯⋯?!"

두 팔과 거미 다리가 부러진 채 마지막까지 항전하던 라네도 마침내 힘이 다했다.

그때까지의 전투가 거짓말이었던 것처럼 룸에는 정적이 가득 찼다. 다만 싸움이 얼마나 격렬했는지를 알려주듯 나무껍질 벽이나 지면은 파손되고, 무성한 식물은 산산이 흩어졌다. 헌터들을 제외하면 주위에 움직이는 것은 존재하지 않았다.

라네는 하피 소녀와 함께 딕스에게 억지로 질질 끌려나왔다.

"사람 애 먹게 만들었겠다── 아잉!!"

"카악?!"

그랜이라 불렸던 자에게 발끝을 얻어맞고 지면에 쓰러졌다.

"젠장, 아프구만⋯⋯."

거구의 휴먼 헌터는 라네의 교전에서 입은 팔의 부상을

붙잡고 얼굴을 찡그렸다. 그 외에도 저마다 '마법'이며 포션 등으로 치료를 받고 있었다.

'큭……!'

투구를 잃고 흰 머리카락과 백옥 같은 미모를 드러낸 라녜는 엎드린 자세로 시선을 돌렸다.

바로 곁에는 꿈쩍도 하지 않는 비네가 쓰러져 있다. 앞머리 때문에 눈가가 가려져, 수없이 새겨진 타박상의 흔적 말고는 얼굴을 볼 수 없었다. 의식을 잃게 만들고자 저항하지도 못하는 그녀를 수도 없이 구타했는지 로브는 곳곳이 찢어졌으며 튼튼한 용종의 비늘도 몇 군데나 금이 가 있었다.

곁에서 아마조네스와 수인 헌터의 대화가 들려왔다.

"이제까지 잡았던 놈들보다도 훨씬 힘들었어…… 나 원."

"그 포모르도 그렇고, 괴물들 중에도 좀 하는 놈들이었나 봐."

포우는 죽었다. 오드도 클리프도 살해당했다. 세 마리 모두 이미 재로 변했다.

비네의 곁에 쓰러진 하피 피아는 아직 숨을 쉰다. 힘없이 눈을 감고는 있지만 비네와 마찬가지로 의식을 잃었을 뿐이다.

인간형 몬스터만을 살려둔 것이다.

그것이 무슨 뜻인지 라녜는 금세 깨달았다.

길드의 펠즈가 말했다. '제노스' 밀수를 하는 헌터들. 그들은 오로지 자신의 욕망을 채우기 위해 비네를 비롯한 몬스터들을 사로잡아, 정체 모를 호사가들에게 팔아넘길 생각인 것이다.

라녜는 뿌드득 이를 악물며 분노와 자신에 대한 무력감에 지배당했다.

"야, 너희들. 꾸물대지 말고 이 부이브르랑 하피 옮겨. 또 어디서 같은 편이 냄새 맡고 몰려올지도 모르니 조심해."

붉은 창을 어깨에 걸머지며 딕스가 지시했다.

헌터들은 전전긍긍하면서 그의 명령을 따랐다. 룸에 출현한 몬스터를 퇴치하는 자들, 남은 '제노스'를 운반하는 자들로 나뉘었다.

'……!'

눈앞에서 실려 가는 비네를 보고 라녜는 얼마 남지 않은 힘을 긁어모아 손가락을 움직였다.

손끝에서 뻗어나가는 가느다란 실. 원래는 사냥감을 잡기 위한 거미의 줄이다.

누구에게도 들키지 않도록, 아라크네는 소녀의 몸에 실을 감았다.

그러나——

뚝.

"으……?!"

"어디서 잔재주를 부리고 앉았어?"

뒤틀린 심홍색 창날이 라녜의 실을 갈라버렸다.

보통이라면 눈으로 보기도 힘들 정도로 가느다란 거미줄을 민감하게 발견한 딕스는 흠칫 호흡을 멈춘 아라크네를 내려다보았다.

"거미줄…… '아리아드네'라 이거야? 누가 그렇게 놔둘 줄 알고?"

조롱하는 웃음을 보이는 고글 낀 사내에게, 라녜는 눈썹을 곤두세우며 몸을 떨었다.

이자는 똑똑하다. 간교한 지혜가 있다.

동료들에게까지 두려움을 사는 본성은 잔학함 그 자체이면서, 항상 냉정함과 넓은 시야를 유지한 채 주의력과 보험을 잊지 않는다. 지상의 펠즈 일행과 '제노스'가 오늘날까지 헌터들의 정체와 아지트를 파악하지 못했던 것도 이 사내가 있었기 때문임을 라녜는 깨달았다.

살의를 뚝뚝 흘리며 노려보는 아라크네를 앞에 두고, 딕스는 붉은 창을 어깨에 얹으며 그 자리에 쪼그리고 앉았다.

"아~……이 녀석은 안 되겠네. 방심을 못 하겠어. 데려갔다간 언제 난리를 피울지 모르겠네."

한 손으로 라녜의 머리카락을 움켜쥐고는 억지로 들어올려, 그녀의 눈앞에서 입가를 일그러뜨리며 웃는다. 고글 표면에 반사되는, 고통과 분노로 일그러진 아름다운 아라크네의 얼굴에 딕스는 한층 깊은 웃음을 지었다.

"여기서 해치워버려."

"……큭!!"

냉혹한 선고가 떨어졌다.

머리카락을 놓고 일어나는 딕스의 곁으로 주위의 다른 헌터들이 다가섰다. 칼집에서 검을 뽑고 걸어오는 자들을 보는 라녜의 이마에 식은땀이 흘러내렸다.

그때 사내 셋이 딕스에게 말을 걸었다.

"저, 저기, 딕스, 잠깐만."

"뭔데?"

휴먼과 수인으로 이루어진 삼인조는 비굴한 웃음을 지으며 요망을 전달했다.

"어차피 죽여버릴 거면 그 전에…… 좀 즐겨도, 될까?"

"……"

"늑장 부리면 위험한 건 알지만…… 그, 그 뭐냐, 아깝잖아."

처음에 라녜는 사내들이 무슨 소리를 하는지 알아듣지 못했다. 그러나 이해와 동시에 구역질이 날 정도로 생리적인 혐오감이 뱃속에서부터 치밀었다.

"……맘대로 하든가."

남자들, 그리고 굳어버린 아라크네를 흘끔 본 딕스는 입술 끝을 틀어 올렸다. 슥 턱짓을 하는 딕스의 모습에 사내들의 얼굴이 추악한 웃음을 띠었다.

"헤, 헤헤…… 얌전히 있으라구."

거친 호흡, 비열한 웃음.

피부를 핥듯이 달라붙는 시선이 모든 것을 말해주고 있

었다.

'괴물 취향'을 가진 사내들이다.

몬스터, 특히 라미아 같은 인간형 이형종에 욕구를 드러내는 이상성벽. 인류 측에서는 최고의 멸칭으로 여기며 기피의 대상이 된다.

그들은 더럽힐 생각인 것이다. 동료를 빼앗은 것으로도 모자라, 라녜의 존엄까지 짓밟으려는 것이다. 흥분한 것이 분명한 사내들의 주위에서는 딕스나 다른 자들이 느물느물 웃음을 지으며 지켜보고 있었다.

부러진 팔의 팔꿈치 아래쪽, 라녜의 손이 경련하며 부르르 주먹을 쥐었다.

"그, 그만둬…… 웃기지 마!!"

"가만히 있어. 야, 좀 붙잡아봐."

이성을 잃은 것처럼 거칠게 외치는 라녜에게 사내들의 팔이 다가왔다.

상처 입은 몸에 세 명이 달려드니 제대로 저항을 할 수도 없었다. 거미의 하반신을 손으로 붙들린 순간 소름이 돋았다. 갑옷이 뜯겨져 나가고, 모험자의 배틀클로스에 싸인 풍만한 가슴이 드러났다.

배에 손을 가져다 대는 사내들을 보는 라녜의 얼굴이 처음으로 공포를 드러냈다.

그 표정에 가학심리를 크게 자극받아, 그들은 입맛을 다시며 그녀의 몸 위로 올라타려 했다.

"——."

그 순간.

밀려드는 몸과 마음에 대한 모독에 그저 공포로 얼어붙기만 했던 라녜의 표정이 느닷없이 변모했다. 이를 드러내고, 눈의 동공이 갈라지며, 그야말로 흉포한 몬스터의 형상으로.

그 직후 그녀는 입을 크게 벌리더니 목에서 솟구치는 **체액**을 사내들에게 쏟아냈다.

"컥—— 끄아아아아아아아아아아아아아아아아아아아아아아악!!"

금세 절규가 울려 퍼졌다.

"뜨, 뜨거워——!!"

"녹는다!!"

"하하하하하하하하하! 뭐 하고 앉았냐, 머저리들아!"

라녜의 연기에 넘어가 체액에 직격당한 세 사내는 발버둥을 치며 괴로워했다. 두 눈을 감싸거나 땅바닥에 나뒹구는 그들에게 주위의 동료들이 낄낄 웃음소리를 냈다.

거미형 몬스터 대부분이 가진 '독' 공격이었다.

거미집에 붙들린 사냥감이 도망치지 못하도록 주입하는 '마비독'이 대부분을 차지하는 가운데, 라녜가 토해내는 독액은 용해를 가져오는 파괴력 높은 것이었다.

코를 찌르는 무시무시한 자극적인 냄새가 타버린 사내들의 피부에서 연기와 함께 솟구쳤다.

"이, 이 괴물이이이이이이!!"

독거미의 예상치 못한 반격에 발끈한 사내들은 일제히 무기를 뽑아 들었다.

밀려드는 흉악한 칼날의 광채를 보며, 라녜는—— 웃음을 지었다.

"——큭!!"

세 자루의 검이 그녀의 몸을 꿰뚫었다.

등을 찌르고 빠져나오는 검신.

구멍이 뚫린 몸에서, 입술에서 대량으로 뿜어져 나오는 혈액.

지면으로 튄 그 피는 인간의 것과 전혀 다를 바 없는 붉은 색이었다.

"아, 큭, 하……하하, 아하하하하————아아아아아아아아아아아아아아아아아아아아아아아아아아아아아아아아아아아아아아!!"

고통에서 웃음소리, 그리고 포효로.

시뻘건 피로 화장을 한 입을 크게 벌리며, 라녜는 마지막 힘을 쥐어짜내 부러진 두 팔을 휘둘렀다. 치명상을 입고도 여전히 공격을 하는 그녀에게, 검을 내질렀던 사내들은 비명을 지르며 어이없이 나가떨어졌다.

딕스가 휘파람을 불고, 술렁술렁 소란이 퍼져가는 가운데, 다른 헌터들도 무기를 들었다.

"헉, 허억……! 네놈들이, 내 몸을 욕보이도록 둘 줄 아느냐!!"

분명히 부러졌던 거미 다리로 일어나며 라녜는 내뱉었다. 경계하던 헌터들은 그 의연한 모습에 분명히 압도되었다.

"이 몸도, 죽는다 한들—— 넘겨줄까 보냐!!"

다음 순간 라녜는 자신의 가슴에 손을 **꽂았다.**

딕스 일당이 눈을 크게 뜨고 지켜보는 가운데, 라녜는 웃음을 지으며 혈육 속에 묻혀 있던 '핵'을 움켜쥐었다.

"그로, 스—— 뒷일을."

입술에서 흘러 떨어진 그 갈라진 목소리가 그녀의 마지막 말이었다.

손에 힘을 주어, 가슴에서 파칵 하는 파쇄음을—— '마석'을 짓이기는 소리를 냈다.

순식간에, 피에 젖어서도 여전히 아름답던 아라크네는 녹아내리듯 대량의 재가 되어 사라졌다.

"…………자, 자기 스스로 죽었어."

자결하는 몬스터를 보고 헌터들은 마른침을 삼켰다.

높다랗게 쌓인 잔해. 드롭 아이템조차 남기지 않고 허공에 반짝반짝 흩어지는 재.

눈앞에서 본 비장한 죽음에 그들의 얼굴은 동요로 떨렸다.

"호오…… 멋있구만. 난 저런 게 좋더라고."

그런 가운데 딕스 혼자만 조금 전과 전혀 다를 바 없는 태도로 말했다.

털끝만큼도 흔들리지 않는 두령의 모습을 보고, 부하 헌터들도 간신히 웃음을 지으며 평정을 되찾았다.

고글 낀 사내는 주검과도 같은 그 재를 보고 웃음을 지었다.

"그렇지이~. 자기를 맘대로 할 수 있는 건 자기뿐이지. 명령도 뭣도 받아들일 수 없지. 나랑 죽이 맞는데?"

"야, 어느 입으로 그딴 소릴 하냐."

온갖 유린을 다 해놓고는 제멋대로 지껄이는 딕스에게 동료들도 이죽거리며 웃음을 터뜨렸다. 한 손으로 고글을 만지작거리며 딕스 또한 그들에게 경박한 웃음으로 받아쳤다.

"이것들을 또 미끼로 삼아서, 있을지도 모르는 다른 놈들을 낚는 것도 좋겠지만…… 욕심을 부리면 항상 끝이 안 좋은 법이야. 가자."

딕스는 이번에야말로 발을 돌렸다.

독액에 피부가 녹았던 사내들이 비틀거리며 일어나고, 다른 헌터들도 고글 낀 사내의 뒤를 따랐다.

"제일 중요한 부이브르 계집은 잡았어. 우선 이놈들을 아지트로 끌고 가자고."

아라크네였던 재에 등을 돌리고, 딕스 일당은 룸을 빠져나갔다.

통로를 나아가는 무법자들의 옆구리에 붙들린 채 흔들리는 하피와 부이브르 소녀.

동포의 주검으로부터 멀어져가는 가운데, 꽉 감긴 호박색 눈에서 구슬 같은 눈물이 흘러 떨어졌다.

그로부터 몇 시간 후.

"…………오오."

수많은 재가 흩날리던 룸에 가고일 한 마리가 내려앉았다.

유니콘과 실버백 등을 거느린 가고일은 주위의 광경을 둘러보았다.

구멍이 뚫린 눈에 익은 브레스트 플레이트. 대형 메이스. 뜯겨나간 로브 조각. 양단된 중장갑. 대량의 재에 휩싸인 장비들을 보며, 암석으로 이루어진 그의 몸이 흔들리고 우득우득 둔중한 소리를 내기 시작했다.

가고일은 그곳에서 룸 구석까지 이동해, 산산이 흩어진 식물 속으로 손을 뻗었다.

떨리는 손가락이 집어든 것은 유린자들의 눈을 속이고 집어던졌던, 붉은 수정이었다.

나머지 한쪽 손안에 있던 똑같은 수정을 꽉 움켜쥔 가고일
── 그로스는 확 고개를 쳐들고 머리 위를 우러러보았다.

『우어어어어어어어어어어어어어어어어어어어어어어어어어어!!』

분노의 불꽃이 깃든 '괴물'의 규환이 지하미궁에 울려 퍼졌다.

"——헉?"

나는 뒤를 돌아보았다.

엷은 푸른색으로 물든 천장과 벽면. 불규칙한 간격으로 밝혀진 인광이 비추는 천연의 미로는 직선과 교차로를 그리며 하염없이 이어졌다. 모험자 파티가 근처에 있음을 증명하듯 일희일비하는 목소리가 안쪽의 모퉁이 너머에서 들려왔다.

통로 한복판에서 발을 멈춘 나는 수많은 동종업자들이 다져놓고 간 지면을 내려다보았다. 무언가가 들린 듯한…… 던전이 떨린 듯한, 그런 기분이 들었던 것이다.

『후갸아악!』

"!"

뒤를 돌아보던 나는 갑자기 접근한 울음소리에 정신을 차렸다.

달려든 '고블린'—— 저급 몬스터의 몸통을 노린 공격을 돌아서면서 회피하고 오른손에 든 《주신님 나이프》를 들었다.

던전 제3계층.

오랫동안 머물지 않고 지나쳤던 미궁의 '상층'. 주신님의 【파밀리아】에 막 들어왔던 무렵, Lv.1일 때는 몇 번이나 거치면서 탐색했던, 시작점과도 같은 층역이다.

나는 하급 모험자의 영역인 이 계층에 혼자, 아침부터 틀어박혀 있었다.

『키익!』

마구잡이로 공격을 펼치는 몬스터의 두 손을, 몸을 슬쩍 틀어 흘려보냈다.

이제는 둔중하게밖에 보이지 않는 '고블린'의 공격. 마음만 먹으면 가슴에 묻힌 '마석'에 재빨리 나이프를 내질러 해치울 수 있다. 하지만 나는 반격에 나서지 못했다.

전혀 맞지 않는 공격에 조바심을 내며 '고블린'이 분노의 포효를 터뜨렸다.

『으가아아!!』

"……큭!"

그 격렬하고도 추악한 얼굴을 보고——뿜어져 나오는 살의를 받아——손이 꿈틀 경련했다. 몬스터에 대한 기피감, 괴물에 대한 투쟁본능에 등을 떠밀려 나는 손에 쥔《주신님 나이프》를 번득였다.

『——끼악?!』

자청색 검광이 몬스터의 가슴을 가로질렀다.

한 치의 오차도 없이 가슴의 중심, '마석'을 포착했다.

'핵'을 베인 '고블린'은 살짝 경직된 후 소리를 내며 재로 변해 무너져내렸다.

손에 밴 기술로, 나는 몬스터를 격파했다.

"……."

발치에 쌓인 재의 무더기를 내려다본다.

그 속에 남은 이빨 하나.

언젠가 그랬듯 발생한 '드롭 아이템'…… '고블린의 이빨'
을, 나는 하염없이 바라보기만 할 뿐 수습하지 못하고 있
었다.

내가 던전에 온 이유는 확인하고 싶은 것이 있어서였다.

몬스터를, 쓰러뜨릴 수 있을지 어떨지. 이곳 오라리오에
서 계속 모험자로 살아가기 위해, 몬스터를 죽일 수 있을
지 어떨지.

'……쓰러뜨릴 수는, 있어.'

던전에 들어온 후로 이제까지 나는 몇 마리나 되는 몬스
터를 물리쳤다. 괴물들의 '마석'을 베어, 이제까지 그러했
듯 잿더미로 바꾸어서.

하지만—— 얼버무릴 수 없는 갈등이 생겨났다는 사실
에서는 눈을 돌리지 못했다.

비네를 만난 후로.

'제노스'라 불리는 지성을 가진 몬스터를 알게 된 후로.

나는 몬스터를 죽이는 데에…… 망설임을 느끼고 말았다.

'쓰러뜨릴 수는, 있어도…… 이제, 예전처럼은.'

예전처럼 모험자 일을 계속해나가는 것은 불가능하지
않을까.

그런 자문이 머리에서 떠나질 않았다.

몬스터와의 싸움에서는 한순간의 망설임조차 치명적이다. 계속 이런 상태로 있다가는 언젠가 나는 죽을 것이다. 다른 이유도 아닌 괴물들의 발톱과 이빨에.

『크르아아아!』

『오오오!』

던전을 헤매는 내 앞에 나타난 여러 마리의 '코볼트'와, 벽에 달라붙어 있던 '던전 리저드'. 조우한 몬스터의 무리를 향해 이를 악물며 교전에 임했다.

몸은 일제히 달려드는 집단에 반응했다. 목숨을 빼앗는 상대의 공격을 피해, 몬스터들의 절규와 맞바꿔 진남색 결정을 파괴해나갔다.

『그러니까 주저하지 마. 우리에게 괜히 신경을 쓰느라 망설이지 마.』

몬스터를 상대할 때마다 귓속에 되살아나는 것은 싹싹한 리저드맨의 목소리였다.

'제노스'의 아지트에서 헤어질 때 들었던 마지막 말.

『절대 죽지 마. 또 만나고 싶으니까.』

리드 씨의 말이 없었다면, 나는 정말 허수아비가 되었을지도 모른다.

죽지 마── 그 말이 있기에 나는 무기를 휘두를 수 있다.

재회하고 싶다고, 그 사람이…… 그 몬스터가, 부탁했으니까.

"……."

전멸시킨 몬스터의 잿더미에 등을 돌리고 걸어갔다. 결국 진퇴에 대해 명확한 해답을 내지 못한 나는 고민하는 마음과 함께 계층 출구로 향했다.

——선을 그어야 해.

이성은 계속해서 그렇게 말한다.

보통 몬스터와, 비네나 리드 씨네 같은 '제노스'는 다르다. 내가 망설임을 느끼는 동안에도 몬스터는 나를 죽이러 온다. 인류와 괴물은 융합할 수 없다.

하지만 돈을 벌기 위해…… 동경을 따라잡기 위해 몬스터를 죽여도 되는 걸까? 자신의 사리사욕을 위해 싸우는 것이 용납되는 일일까?

나에게는 몬스터를 정말로 죽여야만 하는 이유 또한 없다는 사실을 깨닫고 말았다.

모험자라는 일 자체에 의문을 품다니…… 이제는 중증이다.

"벨 크라넬……."

"【리틀 루키】다."

입을 다문 채 걸어가고 있으려니, 엇갈려 지나가던 수인이며 파룸 등 데미휴먼들이 내 얼굴을 훔쳐본다. 나직하게 죽인 목소리에서는 별명도 들려왔다.

던전은 원뿔 구조. 아래로 내려가면 내려갈수록 계층의 범위는 넓어진다.

제5계층까지 가면 센트럴 파크와 거의 비슷한 면적이 있다고 하는 이곳 '상층'은 역시 '중층'에 비하면 계층의 규모가 좁은 탓인지 다른 사람들을 만나는 빈도가 높다. 하급 모험자 자체의 숫자가 많다 보니 역시 동종업자들을 자주 본다.

【헤스티아 파밀리아】가 일약 유명해진 계기인, 【아폴론 파밀리아】와의 워 게임이 가져다준 반향이 아직 남은 것 같다. 나를 알야보는 사람이 많다.

길드가 공개한 공식 레벨에 걸맞지 않는 이 계층에——그것도 혼자서——있는 내가 신기한지, 엇갈려 지나가거나 눈이 마주친 모험자들은 의아한 시선을 보낸다.

나는 고개를 숙이는 것 말고는 아무것도 할 수 없었다.

'벌써 도착했네…….'

제1계층의 대형 통로 '시작길'을 빠져나가 지상과 미궁을 잇는 구멍으로 나아갔다.

바벨의 지하 1층으로 통하는 나선계단 너머 플로어의 천장에는 창공의 그림이 있다. 아직 정오가 되지 않은 어정쩡한 시간대이기도 해서 던전으로 가는 모험자가 적은 가운데, 구멍 가장자리를 따라 만들어진 은색 계단을 나아갔다.

시선을 발밑에 떨구고 있으려니…… 갑자기 누군가가 발을 멈추는 기척이 느껴졌다.

"아……."

고개를 든 곳에 있던 것은 한 모험자였다.

은색 가슴받이, 허리에 찬 한 자루의 검.

역광의 위치에서 마석등 빛을 받는 금색 장발이 사금처럼 빛났다.

그리고 머리카락 색과 같은 금색 눈동자가 나를 바라본다.

"아이즈 씨……."

정신이 들고 보니 나는 동경하는 검사의 이름을 중얼거리고 있었다.

"……."

금발금안의 소녀와 백발 소년이 무언가 말을 나누고, 둘이 함께 지상으로 올라간다.

수정에 비친 그 광경을 흑의의 메이거스는 말없이 지켜보았다.

"무슨 일 있었나, 펠즈."

"……아니."

나직한 음성에, 칠흑의 로브를 걸친 펠즈는 짧게 대답했다.

길드 본부 지하, '기도의 방'.

어스름에 지배당한 석조 공간에는 네 자루의 횃불만이 광원으로 존재했다. 고대 신전을 방불케 하는 제단 중앙에는 거대한 신좌에 의연히 군림하는 노신, 우라노스가 있다.

그의 오른팔인 펠즈는 좌대에 놓인 수정을 통해 바벨 지하 1층의 양상을 감시한다.

"역시 '바벨'에는 움직임이 없나?"

"응. 그 헌터들…… 【이켈로스 파밀리아】가 '바벨'을 드나드는 기색은 없어."

우라노스의 물음에 펠즈는 고개를 끄덕였다.

던전 출입구인 '구멍'이 존재하는 바벨에는 펠즈의 '눈'이 있다. 창공을 그린 지하 1층의 천장화에 은근슬쩍 박힌 청옥이 바로 그것이다.

'현자'라 칭송받던 '어리석은 이' 펠즈가 만들어낸 쌍둥이 수정이며, 이름은 '오쿨루스'.

이것은 한쪽 수정이 포착한 광경을 음성과 함께 나머지 한쪽 수정으로 비출 수 있다. 멀리 떨어진 곳으로도 전송이 가능한, 현대에 유일하게 존재하는 교신용 매직 아이템이다. 소재가 없으면 펠즈도 제작이 곤란하며, 그 유명한 【만능자 페르세우스】도 이를 만들어낼 경지에는 이르지 못했다. 심부름꾼으로 부리는 올빼미의 의안 또한 같은 매직 아이템인데, 원래는 한쪽 눈을 잃고 빈사상태에 빠졌던 녀석을 펠즈가 구해내 대용품으로 끼워주었던 것이다.

이 오쿨루스를 이용해 이제까지 펠즈는 위법자나 블랙리스트 모험자를 단속했다. 비네를 지상으로 데리고 나왔던 벨 일행을 감지했던 것도 이 매직 아이템의 힘이었다.

우라노스의 직속, 말하자면 길드 직원에게도 알려지지 않은 극비의 암부와도 같은 입장이기도 하므로, 사소한 안건이나 재량의 여지가 있는 경우에는 일부러 눈감아주기도 하지만, 이 흑의의 메이거스는 오랜 세월 동안 던전과 도시의 대세가 그릇된 방향으로 향하지 않도록 눈을 빛내고 있었던 셈이다.

"이제까지와 똑같아, 우라노스. 간신히 적의 정체를 알아냈는데도 상대의 움직임을 감지할 수가 없어."

【헤르메스 파밀리아】의 활약 덕에, 몬스터를 사로잡아 밀수하는 헌터들은 십중팔구 【이켈로스 파밀리아】이리라는 사실을 알아냈다.

이틀 전, '제노스'의 비밀 마을로 이동하는 동안에도 펠즈는 줄곧 오쿨루스로 지상과 지하의 현관을 감시했다. 그리고 오늘에 이르기까지 길드의 기록에 남은 【이켈로스 파밀리아】의 구성원이 '바벨'을 통과한 흔적은 전혀 없었다.

펠즈와 우라노스를 비웃듯, 헌터들은 여전히 암약하는 것이다.

"'바벨'로 돌아오지 않은 이상 아직까지 던전에 머물고 있거나, 혹은 리빌라에 잠복했을지도…… 아니, 가능성은 낮겠군."

애초에 근본적인 문제는, 어떻게 이때까지 펠즈의 눈을 속이고, 사로잡은 '제노스'들을 **지상으로 운반해** 도시 밖으로 밀수했는가 하는 점이다.

떠오르는 것은 일말의 가능성이었다.

좌대의 수정에서 눈을 뗀 흑의의 메이거스는 제단 위에서 여전히 정면을 응시하는 신에게 시선을 보냈다.

감정을 억누른 나직한 목소리로 진언한다.

"우리가 전부터 의구했던⋯⋯ '바벨' 이외의, **또 다른 던전 출입구.**"

"⋯⋯."

"몬스터를 잡아놓는 적의 아지트는 역시 **지상이 아니라──**"

파직, 횃불이 불똥을 튀겼다. 조그마한 불꽃이 이리저리 춤추는 가운데, '기도의 방'은 찰나의 정적에 휩싸였다.

어스름에 몸을 맡긴 펠즈와 우라노스 사이에 침묵이 교차되었다.

이윽고 우라노스가 입을 열었다.

"'제노스'들은 지금, 어떻게 하고 있나?"

신의 물음에 펠즈는 문양이 새겨진 장갑을 품에 넣었다.

"예정에 따라 다른 비밀 마을로 이동하는 중인 것 같은데⋯⋯ 아직 리드에게서 도착했다는 보고는 없었어."

흑의 안에서 꺼낸 것은 좌대에 놓인 것과는 다른 수정이었다.

펠즈는 지상에 있는 동안에도 오쿨루스로 '제노스'들과 정기 연락을 주고받는다. 미궁 내에 있더라도 교신이 가능한 이 매직 아이템은 주로 던전의 이상사태 조사나 진압 등 재빠른 의뢰를 보낼 때에 매우 유용하다.

반면 오쿨루스는 짝을 이루는 수정이 아니고서는 정보를 공유할 수 없다는 결점이 있다. 다시 말해 혼자서 여러 개의 지점을 감시하거나 여러 사람과 교신하려면 같은 수의 수정을 가지고 다녀야만 한다. 그것이 난점이라면 난점이었다. 그 증거로, 온몸을 덮은 펠즈의 로브 안에는 수정이 주렁주렁 덩어리를 이루고 있었다.

　펠즈는 여러 쌍의 오쿨루스를 '제노스'들에게 빌려주었으며, 지상과의 전용 회선은 두목인 리드에게 맡겼다.

　노란색 수정을 꺼내 내려다보던 펠즈는—— 갑자기 움직임을 멈추었다.

　그 모습을 알아차린 우라노스가 물었다.

　"왜 그러나?"

　경직된 간격을 두고, 흑의의 메이거스는 동요를 감추지 못한 목소리로 불온한 대답을 했다.

　"리드에게 맡긴 수정의 반응이, 끊어졌어……."

　격렬한 소리를 내며.

　땅바닥에 내팽개쳐진 황수정이 산산이 부서졌다.

　"——무슨 짓이야, 그로스!!"

　리저드맨의 거친 목소리가 '거목미궁'에 울려 퍼졌다.

　제24계층 깊은 곳에 존재하는 어떤 룸. 빛이끼가 군생하지 않아 어둠에 휩싸인 공간에는 종족이 서로 다른 몬스터들이 모여 있었다. 모험자의 무기와 방어구를 장비한 '제노스'의 무리였다.

그 집단 중에서 리저드맨 리드와 가고일 그로스는 충돌하고 있었다.

지상의 펠즈와 교신할 수 있는 유일한 오쿨루스를 파괴당한 리드는 그로스를 힐문했다.

"왜 수정을 파괴해?! 이래선 펠즈와 연락을······!"

"펠즈의 이야기에 귀를 기울일 필요 따위 없다!! 지시를 기다릴 필요가 어디 있나?! 해야 할 일은 뻔한데!!"

사태의 발단은 그로스가 이끌던 파티가 전한 소식이었다.

──라녜 파티가 살육당하고, 비네와 피아가 납치당했다.

그 소식을 듣고 리드는 재빨리 오쿨루스를 통해 전 파티의 '제노스'에 소집을 요청했다. 레이를 비롯한 지휘관들은 파티를 이끌고 지정된 현재의 룸에 신속히 모여 자세한 정보를 공유했다. 그리고 리드가 펠즈와 연락을 취하려던 순간── 그로스의 발톱이 수정을 파괴했던 것이다.

"펠즈는 또 이렇게 말하겠지! 참으라고, 지금은 아직 기다려야 한다고. ──웃기지 마라!! 우리는 이미 충분히 기다렸다!!"

회색 암석의 몸을 가진 가고일은 리드를 웃도는 성량으로 받아쳤다.

'제노스'의 존재를 오로지 숨기려 하는 펠즈와 우라노스의, 지상의 생각 따위 이미 상관없다고.

이제까지도 동포가 납치당할 때마다 펠즈에게 행동을 자중하도록 설득당했던 그로스는 격앙된 목소리로 그렇게 내뱉었다.

'제노스'들의 발밑에는 부서진 갑옷과 무기가 놓여 있었다.

그로스가 가져온, 동료들의 무참한 유품이었다.

"우리는 모두 보았다. 모두 들었다!! 인간 놈들의 소행을, 라네 일행이 죽어가는 모습을!!"

"……큭?!"

라네와 나눠 가졌던 붉은 쌍둥이 수정.

아이러니하게도 펠즈가 주었던 오쿨루스가 그로스의 마음에 결정적으로 시커먼 불꽃을 피웠다. 사악한 헌터들이 일으킨 참극을 똑똑히 보고 들으면서, 그의 감정은 이미 제어가 불가능한 지경에 빠졌다.

그리고 그것은 그로스만이 아니었다. 리드와 그로스를 에워싼 '제노스'들의 무리 또한 점점 흥분했다. 원래 인류에 대해 비호의적이었던 그로스의 그룹만이 아니라——리드 쪽에 있었던 온화한 '제노스'까지.

히포그리프를 잃은 그리폰의 눈이 분노로 타올랐다.

라미아가 머리카락을 이리저리 흔들며 울부짖고 복수를 맹세한다.

트롤이 피가 뚝뚝 떨어질 정도로 주먹을 부르쥐고 땅을

후려친다.

유니콘이, 실버백이, 크림슨 이글이, 메탈 가젤이, 수많은 '제노스'가 분노와 증오에 지배당하고 있었다.

리드를 제외하면 이제는 제대로 된 이성을 유지한 자는 침통한 표정으로 고개를 숙인 고블린 레드 캡, 입을 꾹 다문 세이렌 레이, 두 귀를 누르고 눈물을 글썽이며 쪼그리고 앉은 알미라지뿐이었다.

"펠즈의 도움 따위 필요 없다! 방해하게 두지도 않겠다!! 우리의 손으로 결판을 낸다!!"

몸속에서 길길이 날뛰는 분노의 감정, '괴물'이라 불러 마땅한 충동이 시키는 대로 따르겠노라고 그로스는 눈물을 흘릴 수 없는 암석의 눈을 크게 떴다.

"보복이다!! 라네 일행의 원수를 갚고 동포를 구한다!! 인간 놈들에게 대가를 치르게 한다!!"

분노에 찬 가고일의 절규.

터져 나온 그로스의 선언을 주위의 '제노스'들이 일제히 복창했다.

──보복!! 보복!! 보복!!

격정의 폭발. 룸이 진동했다.

모험자나 몬스터의 존재도 잊고 고함을 질러대는 동포들에게 에워싸여 리드는 당황했다. 붉은 비늘에 싸인 손이 떨릴 정도로 꽉 주먹을 쥐고 있었다.

"놈들은 죽인다!! 방해하는 자도 마찬가지다! 모두 죽여버린다!!"

"그런 건, 그런 건…… 비네를 납치해간 놈들하고 똑같잖아……!"

리드는 이를 악물며, 자칫하면 울 것 같은 표정으로 목에서 목소리를 쥐어짜냈다.

지금도 그로스를 비롯한 동포들에게 뒤지지 않을 정도로 격렬한 불꽃에 몸을 태우고 있는 리저드맨은, 그래도 냉정한 판단을 촉구하는 것은── 어디까지나 '비원'을 위해서였다.

"이제까지 해왔던 일들을 전부 망쳐버릴 생각이야?! 죽어간 동포들의 꿈을, 지상의 빛을……!"

지상으로의 진출, 인류와의 공존.

가슴에 담은 강렬한 동경을, 지금의 자신이 있는 존재 이유를 버릴 수 없는 리드는 벗어나려 하는 경계선을 앞에 두고 발을 멈추자고 호소했다.

"벨찡 같은 녀석들도 있어!!"

잊었느냐고.

리드는 자신과 악수를 나누었던 소년의 이름을 외쳤다.

"모험자가, 인간이 전부 나쁜 놈들은 아니야!"

그러나 리드의 마음이 담긴 외침은 동포들의 마음에 닿지 못했다. 그로스가 즉시 반론했다.

"그렇게 말하면서, 몇 번 배신당해야 직성이 풀리겠나!"

"!!"

"우리에게 정을 베풀어준 인간 놈들은, 지금 어디로 갔지?!"

이제까지 벨 일행 이외에도 '제노스'에게 정을 베풀어주었던 모험자나 접촉을 했던 자들은 적잖이 있었다. 그들은 그때마다 희망을 품었다.

그러나 마지막에는 모두가 인류 편에 섰다.

'제노스'들을 버리고, 배신했다.

"그 꼬마도 지금은 현실에서 눈을 돌리고 있을 뿐이다!! 언젠가 우리를 버릴 거다! 인간과 '괴물'의 공존 따위 불가능해!!"

"큭······!"

"그만 정신을 차려라, 리드!"

가고일 '제노스'는 격하게 말했다. 황당무계한 꿈은 그만 좇으라고.

한 마디도 받아치지 못한 채 뻣뻣이 선 리드를 밀어낸 그로스는 분노가 등을 떠미는 대로 '행동'을 개시했다.

"동포를 되찾는다, 반드시!! 라녜가 남긴 의지를 헛되이 하지 않는다!"

그로스는 회색 돌로 이루어진 날개를 펼치고 룸에서 날아올랐다. 쩌렁쩌렁 울려 퍼지는 가고일의 포효에 이끌린 것처럼, 다른 '제노스'들도 뒤를 따랐다. 서른이 넘는 몬스터가 하나의 '목표'를 향해 진군을 개시했다.

"안 되겠어요, 리드······. 이젠, 막을 수 없어요."

동료를 막지 못한 채 번민하는 리드에게 곁에 있던 레이가 말했다. 날개가 달린 두 팔로 몸을 끌어안은 그녀 또한 떨리는 어깨를 필사적으로 붙들고 있었다.

　"빌어먹을……."

　분노에 저항하는 세이렌을 흘끔 보고 얼굴을 일그러뜨린다.

　한 마리의 리저드맨은 보이지도 않는 지상을 우러러보았다.

　"미안해, 펠즈…… 벨찡."

　힘없는 사죄의 목소리가 어둠 속으로 사라졌다.

　주사위는 던져지고 말았다. 이대로 나아갈 수밖에 없다.

　더는 돌이킬 수 없게 되더라도—— 반드시 동포들만은 되찾아야 한다.

　리드는 각오했다. 동시에, 자신도 가슴속에서 소용돌이치던 감정의 흐름을 받아들였다. 눌러 담으려 했던 마음이 온몸을 지배하는 것은 한순간이었다.

　분위기가 표변한 리저드맨은 땅에 꽂아두었던 롱소드와 시미터를 뽑아 들었다.

　"레이, 레트. 나랑 같이 가자. 그로스를 따라가겠어."

　"……그래."

　"알았어……."

　"알루. 넌 '그 녀석'을 마중하러 가."

　세이렌과 레드 캡의 옆에서 알미라지가 동그란 붉은 눈

으로 표정이 사라진 리드를 올려다보았다.

"합류할 예정이었던 마을에 이미 도착했을 거야. 사정을 설명하고, 데려와."

잠자코 있던 토끼 몬스터는 긴 귀를 흔들고 고개를 끄덕였다. 높은 울음소리를 짧게 내고, 곁에서 대기하던 헬 하운드에 뛰어오른다. 등을 내밀어준 몬스터에 올라탄 알미라지는 헐렁한 푸른색 배틀 재킷을 펄럭이며 룸을 나갔다.

"가자."

그로스 일행의 '행동'을 따르기 위해 리드 일행도 달려나갔다.

굵고 긴 도마뱀 꼬리가 뱀처럼 출렁이고 쑥쑥 속도가 올라갔다.

노란 눈에 핏발이 선 그 옆얼굴은—— 이미 '괴물'의 얼굴이었다.

"팔가, 나타났다. ——이켈로스 놈들이다."

날개 달린 여행모와 샌들 엠블럼을 감추고 변장한 무리가 어떤 삼인조 사내들을 쫓았다.

모험자가 왕래하는 대로에서 미행이 이루어지는 가운데, 제18계층의 '리빌라 마을'에서는 여느 때와 다를 바 없는 크리스탈의 빛이 내리쬐고 있었다. 계층 천장을 가득 메운, 활짝 핀 국화와도 같은 수정의 빛은 '낮' 시간대를 알려주었다.

호반의 섬 위에 만들어진 역참 마을에서는 상급 모험자가 오간다. 지상의 중계지점으로 많은 이들이 계층 공략의 거점 대신 이용하며, 도구상이나 여관, 주점에 들러서는 바가지 장사를 하는 주민들과 교섭이라는 이름의 뜨거운 싸움을 벌인다.

노성과 웃음소리가 끊임없이 오가고, 사이가 나쁜 파벌에 속한 자들끼리 노상에서 맞부딪혀 서로를 노려본 끝에 난투 소동이 발발하기도 한다. 지극히 평온한, 무뢰배들의 마을에서는 일상다반사인 광경이었다.

수정과 노출된 암반에 에워싸인 역참 마을이 평소와 다른 술렁임을 띠기 시작한 것은 그로부터 얼마 지나지 않아서였다.

"보르스!"

"아앙? 뭔데?"

"몬스터들이 소란을 피우는데…… 뭔가가 이상해."

무장한 모험자들이 전망 좋은 절벽 가장자리에 모였다. 대자연을 내포하고 있는 광대한 세이프티 포인트 안에서, 모두가 같은 방향을 응시했다.

그들이 눈을 돌린 곳은 계층 중앙지대—— 하부 계층으로 이어지는 거대한 중앙수.

"저건……."

던전을 나가니 머리 위에는 변함없는 푸른 하늘이 펼쳐져 있었다. 태양은 중천에 접어들려 해서 이미 정오가 가까워졌음을 알려주었다.

이곳은 메인 스트리트에서 벗어난 가도. 온갖 가게가 늘어섰으며, 그중에서도 무소속으로 여겨지는 데미휴먼 소녀들이 경영하는 꽃가게에는 사람들이 많다. 가게 앞에 늘어선 형형색색의 꽃에 아이들이 웃음을 피운다. 나는 나도 모르게 어느 사이엔가 그 아이들의 얼굴을 눈으로 따라가고 있었다.

도시의 평화로운 소란에 휩싸이면서, 한순간 모르는 길로 잘못 들어섰다는 감각에 사로잡혔다.

나는 그런 착각을 털어내면서, 가도를 벗어난 곳에서 발을 멈추었다.

"……저기, 죄송해요. 시간을, 빼앗아서."

"아냐……."

주위가 민가에 에워싸인 공터. 나는 그곳에서 아이즈 씨와 마주 섰다.

'바벨'의 나선계단에서 그녀와 우연히 맞닥뜨린 나는, 던전에 가려던 이 사람을 불러 세우고 말았다.

어째서 그런 짓을 해버렸는지는 알 수 없다. 다만 이제까지 목표로 좇았던 동경의 대상에게, 무언가를 묻지 않을 수 없다고 생각했다.

감정이 정리되지 않아 자꾸만 말을 더듬는 나를 보고, 무언가 생각한 것이 있는지 아이즈 씨는 장소를 옮기자고 제안해주었다. '바벨'에서 떨어진 인적이 없는 곳을 찾아, 지금 이렇게 마주 보고 있다.

"……."

"……."

아이즈 씨와 시선을 얽었다.

이렇게 가까운 곳에서, 단둘이 마주 본 것이 얼마만일까.

엘프나 여신님과 비교해도 뒤떨어지지 않는 용모는, 역시 시간을 잊어버릴 정도로 아름다웠다. 감정이 희박한 표정은 무엇을 생각하는지 알 수 없었으며, 그저 그 투명한 금색 눈동자 속에 빨려 들어가버릴 것만 같았다.

이런저런 것들을 잊고, 이 금색 광채만을 넋 놓고 바라볼 수 있다면…… 그런 생각이 들고 말았다.

"……왜?"

아이즈 씨가 천천히 물어보았다.

그 한 마디에는 여러 가지 의미가 담긴 것 같았다. 금색 눈동자가 내 마음을 꿰뚫어 본 기분이었다. 왜 그리 절박한 눈을 하느냐고, 왜 그리 망설이느냐고.

입안이 바짝 마르는 것을 느끼면서…… 나는 말을 토해냈다.

"아이즈 씨는……"

"……."

"몬스터한테, 무언가 살아갈 이유가 있다고 한다면……
우리와 다를 바 없는 감정을 가지고 있다면, 어떻게 하시
겠어요?"

말해버렸다.

사람과 마찬가지로 웃음을 짓고, 사람과 마찬가지로 고
민하고, 사람과 마찬가지로 눈물을 흘리는 '괴물'과 만난다
면— 그래도 당신은 검을 휘두를 수 있느냐고.

동경하는 검사에게 묻고 말았다.

"……."

아이즈 씨는 조그만 입술을 다물었다.

의미를 알 수 없는 질문일 텐데 안이하게 대답하지도,
의문으로 여기지도 않고, 진지하게 받아들이며 내게 들려
줄 자신의 대답을 찾고 있다.

시간이 흘렀다.

미지근한 여름 바람이 우리 사이를 지나갔다.

이윽고, 나에게서 계속 시선을 돌리지 않던 아이즈 씨가
입을 열었다.

"나는, 몬스터가 위해를 끼치려 한다면…… 아니."

한 차례 고개를 가로젓고— 말했다.

"몬스터 때문에 누군가가 운다면— 나는 몬스터를, **죽**

일 거야."

"흐윽?!"

그 말을 듣고 흠칫 어깨가 떨리고 호흡이 멈추었다.

일말의 망설임도 없는 목소리로, 아이즈 씨는 확실하게 단언했다. 설령 인간과 같은 마음을 가졌다 하더라도, '괴물'은 주저하지 않고 없애겠다고.

동경하는 검사의, 그런 올곧고 무엇보다도 잔혹한 대답에 얼어붙었다.

비네 일행을 냉혹할 정도로 베어버리는 아이즈 씨의 모습이…… 그런 환각이 뇌리를 가로질렀다.

나는 흔들림 없는 이 사람의 표정을 앞에 두고 가만히 서 있을 수밖에 없었다.

반대로 금색 눈동자가 내게 묻는다.

──너는 달라?

"……!!"

그렇다. 나도 소중한 사람을 잃었다.

무엇과도 바꿀 수 없는 그 사람을, 할아버지를 몬스터에게 잃고 말았다.

그때 나도 울지 않았던가.

그래도 내가 지금까지 복수와 같은 시커먼 감정에 떠밀리지 않을 수 있었던 것은, 단순히 할아버지가 죽는 모습과 주검을 보지 못했기 때문에, 그리고 고독감이라는 이름의 슬픔에 빠졌을 뿐 분노를 품을 틈이 없었기 때문이다.

현실과 이상, 사람과 몬스터의 틈에서 굳어버렸다.

나를 바라보기만 하는 아이즈 씨를 앞에 두고, 이제 심장은 격렬하게 뛰고 있었다.

"저, 는——"

그리고.

피부를 따라 흘러내리는 땀을 느끼면서, 뻣뻣해진 입을 움직이려던—— 그다음 순간.

뎅그렁, 뎅그렁!!

하늘을 진동시키는 요란한 종루의 종소리가 울려 퍼졌다.

""?!""

아이즈 씨와 함께 상공을 올려다보았다.

정오를 알리는 종소리——가 아니었다.

소리는 평소처럼 동쪽 끝이 아니라 북쪽 방향에서 들려왔다. 무엇보다도 소리가 심상찮을 정도로 격렬했다.

마치, 종을 치는 사람들도 동요한 것처럼.

"이 방향은, 길드 본부…… 도시의 경종?"

아이즈 씨가 중얼거리는 목소리에 흠칫했다.

그렇다. 나도 안다. 바로 얼마 전, 이것과 똑같은 경종을 들은 적이 있다.

라키아 왕국군——【아레스 파밀리아】가 도시에 진격했

을 때에도 울렸던, 길드 본부의 대종루.

오라리오에 **긴급사태**를 알리는 경보다.

귀를 찢을 듯한 거대 종의 소리에 나는 숨을 멈추었다.

『──긴급경보, 긴급경보!! 오라리오에 속한 모든 【파밀리아】는 길드의 지시에 따라주십시오! 길드는 미션을 발령합니다!!』

우리의 예상을 긍정하듯 길드 본부에서 마석제품인 대형 확성기가 작동해, 귀에 익은 하프엘프 여성의 목소리가 도시 전체에 울려 퍼졌다.

『제18계층 리빌라가 **무장한 몬스터**에 의해 궤멸!! 이에 따른 몬스터의 대이동을 확인!!』

──그리고 이번에야말로, 내 호흡은 완벽하게 얼어붙었다.

『속히 길드는 모험자를 편성하여 몬스터의 토벌을── 네? 아니, 그럴 수가…… 아, 알겠습니다.』

시간이 멎어버린 나를 내버려둔 채, 매우 당황한 목소리가 들린 후 방송이 이어졌다.

『시민 및 모든 모험자의 던전 진입을 **금지합니다**!! 각 【파밀리아】는 길드의 지시가 나올 때까지 홈에서 대기해주십시오!! 반복합니다──』

사태의 절박함을 말해주는 격렬한 방송이 하늘을 달린다. 상공을 바라보던 아이즈 씨가 긴장된 표정을 짓는 가운데, 나는 말을 잃고 있었다.

리빌라가, 궤멸?

무장한 몬스터? 대이동?

리드 씨…… 비네?

그럴 수가, 대체, 무슨 일이——.

무시무시한 기세로 헛도는 생각이 온몸에 열을 일으켰다. 동요와 혼란이 몸속 구석구석까지 휩쓸며 땀샘이 왈칵 열렸다.

시야가 흔들리는 나를 내버려둔 채, 끝날 줄 모르는 경종이 도시에 울려 퍼졌다.

뒤집어지는 일상. 내던져진 흉보라는 이름의 파문.

동란의 기척이 오라리오에 밀려들고 있었다.

8장 동란도시

"그러니까 말했잖아!! 무기를 든 몬스터들이 리빌라를 공격했다니깐!! 리빌라는 당했어, 전멸이야!!"

온몸에 부상을 입은 사내의 노성이 울려 퍼졌다.

카운터에 내리친 주먹과 함께 튀는 핏방울. 목숨을 간신히 부지해 여기까지 도망친 것이 분명한 리빌라의 우두머리 보르스의 보고에 직원 및 창구 접수원들은 낯빛이 창백해졌다.

이제는 아비규환의 소용돌이로 변해버린 길드 본부.

백대리석 로비에는 제18계층에서 도망쳐 온 리빌라 마을의 주민들이 밀려들고 있었다. 땀이 쏟아지거나 말거나 내버려둔 채 주저앉은 모험자는 대부분 피로에 찌든 모습이었으며, 개중에는 중상을 입은 사람도 보였다.

부상 당한 그들이 무리를 해가며 길드 본부로 달려온 것은 다른 이유 때문이 아니었다. 던전에서 발생한 이상사태를 지상에 전달하기 위해서였다.

"놈들이 중앙수에서 나타났다고! 아래쪽 계층에서! 종족에 통일성도 뭣도 없었지만, 어쨌거나 엄청나게 강해!"

아래쪽 계층에서 출현한 수수께끼의 무장 몬스터. 상급 모험자, 그것도 제2급 모험자 이상의 잠재능력을 엿볼 수 있는, '아종'으로 짐작되는 존재. 이 몬스터의 집단은 중앙수에서 달려 나오자마자 포효를 지르며 일직선으로 호반의 리빌라를 급습했다.

너무나 빠른 침공 속도에는 이상사태에 익숙한 리빌라 주민들조차 대응하지 못해, 마을 벽이 파괴당하고 던전의 역참 마을이 함락되기까지는 순식간이었다. 제대로 반격도 못한 채 몬스터에 유린당한 주민들은 체류 중이던 모험자들과 함께 마을을 포기하고 지상까지 도망쳤던 것이다.

'리빌라 마을'의 총 334번째 멸망이었다.

"몬스터의 종류는요? 수는요?!"

"추가공격은 있었나요?! 몬스터의 침공은 대체 어디까지?!"

힐러에게 도움을 호소하며 길드 직원들이 붕대 같은 아이템을 가져와 모험자들을 바쁘게 치료하는 가운데, 접수원들은 필사적으로 자세한 정보를 요청했다. 문답과 확인을 되풀이하면서 이 심대한 이상사태를 수습하기 위해 현재 상황의 파악에 혈안이 되었다.

"기, 기다려보세요오~! 모, 모험자분들의 피해는……?!"

"대부분은 다 어떻게든 빠져나왔지만…… 미처 못 도망친 놈들도 있어. 그놈들은, 이미…….."

미간에 주름을 잡는 보르스의 말에 핑크색 머리카락의 접수원 미샤의 눈에서는 눈물이 그렁그렁 쏟아지려 했다.

"이쪽도 큰일이구나……!"

상황이 어지럽게 돌아가는 가운데 긴급방송을 마치고 로비로 돌아온 에이나는 시야에 펼쳐진 광경에 고운 얼굴을 일그러뜨렸다.

"튤, 돌아왔군. 일손이 부족하니 속히 대응해주게."

"반장님…… 알겠습니다! 하지만……."

달려오는 시앙스로프 상사에게 고개를 끄덕여 대답하기는 했지만, 에이나는 이내 되물었다.

"조금 전의 경계경보 갱신은 대체 뭐였나요……?!"

모험자들에게 내려진 던전 '진입금지'. 명령이 내려지기 전까지는 홈에서 대기.

지금은 한시를 다투는 때다. 리빌라 함락도 물론 큰일이지만, 아래 층역에서 대거 밀려들었다는 몬스터 군단이 그대로 세이프티 포인트를 돌파해버린다면 길드가, 아니, 인류가 우려하는 몬스터의 '지상진출'도 일어날 수 있다. 미궁도시가 지켜왔던 안전신화는 붕괴되고, 이는 하계 전체에 충격을 가져다줄 것이다. 과거의 '3대 퀘스트' 실패── 2대 최강 파벌이 '흑룡'에 패배했을 때와 마찬가지로, 세계에 큰 혼란을 초래할지 모른다.

느닷없이 날아든 철회 지시에 관해 에이나는 힐문하지 않을 수 없었다.

"……상부의 결정일세."

"상부?!"

"그래. 서둘러 전달 내용을 변경하라더군. ……아니, 길드장님이 당황하던 모습을 보면 아마 상부의 뜻이 아니라……."

늘씬한 수인은 그다음 말을 저어하듯 말을 끊었다. 에이나는 안경 안에서 에메랄드색 눈을 크게 떴다. 마음속에서

'설마' 하는 말이 흘러나왔다.

"우라노스 님께서……?"

"신 우라노스! 어찌 그런 지시를……?!"

비만 체형의 엘프가 굵은 땀을 흘리면서 고함을 질러댔다.

길드 본부 깊은 곳에 위치한 '기도의 방'.

길드 최고 책임자인 길드장 로이만 말디르의 직소를 들은 우라노스는 담담히 말했다.

"침착하라, 로이만."

"하오나 중대사가 아닙니까?! 이대로 몬스터의 침공이 멈추지 않는다면 지상에 진출을 허용하고, 나아가서는 우리 길드의 권위가, 시, 시, 실추……!!"

돼지처럼 살찐 몸을 푸들푸들 떨며 갈라진 목소리로 말하는 로이만.

길드의 전복에서 이어지는 자신의 권력 박탈을 두려워하는 길드장을 앞에 두고, 노신은 신좌 위에서 느긋한 자세를 관철했다.

"이것이 정말로 지상진출을 꾀하는 대이동이라면 몬스터는 리빌라 주민들에 이어 지금쯤 '바벨'을 돌파했을 것이다."

"그, 그건…… 그렇군요."

"이상사태임은 분명하다. 그러나 이를 도시의 위기라 단정하는 것은 성급한 판단이다. 무엇보다."

일단 냉정을 되찾은 엘프를 바라보며 우라노스는 결정타가 될 말을 꺼냈다.

"나의 '기도'는 깨지지 않았다."

"오오……!"

그 선언에 로이만의 얼굴이 빛났다.

'오라리오의 창설신' 우라노스가 이 제단에서 던전에 바치는 '기도'. 미궁의 활성화나 몬스터의 대이동을 저지한다고 일컬어지는 절대적인 신위.

우라노스의 입에서 직접 떨어진 신의 위광은 천의 논리를 늘어놓는 것보다도 더 큰 설득력을 가져다주었다. 로이만의 마음에 강한 수긍과 크나큰 안도를 심어주었다.

"여러 【파밀리아】에 의한 임무수행은 쓸데없는 혼란만을 초래한다. 토벌대는 【가네샤 파밀리아】에게 일임하라. 아직 던전에 남아 있을 모험자들, 특히 중층 이하에서 탐색 중인 자들을 구출하는 역할도 있다. 전달을 서두르도록."

"분부 받들겠나이다!"

"다른 지시도 차후에 내리겠다. 가거라."

"예엣!"

신 앞에 무릎을 꿇었던 로이만은 그 굵은 몸을 돌렸다. 뒤룩뒤룩 찐 뱃살을 열심히 출렁거리며 1층으로 이어지는 긴 계단을 뛰어 올라간다.

그리고 이내, 그의 자리를 대신하듯──.

"난감하게 됐어……!"

"그렇군."

──기척을 끊었던 펠즈가 어둠 속에서 나타났다. 모습을 보이자마자 초조함을 감추지 않는 메이거스에게 우라노스 또한 냉엄한 표정을 지었다.

"우리가 정보를 파악하기도 전에 로이만과 부하들이 움직이고 말았다."

"사태가 혼란에 빠지기 전에 해명하고 수습하는 것이 최선이었는데……!"

'아종'이라 여겨지는 무장 몬스터의 제18계층 침공. 길드 상부는 이를 지상진출의 조짐이라고 속단을 내려, 로이만의 지시 아래 긴급경보를 감행하고 말았던 것이다.

사정을 모르는 자들의 눈에는 그렇게 비쳐도 어쩔 수 없다. 보통 몬스터의 계층 간 이동은 기껏해야 상하 두 계층 범위에서 이루어진다는 점을 감안했을 때, '중층'만이 아니라 '하층'이나 '심층'에 서식하는 몬스터까지 목격되었다는 정보는 위기감과 공포를 조장하기에 충분했다.

사태의 경위를 안 우라노스와 펠즈의 제지는 한발 늦었다. 후수로 밀려나버린 그들은 차선의 방법으로, 이 이상의 혼란을 억제하고 추세를 제어하기 위해 경보 내용 및 미션 변경을 명령했던 것이다.

"정보를 믿는다면, 틀림없이 '제노스'일 거야. 이유는 확실하지 않지만 그들이 리빌라를 습격했어……!"

믿고 싶지 않다는 뜻을 생생히 드러내며 펠즈는 검은 옷을 떨었다.

'어리석은 이'를 자처하는 메이거스는 몸을 잠식하는 동요와 지금도 싸우고 있었다.

"무슨 일이 일어났으리라 생각하나, 펠즈."

스스로에게 자문이라도 하듯 우라노스는 펠즈에게 물었다.

"리드와 연락이 끊어진 것과 무관하지 않을 거야. 추측일 뿐이지만…… 헌터들에게 습격당해서, 그들이 리빌라를 침공할 만한 무언가가 일어나고 말았을지도…….""

"몬스터들의 분노란 말인가…….""

제단에 앉은 노신은 조용히 눈을 감았다.

"……지시를 내리겠다. 올빼미를 준비하게."

"그렇다면……?"

"그래. 로이만에게 말했듯 제18계층에는 가네샤의 파벌을 보낸다. 이에 맞춰 도시의 수비대, 검문소도 배치를 변경한다. 미션에 참가할 사람은 우리에게 관여된 자로 엄선하겠다."

결탁 파벌인 【가네샤 파밀리아】를 출격시킬 명목은, 정예를 투입해 피해를 최소화하며 몬스터를 토벌하기 위해.

진의는 '제노스'를 죽이지 않기 위해. 혹은 모험자들이 반격을 당해── '제노스'에게 학살당할 우려를 없애기 위해.

사태가 이미 일어나고 만 이상 길드는 도시의 관리자로

서 행동해야만 한다. 한편으로는 지성을 가진 몬스터의 존재는 길드 상부조차 모른다. '제노스'가 공공연히 드러나는 일을 막고자, 우라노스는 자신들과 손을 잡은 가네샤에게 극비리에, 아울러 신속하게 수습시키고자 한 것이다.

"【헤르메스 파밀리아】는?"

"그들에게는 이켈로스의 수색을 맡겨놓았다. 각 세력에 밀사를 보낸 후 펠즈, 자네도 【가네샤 파밀리아】와 동행하도록. 로이만에게는 내가 지시하겠다."

펠즈는 노신의 명령을 수락했다.

그리고 흑의의 메이거스가 나가려 하기 직전, 우라노스는 조용한 표정으로 입을 열었다.

"펠즈—— 벨 크라넬을 미션에 편성하도록."

"……우라노스, 그건."

"여기서 지켜보겠다. 그 소년을…… '제노스'의 손을 잡아주었다는, 유일한 모험자를."

'제노스'의 비밀 마을에서 있었던 일을 언급하며 우라노스는 푸른 두 눈을 가늘게 떴다.

"상황에 휩쓸리기만 하던 어린아이가 신에게 놀아나는 인형이었는지, 아니면……."

신의 중얼거림이 어스름한 제단에 울려 퍼졌다.

횃불의 빛을 칠흑의 로브에 반사하던 펠즈는, 잠시 후 고개를 끄덕였다.

"알았어……. 당신의 신의에 따르지."

그리고 이번에야말로 흑의를 펄럭이며 제단 앞에서 사라졌다.

부동의 노신이 지켜보는 가운데, 사태는 가속했다.

🔥

앞뜰에서 보이는 건물의 정면 현관에는 이미 데미휴먼들의 인파가 형성되었다.

시야 안에서 점점 커지는 판테온── 길드 본부를 향해 단숨에 가속해, 나와 아이즈 씨는 안으로 뛰어들었다.

"!"

소란과 열기가 얼굴을 후려쳤다.

바닥에 주저앉은 부상자, 창구에 대고 고함을 질러대는 모험자, 그 외에도 이리저리 돌아다니는 길드 직원으로 로비는 발 디딜 틈이 없었다.

경보가 발령된 후, 나와 아이즈 씨는 권고를 듣지 않고 길드 본부로 직행했다. 아이즈 씨는 정확한 정보를 얻기 위해, 그리고 나는 얌전히 지시를 기다리기란 불가능했기 때문에. 도시에 알려진 경고의 진위를 확인하고자, 충격이 채 가시기도 전에 달려왔던 것이다.

"이, 사람, 들은, 전부······!"

"응. 리빌라 사람들······."

띄엄띄엄 숨을 토하면서 로비를 둘러보는 내 곁에서, 호흡 하나 흐트러지지 않은 아이즈 씨가 냉정하게 고개를 끄덕였다.

정보가 혼란에 빠진 것은 한눈에 알 수 있었다. 온 힘을 다해 피난을 온 리빌라 주민들 덕에 길드 본부는 발칵 뒤집힌 것 같은 소란에 휩싸였다. 또한 우리 외에도 수많은 파벌의 단원, 혹은 신들이 직접 나와서 길드 직원이나 이야기가 가능한 사람을 붙잡고는 정보를 모으려 했다.

"이래서는 이야기도 못 듣겠어⋯⋯."

아이즈 씨의 말대로 이렇게 혼란스러운 와중에는⋯⋯!

오도 가도 못한 채 가슴속의 감정만이 들끓어 나는 이를 악물었다. 무의식중에 고개를 좌우로 돌리고 있으려니──만신창이가 된 모험자들의 얼굴이 눈에 들어왔다.

피로에 지쳐 벽에 기댄 웨어울프, 찢어져서 피에 물든 이마를 붙들고 치료를 받는 드워프, 쇠약해진 파티 동료에게 열심히 말을 거는 엘프.

정말로, 이걸 전부, 리드 씨네가⋯⋯?

현실을 직시할 수가 없었다. 믿고 싶지 않았다.

나는 도망치듯 눈을 돌리고 말았다. 그 순간 눈에 익은 하프엘프 직원이 시야를 스쳐 목소리를 높였다.

"아── 에이나 누나!"

아이즈 씨도 눈을 돌리고, 에이나 누나가 놀란 표정으로 이쪽을 돌아보았다.

"벨?! 발렌슈타인 씨까지!"

"무슨 일이 있었는지 좀 가르쳐주세요!"

나는 체면 차리지 않고 단도직입적으로 부탁했다. 무언가 말하고 싶은 표정을 짓던 에이나 씨는 내 태도를 보고 체념했는지, 아이즈 씨에게도 눈길을 돌려가며 이야기를 들려주었다.

"방송에서 나온 대로야. 리빌라가 궤멸당했어."

"마을을 습격했던 몬스터란 건요……?!"

"모험자들 얘기에 따르면, 무기나 방어구를 장비했다고 해. 흉포한 가고일이 이끄는 것 같았다던데, 종족도 제각각이라…… 유니콘도 있고 리저드맨도 있고——."

열거되는 몬스터의 종족명을 들을 때마다 얼굴에서 핏기가 가시는 것을 알 수 있었다. 도주로를 차단당한 채 심장에 말뚝이 박히는 듯한 충격이 내달렸다.

"길드는 【가네샤 파밀리아】에게 토벌대를 일임하는 방향으로 움직이고 있나 봐. 정예로 공격하겠다고……. 다른 【파밀리아】에도 요청사항이 있으면 즉시 전달할 테니 벨은 홈에서 대기해줘. 발렌슈타인 씨도요."

행간으로, 이곳에 있으면 방해만 된다고 말한 것이다.

정신이 날아가버릴 것 같았지만 간신히 감정을 억누른 나는 눈썹을 억지로 곤두세웠다. 상황에 휘둘리기만 하는 자신을 채찍질해, 가만히 서 있을 시간이 있으면 움직여야 한다고 타일렀다.

곁에 있는 아이즈 씨와 시선을 나누고, 우리는 고개를

끄덕였다.

"그럼…… 가자."

모험자의 표정을 지은 아이즈 씨가 한발 먼저 길드 본부에서 뛰어나갔다.

나도 일단 【파밀리아】로 돌아가고자, 에이나 누나에게 모양뿐인 인사를 하고 멀어져가는 그녀를 따라가려 했다.

하지만 달려 나가려던 바로 그 순간,

"──뭐?!"

등 뒤에서 들린 목소리에 얼른 발을 멈추고, 고개를 돌렸다.

그곳에는 불안한 표정을 지은 미샤 씨에게 귀띔을 받으면서 아연실색하는 에이나 누나의 모습이 보였다.

천천히 고개를 들고, 그 떨리는 눈동자로── 나를 불렀다.

"……잠깐만, 벨."

도시는 요동하고 있었다.

"뭐야, 미션이라니……. 설마 차출당하는 건 아니겠지."

"도리도리. 우린 약소 【파밀리아】."

"그, 그래도, 상급 모험자가 셋은 되잖아요……."

후미진 뒷골목에 세워진 추레한 단층 건물, '푸른 약포'.

【미아흐 파밀리아】가 소유한 상점 겸 홈에서는 다프네, 나자, 카산드라까지 모든 단원이 모여 있었다. 다프네의 말을 공연한 걱정이라며 일축하고, 덤으로 카산드라의 말을 무시한 시앙스로프 소녀는 척척 상품을 정리하고 가게를 닫을 준비를 해나갔다.

"다, 다프네, 사실은 꿈에서 까만 짐승이⋯⋯!"

"그래그래, 좋겠네."

"정보수집 나갈 거니까 너희도 좀 거들어⋯⋯."

그런 소녀들의 대화를 들으며, 주신 미아흐는 딱딱한 표정으로 덧문을 향해 다가갔다.

"무장한 몬스터⋯⋯ 그 부이브르에 관한 일이 틀림없을 것 같은데."

"온후한 자들이라 하지 않았나, 헤스티아⋯⋯?"

【타케미카즈치 파밀리아】의 본거지, '임시주거 타운하우스'.

낡은 연립주택 안에서 타케미카즈치는 허공에 중얼거리고 있었다.

"타케미카즈치 님!"

"오우카, 무사했구나!"

요란한 발소리와 함께 돌아온 휴먼 단장과 그가 이끄는 파티를 보고 남신은 일단 안도의 한숨을 쉬었다. 배틀액스와 창, 활, 백팩 등 장비를 짊어진 채 미궁에서 막 귀환한 오우카 일행이 보고했다.

"대체적인 이야기는 던전 안에서 들었습니다. 【가네샤 파밀리아】의 주도로 모험자들이 계속 지상으로 돌아오고 있습니다."

"남은 파티는, 전부 귀환하라고 명령해서요…… 던전 안이, 발칵 뒤집혔어요……."

거한 오우카에 이어 앞머리로 눈을 가린 치구사가 보충했다.

"그렇군……."

고개를 끄덕인 타케미카즈치는 잠시 침묵을 띤 후, 권속들의 얼굴을 둘러보았다.

"이제 막 돌아왔는데 미안하다만 시내로 나가야겠구나. 시민들은 우리보다도 더 큰 혼란에 빠졌을 게다. 침착함을 되찾아주든, 용기를 북돋워주든, 뭐든 좋다. 불안을 없애주거라."

"네!"

권속들은 주신의 명령에 따랐다. 그들이 홈을 나가는 가운데, 각진 머리를 벅벅 긁던 타케미카즈치는.

"에잇!"

자신도 그들의 뒤를 따랐다.

"우리는 어떻게 하나, 주신님?"

북서쪽 대로, 통칭 '모험자 거리'에 세워진 【헤파이스토스 파밀리아】의 지점.

자신과 같은 안대를 찬 파벌 두령의 물음에, 집무실 창문으로 밖을 내려다보던 헤파이스토스가 몸을 돌렸다.

"……지금은, 길드의 말을 따르도록 해. 규모가 지나치게 큰 우리가 멋대로 움직이면 생각지도 못한 사태를 초래할 수도 있어."

단장 츠바키는 알겠다고 고개를 끄덕였다.

"단원들을 소집해두는 것이 좋겠소? 긴급사태에 우리 같은 스미스를 부를 것 같지는 않지만."

"그렇겠네…… 일단은 홈에 모아줘. 나도 금방 갈 테니까."

밖으로 나가는 츠바키를 지켜본 후, 헤파이스토스는 메인 스트리트로 시선을 되돌렸다.

대로를 오가는 모험자들. 우왕좌왕하는 자도 적지 않다. 파란의 기척에 휩쓸린 것처럼.

친구 헤스티아로부터 미아흐나 타케미카즈치와 함께 비밀리에 들었던 '제노스'의 정보를 곱씹으며, 대장장이 신은 안대와는 반대편의 왼쪽 눈을 가늘게 떴다.

"서둘러, 서둘러—!!"

"검문을 교대하라는 전령이 왔다! 시내에 나간 놈들 전부 불러와!"

"'바벨'은 봉쇄한다!! 귀환하는 모험자 말고는 아무도 못

지나간다!"

수많은 모험자들이 이리저리 뛰어다닌다.

【가네샤 파밀리아】의 홈은 광대한 오라리오 내에서도 가장 분주한 곳이 되었다. 길드의 사자가 찾아와 미션을 통달하면서, 현재의 던전에 관한 모든 문제는 그들에게 일임되었기 때문이다. 도시 최대의 규모를 자랑하는 【파밀리아】는 총력을 기울여 이에 대응하기로 했다.

"……"

권속들이 바삐 오가는 앞뜰에서, 홀로 서 있는 가네샤의 곁에 올빼미 한 마리가 날아왔다. 그의 팔에 머문 의안의 심부름꾼은 다리에 양피지를 감고 있었다.

올빼미가 상공으로 날아오르는 가운데, 종이를 펼쳐본 코끼리머리 신은 굳게 입을 다물었다.

"──이런 대낮부터 불려 나와야 하다니."

또각 또각 구두 소리가 울릴 때마다 현란한 은색 장발이 출렁인다.

"번거롭게 해드려 죄송합니다."

절세의 미모를 자랑하는 아름다운 여신은 보어즈 종자와 함께 장대한 복도를 걷고 있었다. 시야 옆에 펼쳐진 궁전의 정원과도 같은 장엄한 안뜰을 흘끔 쳐다보며, 거대한 쌍여닫이문을 열게 한다.

"상황은 어떻게 돌아가고 있으려나?"

집결한 단원들 및 파벌 간부들에게 마중을 받은 프레이야는 홈 '폴크방(전쟁의 평원)'의 대형 홀에 낭랑한 목소리를 퍼뜨렸다.

네 명의 파룸, 수려한 엘프와 다크엘프 등 온갖 데미휴먼들이 모인 가운데, 검은색과 회색 털결을 가진 캣 피플 청년 아렌 프로멜이 그녀의 곁에 다가왔다.

그가 몸을 숙이며 설명했다.

"가네샤에게 맡기고 저희에게는 도시의 검문을 맡으라고……"

"그래. 길드는 그렇게 나왔단 말이지."

길드의 사자에게 받았다는 지시를 듣고 프레이야는 버들잎처럼 모양 좋은 눈썹을 의아함으로 구부렸다. 그녀는 명백히 길드에 대한 위화감을 드러냈다.

동시에, 웃음을 지었다.

"이 상황에서 도시의 수비대 노릇을 맡으라니…… 신뢰도의 차이일까?"

"설령 그렇다 하더라도 지나치게 부자연스럽지 않나 생각합니다."

긴급상황 치고는 갑갑하면서도 호들갑스러운 배치전환이라고 종자 오탈이 의견을 제시했다. 단원들이 지켜보는 가운데 프레이야는 깊은 웃음을 지었다.

"길드…… 아니, 우라노스한테도 켕기는 구석이 있나 보지."

"……."

"우리를 어지간히 소용돌이의 중심에서 **멀리 떼어놓고 싶은가 봐.**"

이미 우라노스의 의도를 간파한 미의 여신은 모든 이를 '매료'시킬 미소를 두르며 말했다.

"뭐, 됐어. 이걸로 환락가 소동의 페널티를 없애달라고 해야지. 고분고분 받아들이고 속사정은 캐지 않는 대신…… 말이야."

"그러시다면."

"응. 가네샤네 애들한테서 문지기 노릇을 인수하도록 해. 오늘 하루는 도시를 지켜주자꾸나."

단원들에게 여덟 개의 도시문으로 흩어지도록 명령했다. 미신의 권속들은 고개를 숙이고, 간부들을 남긴 채 재빠르게 퇴실했다.

"나는 일단 '바벨'로 돌아갈게."

"이미 【가네샤 파밀리아】가 봉쇄를 시작한 모양입니다만……."

"매료시켜서 지나가면 되지. 몰래."

"제가 배웅해드릴까요?"

"괜찮아, 아렌."

【바나 프레이아】라는 별명을 가진 제1급 모험자에게 웃음을 보내고, 프레이야는 홀을 나가 '폴크방'을 떠났다.

"대기란 게 대체 뭔 개소리야?!"

통로에 인접한 방에서 웨어울프의 난폭한 목소리가 울려 퍼졌다.

"우리가 가서 해치우고 오는 게 빠르지, 당연히!! 가네샤 패거리한테 맡길 필요가 어디 있어!"

"베이트 시끄러워~!! ……근데 진짜, 왜 기다려야 하는 거람? 아까 나왔던 경보도 뭔가 당황하는 것 같았고."

【로키 파밀리아】의 홈, '황혼관'.

길쭉이 저택이라는 별명으로도 유명한 저택의 응접실에, 도시 최대 파벌의 주요 구성원들이 모여 있었다.

길드 본부에서 돌아온 아이즈의 모습도 보였다. 매너 없이 테이블 위에 앉은 주신 로키가 지켜보는 가운데, 제1급 모험자들은 도시의 상황에 대해 이야기를 나누었다. 티오나와 티오네, 아마조네스 자매가 말을 이었다.

"애초에 말야, 리빌라가 궤멸됐던 게 한두 번이 아니잖아? 왜 이렇게 소란을 떠는지 몰라."

"하긴, 너무 호들갑스럽지……. 온 도시를 끌어들일 만한 미션까지 발령되고. 무장한 몬스터라니…… 그렇게 위험한가?"

"모험자의 무기를 가졌다는 정보는 길드 게시판에서도 본 적 있어……."

아이즈의 말에 하이엘프 리베리아가 견해를 드러냈다.

"네이처 웨폰도 아니고, 모험자의 무기를 장비하는 별종이라지. 특이한 몬스터임은 분명할 거다. '강화종'일 가능성도 높고. 그것도 집단 규모인."

"그럼 더더욱 우리가 가야 하지 않냐고!"

"좀 진정하게, 베이트. 제대로 된……이라고 하면 말이 좀 이상하지만, 단순한 이상사태가 아닌 것 같아……. 그래도, 으음, 역시 수상하구먼."

짜증을 내는 베이트를 달래는 드워프 가레스도 눈가에 주름을 짓고 있었다. 아직까지 정보공개를 제한하는 길드의 이해할 수 없는 동향에 【로키 파밀리아】는 회의를 품기만 했다.

"뭐, 아무튼."

아이즈 일행의 토론을 가로막듯 그 한마디가 날아들었다. 돌아보는 그녀들의 시선을 받으며, 의자에 앉아 있던 파룸 두령 핀은 말을 이었다.

"이대로 끝나지는 않을 거야, 분명. ……감이지만."

엄지를 핥으면서 그는 반쯤 확신하듯 말했다.

마지막으로 일행은 주신의 신의를 구했다.

"음~ 마, 외야로 밀려난 기 쫌 꼽긴 한데…… 내도 핀한테 찬성이데이."

로키는 가느다란 눈을 슬쩍 뜨더니 입가를 약간 틀어 올렸다.

"계속될기라, 이거. 온 오라리오를 휘둘러대면서 말이제."

흔들린다, 흔들린다.

도시가 흔들린다.

"히히히히히히히……!! 실수했구나아, 딕스……!"

까마득히 높은 곳, 시내를 한눈에 내려다볼 수 있는 건물 위.

"아주 재미있게 돼버렸어……!"

깔깔 웃는 남신 이켈로스가 혼란에 빠진 도시를 내려다보는 가운데, 이리저리 뒤얽힌 온갖 의도는 혼란에 휩쓸려 하나의 거대한 소용돌이를 이루려 했다.

🔥

"뭐가 어떻게 돌아가는 거야?!"

벨프는 거친 목소리를 냈다.

【헤스티아 파밀리아】의 홈, '화덕관'의 거실이었다.

붉은 단발과 까만 키나가시 작업복을 출렁이며 스미스 청년은 여유 없는 목소리로 외쳤다.

"뭐냐고, 무장한 몬스터가 리빌라를 함락시켰다는 게!! 그 녀석들이…… 제노스가 저질렀단 거야?!"

"몰라요!! 불확실한 정보뿐이라, 확인할 방법이……!"

릴리 또한 흐트러진 표정으로 외쳤다. 곁에서는 낯빛을 창백하게 물들인 하루히메, 숨을 죽인 미코토, 그리고 그들과 함께 지금 막 저택에 돌아온 헤스티아의 모습이 있었다.

오전, 미코토와 하루히메를 남기고 홈을 나갔던 벨프와 릴리, 헤스티아는 경보가 발령되자마자 정보를 얻고자 온 도시를 뛰어다녔다. 물론 길드 본부에도 가봤지만 그들이 도착했을 때는 모험자와 일반인이 뒤섞여 파도처럼 앞뜰로 모여들었기 때문에 건물 안으로는 들어가지도 못했다.

하는 수 없이 그들은 일단 홈으로 귀환했던 것이다.

"헉, 헉…… 직접, 알아보려 해도…… 헥, 헥…… 이미, '바벨'과 함께, 던전은, 출입이 통제됐느니라……. 나에게도 피난을 가라고 해서……! 콜록콜록."

이리저리 뛰어다녔던 피로를 감추지도 못한 채 헤스티아는 어깨로 숨을 쉬며 말을 이었다.

가네샤를 방문한 다음 바벨의 점포에서 아르바이트를 하던 그녀는 다른 종업원들과 함께 강제로 끌려나오고 말았다. 현재 백색 거탑의 내부에는 관계자를 제외하고는 아무도 없다고 한다.

"도시의 분위기는 어떻습니까……?"

남아서 홈을 지켰던 미코토에게 릴리와 벨프가 간결하게 설명해주었다.

"소동이 일어났다, 고 할 정도는 아니지만요……."

"우리랑 똑같아. 갑작스러워서 어떻게 행동해야 좋을지를 모르는 거야."

벨프와 릴리, 헤스티아가 오는 길에 본 시내의 광경은 한 마디로 표현하자면 '불온'이었다.

눈에 뜨이는 혼란 그 자체는 없지만, 온 시내에 흐른 경보 때문에 시민들 사이에서는 동요가 보였다. 익숙해진 라키아 왕국의 진군 따위와는 다른, 이제까지 없었던 내용의 경고에 판단을 내릴 수가 없었던 것이다. 높은 건물의 창문에서 고개를 내밀고, 혹은 대로에 나와 도시의 중심부에 솟은 백색 거탑을 바라보는 사람들이 많았다. 신들도 느물느물 웃음을 지으면서 두근두근하는 기색을 감추지 못하는 자, 생각에 잠긴 자 등등 저마다의 모습을 보였다.

몇몇 감이 예민한 자나 눈치 빠른 상인은 몬스터가 지상에 접근하는 것은 아닐까 추측해 공황을 일으키기도 했으나, 우라노스의 재빠른 지시 덕에 길드의 별동대가 평정을 촉구하고 다니면서 지금은 무탈하게 넘어가고 있었다. 선량한 신들의 【파밀리아】가 활약했던 것도 영향을 미쳤다.

지금도 많은 데미휴먼이 노상이나 처마 밑에서 얼굴을 마주 보며 무슨 일이 있었는지 억측과 불안을 나누었다.

"애초에 그놈들의 소행이라 쳐도, 왜 이런 짓을 저지른 거야? 그 자식들이 말했던 공존이란 건 대체 뭐였어?"

"그건……."

"……'제노스' 군들의 동료를 납치했던 헌터인지 뭔지 하는 존재가 무언가 관련이 있는 게 아니겠느냐?"

벨프의 물음에, 전해 들었던 헌터의 정보를 헤스티아가 언급했다.

'제노스'의 역린을 건드리는 무언가가 일어났다.

저마다의 뇌리에 떠오른 상상에 릴리나 벨프는 일제히 얼굴을 굳혔다.

"마, 만약…… 정말로 '제노스'분들이 쳐들어오셨다고 한다면……."

"하루히메 공……."

"그분들은…… 비네 님은, 어떻게 되는 것이옵니까?"

목소리도, 귀도, 꼬리도 바들바들 떨며 하루히메가 물었다.

모두가 입을 다문 가운데, 릴리는 감정을 꽉 억누른 표정으로 말했다.

"정보가 확실하다면…… 리빌라가 몬스터들에게 궤멸당한 이상 오라리오가 토벌하지 않는다는 선택지는, 없어요. ……적어도 모종의 **결판**을 짓게 될 거예요."

릴리의 대답은 낯빛이 창백해졌던 하루히메의 몸에서 마침내 힘을 빼앗아갔다. 쓰러질 뻔한 그녀의 몸을 곁에 있던 미코토가 황급히 받쳤다.

미래에 기다리고 있을지도 모르는 결말 중 하나에 헤스티아나 다른 단원들에게도 무거운 정적이 내려앉았다.

"……그러고 보니, 벨은?"

"던전에요. 금방 돌아온다고 하셨는데……."

이 상황에서 아직까지 모습이 보이지 않는 소년에게 모두가 불안을 느끼고 있을 때—— 미코토가 벌떡 튕기듯 일어나 뒤를 돌아보았다. 그리고 마치 이에 호응한 것처럼 방문객을 알리는 초인종이 울렸다.

직접 현관으로 나간 미코토는 양피지 두루마리를 들고 돌아왔다.

"누구야?"

"길드 사람입니다! 헤스티아 님, 여기!"

벨프에게 대답하며 미코토는 두루마리를 주신에게 건넸다.

헤스티아는 서둘러 양피지를 펼치고 핏발 선 시선을 돌렸다. 릴리와 벨프, 미코토와 하루히메도 다가서서 지령서를 엿보았다.

"긴급상황에 대비해 예비전력으로…… 어, 그러니까."

"현상유지라는 뜻입니다. 아무 말도 하지 말고, 지상에서 그냥 기다리라고……!"

그곳에 기재된 미션에 관한 최소한도의 정보와 대기 명령에 권속들이 당혹감과 조바심을 드러내는 가운데, 헤스티아만은 다른 반응을 보였다. 푸른 눈을 크게 뜨고, 양피지의 가장자리를 장식한 덩굴무늬와도 같은 문양── 그 안에 교묘하게 은폐된 【히에로글리프】를, 고함을 지르며 읽어내렸다.

"벨을 제18계층 토벌대에 편서어엉?!"

""""네에?!""""

"네헥?!"

벨프, 릴리, 미코토가 목소리를 모아서, 이를 잠시 따라

오지 못했던 하루히메가 어깨를 흠칫 떨었다.

얼마 전 극비 미션으로 벨에게 전달받았던 지령서와 동일한 양식. 길드의 관계자에게도 의심을 사지 않도록 헤스티아에게만 보내는, 우라노스가 직접 썼을 암호 메시지였다.

"대체 무슨 생각이야, 우라노스……!"

역시 이 사건에는 '제노스'가 얽혀 있단 말인가. 권속을 빌려가는 데 대한 의무사항을 담담히 다하고자 보고한 【히에로글리프】를 보고 헤스티아는 확신을 다졌다.

이러고 있을 수는 없다고, 그녀는 거실에서 뛰어나갔다.

벨이── 토벌대가 출발하는 센트럴 파크에 먼저 도착하기 위해.

릴리, 벨프, 미코토, 하루히메도 일사불란한 움직임으로 그 뒤를 따랐다.

문단속조차 잊어버린 채, 【헤스티아 파밀리아】는 총출동해 홈을 뛰쳐나갔다.

"상황을 단적으로 말할게, 벨 크라넬. 똑똑히 들어줘."

"네, 넷!"

어스름에 휩싸인 석조 지하도.

길드 본부의 비밀 계단에서 내려간 '비밀통로' 안을 따라 벨은 펠즈와 함께 걸어가고 있었다.

에이나에게 붙들려 혼자 길드 본부의 어떤 방으로 가도

록 지시를 받은 것이 조금 전. 동행을 허락받지 못한 채 지정 장소로 가자, 그곳에 있던 것은 흑의의 메이거스였다. 벨이 놀라거나 말거나 펠즈는 주신 우라노스를 위해 설치된 이 비밀통로── 직원들도 모르는 긴급용 탈출경로로 안내했다.

마석등을 비추며, 시간을 아쉬워하듯 설명과 함께 나아가는 흑의의 뒷모습에 벨은 긴장된 낯빛을 보냈다.

"정보는 혼란에 빠졌어. 뭐가 진실인지 지금 우리로서는 판단할 수가 없어. 다만 틀림없는 건 무장한 몬스터── '제노스'들이 리빌라를 급습했다는 거야."

"윽……!"

"우리는 과정은 어찌됐든 이번 사건을 속히 수습해야만 해. 물론 우리가 원하는 형태── '제노스'의 안전을 확보하면서 진압하고 싶지만."

펠즈가 덧붙인 뒷부분의 말은 이미 벨의 머릿속에는 들어오지 않았다. 그 대신 리드와 레이, 그리고 비네의 얼굴이 떠올랐다가는 사라졌다.

"한 가지 더. '제노스'들은 일단 18계층에서는 움직이지 않았어."

"네……?"

"리빌라를 함락시킨 다음 어딘가로 쳐들어가는 모습은 확인하지 못했거든. 이건 '중층'에서 귀환한 모험자들의 증언이니 신빙성이 높아."

펠즈는 마석등을 든 손과는 반대쪽 손에 쥔 청수정을 내려다보았다.

"아마 '제노스'들을 움직이기에 충분한 동기가 리빌라에 있었을 거야."

"……그게 뭐죠?"

"예상은 되지만, 지금 시점에서는 상상의 범주를 벗어나지 못할걸. 우선 현장에 가서 무슨 일이 일어났는지를 이 눈으로 확인해야겠어."

그렇게 말하고 펠즈는 발을 멈추더니 벨을 돌아보았다.

"나는 너를 【가네샤 파밀리아】의 선발대에 편성할 생각이야."

"……!"

"우리는 만난 지 얼마 되지 않았지만…… 부디 힘을 빌려줬으면 해."

어둠 속에 잠긴 후드 안에서 펠즈는 애원의 뜻을 담아 호소했다.

살점도 가죽도, 안구도 잃고 살아 있는 해골이 되었을 '어리석은 이'의 시선을 느끼면서, 벨은 고개를 끄덕였다.

"저도, 부탁드릴게요. 보내주세요."

"……고마워, 벨 크라넬."

자신도 이 눈으로 확인하고 싶었다. 설령 무슨 일이 기다리고 있다 해도.

펠즈의 감사를 들으며, 벨은 가슴속에서 솟아나는 불길

한 예감을 없애고자 굳게 주먹을 쥐었다.

⊡

"아주 난리가 났군……."

깃털 달린 챙 넓은 모자를 손으로 만지작거리며 헤르메스가 탄식했다.

장소는 【헤르메스 파밀리아】의 홈, 주신의 방. 꽉 닫힌 문 너머에서 단원들의 요란한 목소리가 들려오는 가운데 그의 앞에는 단장 아스피가 긴장된 표정으로 서 있었다.

"팔가의 용태는 어때?"

"치료를 마치고, 어떻게든 목숨은 건졌습니다만…… 여전히 의식은 돌아오질 않습니다."

리빌라 주민들과 마찬가지로 제18계층에서 도망친 헤르메스의 권속들은 중상을 입었다. '중층'의 동향을 감시하고자 세이프티 포인트에 파견되었던 단원들은 '리빌라에 이켈로스파의 단원들이 나타나고, 그 후로 몬스터들이……'라는 정보를 남긴 후 기절해버렸다.

다시 탄식하고, 자신의 권속을 정중히 간호하도록 명령한 헤르메스는 천천히 등황색 눈을 가늘게 떴다.

"하지만 벨 군을 끌어들이다니…… 이렇게 나왔단 말이지, 우라노스."

펠즈의 심부름꾼에게 받은 편지에는 정보를 공유하기

위한 미션의 상세한 내용 및 토벌대의 편성 내용이 적혀 있었다. 헤르메스는 비아냥거리듯, 혹은 가증스럽다는 듯 말하며 웃었다.

평소의 표표하던 그에게서는 매우 보기 드문 표정이었다.

"……의외군요. 시련이니 뭐니 기뻐하시면서 자기 손으로 벨 크라넬을 부추기실 거라 생각했는데."

"난 이번 건에서는 벨 군에게 관여하고 싶지 않거든."

우라노스와는 스탠스가 다르다고, 수상쩍은 눈으로 바라보는 아스피를 곁눈질하며 헤르메스는 독백처럼 말했다.

"환난이 사람을 옥으로 만드는 법……이랬던가? 타케미카즈치가 했던 말이."

"……."

"고난을 넘어서야 비로소 영웅이 된다는 건, 맞는 말이긴 한데…… 이번 소동은 내가 그렸던 여정하고는 너무 달라."

자신의 신의에 어긋난다고 말한 헤르메스는.

다음으로는 걱정하듯.

"한 발짝만 잘못 디디면 파멸이라고."

모자의 챙을 내리며 단언한다.

이윽고 그는 의자에서 일어나 아스피에게 지시를 내렸다.

"아스피는 가네샤네하고는 따로 행동해서 18계층으로 가줘. 가능한 한 생생한 정보를 모아오는 거야. 쓸데없는 전투는 피해도 돼."

"헤르메스 님은 어떻게 하시려고……."

"나도 갈 데가 있어. 만나서 확인해봐야 할 놈이 있거든."

헤르메스가 그렇게 말하자, 때가 됐다고 생각했는지 방
밖에서 기다리던 시앙스로프 소녀가 문을 열었다. 고대했
던 정보를 가져온 단원을 가리키며 여리여리한 남신은 너
스레를 떨듯 말했다.

"나도 일하고 올게. 뒷일 부탁해…… 아차차."

그리고 떠나가려다 말고.

무언가 깜빡했다는 듯 돌아보았다.

"벨이 걱정되는걸. ──아이샤도 불러내."

✧

"류~ 손님 왔어."

휴먼 동료 루노아에게 불려 엘프 류는 몸을 돌렸다.

서쪽 메인 스트리트에 세워진 주점 '풍요의 여주인'.

"큰일 났다냥?!" "무슨 일이다옹?!"

캣 피플 아냐와 클로에가 냐옹다옹 소란을 떨어대는 가
게 앞에 나타난 것은, 아름다운 긴 다리를 가진 아마조네
스 여걸이었다.

주점을 찾아온 아이샤 벨카를 보며 류는 의아한 표정을
지었다.

"무슨 용무이신지요."

"지금 시간 돼?"

"소란 통에 손님이 뚝 끊기긴 했습니다만……."

"그럼 잠깐 나 좀 봐."

상대의 진지한 표정을 보며 류는 잠시 입을 다물고, 어깨 너머로 가게 안쪽을 흘끔 쳐다보았다.

남아도는 시간을 주체하지 못하던 점원들은 소란을 떠느라 바빴다. 멀리 떨어져도 문제는 없겠다고 판단한 류는 턱짓을 하는 아이샤와 함께 주점 뒤로 돌아갔다.

이제부터 밀담이 시작되리라. 류는 그렇게 생각하며 주점에 설치된 조그만 창문을 흘끔 보았지만, 이내 상관할 필요 없다고 시선을 앞으로 돌렸다.

그늘이 진 뒷골목에서 엘프와 아마조네스는 마주 섰다.

"지금 이 소동은 폭주한 몬스터들이 발단이 된 거야. 리빌라를 전멸시킨 다음 18계층에 머물고 있다고 해. 【가네샤 파밀리아】를 중심으로 토벌대가 파견될 예정이고."

"……?"

전제도 없이 자세한 현재의 상황을 꺼내는 아이샤에게 류는 더더욱 수상쩍다는 표정을 보냈다.

건물 벽에 등을 기댄 채, 풍만한 두 개의 언덕 앞에서 팔짱을 낀 여걸을 바라본다.

"왜, 그 사실을 저에게 알려주시는지요?"

"이건 내 참견……. 넌 벨 크라넬을 마음에 들어 하는 것 같으니 말하는 건데."

한 박자를 두고, 발바닥으로 벽을 박차며 아이샤는 류를 향해 몸을 내밀었다.

"그 꼬마는 이번 토벌대에 편성됐어. 위험한 일에 나서게 될 거야…… 우리 주신님 말로는 그래."

"!"

"왜 이렇게 잘 아느냐고? 내가 컨버전한 곳이 【헤르메스 파밀리아】거든."

중립 파벌이자 정보통인 【파밀리아】의 이름에는 그것만으로도 거의 수긍하고도 남을 만한 설득력이 있었다. 동시에 지나치게 의외인 컨버전 소식에 류는 눈을 동그랗게 뜨며 되물었다.

"왜, 그곳에……."

"그거야말로 이런저런 일이 있었거든. 그쪽은 전력이 필요했고, 난 '어떤 아이템'이 오라리오에 유입되는지 아닌지를 어떤지를 항상 파악해두고 싶었고."

파벌 일로 오라리오 안팎의 '운반책'을 맡은 【헤르메스 파밀리아】는 도시의 유통도 포함해 밀수품의 존재에는 자연스레 자세한 정보를 얻는다. 아이샤가 원하는 정보──살생석에 관한 것도 포함해서.

피차의 이해가 일치한 결과라고, 옛 파벌 【이슈타르 파밀리아】를 떠난 그녀는 말했다.

"알고는 있었지만 새 주신님은 아주 보통이 아니더라니

까. 빚이 있는 【파밀리아】에 내 소속만 맡겨놓고는 목줄만 착실하게 채워놨지 뭐야. 길드를 속이고 여전히 중립 행세를 하면서."

"……."

"하지만…… 내가 원하는 건 완벽하게 충족시켜줘. 그래서 나도 그쪽의 바람에는 보답하는 거지. 18계층의 동태를 보고 오는 거랑, 벨 크라넬을 지키는 거랑."

입단의 경위와 자신이 처한 상황을 은근슬쩍 내비치며 아이샤는 말을 마쳤다.

"……얼마 전에 당신과 함께 크라넬 씨를 18계층으로 보내드렸는데, 그 후로 크라넬 씨의 분위기가 이상했습니다. 이번 편성은 그것이 원인인지요?"

"글쎄? 이제 막 컨버전한 말단…… 편리한 전력 취급이라서 말이지, 나는. 지금 상황은 아까 막 들었을 뿐이고, 벨 크라넬의 주위 사정을 포함해서 아직 모르는 것도 많아."

아이샤는 진저리가 난다는 듯 어깨를 으쓱했다.

류는 잠시 입을 다물었다. 소년의 뒷모습을 지켜보았던 오늘 아침부터 싹튼 의구심이 생각의 기어를 한 단계 두 단계 가속시켰다.

입을 다문 그런 그녀에게 아이샤가 말했다.

"너, 【질풍】이지? 워 게임에도 나왔던."

"……무슨 말을 하려는 겁니까."

"내력을 캐물을 생각은 없어."

그저 듣기만 하라며, 아이샤는 말을 이었다.

"이번 사건에는 아무래도 【이켈로스 파밀리아】가 엮인 것 같아. 너도 들어본 적이 있을지도 모르지만…… 이블스 하고 관련이 있지 않나 의심받는 놈들이야."

그 순간 류의 분위기가 돌변했다. 여전히 무표정했지만, 격렬하게 일렁이는 불꽃을 담은 것처럼—— 하늘색 눈동 자가 내면에 가둬놓았던 격정을 드러냈다.

"이블스……."

그 이름은 류가 간과할 수 없는 단어 중 하나였다. '질풍 리온'이라는 이름으로 불렸으며, 지금은 없는 정의와 질서 의 【파밀리아】에 속했던 그녀와는 악연이 깊은 조직이다.

류는 가녀린 손이 새하얗게 변할 정도로 주먹을 불끈 쥐 었다.

"벨 크라넬은 그놈들이 벌인 성가신 일에 말려들었을지 도 몰라."

"……."

"그래, 어떡할래?"

한동안의 침묵.

이윽고 류는 입을 열었다.

"알겠습니다. 저도 동행하게 해주십시오."

그 대답에 아이샤는 입가를 틀어 올렸다.

"그렇게 나오셔야지."

강자와의 공동투쟁을 순수하게 즐기려 하는 여걸을 눈

으로 따라가며, 류는 웨이트리스 제복 위에서 가만히 가슴을 쓸어내렸다. 온갖 감정을 억제하려는 듯.

모험자였던 엘프는 사태에 개입하기로 결심했다.

"'바벨'은 완전히 봉쇄됐다고 들었습니다. 던전으로 침입할 수단은 있습니까?"

"【페르세우스】라고 알아? 바로 얼마 전에 동료가 됐는데, 뭐, 사기 같은 도구를 잔뜩 가지고 있더라고."

대답 대신 고명한 아이템 메이커의 이름을 제시한다.

"우문이었군요."

너스레를 떠는 아이샤를 앞에 두고 한숨을 쉬었다.

"자, 냉큼 가자."

채근하는 목소리에 떠밀려 류는 준비를 진행하기로 했다. 그리고 문득, 아마조네스 여걸에게 말했다.

"【안티아네이라】."

"응? 왜?"

"어째서 당신이 이렇게까지 적극적으로 나서는 것입니까? 크라넬 씨를 위해."

"벨 크라넬에게는 빚이 있거든."

"정말로 그것뿐입니까?"

류의 물음에, 긴 흑발을 출렁이는 아이샤는 대담하게, 혹은 고혹적으로 웃었다.

"글쎄?"

대화가 끊어졌다.

이윽고 두 사람은 그 자리를 떠났다. 류는 장비를 준비하려는지 주점의 별채로 이동하고 아이샤는 반대 방향으로 떠나갔다. 나중에 다시 만날 계획인 모양이다.

두 사람의 기척이 완전히 사라진 후—— 벽 너머로 대화를 엿듣던 시르는 입을 막았던 두 손을 가만히 떼었다.

"그렇게 됐다는데요?"

그리고 벽을 등진 시르의 정면, 눈앞에 서 있던 것은 팔짱을 낀 드워프 여주인 미아였다.

그곳은 주점의 식량창고였다. 널빤지가 깔린 창고에 설치된 천장 부근의 작은 창문은 살짝 열려 있었다. 그곳을 이용해, 미아와 시르는 류와 아이샤가 가게 뒤에서 나눈 밀담을 엿들은 것이다.

"나 원, 이게 몇 번째야…….."

시르의 존재는 알아차렸던 두 명의 제2급 모험자조차 감지하지 못했을 정도로 완벽하게 기척을 차단했던——아울러 지금도 냐옹다옹 소란을 떨어대는 점원들의 소란 속에 기척을 묻은——모험자 출신 드워프는 어이가 없다는 듯 커다란 온몸으로 한숨을 쉬었다.

"처음부터 알고는 있었지만 저 녀석한테 가게 종업원은 무리겠어. 요리도 못하지, 애교도 없지, 무엇보다 아는 사람들한테 정이 너무 많아. 정의감 같이 귀찮은 걸 가지고 있으니, 한곳에 가만히 있질 못하는 성미야. 요즘 들어 겨우 좀 나아지나 싶었더니."

그렇게 투덜거린 미아는 다음에는 시르를 빤히 노려보았다.

"류한테 말해. 가고 싶은 데가 있으면 냉큼 이 가게에서 나가라고. 어정쩡하게 눌러앉아 있으면 민폐만 되니까."

"……알았어요. 전해둘게요."

시르는 약간의 침묵을 거쳐 미아의 말에 고개를 끄덕였다.

"그러면…… 이번에도 또, 그냥 보내줘도 괜찮은 거죠?"

윗눈질로 애원하는 시르에게 미아는 속이 부글부글 끓는다는 듯 부루퉁한 표정을 지었다.

그리고 다시 한 번 한숨을 쉰다.

"어차피 오늘은 손님도 거의 안 올 테니까. 할 일도 없고."

"네."

"그리고 그 꼬맹이도 완전히 우리 단골손님이 됐고……
단골이 없어지는 건 맛있는 밥을 먹어줄 놈이 또 하나 사라진다는 거고."

"그러면?"

"눈감아줄게."

"고맙습니다!"

무뚝뚝한 얼굴로 대답하는 여주인에게 시르는 활짝 웃으며 기쁘게 인사했다.

"하지만 손님은 없어도 할 일은 남았어. 류가 없는 만큼

네가 세 배 일해."

그렇게 대꾸하고, 미아는 어기적어기적 창고를 나갔다.

혼자 남은 시르는 얼굴에 웃음을 남긴 채 굳어버렸다.

🦇

철그렁, 철그렁.

멀리 떨어진 곳에서 일어난 소란과 공명하듯, 우리를 흔드는 소리와 사슬 울리는 소리가 끊임없이 들렸다.

"딕스!"

"아앙? 방해하지 말라고 했을 텐데, 그랜. 나 지금 얘들 괴롭히려는 참이니까."

어스름에 갇힌 석조 홀.

기분 나쁜 창을 든 딕스는 후방에서 달려온 단원을 돌아보았다. 언짢은 기색을 보이며 상대도 하지 않으려는 그의 말을 가로막고 휴먼 거한이 주워섬겼다.

"무, 무장한 몬스터한테, 리빌라가 침공당했다고…… 밖에서 지금 난리도 아니야!"

"……뭔 소리야?"

동요를 감추지 못하는 거한의 모습에 딕스는 고글 너머로 붉은 두 눈을 날카롭게 떴다. 채근당한 그랜이 설명했다. 제18계층에 몬스터의 집단이 쳐들어왔다는 사실을. 이에 따라 지금 오라리오 안이 소란스러워졌다는 것도.

"무장한 몬스터…… 야, 야, 그게 사실이야? 틀림없는 거라면 우리 사냥감이 자기 발로 쳐들어왔단 소리잖아."

딕스는 그렇게 말하더니 그랜의 배후, 통로 안쪽을 바라보았다.

싸늘한 돌바닥 위에는 마치 감옥처럼 늘어선 수많은 검은색 우리가 있었다. 작은 것도 있고 큰 것도 있어, 홀의 후미진 곳에 여러 줄로 늘어섰다. 그 안에서는 사슬에 묶인 헤아릴 수 없는 숫자의 그림자가 꿈틀거렸다.

"빠졌다 이거야? 사냥을 하는 우리한테."

"그, 그건 모르겠지만……."

"하지만 리빌라로 쳐들어갔단 건…… 아하, 그런 뜻이구만. 한 방 먹었는데, 그 괴물한테."

딕스는 얄밉다는 듯 큭큭 웃었다. 이 '아지트' 밖에서 무슨 일이 일어났는지 그는 거의 파악했다.

"리빌라는 어떻게 됐대?"

"……궤멸당했어. 길드가 미션을 발령할 정도로 위험해졌다나 봐."

그랜은 목소리를 낮추고 보고했다. 귀를 세우고 들으면 우리 안에서 쏟아져 나오는 울음소리 외에도 느닷없는 사태에 당황한 헌터들의 기척이 전해졌다.

"이거 긁어 부스럼 만들었나~? 아무래도 우리가 생각한 것보다 위험~한 괴물이 잔뜩 있는 거 같구만."

그 말과는 달리 딕스의 입에서는 웃음이 사라지질 않

았다.

리빌라를 함락시킬 만한 전력이란 말을 듣고도 여전히 여유를 내비치면서, 딕스는 유쾌하다는 듯이 목을 큭큭 울렸다. 으스스해질 정도로 대담한, 포악의 화신과도 같은 사내의 모습에 거한은 안도감과 웃음을 되찾았다.

이제까지와는 다른 의미에서 식은땀을 참으면서.

"주신님도 여전히 돌아오지 않고…… 그러면, 어떻게 할까."

창의 자루로 어깨를 두드리며 딕스는 돌아보았다.

시선 너머에서는 산 제물처럼 사슬에 묶인 용종 소녀가 지금도 정신을 잃은 채 흘러내리는 눈물로 볼을 적시고 있었다.

"——테임?! 토벌 대상을?!"

푸른 하늘로 애젊은 여성의 목소리가 빨려 들어갔다.

동요와 일종의 흥분이 여전히 가시지 않는 가운데, 온 도시의 주목이 센트럴 파크에 쏠렸다.

모험자, 일반인, 신들. 광장 바깥쪽에 모여 인파를 이룬 자들이 속속 모여드는 굴강한 모험자들——【가네샤 파밀리아】를 멀리 에워싼 채 바라보았다.

그런 가운데, 어떤 소식으로 토벌대 사이에서는 술렁임

이 퍼져갔다.

"그게 무슨 소리야. 지금 긴급사태 아니었어?!"

"그, 그게, 가네샤 님이 길드의 밀서를 주셨는데…… 그, 극비로 처리하라는 지시가."

"뭐라는 거야, 제대로 설명을 해! 어, 음── 뭐든 간에!"

"말도 안 되는 소리 마세요, 일타 씨!! 그리고 전 모다카 거든요?!"

갈색 피부에 붉은 머리카락을 기른 아마조네스에게 자신의 이름은 모다카라고 주장하는 청년 단원이 울먹인다.

미션 출발 직전, 길드에서 도착한 급보에 【가네샤 파밀리아】의 멤버들은 곤혹스러워하고 있었다. 설명할 것도 없이, 몬스터를 굴복시켜야만 하는 테임은 단순한 토벌에 비해 훨씬 수고와 노력이 많이 든다. 하물며 리빌라를 함락시킬 만큼 흉포한 몬스터가 상대라고 하면.

이해할 수 없고 부조리한 길드의 지시에 제1급 모험자 일타 파나를 중심으로 말다툼이 벌어졌다.

"침착해, 일타 씨! 이건 그거라고. 길드 놈들은 무장한 몬스터 같은 레어도 짱짱 흥미진진 의욕 팍팍 솟아나는 '아종'을 사로잡고싶은거지몬스터필리아의메인이벤트로삼으려고!! 분명 그럴 거야!! 불건전하구만, 이 자식들! 분위기 파악 좀 하라구!! 이렇게되면내화염마법으로몬스터놈들을업화의소용돌이속에처박아주겠어어어어어어어어어어어어어어어어어어어!!"

"이브리, 시끄러워!! 넌 지상 잔류팀이야!!"

"우와아아아아아아아아아아아아아아아악?! 난 그런 소리 못 들었어어어어어어어어어어어어애들아힘내에에에!!"

"부탁이니까 좀 진정하세요!! 그리고 이브리 시끄러워!!"

'말하는 화염마법'을 자칭하는 파벌의 분위기 메이커가 불에 폭약을 투하하는 짓을 하는 바람에 일타의 격앙에 박차가 가해졌다. 【가네샤 파밀리아】에서는 늘 보이는 풍경 ──여기에 주신이 더해지면 혼돈의 극치에 달한다── 이지만 지금만큼은 그럴 때가 아니라고 청년단원 모다카와 다른 단원들이 난리를 떤다.

주위에서 눈치를 살피던 시민들은 약간 불안함을 느끼기 시작했다.

"일타, 진정해. 다른 사람들도."

"언니, 하지만……!"

"샤, 샥티 단장님…… 죄송합니다."

갈팡질팡하는 단원들에게 【가네샤 파밀리아】의 단장 샥티 바르마가 입을 열었다.

목덜미 위치에서 시원하게 자른 남색 머리카락에 단정하고 이지적인 얼굴. 170C를 가뿐히 넘을 것 같은 장신이기도 해서 미인이라 불리기에 손색이 없다. 긴 팔다리에는 육탄전에 주안점을 둔 메탈 피스트와 메탈 부츠를 장비했다. 【안쿠샤】라는 별명을 가진, 【검희】와 같은 휴먼 제1급 모험자였다.

아마조네스 일타에게 인정을 받아 의자매의 연까지 (억지로) 맺었던 호걸은 고개를 숙이는 모다카에게 눈을 돌렸다.

"가네샤 님은 뭐라고 하셨나?"

"기, 길드의 지시에, 따르라고……."

"그렇군."

활달한 【가네샤 파밀리아】 내에서도 항상 냉정하고 침착한 여단장은 눈을 감았다.

이내 눈을 뜬 샥티는 단원들에게 말했다.

"몬스터에게는 테임으로 대처한다. 죽이지 말고 생포하라."

"언니, 그래도 돼?!"

"우리의 주인은 【군중의 왕】 가네샤다. 그를 믿고 그를 따른다. 내 말이 틀렸나, 일타?"

샥티의 맑디맑은 시선에 일타는 눈을 크게 떴다가, 표정을 다잡으며 고개를 끄덕였다.

흔들림 없는 주신에 대한 신뢰와 충성을 되새기고, 다른 단원들도 얼굴에 결연한 의지를 내비쳤다.

"출발이다! 준비하라!"

샥티의 명령에 함성이 터져 나왔다.

"대, 대단해……."

──센트럴 파크를 뒤흔드는 목소리에 자신도 모르게

중얼거렸던 벨은 황급히 입을 손으로 막았다.

지금 벨은 장비 위에 온몸을 감추는 로브를 입고 백팩을 짊어져──딱 릴리 같은 차림으로──서포터의 일원을 가장했다.

눈앞으로 다가온 출격에 들끓는 민중과 【가네샤 파밀리아】 사이의 경계 안쪽에서, 이미 토벌대 안에 섞여들었다.

"원인 규명에 도움이 될 거라고 가네샤 님께 언질을 받았으니 어쩔 수 없지만…… 얌전히 있어, 【리틀 루키】. 눈치챈 놈들한테는 임시 서포터라고 전해둘 테니까 최대한 눈에 뜨이지 않게 굴어야 해. 일타 씨 같은 사람한테 들키면 귀찮아져."

"아, 알겠습니다…… 죄송합니다."

슬쩍 다가온 모다카에게 벨은 공손히 사과했다.

그렇게 다짐을 받아놓은 【가네샤 파밀리아】의 고생 담당이 그 자리를 뜨자, 그 자리를 메우려는 것처럼 벨 바로 옆에서 조그만 목소리가 들렸다.

『의뢰한 테임 건도 그렇고, 신 가네샤가 잘 대처해준 모양이야.』

"펠즈 씨……."

『토벌대는 네 존재를 묵인해줄 테니 이대로 18계층까지 가자.』

아무것도 없는 허공에서 들려오는 속삭임이 벨의 귀에 전해졌다.

목소리의 정체는 펠즈였다. 전에 벨이 보았던 아스피의 투구와 마찬가지로 '투명 상태'가 되는 매직 아이템 베일을 뒤집어써서 눈에 보이지 않는 것이다.

길드 본부의 통로를 따라 센트럴 파크 부근으로 나온 직후, 벨은 그에게 건네받은 장비 일체를 뒤집어써서 서포터로 분장했으며, 차림 자체가 수상한 흑의의 메이거스는 투명 인간이 된 채 토벌대에 잠입한 것이다.

『곧 출발이야. 나는 먼저 탑에 들어갈게.』

"네."

사람들과의 충돌을 피하면서 투명 상태의 메이거스가 '바벨'로 향하는 기척을 벨이 희미하게나마 느끼고 있으려니, 그 직후.

"벨!!"

"야, 벨!" "벨 님!"

"!"

자신의 이름을 부르는 목소리에 벨은 어깨를 붙들렸다.

반사적으로 돌아보니, 시선 너머에는 헤스티아, 벨프, 릴리, 미코토, 하루히메가 인파를 헤치며 나타나고 있었다.

바벨을 포위하고 봉쇄한 【가네샤 파밀리아】의 지상 잔류 팀이 방책을 대신하는 가운데, 일행은 인파 속에서 부대끼고 있었다. 후드를 뒤집어썼음에도 벨을 발견하고는 열심히 이름을 불러댄다.

어떻게 여길.

그런 경악도 한순간. 벨은 걱정스러운 표정으로 바라보는 동료들을, 의지가 담긴 눈빛으로 바라보았다.

다녀오겠습니다. 보내주세요.

무언가 말하고 싶은 눈치인 릴리나 벨프는 애절한 표정을 지었다. 미코토와 하루히메도 마찬가지였다. 따라가는 것도 만류하는 것도 상황이 허락해주질 않았다.

그리고 헤스티아는, 주위의 응원하는 목소리에 휩싸이면서도 벨과 시선을 나누었다.

——조심해서 다녀오거라.

——네!

목소리가 필요 없는 대화가 두 사람 사이에서 오갔다.

간신히 불안을 억누른 여신의 격려에 소년은 힘차게 고개를 끄덕였다.

"출발!!"

샥티의 호령에 일제히 솟아나는 민중의 성원.

헤스티아 일행이 지켜보는 가운데, 토벌대와 함께 벨은 탑의 문 앞으로 이동했다.

"아이샤, 리온이 온다는 말은 못 들었는데요?!"

"한 사람 정도야 뭐 어때서. 실력도 알아주는데 너무 그렇게 딱딱하게 굴지 말라니깐."

"제가 하데스 헤드를 넉넉하게 가져오지 않았다면 어떻게 할 생각이었나요……!"

"안드로메다, 【가네샤 파밀리아】가 출발합니다. 서둘러야 해요."

"~~~~~~~~~~아우!!"

성원을 보내는 인파 바깥쪽, 활엽수가 심어진 한쪽에서 휴먼, 아마조네스, 엘프 모험자들이 저마다의 어조로 말을 나누었다.

소녀답지 않은 신음소리를 낸 아스피는 거대한 박도를 장비한 아이샤와 복면을 쓴 류에게 투구 매직 아이템을 던지다시피 건네주었다. 셋이 동시에 장비하자 녹아드는 것처럼 모습이 사라지고, 그녀들의 기척은 그 누구에게도 들키는 일 없이 봉쇄망 안쪽으로 들어갔다.

'제노스 여러분…… 비네.'

신의를 받은 토벌대가, 흑의의 메이거스가, 초대받지 않은 침입자들이, 그리고 소년이 저마다의 의도를 가슴에 안고 거탑의 문으로 들어섰다.

창공과 사람들이 지켜보는 가운데, 그들은 단숨에 달려 나아가 던전 안으로 돌입했다.

금이 간 청수정 기둥이 소리를 내며 쓰러졌다.

　철저히 파괴당한 천막과 목조 상점, 불을 일으키는 마석 제품으로 발생한 화재. 무법자들의 소란이 사라진 마을에서는 요란한 모래먼지와 함께 시커먼 연기가 치솟았다.

　던전 제18계층, '언더 리조트'.

　서쪽 호반의 거대한 섬에 세워진 '리빌라 마을'은 궤멸 상태였다.

　북문을 비롯해, 마을을 에워싼 수정과 바위로 이루어진 마을벽에는 거대한 파괴의 흔적이 새겨져 물 밀 듯이 쏟아져 들어온 존재들의 진격이 얼마나 격렬했는지를 보여주었다. 지면에 돋아난 희고 푸른 수정의 잔해가 여기저기 굴러다녔으며, 그 외에도 부러진 검신이며 산산조각 난 도끼의 날, 점점이 뿌려진 혈액의 흔적 등 마을 주민과 모험자의 격렬한 저항을 여실히 보여주었다.

　곳곳에서 흙먼지가 치솟는 던전의 역참 마을은 이미 폐허로 변한 후였다.

　"동포를 어디로 끌고 갔나?! 말하라, 인간!!"

　철저히 파괴된 도시에서 괴물의 음성에 섞인 인류의 언어가 울려 퍼진다.

　엉망진창으로 파괴된 도시의 한구석. 회색 암석으로 이루어진 큰 날개를 펼친 가고일과 두 다리가 짓이겨진 채 쓰러진 모험자 사내가 있었다.

　"혁, 허억……?! 무슨 소릴 하는 거야, 괴물……!! 무슨 말을 하는 건지……!"

사내는 몬스터의 급습에서 미처 도망치지 못한 소수의 모험자 중 하나였다. 온몸을 내달리는 격통, 그리고 짓이겨진 두 다리에서 지금도 끊임없이 흘러나가는 혈액 때문에 호흡곤란에 빠지려 했다. 두 눈에 눈물을 머금은 채, 말하는 몬스터를 상대로 영문을 모르겠다고 고함을 질러댔다.

암석 발톱에서 붉은 피를 뚝뚝 떨어뜨리는 가고일── 그로스는 우툴두툴한 이빨을 드러냈다.

"시치미 떼지 마라!! 네놈들에게서 풍긴단 말이다, 라녜의 '독' 냄새가!!"

"뭐……?!"

"동포가 남긴 의지가, 네놈들이 지저분한 짐승이라고 말하고 있다!!"

고함을 질러대는 그로스를 보며 휴먼 사내의 얼굴이 굳어버렸다.

사내는 미처 도망치지 못했던 것이 아니었다. 그로스를 비롯한 '제노스'가 **놓아주지 않았을 뿐이다.**

사내의 정체는 【이켈로스 파밀리아】. 라녜를 습격했던 헌터들 중의 한 무리였다. 그들은 라녜의 파티를 사냥한 후, 성가신 **독**을 치료하기 위해 무리에서 떨어져, 뒤가 구린 무법자들이 넘쳐나는 리빌라에 들렀던 것이다.

동포를 끔찍하게 잃은 '제노스'들이 쫓아왔던 '목표'란,

마치 아라크네가 남긴 실처럼 점점이 이어졌던 '독액'의 냄새였다. 날카로운 후각을 가진 몬스터가 감지할 수 있는 자극적인 냄새가 '제노스'들을 이끌어준 것이다.

리빌라의 파괴는 이켈로스의 권속들을 찾아내기 위한 과정이었으며, 또한 이성을 잃은 '제노스'들의 분노를 상징하기도 했다.

"질문에 대답하라!! 동포를 어디로 데려갔나!!"

가고일의 갈라진 포효에 이어 그로스와 함께 사내를 포위했던 다른 '제노스'들에게서 위협성이 터졌다. 백 마리의 짐승이 울부짖는 것과도 같은 큰 목소리에 사내의 얼굴은 공포와 절망으로 물들었다.

두 명의 동료 헌터는 리빌라 급습 직후에 발견되어 이미 살해당한 후였다. 미친 듯이 날뛰는 '제노스'의 이빨과 발톱에 갈기갈기 찢긴 것이다. 시뻘건 고깃덩어리가 되어 사방으로 흩어진 동료의 몸이 몬스터들의 발밑에 굴러다니는 것을 보고, 변명도 통하지 않고 도망칠 곳도 잃어버렸음을 깨달은 사내는 창백해진 뺨을 경련하면서 조소를 지었다.

"하, 하하하……. 말해줘봤자, 너희들이 갈 방법은 없어……!"

그 조롱은 필사적인 허세였으나—— 가차 없이 날아든 그로스의 발톱에 금세 비명으로 바뀌었다. 짓이겨진 어깨에서 튄 피와 함께 절규가 허공으로 날아올랐다.

"끄아아아아아아아아아아아아아아아아아아악!!"

"말하라!! 말하라!!"

당장이라도 물어뜯을 것처럼 눈앞에 밀려드는 가고일의 얼굴.

되풀이되는 협박과 고문에 견디다 못한 사내는 마침내 자백했다. 산소를 원해 뻐끔거리는 입을 대신해, 팔다리 중 유일하게 움직이는 오른손으로, 어떤 방향을 가리킨다.

떨리는 손가락이 가리킨 곳은 마을의 단애절벽에서 내려다볼 수 있는 경치 너머―― 계층 동쪽의 대삼림이었다.

"숲이라고……? 숲 어디냐?! 대체 뭐가 있나?!"

"도, 동쪽 끝…… 거기에, '문'이……!"

얼굴이 눈물 콧물로 범벅이 된 사내의 말에 그로스는 의아하다는 감정을 품었다.

비밀 마을을 비롯해 '미개척 영역'이나 샛길처럼, 모험자들에게 아직 발견되지 않은 던전의 경로를 빠짐없이 알고 있는 '제노스'들도 제18계층에 존재하는 '문'에 대해서는 전혀 몰랐다. 그로스는 고함을 질러 더 많은 정보를 이끌어 내려 했으나,

"그러니까, **그게 없는** 너희들은 못 간다고오오……!!"

"무슨 소리냐!"

"무리란 말이야……! 포기해……!!"

사내는 대답이 이미 정해졌다는 양, 이 행위 그 자체가 무의미하다는 소리밖에 하지 않았다.

무의미한 문답을 이어나가는 【이켈로스 파밀리아】의 헌

터에게서 더 이상 이끌어낼 정보는 없다고 체념하고, 그로스는 암석 얼굴을 일그러뜨리며 발톱을 휘둘렀다.

지면에 나뒹구는 사내의 팔에는 더 이상 눈길조차 주지 않고, 등 뒤에 있는 '제노스'들에게 외쳤다.

"동쪽 끝이다! 숲의 동쪽 끝에 동포들이—— 인간 놈들의 아지트가 있다!! 찾아라!!"

호령한 순간, 몬스터들의 포효가 쩌렁쩌렁 울려 퍼졌다.

먼 길을 돌아갈 생각도 없어 험준한 리빌라의 절벽에서 몸을 날리고, 혹은 날개 달린 몬스터가 날개를 펼치며 일직선으로 계층 동쪽을 향하기 시작했다.

"——그로스!"

그때, 날아오르려 하는 그로스를 '제노스' 중 하나가 불러 세웠다. 동포가 가리키고, 가고일이 돌아본 곳은—— 계층 남부.

"저건……!!"

제17계층으로 이어지는 동굴에서, 모험자의 집단이 쏟아져 나왔다.

"리빌라가……!"

어두운 암굴에서 튀어나온 순간, 벨은 계층 서쪽에서 솟아나는 연기를 보았다.

무시무시한 진격속도로 제18계층까지 주파한 토벌대 일행. 도중에 만난 몬스터를 눈 깜짝할 사이에 퇴치한 【가네샤 파밀리아】의 정예들 속에서 숨을 헐떡이는 사람은 서포터로 분장한 벨뿐이었다.

현장에 도착한 총원 서른 명의 토벌대는 즉시 행동을 개시하려 했다.

"단장님, 여기서부터는……!"

모다카의 말을 가로막고 아마조네스 일타가 머리 위를 가리켰다.

"아니, 기다려봐── 언니, 저기!"

눈부신 수정의 빛을 뿜어내는 천장 부근에, 날개를 가진 시커먼 그림자 한 무리가 날고 있었다.

"날개 달린 몬스터…… 무장하고 있군."

그곳을 응시한 단장 샥티의 눈이 까마득한 거리에 있는 그림자의 정체를 또렷이 포착했다. 갑옷이며 방어구를 장비한 몬스터. 정보에 있었던, 리빌라를 습격한 대상이 틀림없었다.

눈빛을 날카롭게 빛내는 【가네샤 파밀리아】와 긴장을 띤 벨은 동굴 앞에서 달려 나갔다. 정면에 펼쳐진 숲으로 진입해 일직선으로 주파하고 시야가 탁 트이는 대초원 앞까지 나갔다.

"……! 다른 몬스터들도 대초원을……!"

"저 방향은 정동향…… 대삼림인가? 왜 저런 곳으로 가지?"

【가네샤 파밀리아】는 허공을 날아가는 날개 달린 몬스터보다도 많은 숫자로 제18계층을 횡단하는 몬스터 집단을 관측했다. 리빌라가 존재하던 계층 서쪽의 호반에서 중앙지대의 대초원과 거목을 그대로 지나쳐, 동쪽의 대삼림으로.

리빌라를 습격한 몬스터들이 왜 그곳으로 향하는지, 토벌대 곳곳에서 의구심이 솟아났다.

"언니, 어쩌지?"

"……부대를 둘로 나눈다. 모몬가, 파티를 이끌고 리빌라로 가라! 생존자가 없는지 확인해!"

"네! 그리고 저는 모다카거든요?!"

"남은 사람들은 나를 따라라! 숲으로 가 몬스터들을 추격한다!"

이름을 잘못 불린 모다카가 재빨리 5인 1조 파티를 편성해 샥티의 본대에서 분리되었다. 【가네샤 파밀리아】가 호반과 대삼림으로 각각 진로를 잡는 가운데 부대의 제일 후방에 있던 벨은 한순간 망설임에 휩싸였으나,

『우리도 숲으로 가자.』

"펠즈 씨!"

『아마 리빌라는 텅 비었을 거야. 숲으로 간 무리 중에 리드도 있었어.』

투명 상태로 옆에서 따라오던 펠즈가 자신이 본 것을 알려주었다.

그렇다. 벨도 확인했다. 하늘을 나는 날개 달린 몬스터 속에서 세이렌과 가고일이 있었던 것을. 그리고 대초원을 가로지르는 집단에 라미아와 트롤, 유니콘…… 리저드맨으로 보이는 그림자가 섞여 있었음을.

벨은 이미 심장 고동이 높아지는 것을 느꼈다. 용종 소녀의 모습을 보지 못한 데 대한 안도감, 혹은 그 이상의 불길한 예감이 들었다.

솟아나는 망설임과 잡념을 한 번의 호흡으로 떨쳐내고 펠즈에게 고개를 끄덕여 대답한 벨은 토벌대 본대의 뒤를 따랐다. 두 팔을 열심히 휘두르며, 몸에 두른 로브에서 펄럭펄럭 풍압의 소리가 울릴 정도로 온 힘을 다해 질주했다.

세이프티 포인트이기도 한 제18계층의 대삼림은 계층 남쪽에서 동쪽에 걸쳐 마치 거대한 항구 같은 물굽이의 형태를 그린다. 웅대한 '언더 리조트' 내에서도 거의 5분의 1을 차지한다는 사실에서도 알 수 있듯 면적은 광대하다. 특히 계층 입구 정면에 펼쳐진 남쪽에 비해 남동쪽과 동쪽은 녹음이 더욱 짙어지고 나무들도 현저히 커지는 경향이 있다.

눅눅한 이끼가 자생한 굵은 나무줄기, 올려다봐야 할 정도로 장대한 수목, 아름다운 소리를 내며 흐르는 맑은 냇물, 거인의 단검으로 착각할 만큼 커다란 흰색과 푸른색 수정. 그러한 환상적인 광경을 눈 깜짝할 사이에 지나쳐, 일행은 달리고 또 달렸다. 토벌대에서 낙오되지 않도록 쫓아가는 벨은 투명화한 펠즈가 잘 따라오는지 어떤지를 걱정할 여유도 없었다.

이따금 머리 위를 올려다보며 나뭇가지와 나뭇잎의 갈라진 틈으로 날개 달린 몬스터의 진로를 확인하던 샥티가 한 손을 들었다. 뒤를 따르던 모험자들에게 보내는 신호였다. 양측의 진로가 교차해, 드디어 몬스터들과 접촉하게 되었다.

밀려드는 순간에 마른침을 삼킨 벨은, 시야에 몬스터들의 모습이 들어오기도 전에 수없이 겹쳐진 고함소리를 들었다.

"앗⋯⋯."

"저건⋯⋯!"

요란한 포효에 이끌리듯 발걸음을 서두른 【가네샤 파밀리아】가 본 것은── 서로를 죽여대는 몬스터들이었다.

"몬스터끼리 싸우고 있잖아⋯⋯!"

단장 샥티도, 아마조네스 일타도, 다른 단원들도 얼굴을 찡그렸다.

이 자리에서 눈앞의 광경을 이해할 수 있었던 사람은 벨과 펠즈뿐이었다. 인간에게도 동족에게도 배척당하는 '제노스'들이, 밀려드는 숲 속의 몬스터들을 맞아 싸우고 있었던 것이다.

벨은 처음에 격렬하게 다투는 몬스터들이 정말로 자신과 악수를 나누었던 '제노스'인지 알 수 없었다. 그만큼 그들이 풍기는 분위기는 예전과 달랐다. 마치 피에 굶주린 마물인 양 얼굴을 일그러뜨리고, 버그베어와 매드 비틀을 비롯한 몬스터의 무리를 거치적거린다는 양 물리치고 있었다.

후드 안에서 벨이 떨리는 시선으로 응시하고 있으려니, '제노스' 한 마리가 토벌대의 존재를 알아차렸다.

그 직후── '제노스'는 고함을 지르며 가차 없이 돌격했다.

『윽?!』

벨과 펠즈가 충격을 받은 것도 찰나, 전투가 시작되었다.

인간의 모습을 본 순간, 두 눈에 핏발을 세운 '제노스'들은 그야말로 '괴물'처럼 덤벼들었던 것이다.

"전사들이여, 맞서 싸워라!!"

샥티의 용맹한 호령과 함께 【가네샤 파밀리아】 또한 고함을 질렀다. 일제히 검 부딪치는 소리를 울렸다.

"언니, 이것들 전부 테임할 거야?!"

그때까지 서로 다투던 몬스터들은 너나할 것 없이 모험자들에게 공격을 가했다. 서포터를 겸한 동료 모험자에서 테임용 채찍을 받아든 샥티는 일타에게 외쳤다.

"테임 대상은 '아종'뿐이다! 무장한 개체를 노려!"

구분하기는 쉬웠다. 태어난 모습 그대로인 개체와 무장한 개체. 테임의 표적은 어디까지나 후자였다.

무엇보다── 강했다. 한 합을 맞부딪쳐보면 외견 따위

신경도 쓰이지 않을 만큼 적이 얼마나 이질적인지를 알 수 있었다. 버그베어나 매드 비틀을 스쳐 지나가며 단칼에 해치울 수 있던 모험자들이 무장한 몬스터에게는 애를 먹었다. 이쪽의 무기를 받아 흘려낼 뿐만 아니라 반격까지 하는 괴물들에게 【가네샤 파밀리아】의 단원들은 낯을 찡그렸다.

"펠즈 씨——"

『워어어어어어어어어어어어어어어어!』

"——윽?!"

몬스터의 파도에 휩쓸린 벨도 펠즈와 떨어져 이리저리 몸을 날려야 했다. 나이프를 뽑아 들지도 못한 채 몸을 굴려 회피하거나, 혹은 로브 안에 장비한 방어구의 건틀렛으로 공격을 막아냈다.

숲 속의 충돌은 삼파전의 양상을 띠었다.

"【가네샤 파밀리아】 녀석들, 밀리고 있잖아."

——그 삼파전의 후방, 시점이 한층 높은 경사면 위쪽.

전장을 내려다볼 수 있는 관목 속에서 아이샤, 류, 아스피는 몸을 숨기고 있었다. 벨과 펠즈보다도 더 뒤에서 토벌대의 본대를 추적하던 그녀들은 갑작스럽게 일어난 전투에 미처 나갈 틈을 찾지 못하고 있었다.

"저 무장한 몬스터들…… 강하군요. 개체 차이는 있으나 전투에 익숙한 듯합니다."

모두들 투구를 벗어 투명 상태를 해제한 가운데, 중얼거리는 류의 곁에서 아스피가 고개를 끄덕이며 중얼거렸다.

"매우 흥분한 듯하니. 저런 상태의 상대가 가장 테임하기 어려울 테지요. 【안쿠샤】 같은 분들은 역시 밀리지 않습니다만……. 애초에 테임이 가능할지 모르겠군요."

【가네샤 파밀리아】는 도시에 속한 파벌 중에서도 제1급 모험자의 수가 가장 많아 열한 사람이다. Lv.6 이상 없이 모두가 Lv.5라고는 하지만 심층영역 '원정'에서도 안정적으로 전과를 올리는, 오라리오 내에서도 손꼽히는 【파밀리아】다.

지금 이 자리에 있는 토벌대 서른 명은 모두 Lv.3 이상. 제1급 모험자들도 아낌없이 투입되었다.

다만 아무리 【가네샤 파밀리아】라 해도, 공격을 가감해야 하는 테임이라는 악조건을 부여받은 이상 마음대로는 싸울 수 없었다. 난전도 이 양상에 한몫을 더했다.

가장 무시무시한 것은 무장한 몬스터들의 힘이었다.

최소 세 마리의 몬스터들——가고일, 세이렌, 리저드맨——은 토벌대의 제1급 모험자마저도 능가하는 잠재능력을 내비쳤다. 방패도 둔기도 되는 암석 날개, 머리 위에서 날아드는 강력한 괴음파, 야생의 검기를 펼치는 롱소드와 시미터. 샥티를 제외한 단원들은 이미 당하지 않기 위해 필사적이었다.

사전정보를 통해 '제노스'에 대해 적지 않은 지식을 가졌던 아스피는 동요하지 않고 냉정하게 전장을 내려다보았다.

"아이샤, 리온. 쓸데없는 개입은 하지 마세요. 발견되기라도 하면 성가시니. 우리는 어디까지나 정보수집과 벨 크라넬의——"

그리고 아스피의 말이 끝나기도 전에 류가 일어났다.

"가세하겠습니다."

"엑, 저기…… 리온?!"

고전하는 【가네샤 파밀리아】의 분위기를 본 엘프 전사는 타고난 정의감을 발휘하고 말았다.

"게다가 크라넬 씨도 놓쳐버렸습니다. 싸우면서 찾아보겠습니다."

"과보호야, 당신. 그 꼬마는 할 때는 한다고."

"지켜달라고 저를 데려와주신 건 그쪽이었잖습니까……. 게다가 당신은 가지 않을 생각인가요?"

"그야 당연히 가지."

입을 딱 벌린 아스피를 내버려둔 채, 아마조네스 아이샤도 술렁이는 피를 거스르지 않고 거대한 박도를 어깨에 걸머졌다.

"하, 하다못해 투구라도 쓰고 가세요!! 그러는 편이 은밀 행동에 적합하고, 편리하고……!"

"모습을 감추고 공격하는 건 아무래도 거부감이 듭니다. 비열한 행위는 성미에 맞지 않습니다."

"나도 필요 없어. 투구나 방어구는 어깨가 결려서 말이야."

"저기요?!"

흘러내린 안경을 고치지도 못하고 항변하는 아스피 앞에서 휙휙 칠흑색 투구, 하데스 헤드를 버리는 류와 아이샤. 두 사람은 배틀클로스를 나부끼며 전장으로 뛰어들었다. 가치를 매긴다면 수백만 이상이 될【페르세우스】특제 슈퍼 레어 아이템이 허무하게 땅에 굴러갔다.

"아우, 진짜……!!"

내팽개쳐진 투구를 회수한 아스피는── 자신의 존재의 의를 가볍게 부정당한 아이템 메이커는 오기로라도 자신의 투명 상태를 해제하지 않았다.

🔥

사람과 몬스터의 격렬한 교전이 이어졌다. 모험자들은 테임이라는 족쇄를 찬 채, 몬스터들은 분노의 감정을 해방하면서.

무장한 몬스터── '제노스' 중에서도 인간형 몬스터는 피로 칠갑을 하고 있었다.

고운 외모를 감추기 위해, 무엇보다도 몸에 깃든 분노를 드러내기 위해 추악한 몬스터의 얼굴을 본뜬 것이다. 찢어진 눈꼬리, 적에게서 튄 피에 물든 그 모습은 실제로도 모험자들을 위협했다.

『───────────────────아아아!!』

"큭……!!"

금색 날개의 세이렌에게서 뿜겨져 나온 살인적인 괴음파에 아마조네스 일타가 무릎을 꿇었다.

　나무들 사이를 연속으로 뛰어다니듯 펼쳐지는 고속비행. 이쪽의 공격은 모조리 허공을 갈랐으며, 반면 상대의 고주파는 광범위에 걸쳐 아군과 함께 대미지를 입힌다. 연신 되풀이되는 성가신 원거리 공격에 마침내 제1급 모험자는 발을 붙들리고 말았다.

　세이렌이 날개를 휘두르자 무수한 깃털의 탄환이 일타에게 쇄도했지만,

　"어허!"

　『!』

　옆에서 끼어든 대형 박도가 모든 탄환을 한꺼번에 베어 버렸다.

　"아까부터 거 유별난 공격을 쓰던데!"

　『?!』

　잇따라 나무를 걷어차고 도약해 공격하는 아이샤. 세이렌은 급선회해 이를 피했다.

　공격을 방어하려 했던 일타는 경악했다.

　"【안티아네이라】?! 네가 어떻게 여기에!"

　"사소한 건 신경 쓰지 말자고, 동족. 나도 좀 싸우게 해줘."

　착지와 함께 돌아본 아이샤는 웃음을 짓고 있었다.

　"게다가 일손이 필요하지 않아?"

　"……건방진 여자. 엄호해, 우리가 테임할 테니!"

오른손의 채찍을 땅에 철썩 울리는 일타. 아이샤는 그녀의 곁으로 달려가 대답을 대신했다.

"분명 강하긴—— 하지만, 분노 때문에 시야가 좁아졌어."

『카악!?』

"대치하는 쪽에는 위협적이지만 기습이 잘 통하지."

아마조네스 여걸이 독자적인 체술을 구사해 적을 몰아붙였다.

나무 위에서 급강하한 류는 목검을 휘둘러 무장한 실버백의 정수리를 내리쳐 기절시켰다. 간발의 차이로 목숨을 건져 어안이 벙벙해진 남성단원을 향해 그녀는 얼굴에 덮인 복면을 고쳐 썼다.

"다, 당신, 뭐야?!"

"……그저 지나가던 사람입니다."

"말이 되는 소릴 해!!"

주신 가네샤의 기괴한 언동에 단련된 단원들은 이런 상황에서도 꼬박꼬박 딴죽을 걸어주었다. 그러거나 말거나 정체불명의 복면 모험자는 토벌대의 전황을 지탱해주었다.

"원군……? '하층'을 탐색하던 모험자인가? 게다가 저 엘프는……."

류와 아이샤의 참전을 가장 먼저 알아차린 샥티는 테임이라는 제한에 묶이지 않고 끼어들어 싸우는 그녀들의 유격을 이용하기로 했다. 자신은 접근하는 트롤을 한 손으로 후려쳐 날려버리고, 꿰뚫어버리고자 달려드는 유니콘을 채찍으로 훑려 땅에 넘어뜨린다.

제례 때 착용하는 의상과도 비슷한, 깊은 슬릿이 새겨진 배틀클로스를 나부끼는 그녀를 중심으로 【가네샤 파밀리아】는 태세를 재정비하기 시작했다.

『샤악!!』

"윽⋯⋯?!"

한편 류 일행의 지원이 미치지 못하는 범위에서, 벨은 방어에만 애쓰고 있었다.

상대는 길고 날카로운 두 발톱을 휘두르는 라미아. 물결치는 녹색 머리카락을 얼굴과 똑같이 피로 붉게 물들이고 기이한 냄새를 풍기며 벨을 찢어발기려 한다.

손을 잡았던 '제노스' 중 한 마리에게서 뿜어져 나오는 살기에 공포와 슬픔이 솟아나 이름을 부를 수도 없었다. 목이 꽉 잠긴 것처럼 움직이지 못하는 벨의 두 눈이 고뇌로 물들었다.

"크윽!"

엇갈려 지나가며 회피한 것과 동시에 라미아의 발톱이 몸에 두른 로브를 찢었다.

백팩과 함께 변장이 뜯겨나간 벨은 모습을 전장에 드러냈다.

한데 섞인 숲 속의 몬스터와 '제노스', 모험자들에게 에워싸이며 태세를 고치려 했던—— 그때.

『카아아아아아아아아아아아아아아아아!!』

한 마리의 리저드맨이, 싸우던 몬스터와 모험자 사이로
끼어들며 나타났다.

──리드 씨!!

움직임이 한순간 정지한 벨을 향해 리저드맨은 일직선
으로 돌진했다.

장비한 시미터와 롱소드를 쓰지 않고 벨의 두 어깨를 붙
잡으며 지면에 쓰러뜨린다.

"──왜 여길 온 거야, 벨찡!!"

"윽?!"

자신의 몇 배나 되는 체중이 얹혀 지면 위를 데굴데굴
구르는 가운데, 눈앞의 도마뱀 얼굴이 이성 있는 말을 토
해냈다. 벨은 눈을 크게 떴지만 리드는 괴물의 얼굴로, 곁
에서 보면 격렬하게 몸싸움을 벌이는 것처럼 혼전 한복판
을 굴러갔다. 그리고 회전력을 이용해 숲 안쪽으로 벨을
집어던졌다.

곧바로 달려드는 리저드맨의 진의를 이해한 벨은 흐름
을 거스르지 않고 전장 밖으로 튕겨져 날아갔다.

"원군…… 인간 놈들. 아직도 오는 거냐!"

벨과 리드가 전장에서 멀어져간 것과 거의 동시.

'제노스' 측에서는 가고일 그로스가 전장의 분위기를 감
지하고 있었다. 동포를 궤란시키는 류와 아이샤를 가증스
럽다는 듯이 노려본다.

"——그로스!"

"읏! 펠즈!"

이름을 부르는 목소리에 그로스는 자신의 옆을 돌아보았다. 모험자들의 사각, 수정기둥 뒤에서 흑의의 메이거스가 출현했다. 베일을 벗어던지고 투명 상태를 해제한 펠즈는 허공에 뜬 가고일에게 말했다.

"전투를 중지시켜!! 우리가 싸우는 건 무의미해!"

"그 말은 들을 수 없다! 지금 저항을 멈추면 저 모험자들은 우리를 죽일 것이다!"

"그런 짓을 하게 두진 않아, 약속하겠어! 우선 이야기를——"

격렬한 전투의 소리 때문에 다른 이들에게는 들리지 않을 한 사람과 한 마리의 목소리. 난전 속에서 '제노스'의 두목 격인 몬스터를 발견한 펠즈는 설득을 시도했으나,

"그렇다면 저 모험자들을 물러나게 해라!! 우리의 동포들을 되찾으러 가겠다!"

"뭐?!"

"약속하겠다고 말했으니, 어디 해봐라!"

머리 위에서 요구하는 그로스에게 펠즈는 창졸간에 무어라 말해야 좋을지 알 수 없었다. 그런 메이거스를 내려다보며, 가고일은 그것 보라는 듯 감정을 폭발시켰다.

"무리일 테지, 펠즈!! 네놈도 어차피 **저쪽 편이니까**!!"

"큭……!"

"네놈이 우선시할 대상은 인류이지 우리가 아니다! 우리

의 분노 따위, 이해하지 못할 터!!"

펠즈가 '제노스'와 만난 것은 약 15년 전.

말을 나누고 신뢰를 쌓아왔던 긴 세월. 그 세월의 궤적을 잊어버리게 만들 만큼 가고일은 격분에 지배당하고 있었다.

"네놈의 감언 따위에 나는 더 이상 현혹되지 않는다!"

"그로스, 나는……!"

"이젠, 모든 것이 늦어버렸다!!"

체념한 것처럼, 미련을 떨쳐버리려는 것처럼 그로스는 펠즈에게 등을 돌렸다.

숲 안쪽으로 날아간 것과 함께 바위로 이루어진 목을 크게 떨었다.

『─────────────────오오오!!』

그것은 '제노스'들에게 보내는 포효였다. 인간들은 알아들을 수 없는 몬스터의 음성으로, 숲 속에서 싸우는 동포들을 부른 것이다.

동포를 찾아, 자신을 따르라고.

전장을 이탈하는 찰나, 마찬가지로 나무 위에서 날던 금색 날개의 세이렌과 시선을 나누었다.

──레이, 인간 놈들의 발을 묶어놔라!

──알았어요.

다른 '제노스'와 마찬가지로 얼굴을 시뻘겋게 피로 물들인 레이가 몇몇 동포를 이끌고 가는 것을 곁눈질하며, 그로스는 목적지인 숲의 동쪽으로 향했다.

"리드 씨……!"

나무들이 신전의 기둥처럼 늘어선 전장에서 크게 떨어진 한구석. 높은 나무와 푸른 수정이 에워싼 탁 트인 공간에서 벨과 리드는 마주 섰다.

"왜……왜 여기 온 거야, 벨찡……!"

전투의 포효가 멀리서 들려왔다.

서로를 가로막는 것은 아무것도 없다. 리드가 마련해준 대화의 자리였다.

그럼에도 이런 형태로 만나고 싶지는 않았다.

시미터와 롱소드를 두 손에 든 리저드맨은 고통을 참으려는 듯 노란 눈을 가늘게 떴다.

"리빌라가…… 모험자들의 마을이, 무장한 몬스터들에게 궤멸당했다고 들었어요……! 정말로, 정말로 리드 씨네가 그랬어요?!"

"……그래. 우리가 습격했어."

돌아온 대답에 벨의 얼굴이 비탄에 젖은 소녀처럼 바뀌었다.

"왜요?!"

"동포들이 살해당했어……. 마을에 있던 모험자에게. 아니, 헌터에게."

루벨라이트색 두 눈이 크게 뜨였다.

움직임을 멈춰버린 벨에게 더 큰 충격을 강요하듯, 리드는 다음 말을 토해냈다.

"비네도, 놈들의 패거리에게 납치당하고 말았어……!"

그 말을 들은 순간 벨은 얼어붙었다.

비네를 납치한 헌터——【이켈로스 파밀리아】?

벨의 머릿속에 남신 이켈로스의 웃음이 되살아났다.

계속 웅어리졌던 가슴속의 불안감이 현실이 되어, 온몸에서는 비지땀이 쏟아졌다.

"미안해, 벨찡……. 역시 우린 인간들 말대로 '괴물'이었어."

"네……?!"

"설득했어. 그 녀석들을. 하지만 소용없었어!"

비네를 빼앗긴 것, 동포들을 말리지 못했던 것.

못난 자신을 사죄하려는 리드의 목소리는 이내 격렬한 감정을 띠기 시작했다.

"그놈들만이 아니야. 나도 그래!! 분노를, 억누를 수가 없어……!"

동공이 갈라지며 두 눈에 핏발을 세우는 리저드맨을 보며 벨은 숨을 멈추었다.

"동포를 죽인 놈들을, 죽이고 싶어서 못 참겠어……!!"

당장이라도 원수와 같은 인간인 자신에게 달려들려 한다.

그런 생각이 벨에게 전해질 정도로 눈앞의 리드는 귀기에 가득 찼으며, '괴물'의 본성을 내비쳤다.

의식을 떠나, 반사적으로 후퇴하려 하는 자신의 다리를

벨은 필사적으로 붙들었다.

——하지만, 그건.

인간도 마찬가지.

동료에게 만약 무슨 일이 생긴다면, 인간 또한 분노의 불꽃으로 자신을 태울 것이다.

지금 리드 일행의 감정은 결코 '괴물'의 것만은 아니다.

벨은 입을 열고 말을 하지는 못했지만 가슴속으로 그렇게 생각했다.

"동포는, 이 숲의 동쪽 끝에 있어."

"……! 그건!"

"마을에서 잡은 헌터에게 들었어. 여기에 '문'이 있다고. 우리는 지금부터 비네를 구하러 갈 거야."

벨은 놀라움과 함께 이해했다. 일관성이 없다고 여겨졌던 '제노스'들의 행동을.

생각해야만 할 것이 잔뜩 있었다. 하지만 지금만큼은 사로잡힌 비네를——

"리드 씨, 저도——"

벨이 입을 열었던 다음 순간.

"오지 마!!"

확 솟아올랐던 리드의 롱소드가 지면에 꽂혔다. 격렬하게 치솟은 토사와 흙먼지에 벨은 창졸간에 팔로 얼굴을 가렸다.

"……?!"

시야가 회복되어 벨은 경악의 목소리를 삼켰다.

벨의 눈앞, 리드와의 사이. 그 지면에는 깊은 고랑이 가로로 새겨져 있었다. 벨과 리드의 자리를 가로막는 경계선이었다.

"벨찡, 이쪽으로 오지 마. 돌아가."

"리드 씨……?!"

"우리는 이제 끝났어. 이런 소란을 일으키고 말았어. 비원 따위 이제는 이룰 수 없어."

두 자루의 검을 움켜쥐며 리저드맨은 말했다. 희망은 무너졌다고. 하지만.

"하지만 동포들은 반드시 구해내겠어……!!"

눈에 깃든 험악한 전의에는 그늘이 지지 않았다.

"비네는 우리가 반드시 되찾을 거야. 그러니 벨찡, 오지 마."

"……!"

"우리하고 같이 있는 모습을 들키면, 벨찡도 끝장이야. 이런 일이 벌어진 건 전부 우리 책임이야. 끌어들이고 싶지 않아."

이쪽으로 오지 마.

리드는 그렇게 벨을 내쳤다. 파멸의 길에서 멀리하기 위해.

자신의 안에서 소용돌이치는 인류에 대한 증오를 폭발시키지 않고자.

배신당할까 두려워하듯.

뿌득뿌득, 괴로움에 일그러지는 그 노란 눈을 앞에 두고 벨은 움직일 수 없었다.

아니, 움직이지 않았다.

그 '괴물'의 호소에는 도저히 고개를 끄덕일 수가 없었다.

"……왜 꾸물대는 거야, 벨찡! 지금 이러고 있는 모습을 들키기만 해도 위험하단 말이야!! 얼른 릴리찡네한테 돌아가!!"

고함을 지르는 리드의 목소리가 입술을 깨문 벨의 몸을 흔들었다.

떨리는 두 다리, 얽히는 시선, 떼지 않는 눈.

리저드맨의 검이 크리스탈의 광채를 반사해 둔중한 빛이 되어 벨의 눈을 태웠다. 전장에서 이탈한 가고일의 고함소리가 울려 퍼져 두 사람 사이를 가르고 지나갔다.

"벨찡은 인간이잖아! 이젠 괴물 같은 거 신경 쓰지 마!!"

"리드 씨……."

"가라고!"

"리드 씨……!"

"가버려!!"

"그래도, 난——"

새겨진 경계선에 한 걸음을 내디딘 벨. 그러나 리드는 그다음 말이 이어지도록 내버려두지 않았다.

『워어어어어어어어어어어어어어어어어어어어어어어어어

어어어어어어어어어어!!』

인류의 언어가 아닌 '괴물'의 포효가 벨의 몸을 쩌렁쩌렁 흔들어 뒤로 밀쳐냈다.

포효로 거절을 내뱉은 리저드맨에게 소년의 얼굴이 균열을 일으킨 것처럼 일그러졌다.

"──크라넬 씨!"

"""!"""

그 직후 날카로운 고함과 함께 목검의 검광이 두 사람 사이에 끼어들었다. 자신을 향해 날아든 공격을 리드가 재빨리 후퇴해 회피하는 가운데, 벨 앞에 착지한 것은 후드가 달린 로브를 뒤집어쓴 복면 모험자였다.

소년을 감싸는 그 엘프를 보고, 리저드맨은 힘차게 몸을 돌려서는 벨 앞에서 도주했다. 굵은 꼬리를 끌고 가는 뒷모습은 벨을 남겨둔 채 사라졌다.

"무사한가요, 크라넬 씨?"

"……류, 씨? 여긴 어떻게……."

"자세한 사정은 나중에 말하겠습니다. 고립되면 위험하니 일단 【가네샤 파밀리아】에게 돌아가지요."

리저드맨의 포효를 듣고 도우러 달려와준 류가 몸을 돌렸다. 케이프에 싸인 등을 보이는 그녀. 그러나 벨은 두 다리가 지면에 못 박힌 것처럼 미동도 하지 않은 채…… 고개를 숙였다.

"크라넬 씨?"

벨이 따라오지 않자 류는 몸을 돌렸다.

"미안해요, 류 씨……."

그리고 벨은 고개를 들었다.

"그, 몬스터를…… 리저드맨을, 따라갈래요."

"!"

복면 아래에서 경악을 띠는 류에게 속내를 토로했다.

"저 리저드맨을, 따라가야 해요……!"

당장이라도 울음을 터뜨릴 것 같은 눈으로, 그러나 똑바로 류를 바라보는 벨에게.

무언가를 말하려던 류는 입을 다물었다.

"이유를, 말씀해주실 수 있겠습니까?"

"……."

침묵을 대답으로 삼은 벨을 류는 가만히 바라보았다.

그녀의 하늘색 두 눈이 루벨라이트색 눈동자를 들여다본다.

"당신이, 이블스……【이켈로스 파밀리아】의 간계에 휘말렸는지도 모른다고, 그렇게 들었습니다."

"!"

"당신은 계속 기운이 없었지요. 시르가 걱정했습니다………… 저도."

"……."

"당신이 무슨 생각으로 몬스터를 따라가려 하는지는 모르겠습니다. 하지만 저는…… 그 파벌에 당신이 관여하기를 바라지 않습니다."

억제할 수 없는 격정을 눈에 담으면서도 무언가를 우려하듯, 무언가를 두려워하듯 류는 오른손을 내밀었다. 언젠가 이곳에서 손을 맞잡았던 그날, 그렇게 했듯.

"지상으로, 돌아가시지요."

류와 시선을 마주한다.

만류하려 하는 그녀의 손을 앞에 두고 벨은 한 걸음 물러났다.

발밑에 새겨졌던 경계선의 안쪽에 발을 디뎌, 공교롭게도 조금 전의 광경을 다시 재현하듯—— 리드에게 따돌림을 당했던 자신처럼, 류를 멀리했다.

"그렇군요……."

두 번째 침묵의 대답과 흔들림 없는 의지에 류는 눈을 내리깔았다.

그녀의 다정함을 내팽개친다는 죄책감을 벨이 견뎌내고 있으려니, 갑자기 무시무시한 고주파가 전장 저편에서 울려 퍼졌다.

'제노스'의 최후방을 맡은 세이렌이 파괴의 노래를 부르고 있었다. 최대 규모 최대 위력의, 이제까지 들어본 적이 없는 처절한 괴음파에 류는 눈을 가늘게 떴다.

그리고 다시 한 번 벨에게 시선을 돌렸다.

"당신은 완전히 '모험자'가 되었군요."

"류 씨……."

"말려도 소용이 없겠지요. 가십시오."

그렇게 말하고 류는 허리에 감았던 파우치 하나를 내밀었다.

하이포션을 비롯한 여러 가지 아이템이 담긴 것이었다.

"단, 저도 금방 쫓아갈 것입니다."

토벌대의 위기를 불식한 후에.

그렇게 덧붙이는 그녀를, 벨도 거부할 수는 없었다. 그녀가 내민 그녀의 마음을 받아들였다.

"고맙습니다, 류 씨…… 미안해요."

벨은 달려 나갔다.

류가 반대 방향으로 달려 나가는 기척을 등 너머로 느끼며, 파우치를 꽉 움켜쥔 채 전방으로 질주했다.

"딕스, 몬스터 놈들이 여기로 다가오고 있는 것 같아."

거한 그랜의 보고에 딕스는 석판으로 덮인 천장을 올려다보았다.

"발로이랑 애들이 리빌라에서 다 불었구만……. 때려죽여버리고 싶지만, 뭐, 이미 뒈져버렸겠지."

지금은 빈, 조그만 우리 하나에 앉은 딕스는 어디까지나 재미나다는 듯 말을 이었다.

그는 얼굴을 정면으로 돌리더니, 안절부절못하는 거한

에게 어떤 물건을 던져주었다.

"그랜, '문'을 열고 와."

"디, 딕스?! 그래도 돼? 몬스터를 여기에 들여놓으면……."

"가네샤 놈들도 근처까지 왔잖아? 몬스터 놈들이 얼쩡거리는 걸 보고 괜히 수상하게 여기는 게 더 귀찮아."

고글 낀 사내는 웃었다.

"초대해주자고. 괴물 놈들을."

목을 울리며, 악랄할 정도로.

"여기서 사냥해버리자고."

"그로스!"

"왜 이리 늦었어, 리드!"

리저드맨이 가고일이 이끄는 '제노스' 무리를 따라잡았다.

장소는 대삼림 동쪽. 계층의 끝. 아득한 머리 위의 천장까지 이어지는 바위 절벽이 우뚝 솟아 있었다. 더 이상 나아갈 곳이 없는, 말 그대로 계층의 막다른 곳이었다.

수많은 '제노스'가 주위의 덤불과 수정 기둥 등, 사각이될 법한 장소를 모조리 뒤지고 돌아다니며 혈안이 되어 어떤 것을 찾고 있었다.

"'문'은?! 찾았어?!"

"틀렸어, 찾을 수가 없어!! 사로잡힌 동포를 불러봐도 대답이 돌아오질 않아!"

조바심을 감추지 못하는 그로스가 고함을 질러 대답했다. 나무들이 사라지는 숲의 경계에서 리드도 사방을 둘러보았지만 같은 풍경만이 이어졌을 뿐 어떤 위화감도 발견할 수 없었다.

역시 속은 것일까. 의구심이 리드와 그로스 일행을 위협하는 가운데, 그들이 떠올린 것은 사내의 마지막 한마디──『그게 **없는** 너희들은 가지 못한다』──였다.

"──리드!"

그때였다.

고블린 레드 캡이 경악과 함께 리드의 이름을 부르고 손가락을 내밀었다. 리드는 그가 가리킨 방향을 돌아보았다.

"저건……."

촉수같이 구불거리는 굵은 나무뿌리를 뛰어넘으며 수많은 나무 사이를 달려 나간 벨의 시야에 칠흑의 그림자가 비쳤다.

"펠즈 씨!"

"벨 크라넬, 너도 왔구나! 무사해서 다행이다."

"예!"

흑의를 나부끼며 같은 방향으로 향하던 펠즈에게 접근

해 함께 달렸다.

"그로스와 접촉했지만 소용이 없었어. 동포를 되찾겠다고 하면서…… 역시 헌터들이 그들의 역린을 건드린 모양이야. 이제 '제노스'는 막을 수가 없어."

"저도 리드 씨와 만났어요!"

벨은 조금 전 리드와 나누었던 대화를 들려주었다. '제노스'의 동료가 살해당한 것도, 비네가 끌려갔다는 것도, 모두.

펠즈는 후드 안에서 무거운 신음소리를 냈다.

"인정하고 싶진 않지만, 헌터 놈들 쪽이 한 수 위였구나……. 이제는 【이켈로스 파밀리아】의 소행이라고 단정해도 문제는 없겠어."

"……!"

"하지만 '문'이라……. 그게 적의 '아지트'로 이어지는 곳인가?"

이동을 계속하며 펠즈는 벨과 말을 나누었다.

"펠즈 씨, 류 씨와…… 토벌대와 싸우던 '제노스'들은……?"

"괜찮아. 【가네샤 파밀리아】에는 테임을 하도록 언질해 뒀으니까 그들이 죽는 일은 없겠지. 오히려 이성을 잃고 '제노스'들이 모험자를 해치진 않았을까 걱정이었지만…… 그로스와 리드가 멀어지면서 양분됐어. 그 걱정도 이제는 필요 없겠지."

지금은 기회라고 펠즈가 말을 이었다.

"설득은 실패했지만 우리도 움직이기 편한 상황이 됐어. 이대로 적의 '아지트'를 발견해 쳐들어가자."

"네……!"

마침내 헌터들의 단서를 찾았다. 마지막으로 본 비네의 눈물 어린 얼굴을 떠올린 벨은 서두르려는 마음에 떠밀려 펠즈와 함께 한층 가속했다.

나뭇가지가 엷어지는 숲의 천장, 나무줄기 사이로 보이는 암벽, 청수정 기둥이 늘어서서 스톤 서클을 방불케 하는 수정의 숲. 그러한 모든 것들을 지나 벨과 펠즈는 숲의 경계에 도달했다.

"여긴……!"

"목적지인 계층 동쪽 끝이지. 다만……."

주위를 둘러보고 흠칫하는 벨의 곁에서 펠즈 또한 동요한 목소리로 말했다.

"'제노스'들이 없다니…… 이럴 수가. 사라졌어."

도중에는 숲을 파괴하면서 진격한 흔적이 보였으며, 이 자리에도 덤불이나 수정을 헤집어놓은 모습이 남아 있었다. '제노스'들이 이곳을 지나간 것은 분명하다.

그러나 벨과 펠즈의 시야에는 그들의 모습이 보이지 않았다. 귀를 기울여도 마찬가지였다. 기척도 느낄 수 없다. 그렇게나 많은 몬스터가 홀연히 자취를 감춘 것이다.

"'문'이란 뭐지? 그로스와 리드는 그걸 발견했나……?"

펠즈와 등을 마주 대고 서면서 벨도 필사적으로 시선을 돌렸다.

그러나 '문'이라 할 만한 기호를 발견할 수는 없었다. 정적에 잠긴 숲과 풀꽃이 사라져 고스란히 드러난 지면에 에워싸인 채, 그저 초조함만이 치밀었다.

벨이 자신의 심장 소리에 희롱당하고 있을 때── 시야에 어떤 것이 스치고 지나갔다.

'제노스'들에게 파괴당해 지면에 흩어진 청수정.

굴러다니던 잔해가 빛을 뿜어내는 한곳에서 부서진 크리스탈은 수복을 시작해, 점점 복원되어갔다. 소리를 내며 형체를 회복하는 수정을 보고, 벨은 무언가가 마음에 걸리는 것을 느꼈다.

이 광경, 어디선가…….

"……'제노스'의, 비밀 마을?"

'미개척영역'으로 이어지는 길을 숨겨놓았던 수정 클러스터. 눈 깜짝할 사이에 자기수복을 이뤄나가는 쿼츠.

그 쿼츠의 밭과 마찬가지로 수복속도가 빠른 주변 일대의 지형에 벨은 두 눈을 크게 떴다.

그리고 그 강한 기시감이 계기가 된 것처럼, 한 걸음 앞으로 내디딘 벨의 허리에서 열기가 발생했다.

"어?"

"벨 크라넬?"

펠즈의 시선을 받으며, 벨은 당혹감과 함께 허리에 손을 뻗었다.

그리고 류가 주었던 파우치를 뒤진다. 하이포션과 해독제 같은 아이템을 헤치고 바닥에서 꺼낸 것은—— 손바닥에 들어올 정도의, 가공된 정제금속이었다.

"벨 크라넬, 그건……."

"매직 아이템……?"

열기에 녹아내린 듯한 흔적이 있기는 했지만, 그것은 분명 매직 아이템이었다. 형체는 구형이며, 재질은 아마도 '미스릴'로 짐작되는 은백색 금속.

금속의 내부에는 붉은 구체—— 안구 같은 것이 묻혀 있었다. 구체의 표면에는 코이네 공통어와도【히에로글리프】와도 다른, 『D』라는 형태의 기호가 있었다.

"뭐, 뭐가……."

으스스한 느낌을 받을 틈도 없이, 구형의 매직 아이템은 간헐적인 열기를 뿜어냈다. 열기의 감각과 강도는 조금이라도 위치를 바꿀 때마다 변동했다. 마치 탐지기처럼.

입을 다문 벨과 펠즈는 매직 아이템에게 이끌리는 것처럼 발을 움직였다.

그리고 도달한 곳은 우뚝 솟은 암벽 한쪽이었다.

"언뜻 보기엔 그냥 암벽 같다만……."

"펠즈 씨, 이 근처는…… '제노스'들의 비밀 마을로 통하던 룸하고 같아요."

좌우에는 아무런 이상할 것도 없는 똑같은 암벽이 하염

없이 이어졌다. 이제는 심장 고동처럼 열기를 계속 뿜어내는 매직 아이템을 든 벨은 펠즈에게 조금 전에 느꼈던 사실을 전했다. 흑의의 메이거스는 눈앞의 암벽을 지긋이 응시했다.

"물러나봐, 벨 크라넬."

흑의를 걷고 자신의 오른팔을 내민다.

벽에 조준한 손바닥── 그곳에 장비한 글러브에 새겨진 복잡한 무늬에서 금세 빛이 솟아났다.

그 직후 펠즈의 손바닥에서 무색의 충격파가 발생했다.

"……!!"

"이건……."

충격파의 굉음과 암벽을 분쇄하는 위력에 압도당한 벨의 경악은, 눈앞에 펼쳐진 광경에 대한 경악으로 금세 바뀌었다.

파괴된 암벽 안쪽에서 나타난 것은 한 줄기 통로였다.

대형급 몬스터조차 통행이 가능한, **무수한 석재로 만들어진** 수평굴.

"던전의 조성이 아닌…… **인공물.**"

전율해 중얼거리면서 펠즈는 통로로 발을 들였다.

이미 수복이 시작되어 닫히려 하는 암벽 너머로, 벨도 호흡을 잊은 채 나아갔다.

5M 정도 걸어 나아간 그들이 이내 도달한 곳은 거대한 금속제 문이었다.

악마 같은 형태의 조각상이 좌우에 놓인 금속 문이 의연히 앞을 가로막고 있었다.

"오리할콘…… 뒤랑달 무기의 재료이기도 한, 아다만타이트를 넘어서는 최강의 정제금속."

온갖 소재와, 휴먼 및 데미휴먼의 기술을 아낌없이 쏟아부어 만드는 '세계 최강의 초희귀금속'. 모험자인 벨도 조금이나마 들어본 적이 있었다.

"파괴는 일단 불가능……하지만."

이쪽을 돌아보는 펠즈의 채근에 벨은 한 걸음 다가가보았다.

조심조심, 매직 아이템을 내밀자── 금속 문에 묻혀 있던 붉은 보옥이 반응했다. 고고고고고, 중후한 음향과 함께 위로 움직여 '문'이 열렸다.

'문' 너머에는 마석등이 띄엄띄엄 빛났으며 어스름에 지배당한 통로가 아득한 저 너머까지 이어졌다.

"믿을 수 없어……. 이런 게, 던전에?"

펠즈가 중얼거리는 소리와 함께 벨은 목을 꼴깍 울리며 손에 든 구체를 내려다보았다.

'문'을 열 수 있는 '열쇠'가 된 매직 아이템.

류는 의도가 있어서 파우치를 건네준 것일까, 아니면 우연일까?

【이켈로스 파밀리아】──이블스──겨우 5년 전까지만 해도 현재와 비교도 되지 않을 정도로 미궁도시에 만연했

다고 일컬어지는 '악'——.

【아스트레아 파밀리아】——정의의 검과 날개가 새겨진 엠블럼——동료와 함께 오라리오의 질서 유지에 진력했다는 류——.

다른 곳도 아닌 제18계층에 있는 【파밀리아】의 묘지에서, 모험자였던 엘프에게 들었던 이야기를 벨은 떠올렸다.

이 매직 아이템은, 동료를 빼앗겨 복수로까지 치달았던 그녀가 '악'에게서 압수한 것일까?

억측할 수밖에 없는 생각에 휘둘리던 벨은 천천히 고개를 들었다.

석공 장인이 만들어낸 것과도 같은 석조 통로.

조각을 비롯한 온갖 섬세한 디자인.

자연수복되는 던전의 조성, 몬스터가 태어나지 않는 세이프티 포인트라는 조건을 고려한다면 분명 암벽 내부에 그 누구도 알아차리지 못할 인공물을 만들어내기란 이론상 가능하다.

그러나 대체 누가, 언제부터, 어떻게 이러한 것을——.

벨이 남몰래 식은땀을 흘리는 가운데, 펠즈는 '문'을 넘어 벽 한쪽으로 다가갔다.

입을 다문 채 말을 하지 않는 석벽에는 단 한 마디, 코이네 공통어를 일그러뜨린 부호가 새겨져 있었다.

"······'다이달로스'."

이름 하나를, 펠즈는 아연실색 읽어냈다.

던전에는 없는 냉기에 휩싸이면서 뻣뻣이 선 벨은, 심연으로 이어지는 것과도 같은 어둠 너머를 응시했다.

🔥

지상을 비추는 태양이 허공에서 조금씩 기울어져갔다.

'바벨'이 세워진 센트럴 파크에는 토벌대가 떠난 지금도 수많은 사람들이 남아 있었다.

【가네샤 파밀리아】단원들이 거탑 주위를 봉쇄한 가운데, 그들에게 말을 거는 모험자나, 혹은 개선을 기다리는 구경꾼은 끊이질 않았다. 시간이 지남에 따라 한때는 높아졌던 시내의 불안감도 누그러져 이제는 소강되었다 할 수 있을 만한 상태까지 왔다.

"젠장, 기다릴 수밖에 없는 거야······?"

"저리도 엄중하게 에워쌌으니 숨어들 수도 없을 테지요······. 조금 전부터 쳐다보는 모험자나 신들도 있고 말입니다."

"기다리기만 한다는 건 참으로 답답하지······. 난 언제나 그렇단다, 벨프 군."

"벨 님······."

센트럴 파크 한구석으로 이동한 벨프, 미코토, 헤스티아, 하루히메도 말을 나누며 백색 거탑을 멀리서 바라보았다. 벨의 귀환을 기다리는, 그리고 '제노스'의 미래를 걱정하는【헤스티아 파밀리아】는 아무것도 하지 못하는 답답함에 싸여 있었다.

"아까 하던 얘기인데…… 만약 헌터 놈들이 제노스의 동료를 사냥한 사건이 일어났다고 치면, 놈들의 '아지트'를 발견할 수는 없을까? 밀수해서 호사가 놈들한테 팔아치운다면 도시 어딘가에 있을 거 아냐."

"그야 그렇겠사오나…… 펠즈 공이나 길드조차 발견하지 못한 아지트를 과연 저희끼리 찾아낼 수 있겠습니까……?"

"이런 건 헤르메스가 잘하는데……. 그건 그렇다 쳐도 몬스터에게 상품가치를 매겨 팔아치우다니, 신이, 아니, 던전이 무섭지도 않나? 나 원."

벨프와 미코토가 의논하는 가운데, 헤스티아도 이때만큼은 불쾌한 목소리를 냈다.

그때, 파벌의 참모로서 혼자 생각에 잠겼던 릴리는 세 사람의 대화를 듣고 흠칫 고개를 들었다.

"몬스터의, 상품가치……."

이제까지의 기억을 끄집어내려는 듯 그 조그만 머리에 한쪽 손을 얹는다.

"몬스터를 유인해, 포획해서, **팔아치운다**……."

"……릴리돌이?"

"왜, 왜 그러시옵니까?"

중얼중얼 혼잣말을 시작한 릴리에게 벨프와 하루히메가

말을 걸었다. 동료들의 시선을 모은 파룸 소녀는 홱 고개를 들었다.

"가요."

"서포터 군?"

"뭔가 단서가 있을지도 몰라요."

바벨에 등을 돌리고 서둘러 이동하기 시작하는 릴리와, 그 말에 헤스티아 일행은 얼굴을 마주 보고 황급히 따라 갔다.

"야? 간다니, 어딜 말야?"

벨프의 물음에 릴리가 돌아보며 말했다.

"릴리의 원래 주신님—— 소마 님한테요."

【소마 파밀리아】의 홈 및 '술 창고'는 동쪽 메인 스트리트와 남동쪽 메인 스트리트 사이에 낀 도시 남동쪽, 제3구역에 있다.

릴리 일행이 제일 먼저 향한 곳은 전자였다.

"릴리루카 아데…… 그간 건강히 지냈느냐."

릴리 일행은 홈의 신실에서 남신 소마와 대면했다.

긴 앞머리로 눈가를 가린 종잡을 수 없는 신물이며, 신이 아니라 속세를 저버린 사람 같기도 했다. 그는【소마 파밀리아】에 속했던 무렵 릴리의 주신이기도 했다.

"오랜만이에요, 소마 님. 릴리는 덕분에 아주 잘 지내요."

약 두 달 만에 찾아온 릴리가 고개를 숙이는 가운데 헤스티아가 불쑥 몸을 내밀며 야유했다.

"이봐이봐. 뭐지, 소마? 내가 그렇게 서포터 군에게 몹쓸 짓을 하는 걸로 보여?"

"미안⋯⋯."

그녀가 볼을 부풀리자 남신은 기복 없는 목소리로 순순히 사과했다.

릴리의 이적과 시기가 겹쳐진 워 게임 이후, 【소마 파밀리아】의 기괴한 행적은 눈에 띄게 사라졌다고 한다. 소마가 '신주 소마'를 보수로 삼는 파벌 운영을 그만두었기 때문이다.

하계 주민들에게 무관심했던 소마의, 지금은 조금 부드러워진 분위기에 릴리는 놀라움과 동시에 기쁨도 느꼈다.

릴리가 용건을 짧게 전달하자 소마는 알았다면서 선선히 고개를 끄덕였다.

"찬드라를 부르지⋯⋯."

단원의 안내를 받아 방으로 불려온 것은 무뚝뚝한 드워프였다.

"찬드라 님도 오랜만이에요. 단장님이 되셨다고 들었어요. 축하해요."

"됐어, 관둬. 나한테 조직의 우두머리는 맞질 않아⋯⋯. 게다가 주신님의 '술'은 별로 마실 수도 없게 됐고. 엎친 데 덮친 격이라니깐."

짧은 머리와 수염이 난 찬드라 이히트는 무뚝뚝한 말투

에 피로를 내비치며 말했다. 오직 극상의 술을 마시기 위해 【소마 파밀리아】에 들어온 그는 릴리의 궁지를 도와주기도 했고, 지금은 어쩌다 보니 파벌의 단장을 맡고 있었다.

허리에 매둔 표주박을 기울이는 그에게 안내를 받아, 소마와 릴리 일행이 향한 장소는 '술 창고'였다.

【소마 파밀리아】의 '술 창고'는 도시 중앙에 가까운 홈과 비교해 시벽 쪽에 치우친 위치였다.

하계 주민을 포로로 만드는 '신주'는 대부분 파기되었으며, 지금은 소마의 용돈벌이 범위 정도에서 권속들에게 제공할 미주를 개발하고 연구하는 시설로 바뀌고 있지만, 딱하나, 여전히 바뀌지 않은 곳이 있었다.

파벌 내의 위반자를 단속하는 '감옥'이었다.

"이봐…… 밥은, 밥은 아직 멀었어?! 배고파 미치겠다고, 빨리 꺼내줘!"

석조 통로 안쪽에서 굵은 남자 목소리가 메아리쳤다.

미덥지 못한 마석등 빛이 일렁이는 차디찬 지하감옥. 소마와 찬드라에게 안내를 받아 걸어가는 헤스티아 일행 가운데에서 릴리의 얼굴은 자연스럽게 굳어졌다.

"시끄러워, 자니스. 조용히 해."

"아앙? 찬드라, 여기엔 뭣하러…… 어라, 이거이거 주신님에다…… 너희는…….."

보초를 선 단원에게 안내를 받은 옥실에 있던 것은 휴먼 사내였다.

뺨이 푹 꺼진 그는 소마에게서 헤스티아 일행에게로 눈을 돌리고, 마지막으로 릴리를 발견했을 때 입가를 쭉 틀어 올렸다.

"하하하하……! 설마 네가 여기로 올 줄이야."

빤히 직시하는 사내를 보며 릴리는 열심히 표정을 지우려 했다.

사내의 이름은 자니스 루스트라. 찬드라와 같은 Lv.2 상급 모험자이며, 전에는 【소마 파밀리아】의 단장이었던 휴먼이다.

예전의 모습은 흔적도 없었다. 이지적인 척하던 분위기는 사라지고, 안경도 보이지 않았다. 군데군데 해져 너덜너덜한 옷차림은 남루하다고밖에 표현할 수 없었다.

릴리의 【소마 파밀리아】 퇴단과 함께 자니스는 지위를 박탈당했다. 도시에 적지 않은 피해를 가져다주었던 파벌의 선동은 물론, 주신 소마의 '신주'를 무단으로 사용하고 사리사욕을 위해 팔아치웠던 일이 가장 치명적이었다.

벌로 소마는 그의 【스테이터스】를 봉인한 채 지금도 이렇게 이 감옥에 가둬 하루하루를 보내게 했다.

자신에게 추태를 드러내게 했던 벨프에게도 적의가 담긴 시선을 보내던 자니스는, 칠흑의 쇠창살로 다가가 앞에 선 릴리에게 말했다.

"꼴사나운 날 비웃으러 왔냐, 아데?"

"……."

"그때하곤 입장이 완전히 바뀌었군……."

제대로 깎지 못한 수염이 수북이 자란 옛 단장은 어두운 웃음을 머금고 릴리의 눈을 빤히 바라보았다.

자학과 증오가 뒤섞인 자니스의 눈빛을 릴리는 정면으로 받아들였다.

"……당신에게 묻고 싶은 것이 있어요."

"나한테에? 모든 것을 빼앗아놓고, 이 이상 뭘 물어보겠다는 거야?"

자니스의 말을 무시하고 목소리를 낮춰 묻는다.

"말하는 몬스터에 대해…… 당신이 말했던 '사업'을 관장하는 장소에, 짐작 가는 바가 있나요?"

그 말에 자니스는 한 차례 몸을 멈추었다.

그러나 그것도 한순간. 얼굴에 둘렀던 희미한 웃음이 희열을 머금은 홍소로 변모했다.

"그렇구만…… 하하하하! 만났냐? 만난 거냐, 아데?! 그 말하는 몬스터들을!!"

지하감옥에 사내의 홍소가 울려 퍼졌다. 한쪽 눈썹을 틀어 올리는 찬드라와 말없는 소마를 옆에 두고, 역시 그랬냐며 릴리는 자니스의 반응을 보고 확신했다.

워 게임 직전, 【아폴론 파밀리아】와 결탁한 자니스가 릴리를 이 지하감옥에 유폐했을 때였다. 눈앞의 사내는 쇠약해진 릴리에게 협조를 청했다.

릴리의 변신마법【신다 엘라】를 구사해 몬스터를 유인해 포획하라고.

『네가 꼭 좀 협조해주었으면 하는 일이 있거든. 뭐, 간단한 사업이야.』

『몬스터를 유인해 포획해서 팔아치우는 거다……. 간단하지?』

당시에는 어리석다고 웃어넘겼던 릴리가 몬스터에게는 '상품가치' 따위 없다고 말하자 자니스는 욕망에 번들거리는 눈으로 웃기만 했다.

지금이라면 알 수 있다. 상품으로 기능하는 몬스터란 어떤 것인지를. 미목수려하고 지혜를 갖춘 '제노스'라는 존재를 안 지금이라면.

자니스는 그때부터, 혹은 훨씬 전부터 '제노스'를 알고 있었던 것이다.

그리고 당시의 말에서 추측컨대, 그는 악취미한 호사가들에게 비싸게 팔아치울 '제노스'의 밀수에 가담하고 있었다. 자니스는 '제노스'의 밀수 경로에, 그들을 사로잡아놓는 '아지트'의 존재에 릴리네보다도 가까운 곳에 있다.

헤스티아와 벨프가 경악을 감추지 못하는 가운데, 릴리는 질문에 대답하라고 눈에 힘을 주었다.

"흐흐흐흐……! 글쎄다아, '다이달로스 거리'에 가면 뭔가 알 수 있을지도오?"

웃으며 몸을 뒤틀던 자니스는 움푹 꺼진 눈으로 한 가지

해답을 제시했다.

긴장을 머금은 릴리는 다시 질문했다.

"자세한 장소는?"

"나머지는 직접 찾아보든가. 내가 말해줄 수 있는 건 여기까지야."

릴리가 처한 상황을 재미있어하듯 자니스는 그 후로는 느물느물 웃기만 할 뿐이었다.

"뭔가 알고 싶은 게 있다면, 고문이라도 해볼까?"

찬드라가 무서운 제안을 했지만 릴리는 입을 다문 채 고개를 저었다.

분명 자니스는 입을 열지 않을 것이다. 적어도 이 사건이 수습될 때까지는.

"단서는 '다이달로스 거리'에 있어요…… 가죠."

옥실에서 시선을 떼고 등 뒤의 헤스티아와 동료들에게 말했다. 그녀들이 고개를 끄덕인 후, 릴리는 부디 다른 이들에게는 말하지 말아달라고 소마와 찬드라에게 약속을 받아놓고 감옥을 나갔다.

"애써보라고, 아데…… 하, 하하하하하하하하하하하하하하하하!!"

어두운 웃음소리를 등 너머로 들으며, 릴리와 헤스티아 일행은 '다이달로스 거리'로 향했다.

"이곳이 '다이달로스 거리'로 이어진다고요……?!"

석판에 에워싸인 통로를 나아가는 벨은 놀라움을 감추지 못했다.

"그래, 틀림없을 거야. 우리에게 들키지 않도록 '제노스'를 지상으로 운반해, 오라리오에서 밀반출했던 것도…… 이곳이 지상으로 이어졌다면 모두 앞뒤가 맞지. 아마 도시문의 검문을 무시할 수 있게 도시 밖으로 이어지는 지하통로도 갖춰졌을걸."

벨과 나란히 달리며 펠즈는 자신의 생각을 들려주었다.

석조 통로는 이리저리 얽혀 있었다. 갈림길이며 교차로 등 던전 이상으로 규칙적이고 질서정연한 만듦새는 그야말로 인공의 미궁과도 같은 양상을 띠었다. 전투에서 부상당한 몬스터들의 혈흔이 바닥에 없었다면 금세 길을 잃었으리라. 어스름에 덮인 천장이나 벽면 곳곳에서 몬스터가나오는 일은 없겠지만, 그 대신 괴물을 본뜬 으스스한 조각과 부조가 있었다.

벽에 묻힌 마석등 덕에 어둠과 동화된 펠즈의 윤곽이 희미하게 보였다.

"'다이달로스 거리'에 이어졌다고 하는 근거는 벽에 새겨진 저 사인……."

신음하듯 펠즈가 말했다.

"기인 다이달로스…… 신들이 강림한 시대의 전환기, '바벨'을 비롯한 미궁도시의 초석이 되는 온갖 건조물을 만들어낸 명공……."

수천 년 전에 활약했던 휴먼, 자신이 태어나기도 전의 인물이라고.

자신과는 또 다른, 역사상의 위인에 대해 흑의의 메이거스가 말했다.

"하계에 처음으로 '팔나'를 가져다준 우라노스의 몇 안 되는 권속이라 들었다."

"!"

"우라노스의 신의를 받들어 오라리오에 공헌을 다했지만…… 던전에 발을 들인 후부터는 차츰 언동이 이상해졌다고 해. 그야말로 '기인'이라 불릴 정도로……. 그리고 어느 날부터인가 우라노스 앞에서, 아니, 오라리오에서 완전히 자취를 감추었지."

스스로도 자신의 지식과 현재의 상황을 견줘보는 것처럼 펠즈는 설명을 이어나갔다.

"'다이달로스 거리'는 물론이고 도시에 펼쳐진 구식 지하수로 등등, 그의 유산은 길드 내에서도 문제가 되고 있었어. 기억해, 벨 크라넬? 도시 어딘가에 존재하는, 미로처럼 복잡하고 기괴한 영역을."

"그러고 보니……."

그 말에 떠오른 것은 하루히메와, 혹은 시르와 함께 겪었던 기억들이었다.

환락가에 있었던 비밀 지하도. 프뤼네나 하루히메는 '다이달로스 거리'에 인접한 영향이라고 말했다. 또한 그와 흡사한, 시르와 함께 내려갔던 고아원 뒤의 지하계단. 분명 다이달로스의 유산은 도시에 뿌리 깊게 새겨져 있었다.

그만한 지하통로를 혼자 구축했던 거냐고 당시에는 몸을 떨었지만, 그거야말로 펠즈가 기술자 다이달로스를 위인이나 기인이라고까지 평가하는 이유인지도 모른다.

'은혜'를 입어 보통 사람을 능가하는 신체능력을 가졌을, 얼굴도 이름도 모르는 한 천재에게 벨은 꼴깍 침을 삼켰다.

"우리는 전부터 '바벨' 이외의 던전 출입구가 존재할 가능성을 고려하고 있었어. 물론 '다이달로스 거리'도 철저히 조사했지만…… 젠장."

"펠즈 씨……?"

"……솔직히 말할게. 이 영역은 우리의 상상을 까마득히 넘어섰어."

명공에 대한 외경심이 어스름 속에서 흔들리는 가운데, 새로운 금속 문이 벨 앞에 나타났다.

벨에게서 받아든 '열쇠' 아이템을 펠즈가 내밀자 굳게 닫혔던 '문'은 이번에도 열렸다.

그 밑을 지나간 직후, 펠즈는 손바닥을 벽에 내밀고 문양이 새겨진 글러브에서 빛을 내는가 싶더니 무색 충격파를 쏘았다. 무슨 일인가 싶어 벨이 눈을 돌리자 파괴된 석판 안쪽에서 상처 하나 입지 않은 금속벽이 나타났다.

"이건……?!"

"아다만타이트야. 조금 전 지나가다 풍화된 곳을 통해

금속의 광채가 보였어. 이 영역은 아다만타이트 위에 석재를 뒤집어씌워 세운 거야."

채굴되는 계층이나 순도에 따라서도 다르지만 던전에서 생겨나는 아다만타이트는 수많은 레어메탈 중에서도 최고위의 경도를 가졌다. 물론 가격도 비싸 쉽게 입수할 수는 없다.

벨은 이미 몇 번째인지 모를 충격에 휩싸였다.

"요소요소를 지키는 오리할콘제 '문'에, 아다만타이트로 만든 통로……. 이 '열쇠' 아이템이 없다면 우연히 발견한들 침입도 탈출도 어렵겠군."

펠즈는 앞으로 내밀었던 손을 꽉 쥐었다.

"던전과 이어진 인공영역의 창조……. 믿을 수는 없지만, 이런 것을 만들 수 있는 사람은 다이달로스뿐이야."

그러나 의문도 남았다.

지상에서 최소한 던전 제18계층 깊이의 심도까지, 오직 혼자서, 이런 공간을 만들어내는 것이 과연 가능할까? 오리할콘이나 아다만타이트를 비롯한 재료와 자재 문제도 있다.

그런 벨의 흉중을 꿰뚫어 본 것처럼 펠즈가 말을 이었다.

"이 영역의 규모가 얼마나 되는지는 알 수 없어. 다이달로스라 해도 혼자서 만들기란 불가능에 가깝지. 하지만——"

잠시 말을 끊은 펠즈는 전방으로 이어지는 어둠을 노려보았다.

"우리가 찾아 헤매던 어둠의 근원은, 분명 여기 있었어."

인공적으로 설치된 던전의 또 다른 출입구.

이곳이 【이켈로스 파밀리아】의 '아지트'였다.

오랜 원수를 발견한 것처럼, 메이거스는 온갖 감정을 담아 떨리는 목소리로 말했다.

"마침내 찾았다, 우라노스⋯⋯!"

"찾았다—— 이켈로스."

창공에 목소리가 울려 퍼졌다.

아득히 아래쪽의 지하미궁에서는 멀리 떨어진, 지상.

어떤 벽돌 탑의 옥상에서, 헤르메스는 그의 등에 말을 걸었다.

"⋯⋯히히히, 들켜버렸네."

아무도 없는 옥상에 혼자 서 있던 남신 이켈로스는 천천히 몸을 돌렸다.

폭도 안정적이지 못하고 높이도 서로 다른 잡다한 건물이 난립한, 복잡기괴한 주택가.

미궁거리 '다이달로스 거리'의 중심부에 세워진 탑 중 하나에서 헤르메스와 이켈로스가 마주 보았다.

"용케도 여길 알아냈네에, 헤르메스으? 솔직하게 말하자면~ 이렇게 궁지에 몰릴 줄은 생각도 못 했어."

"고생했다고⋯⋯ 신위까지 써서 미행을 따돌리는 상대를 찾아내기란. 사문화된 룰이라고는 하지만 사심으로 신위를 남발하는 건 하계에 대한 모독…… 규칙위반이야."

"히히, 그냥 엄포 좀 놓은 건데 뭐. 레벨 높은 애들한테
는 통하지도 않는걸……. 게다가 내가 먼저 붙잡히면 그건
그거대로 재미가 없겠다고 생각했거든."

이켈로스는 난간도 존재하지 않는 옥상 가장자리에 서
있었다.

오라리오의 하늘에 에워싸인 이곳에서는 '다이달로스 거
리'의 경치를 내려다볼 수 있다. 그물처럼 펼쳐진 외잡한
골목길에, 계단이 위로 아래로 복잡하게 꼬인 중층적인 구
조. 이 광역주택가를 만든 설계자가 혼돈을 추구하고 무엇
을 모방했는지는 진의에 다가선 자만이 이해할 수 있다.

한 손을 가져다댄 깃털 달린 모자 아래에서 헤르메스는
등황색 눈을 가늘게 뜨고 그를 쏘아보았다.

하지만 이켈로스는 게임을 즐기듯 웃을 뿐이었다.

"술래잡기는 네 승리야, 헤르메스."

"……."

"이 소란은 막을 수 없겠지만…… 날 찾아낸 보답으로,
지금이라면 뭐든 대답해줄게."

남색 머리카락에 갈색 피부를 가진 남신은 너스레를 떨
듯 두 팔을 벌렸다. 지금도 얼굴에 경박한 웃음을 띤 채,
자신 또한 눈을 가늘게 뜬다.

"자, 뭘 물어볼래?"

수많은 그림자가 마석등 불빛이 비추는 포석 위를 지나간다.

돌로 다져진 인공통로에 두발 혹은 네발로 달려가는 소리가 울리고, 이내 꼬리를 끄는 소리가 뒤를 따라갔으며, 여기에 날개를 치는 소리가 이어진다.

스물이 넘는 몬스터들의 대행진이었다.

"동포의 냄새가 가깝다. 전진하라!!"

후각이 예민한 배틀보어를 선두에 두고, 하늘을 비행하는 가고일이 외쳤다. 진격하는 몬스터의 집단, '제노스'들을 인도하듯 석조 통로에는 괴물의 잔향이 떠돌았다. 갈림길이 나타나도 망설이는 일 없이, 강해져가는 동포의 냄새를 좇아 '제노스'의 속도는 점점 높아졌다.

"리드, 진로 방향의 '문'이 전부 열려 있습니다…… 유인하는 것 같아요!"

"알고 있어, 레트! 하지만 갈 수밖에 없어……!!"

자신의 뒤에서 따라오는 레드 캡의 진언을 들으며 리드는 장비한 칼의 자루를 꽉 쥐었다.

계층 동쪽 끝의 암벽이 갑자기 부서지더니 안쪽에서 입을 연 '문'을 발견한 것이 조금 전.

이곳이 적의 '아지트' 혹은 함정임을 알면서, 그래도 '제노스'들은 이 인공적으로 만들어진 영역에 뛰어들었다.

멈출 수 없는 분노, 동포를 되찾아야 한다는 사명감에 떠밀린 '제노스'들은── 이윽고 종점에 도달했다.

"여긴……?!"

돌계단을 뛰어오르니, 이제까지 지나온 통로와는 비교도 안 될 정도로 넓은 공간이 펼쳐졌다.

모양은 직사각형. 폭은 100M 이상이었으며 깊이는 그 두 배가 넘을 것 같았다. 천장도 높아 어둠으로 만연했다. 그러한 공간 전체가 석재였다. '통곡의 대벽'이 존재하는 제17계층 심장부를 연상케 하는 대형 룸이었다.

그런 가운데, 일행의 시선은 정면에 못 박혔다.

무수히 늘어선 칠흑의 우리.

수많은 대열을 이룬 우리 속에 갇힌 것은 라미아, 스킬라, 머메이드 등 미목수려한 수많은 인간형 몬스터. 그리고 카벙클을 비롯한 레어 몬스터. 고통을 입은, 상흔이 새겨진 몬스터들은 예외 없이 우리와 이어진 사슬에 묶여 있었다.

"여러분……."

그리고 바로 앞의 우리 속에는, 창살에 매달린 하피 피아가 보였다.

"──크윽!!"

리드, 그로스, 그 외의 '제노스'들은 몸속에서 분노가 끓어오르는 소리를 똑똑히 들었다. 술렁. 온몸의 털을 곤두세우며 일제히 달려 나간다.

"우리를 부숴라!! 동포들을 풀어줘라!!"

그로스가 고함을 지르며 검은 우리를 파괴했다. 리드와 다른 몬스터들도 무기를 내리쳐 자물쇠를 부수거나, 혹은 힘을 주어 창살을 뒤틀었다. 팔다리를 옭아맨 사슬도 끊어져, 사로잡힌 몬스터들은 이내 우리 밖으로 해방되었다.

그로스 일행이 일사불란하게 우리를 부수는 가운데, 해방된 몬스터들 중에는 예로부터 알고 지냈던 '제노스'도 있거니와 모르는 몬스터도 있었다. 공통점은 눈에 지성의 빛이 있으며, 자력으로 우리를 부수지 못할 만큼 쇠약해졌다는 점이었다.

흘러가는 시간. 도움을 청하는 목소리는 끊어지지 않았으며 무수히 늘어선 우리의 수는 줄어들 줄을 몰랐다. 힘이 빠져 쓰러지는 동포들을 몇 번이나 끌어안으면서, '제노스'들은 넓은 홀에 우리 부수는 소리를 연신 퍼뜨렸다.

"피아, 비네는 어떻게 됐어?!"

"모르겠어요. 정신을 잃은 채 저 안으로 끌려갔는데……!"

리드의 도움을 받아 풀려난 하피가 상처 입은 몸을 열심히 추스르며 날개팔로 어둠 속을 가렸다.

노란 눈을 일그러뜨린 리드는 레드 캡 레트에게 피아를 맡기고 룸 안으로 달려갔다.

"──감동적인 재회로군."

그리고, 그곳에서.

타이밍을 잰 것처럼 뻔뻔한 박수 소리가 울려 퍼졌다.

"윽……?!"

"잘 왔어, 괴물들. 환영해."

홀 안에서 나타나는 고글 낀 사내.

리드는 발을 멈추고, 우리를 파괴하던 그로스가 돌아보고, 모든 '제노스'가 시선을 보냈다.

그들은 마침내 최악의 헌터와 대치했다.

"네가 동포들을 팔아치우는 헌터냐……?!"

"호오~ 그런 것도 알아? 그래, 맞아. 네놈 친구들을 붙잡아다 돈을 버는 게 우리야. 손님들 앞에서 허튼 짓 못하게 한참 고통을 줘서 말이지."

"이 자식……!!"

기분 나쁜 붉은 창을 든 굴강한 사내, 딕스는 웃음을 머금고 리드와 그로스의 흉흉한 살기를 기분 좋다는 듯 받아냈다.

"참고로 내가 아니라 '우리'지만."

그 말을 기다렸다는 듯 다른 헌터들이 우르르 모습을 나타냈다.

딕스의 뒤에서, 좌우의 벽에서, 그리고 리드 일행이 왔던 돌계단 너머에서.

'제노스'들의 가장 후방에서 레트와 피아가 흠칫 놀라는 가운데, 어둠 안에 도사렸던 서로 다른 종족의 데미휴먼들은 협공, 아니, 포위 진형을 갖추었다.

파괴되어 바닥에 넘어진 검은 우리와 함께 '제노스'들은 포위당했다.

"......!"

"언뜻 봐도 네놈들 쪽이 우리보다 수는 많지만…… 그 소중한 짐짝들을 전부 보호해줄 수 있을까?"

딕스의 말대로, 해방된 몬스터들은 너무나 약해졌다.

그들을 부축할 만큼 멀쩡한 '제노스'들도, 동포를 지키면서 전력을 다해 싸울 수는 없다. 이 넓은 홀에 리드 일행을 유인한 것도, 들어오자마자 습격하지 않은 것도, 상처 입은 동포라는 이름의 족쇄를 주어 움직임을 제한시키기 위해서였던 것이다.

교활한 사내의 조소에 리드와 그로스는 뿌드득 이를 갈았다. 그때.

"──리드 씨!"

"아니…… 벨찡?!"

돌계단을 뛰어오른 벨과 펠즈가 홀에 도착했다.

리드는 돌아보며 경악했다. 그로스를 비롯한 다른 '제노스'들도 마찬가지였다.

"그때 그 꼬마……?! 네놈, 여긴 왜 왔나!!"

"지금은 관둬, 그로스!"

자신들을 따라온 벨에게 그로스는 반발했으나 곁에 있던 리드가 손으로 제지했다. 고개를 든 리저드맨은 눈을 돌려 루벨라이트색 눈동자를 마주 보았다.

왜, 어째서, 제발 그만── 절실한 온갖 말들이 시선을 타고 사라져갔다.

한편 헌터들의 반응은 어떤가 하면, '제노스'들 이상이었다.

"야, 야…… 그랜? 너 이 자식, 이게 어떻게 된 거야? 아주 제대로 들켜서 침입까지 허용했잖아. '문' 닫고 온 거 맞아?"

"다, 닫았어! 거짓말 아니야, 딕스!! 난 몬스터 놈들만 들어온 다음에 분명히……!"

딕스의 얼어붙은 목소리에, '제노스'들의 후방에서 동료와 함께 서 있던 대머리 거한 그랜은 식은땀을 뻘뻘 흘리며 필사적으로 변명했다. 알 수 없다는 듯 정면의 벨과 펠즈를 쳐다보다가 자신의 손에 들린 구형의 정제금속으로 시선을 떨군다. 그것은.

"저건……!"

중얼거린 벨의 곁에서 펠즈 또한 같은 구조의 매직 아이템을 꺼냈다.

그것을 보고,

"'열쇠'를……?!"

헌터들 사이에서 술렁임이 부풀었다.

"아항, 그렇게 된 거구만……. 나 원, 어떤 멍청이가 빼앗겼어? 역시 막 뿌리는 게 아니었는데."

벨 일행이 가진 똑같은 매직 아이템을 보고 딕스도 대충 경위를 깨달은 모양이었다. 투덜거리면서 붉은 창의 자루로 어깨를 두드린다.

협공을 당할까 꺼려한 그랜의 무리는 옆으로 비껴나 상대 집단과 합류하고, 벨과 펠즈도 '제노스' 쪽으로 달려갔다.

"미스터 벨……."

"지상 분…… 도우러, 와주신 건가요?"

바닥에 앉은 채 레드 캡에게 부축을 받은 하피가 말했다. 온몸에 새겨진 애절한 타박상. 사슬은 뜯겨졌지만 새의 하반신에는 어울리지 않을 정도로 커다란 족쇄는 아직 달려 있다. 그 광경은 구역질로 직결되는 도착감을 가져다주는 것이었다. 힘없이 올려다보는 피아의 눈동자에 벨은 말을 잃고 말았다.

'비네는?!'

동시에 용종 소녀의 모습을 겹쳐 보고, 고개를 들어 그녀를 찾으려 했지만 사람과 몬스터가 뒤섞인 홀에서는 발견할 수 없었다.

"설마 이렇게 넓은 공간까지 있었을 줄이야……."

조바심이 치미는 그런 벨의 곁에서, 주위를 가만히 관찰하던 펠즈가 중얼거렸다.

후드를 출렁이며, 거리를 벌리는 딕스를 향해 말한다.

"【헤이저】 딕스 페르딕스…… 네가 사건의 주모자였군."

"그런 너는 메이거스인가? 상당히 수상쩍은 차림을 하고 있구만…… 【리틀 루키】도 그렇지만 괴물 놈들하곤 무슨 관계인지 궁금한데?"

슬금, 슬금. 신발 소리를 울리며 서로 노려보던 헌터들과 '제노스'들이 일촉즉발의 분위기를 풍기는 가운데, 펠즈와 딕스는 서로 이야기를 나누었다.

　"단도직입적으로 묻지. 이곳은 다이달로스의 유산이 맞나?"

　"하하, 역시 알아차리셨네. 생각한 대로일걸, 아마?"

　"……언제부터 이용했나? 아니, 어디서 이곳의 존재를 알았지?"

　"알고 자시고── **조상 대대로** 떠넘기던 물건이라고. **자손인 내가** 언제, 뭐에 쓰더라도 문제는 없잖아?"

　딕스의 그 말에 펠즈만이 아니라 벨도 움직임을 멈추었다.

　"선조……? 자손……?!"

　"다이달로스의 계보란 말인가?!"

　소년과 메이거스의 목소리가 곤혹과 동요로 흔들렸다. 귀를 기울이며 의아한 표정을 짓는 '제노스'들을 내버려둔 채 딕스는 조소와도 같은 희미한 웃음을 지었다.

　"허풍 아니야. 뭣하면── 증거를 보여줄까?"

　그렇게 말하더니, 장비한 고글을 위로 젖혔다.

　"────."

　그리고 나타난 것은 정한한 용모와, 붉은 눈동자.

　그리고 왼쪽 눈에 새겨진 'D'라는 형태의 기호였다.

　"이게 다이달로스의 혈통을 나타내는 증거지. 그 빌어처먹을 시조의 피를 한 방울이라도 물려받은 인간은 반드시 이 눈깔을 가지고 태어나거든."

피의 주박이라고, 사내는 증거를 들이댔다.

진위의 여부는 알 수 없다. 판단할 재료가 부족했다. 그러나── 벨은 호흡을 멈추며 펠즈의 손에 들린 것을 바라보았다.

같은 기호가 새겨진 구형의 매직 아이템.

정제금속 안에 묻힌 것은 **안구와도 같은 것**이 아니라, 말 그대로──.

"이곳의 '문'은 우리 눈알에 반응해. 그렇게 만들어졌어. 자유롭게 돌아다니고, 자손들만이 '작업'을 진행할 수 있게 말이야……. 요즘은 그 성질을 이용해서, 시체에서 파낸 다음 '열쇠' 대신 쓰고 있지."

굳어버린 펠즈와 벨에게 딕스는 그 이름을 들려주었다.

"'인조미궁 크노소스'── 다이달로스가 자손에게 완성을 맡긴, 바보같이 크기만 한 '작품'이야."

"크노소스?"

헤르메스가 되물었다.

포상이라는 형태로 그의 질문에 대답한 이켈로스는 그렇다며 웃었다.

"수기에는 그렇게 적혀 있더라."

"이봐, 그 수기란 건 설마……."

"맞아. '다이달로스의 수기'야."

탑의 옥상에서 까만색을 기조로 한 싸구려 옷이 펄럭이는 가운데, 달려가는 바람소리에 이켈로스의 목소리가 실렸다.

"다이달로스…… 딕스네 선조는 던전을 보고 머리가 이상해져버렸다나 봐. 그 미궁을 넘어서는 '작품'을 자기 손으로 만들어내려 했다니깐…… 엄청 바보지? 히히, 옛날에는 그런 바보 같은 애들이 잔뜩 있었는데, 요즘은 시건방진 녀석들뿐이라."

수기에 실린 한 사내의 원통함과 갈망을 신은 진심으로 우습다는 듯이 이야기했다.

"뭐, 당연히 혼자선 못 만들었어. 만들 수 있을지도 모르지만. 아무튼 수명이 다 된 걸 깨달은 다이달로스는 만들다 만 대미궁과 함께 수기를 자손들한테 남겼어."

"……."

"꼼꼼하게 '설계도'까지 덤으로 끼워서 말이야. 자손 놈들도 그에 따라 이제까지 계속 미궁을 만들었고."

공백을 둔 후, 헤르메스는 다시 물었다.

"이켈로스. 네 말이 사실이라면…… 다이달로스의 자손들은."

"맞아, 헤르메스. 다이달로스의 계보가 크노소스에 들인 세월은——"

"——**천 년**."

고글을 되돌리며 딕스가 말했다.

"선조 놈들이 길드의 눈을 몰래 피해 크노소스를 만든 시간이지."

그 아득한 세월을 나타낸 말의 의미에 벨도, 펠즈도, '제노스'들까지도 귀를 의심했다.

"말도 안 돼. 아무에게도 들키지 않고, 그만한 세월을……?!"

"그럼 지금 네가 있는 이 미궁을 어떻게 설명할 건데, 메이거스? 던전을 위에서 덮는 이 '작품'을 하루아침에 만들 수 있을 것 같아?"

던전은 **원뿔 구조**.

아래로 내려가면 내려갈수록 계층의 범위는 확대된다.

반면—— 이 인조미궁 크노소스는 컵을 엎어놓은 듯한 구조.

벨은 자신의 지식과 지금 딕스의 발언을 합쳐보고, 깨달아버렸다.

당시의 다이달로스는 원뿔 구조인 던전과 겹쳐지면 마치 원기둥을 이루듯 크노소스를 설계한 것이다. 지하미궁 각 계층의 주위를, 인조미궁의 계층이 에워싸도록.

펠즈가 말한 도시 내의 지하수로도, 벨이 발견했던 비밀 지하도도 모두 계산 아래 구상한 '작품'의 일환으로 지어진 것이었다. 상상을 초월하는 크노소스의 전모에 벨의 얼굴이 창백해졌다.

"얼굴도 모르는 우리 아버지나 할아버지, 다른 선조들의 손으로 크노소스의 영역은 '중층'까지 확장됐어."

기인 다이달로스가 죽은 후, 약 천 년.

천 년이라는 세월과, 피의 망집이 만들어낸 광기의 산물이 이 크노소스의 정체였다.

벨은 자신의 발밑에서 다이달로스의 망념이 수없는 손이 되어 기어 나오는 환영에 사로잡혔다.

"반대로 말하자면…… 천 년을 들이고도 아직 '중층'에밖에 이르지 못했지."

이러고도 아직 '설계도'의 3할 정도라고, 딕스는 침과 함께 그렇게 내뱉었다.

"……설마, 【이켈로스 파밀리아】가 이블스와의 관계성을 의심받았던 배경에는……."

무언가를 깨달은 것처럼 중얼거리는 펠즈에게 고글 낀 사내는 입술을 틀어 올렸다.

"다이달로스의 계보가 네놈들이 말하는 '악당'과 언제부터 트고 지냈는지는 몰라. 적어도 내가 이 음습한 미궁에서 태어났을 때는 이블스 같은 건 애초에 연결되어 있었어——."

"——전부, 미궁을 완성시키기 위해서야."

이켈로스가 말했다.

"시간도, 노력도, 무엇보다 돈이 엄청나게 들거든. 다이달로스의 '작품'은."

오리할콘, 아다만타이트.

그 외에도 석재를 비롯한 대량의 자재.

던전과는 달리 재생기능이 없는 크노소스—— 초대 다이달로스가 바랐던 '작품'에는 쉽게 부서지지 않는 견고함이 반드시 필요했다. 기인이 꿈꾸었던 것은 던전을 웃도는 '최고 걸작'이었기 때문이다.

그리고 당연히, 크노소스의 재료를 수집하는 일은 지극히 어려웠다.

"다이달로스의 자손인지 뭔지가 이블스나 다른 조직과 결탁한 이유가, 그거로군……."

그렇기에 다이달로스의 자손들은 도시의 지하조직과 손을 잡은 것이다. 불법 밀매와 절도로 오리할콘과 같은 자재 그 자체, 혹은 윤택한 자금을 가진 자들에게 원조를 받고자.

던전 제2의 출입구이자 길드의 눈이 미치지 않는 잠복장소로 크노소스를 제공하는 것과 맞바꾸어서.

시간이 흐름에 따라 넓고 깊게 증설되어가는 크노소스에, 처음에는 반신반의했던 지하조직도 그 편리성을 간파하고 미궁 확장을 지원하게 되었으리라. 한정된 일부의 '악'이 가담하고, 동시에 길드의 눈에서 인조미궁을 은폐하고자 협조했을 것이 분명하다.

손가락으로 모자챙을 훑으며 헤르메스는 확실히 이해했다.

바로 크노소스가, 아득히 오래 전부터 도시에 준동하던 어둠── '악'의 온상이었던 것이다.

"자손들은 미궁을 완성시키기 위해 뭐든 저질렀나 봐. '어빌리티'를 취득하려고 혈안이 되기도 하고, '작품'의 후계자를 남기기 위해 여자를 잡아오기도 하고……."

딕스도 미궁에 끌려온 여성의 배에서 태어났다고 이켈로스는 말했다.

이복형제, 근친상간 등이 벌어지는 일 또한 많았다고도.

"다이달로스의 유언이라고는 하지만 자손들이 황당무계한 '작품'을 만드는 데 몸을 바쳤던 건 말이야……."

"그런 핏줄이라고밖에는 말할 수 없겠군."

헤르메스의 말에 이켈로스는 어깨를 으쓱하며 대답했다.

"딕스 말로는…… **피의 주박**이라나?"

남신은 탑 아래에 펼쳐진 미궁거리를 내려다보며 웃음을 떨어뜨렸다.

"다이달로스의 자손들은 한 권의 '수기'에 놀아나서 이런 걸 만들어냈던 셈이지."

고글의 렌즈 안에서 붉은 눈동자가 살짝 비쳤다. 눈동자와 같은 색의 창을 든 딕스는 그렇게 말하며 마무리를 지었다.

"……다시 말해 '제노스' 포획도 돈줄의 일부였단 말이군."

딕스와 헌터들이 언제부터 '제노스'의 존재를 알았는지는 확실하지 않다. 그러나 크노소스 완성에 막대한 자금이 필요했던 딕스는 '팔나'를 얻기 위해 소속했던 【파밀리아】를 좌지우지하게 되고, 도시의 밀수에 손을 대기 시작했다.

펠즈의 추측에 딕스는 코웃음을 쳤다.

"그렇지. **처음에는.**"

그 말에 벨이 의아함을 느끼고 있을 때—— 굉음이 울려 퍼졌다.

"잔소리는 됐다!!"

그쪽을 처다보니, 그로스가 발톱을 내리찍어 곁에 있던 우리를 파괴한 것이었다. 두 눈을 번들번들 빛내는 가고일은 등에서 돋아난 회색 두 날개를 펼쳤다.

"네놈들이 동포에게 해를 입히고 라녜의 파티를 죽였다는 점에는 변함이 없다! ——속죄해라!!"

눈 깜짝할 사이에 가고일은 딕스를 향해 날아들었다.

고글 낀 사내는 곁에 있던 부하의 멱살을 잡아 앞으로 집어던졌다.

"어?"

얼빠진 목소리는 암석 발톱의 먹이가 된 순간 절규로 바뀌었다.

사방으로 튄 피가 신호가 된 것처럼 전투가 시작되었다.

"나와 그로스가 앞으로 나간다! 돌, 너희는 다친 녀석들을 지켜!"

"뭐── 으아악?!"

고함과 함께 가장 근처에 있던 수인을 베어 쓰러뜨리는 리저드맨. 구출한 동포들을 지키던 '제노스'들도 밀려드는 헌터들과 무기를 마주했다.

"이 꼬맹이!"

"큭…… 【파이어볼트】!!"

눈 깜짝할 사이에 펼쳐진 무시무시한 교전에 한순간 압도당했지만, 벨은 이쪽으로 돌진하는 상대에게 응전할 수밖에 없었다. 상처 입은 하피를 보호하기 위해, 양손도끼를 든 레드 캡이나 펠즈와 함께 '속공마법'까지 구사하며 헌터들을 밀어냈다.

"이봐이봐…… 좀 너무 강한 거 아냐? 이건 오산인데."

한편, 당황한 것은 【이켈로스 파밀리아】도 마찬가지였다.

딕스 이외의 부하들이 전투에 나섰지만 그의 말대로 헌터들은 밀리고 있었다. 약해진 몬스터를 노린다는 꼼수도 분노에 사로잡힌 '제노스'가 괴력을 종횡무진 휘둘러대니 제 구실을 못했다.

특히 리드와 그로스의 싸움은 처절해, 혼자 방관하던 딕스는 웃음을 일그러뜨렸다.

"카드를 아낄 새도 없구만……. 역시 **그걸 써야 하려나**."

그렇게 말하며, 왼손에 들었던 창을 걸머진 딕스는 오른손 검지를 내밀었다.

"———."

펠즈가 전율과 함께 여기에 반응할 수 있었던 것은.

오직 이 자리에 있는 그 누구보다도 오랜 세월을 거듭해 온 '경험' 때문이었다.

──이미 늦었어.

시야 가장자리에서 긴급대피하는 그랜을 비롯한 적들. 뼈만 남은 그의 몸을 위협하는 절대영도의 오한.

전장 후방에서 흑의의 메이거스는 로브를 크게 펼쳤다.

"──벨 크라넬, 내 뒤로 숨어라!!"

냉정함 따위 깡그리 내팽개친 펠즈의 호령에 눈을 크게 뜬 벨은 조건반사적으로 따랐다. 곁에 있던 레트와 피아를 끌어안고 두 팔을 펼치며 흑의 뒤로 뛰어들었다.

다음 순간.

"【헤맬지어다, 끝없는 악몽】."

고글 낀 사내는 목을 울리며 비웃었다.

"【포베토르 다이달로스】."

붉은 파동이 그 손가락에서 뿜어져 나갔다.

"———————."

전장을 약진하는 붉은 빛의 파도는 흉흉한 광채를 발하며 어둠을 물어뜯었다. 광속의 파장은 폭발시키지도 감전시키지도 않고, 그저 효과범위 내에 있던 모든 이들을 하나도 남김없이 집어삼키며 그대로 후방을 향해 쓸려나갔다. 그저 귓전에 달라붙는, 원념과도 같이 무시무시한 음향만을 남긴 채.

펠즈의 뒤에서 창졸간에 두 귀를 막았던 벨 일행이, 무슨 일이 일어났는지 고개를 든 순간.

『——워어어어!!』

모든 몬스터들이 이성을 잃고, **날뛰기 시작했다.**

"앗——?!"

"리드, 그로스!!"

"여러분?! 왜 갑자기……!!"

벨이, 레드 캡이, 하피가.

닥치는 대로 가까이 있는 것을 파괴해대는 '제노스'를 보며 두 눈을 크게 떴다.

눈에 핏발을 세운 리저드맨도, 망가진 것처럼 포효를 질러대는 가고일도 굵은 침을 흘리며 쌍검과 발톱을 주위에 찍어댄다. 마치 '짐승'처럼. 모든 몬스터의 공통점은 눈이 딕스의 것과 마찬가지로 붉게 물들었다는 점이다.

우리를 뒤집는 굉음, 부서져나가는 포석, 귀를 찢어발길 듯한 포효.

가리지 않고 펼쳐진 공격은 눈 깜짝할 사이에 동포에게 미쳐, 전장 곳곳에서 아군간의 싸움이 시작되었다.

"대, 대체 이게……?!"

무장한 '제노스'는 물론이고, 학대를 당해 중상을 입었던 몬스터들까지 폭주의 극에 달한 광경에 벨은 공포를 느꼈다. 상처에서 피를 줄줄 흘리면서도 주위에 공격을 그치지 않는다. 비명과 포효가 뒤섞였다.

눈앞에서 펼쳐진 '짐승'의 향연에 온몸의 털이 곤두섰다.

"'커스(Curse)'……!!"

넋이 나간 벨의 옆에서 펠즈가 쓰디쓴 목소리를 쥐어짜 냈다.

'커스'.

'마법'과 마찬가지로 영창을 방아쇠 삼아 사용하는 그것은 불이나 벼락, 얼음을 방출하거나 능력치를 올려주는 인챈트를 비롯한 일반적인 마법과는 선을 달리한다. 문자 그대로 '저주'라 부를 만한 효과를 발휘한다. 혼란, 속박, 혹은 통각 부여 등 직접적인 대미지와는 무관한, 그러나 전투에서는 치명적인 디메리트를 입힌다.

무엇보다 성가신 점은 막을 방법과 치료할 방법이 한정적이라는 점. 방어도 치료도 전용 아이템을 동원해야만 하며, '어빌리티'로도 피할 수 없다.

물론 몬스터는 알몸뚱이나 마찬가지. '마법'과 마찬가지로 괴물이 사용하지 못하는 인류만의 기술에, 리드를 비롯한 '제노스'는 속절없이 직격을 받아버렸다.

"아~ 어지간해선 이걸 쓰면 전부 끝⋯⋯인데 말이지."

미쳐 날뛰는 몬스터들을 재미나다는 듯 바라보던 딕스의 시선이 정면 안쪽, 전장 한구석에 서 있던 벨과 펠즈에게 향했다.

"안 통하는 놈들이 있네⋯⋯. 그 로브는 매직 아이템이냐, 메이거스!!"

"⋯⋯잘도 알아보는군. '커스'나 상태이상을 막아주지."

목소리를 높여 묻는 딕스에게 펠즈는 들리지도 않을 목소리로 대답했다. 등 뒤로 감싼 벨 일행을 '커스'에서 구해준 것은 그가 몸에 두른 흑의의 힘이었다.

"사실 이 몸에 '커스'가 통할지 어떨지도 의심스럽지만."

지금은 '어리석은 이'를 자처하는 메이거스는 그렇게 덧붙이더니, 웃음기를 지우지 않는 고글 낀 사내를 돌아보았다.

"놈들의 사냥이 공공연히 드러나지 않은 원인도, 【헤르메스 파밀리아】에게서 순식간에 도망칠 수 있었던 이유도 바로 저 '커스'였던 거야⋯⋯!"

펠즈의 마음속에서 모든 점이 '커스'라는 선으로 이어졌다.

어떤 목격자라도 이 '커스'에 걸리면 폭주해서, 자신의 손을 대지 않더라도 몬스터의 위장 속에 빠져들게 되는 셈이다. 어찌어찌 구해냈다 해도 혼란에 빠진 후에는 사건 전후의 기억도 제대로 남지 않을 것이다.

그리고 아스피가 이끄는 【헤르메스 파밀리아】에게서 즉시 철수한 진짜 이유. 딕스는 【페르세우스】의 매직 아이템 —— 펠즈의 흑의처럼 '커스'를 막아주거나 혹은 치유하는 도구가 있을까 봐 경계한 것이다. 뒤처리에 실패해 자신들의 정보까지 유출되는 일이 없도록.

벨도 깨달았다. 딕스의 '커스'는 처음 당했을 때 가장 큰 효과를 발휘한다.

【포베토르 다이달로스】. 환혹, 착란의 '커스'.

초단문영창이면서도 광범위에 미치는 고위력을 자랑하는 필살의 기술.

대책을 세우지 못한 자를 광란의 소용돌이에 처넣는 **초견필살**.

힘이 다할 때까지 폭주하고 또 폭주하는 '커스'의 진수에 벨은 전율을 금할 수 없었다.

딕스의 여유가 무너지지 않았던 이유가 이것이었다.

이제까지 온갖 '제노스'를 포획했던, 그의 비밀병기.

"이걸 쓴 이상, 해치우지 못하는 일이 있어서는 안 되는데……."

홀의 전장에서는 선고 없이 발동된 '커스'에서 대피하지 못했던 자들, 또는 희귀한 '커스' 방어 매직 아이템을 마련하지 못한 자들 등 일부 헌터들도 짐승 같은 포효를 지르고 있었다. 인간에게, 혹은 몬스터에게 부러진 검을 휘둘러대며 광란을 연출한다.

눈빛이 바뀐 인간과 괴물을 내버려둔 채 딕스가 말했다.

"뭐, 됐어── 몬스터 놈들한테 잡아먹히라지."

그 직후, 벨 일행을 향해 여러 마리의 몬스터가 날아왔다.

"?!"

서로 싸우던 '제노스'였다. 다른 개체에게 얻어맞아 눈앞으로 굴러온 것이었다. 착란에 빠진 몬스터들은 일어난 것과 동시에 곁에 있던 벨 일행에게 달려들었다.

『아아아아아아아아아아아아아아아아아아아아아아!!』

"이런?!"

저주의 마수가 마침내 벨 일행에게도 미쳤다.

무턱대고, 그러나 일말의 망설임도 없이 휘둘러대는 발톱과 이빨을 피했다. 바닥의 포석에 내리꽂힌 일격이 금세 분쇄와 작렬의 소리를 낳고, 이성 없는 눈빛이 벨과 펠즈, 레트, 피아를 꿰뚫었다. 동포의 무시무시한 얼굴에 레드 캡도 하피도 겁을 먹고 말았다.

중상을 입었으면서도 자아를 잃고 공격을 계속하는 헌터들의 폭주도 더해져 눈 깜짝할 사이에 벨 일행을 중심으로 난투가 벌어졌다.

『────오오오!!』

"크윽?!"

원래는 아군이었던 '제노스'이기에 반격도 제대로 할 수 없다. 방어와 회피밖에 허용되지 않는 가운데, 동요의 허점을 찔린 벨은 그리폰에게 붙들리고 말았다. 그대로 상대의 부리가 꽂히려 했을 때 트롤의 곤봉이 벨과 그리폰을 한꺼번에 쳐서 날려버렸다.

"미스터 벨!!"

시야에 비친 것들이 무시무시한 기세로 옆을 향해 흘러가며, 전장 한복판으로.

곤봉 직격을 받아 고통에 비명을 지른 그리폰이 완충재 역할을 해줬지만 펠즈에게서 멀리 떨어지고 말았다. 레드캡의 고함이 아비규환 같은 주위의 포효에 휩쓸리는 것을 들으며 벨은 고립되었다.

몸을 짓누르는 그리폰의 몸 밑에서 간신히 탈출해, 고개를 든 순간.

"―――."

무기를 쳐든 리저드맨이 눈앞에 서 있었다.

――리드 씨.

핏발 선 무시무시한 안광. 천장을 향해 솟은 시미터. 기피감을 가져다주는 괴물의 얼굴.

자신을 없애려 하는 리저드맨을 본 벨의 머릿속이 새하얗게 물들었다. 그 격렬하고도 추악한 얼굴을 올려다보고, 뿜어져 나오는 진짜 살의를 받으면서도―― 나이프를 쥔 벨의 손은 움직이질 않았다.

다음 순간, 리저드맨은 시미터를 내리쳤다.

느려지는 시간의 흐름. 눈앞으로 밀려드는 칼날이 몸을 가르고자 하는 광경을 벨은 망연자실 지켜보고 있었다. 그때.

『끄윽!』

무색 충격파가 끼어들어 리저드맨을 옆으로 날려버렸다.

"——?!"

시간의 흐름을 되찾은 벨이 돌아보니, 그곳에서는 왼손의 글러브를 앞으로 내민 메이거스가 서 있었다.

"용서해라, 리드……!"

벨을 구하기 위해 원거리 사격을 감행한 펠즈는 고함을 질렀다.

"【헤이저】를 막아, 벨 크라넬!!"

"네?!"

"이런 '커스'는 술사가 쓰러지면 풀려! 모두 정신을 차릴 거야!!"

흠칫 놀라 펠즈와 같은 방향을 돌아보니, 그곳에 있던 것은 붉은 창을 든 고글 사내.

두 사람의 사이의 거리는 짧다. 전장 중심부로 나가떨어진 벨이 가장 가까웠으며, 손이 닿는 거리에 있다. 고글 안에서 빛나는 붉은 눈동자와 시선을 마주한 벨은—— 온몸으로 열기를 뿜으며 바닥을 후려치고 일어났다.

상황에 희롱당하기만 했던 소년의 몸에, 오늘 처음으로

처절한 투지가 깃들었다.

"덤빌 거냐, 【리틀 루키】? 난 Lv.5거든?"

"……!!"

"허풍이 아냐. 말하는 몬스터 놈들 중에는 위험한 것들도 있었어. 이런 일을 계속하는 사이에 '모험'을 되풀이하고 말았지."

자리에서 일어난 벨을 재미나다는 듯 바라보던 딕스는 거짓 없는 말을 건넸다. 눈을 크게 뜬 소년을 위협하듯 자신의 높은 경지를 어필한다. 그때.

"'커스'는 강력한 반면 대가가 필요해! 그자는 지금 모종의 대가를 짊어지고 있을 거야!"

"아~ 젠장, 까발리고 앉았어."

다시 울려 퍼지는 펠즈의 목소리에 딕스는 얄밉다는 듯 웃음을 지었다.

'커스'와 '마법'의 명확한 차이는 대가를 지불하느냐 아니냐. 저주의 반동 탓에 기술을 사용하는 동안에는 여러 가지 제약을 받게 된다.

벨은 눈꼬리를 틀어 올렸다.

오른손에 칠흑의 나이프, 왼손에 붉은 단도를 장비하고, 달려 나간다.

전장을 누비며, 종단.

옆에서 덤벼들려는 몬스터들의 손을 피하고, 더욱 가속해 멀찌감치 떨어뜨리며, 유유히 선 사내를 향해 돌진한다.

"딕스!"

"됐어. 너희는 저 메이거스나 해치우고 와."

옆에 있던 부하들에게 턱짓으로 지시하고, 그대로 입가를 틀어 올린다. 부하들이 떠나가는 가운데, 포악한 헌터는 혼자서, 달려오는 소년을 향해 창을 내밀었다.

"놈을 해치워, 벨 크라넬!!"

메이거스의 고함이 울려 퍼진 순간, 나이프와 창이 충돌했다.

찢어지는 금속성, 흩어지는 불꽃 속에서 벨과 딕스는 서로에게 무기를 휘둘렀다.

"이봐, 생존자가 있어!"

"무사해? 대답해봐!!"

수정의 빛이 내리쬐는 '리빌라 마을'.

【가네샤 파밀리아】의 본대에서 떨어진 소수 파티는 궤멸된 던전의 역참 마을에서 구조활동을 벌이고 있었다. 생존자를 찾아 서둘러 달려온 단원들은 잔해에 파묻힌 드워프와 길가에 쓰러진 엘프를 발견하고 치료에 착수했다.

그런 가운데, 모다카는 참살당한 여러 구의 시신을 발견했다.

"끄, 끔찍하네……."

하나같이 피웅덩이에 잠겼으며, 얼굴은 제대로 알아볼 수 없을 정도로 철저하게 짓이겨졌다. 마치 원한을 담아 살육한 것처럼. 목숨을 잃은 자들이 모두【이켈로스 파밀리아】의 단원임을 모다카가 알아볼 방법은 없었다. 파괴의 상흔이 새겨져 연기를 뿜어내는 마을 속에서 그는 창백하게 질린 얼굴로 입을 틀어막고 말았다.

"……?"

보기에다 무참한 모험자들의 주검을 앞에 두고 얼어붙었던 모다카는, 문득 현재의 위치에서 조망할 수 있는 절벽의 풍경으로 시선을 돌렸다.

그가 본 것은 대초원의 중심, 제19계층으로 이어지는 중앙수에서 나타난 몬스터였다. 시커먼 네발짐승 위에 올라탄 흰 덩어리. 거리가 멀어 확신할 수는 없었지만, 아마도 헬 하운드와 알미라지.

기괴한 조합을 가진 두 마리는 고개를 이리저리 돌리는 것 같더니 동쪽을 향해 쏜살같이 달려갔다.

"뭐, 뭐야, 저건?"

당혹감을 느낀 모다카는—— 중앙 거목의 뿌리께에서 나타난 **새로운 그림자**를 보고, 시간이 멈춘 것 같은 착각을 느꼈다.

"……야단났다."

다음으로 그의 입에서 흘러나온 것은 그 한마디였다.

"야단났다, 야단났어…… 어떡해 어떡해 어떡해?!"

"야, 왜 그래?!"

"도망쳐!! 본대를 귀환시켜야 해!!"

"무슨 소릴 하는 거야?!"

"지금 테임이나 하고 있을 때가 아냐!!"

반쯤 광란에 빠진 모다카는 다른 단원들에게 달려들었다. 온몸에서 땀을 뻘뻘 흘리며, 그는 목이 터져라 외쳤다.

"이상사태가—— '아종'이 나타났어!!"

"좋아, 꽉 붙잡아!"

"앞으로 몇 마리 남았지?!"

미친 듯이 날뛰는 라미아를 【가네샤 파밀리아】의 모험자 여러 명이 붙들고 있었다.

계층 동쪽의 대삼림.

무장한 몬스터와의 교전은 토벌대의 우세로 마무리되고 있었다. 일부를 남기고 적의 무리 대부분이 숲 속으로 모습을 감추었기 때문이다. 복면 모험자 일행의 지원을 받은 토벌대는 때를 놓칠세라 공세에 나서, 저항을 계속하던 적을 무력화시켰다.

무장한 몬스터는 테임을 전혀 받아들이지 않아 아직 국지적인 격투가 벌어지고 있었지만, 그것도 소수였다. 구속되지 않은 개체는 이제 몇 마리밖에 안 된다. 숲 속 곳곳에 몬스터의 시체나 재를 남겨놓고, 전투는 겨우 일단락되려

하고 있었다.

"나 원, 꽥꽥대기는…… 머리가 어질어질하네."

"하지만 저 금색 세이렌은…… 우리를 죽이려고 공격하는 것 같지 않았습니다."

박도를 어깨에 걸머진 아이샤, 목도를 든 류, 그 외에도 일타를 비롯한 【가네샤 파밀리아】의 단원들이 올려다보는 가운데, 나뭇가지에는 금색 세이렌이 앉아 있었다.

마지막까지 고생을 시켰던 주요 몬스터 중 한 마리였다. 엄청난 출력의 괴음파로 모험자들의 움직임을 붙들어놓기는 했지만, 벨과 헤어진 류의 기습을 받아 공격을 중지하면서 그대로 난전에 말려들었다. 제1급 수준의 잠재능력을 가졌다고는 해도 상대의 숫자가 숫자인 만큼, 살인적인 고주파를 봉쇄당한 후로는 다른 몬스터들과 함께 금세 와해되었다.

『큭……!』

자신을 에워싼 모험자들을 내려다보며 세이렌은 가슴을 들썩이며 숨을 몰아쉬고 한쪽 눈을 질끈 감았다. 이제 구속되지 않은 몬스터는 그녀 외에는 없다. 상처 입은 날개를 접으면서 추악하게 피를 뒤집어쓴 얼굴을 일그러뜨린다.

"겨우 일단락됐군……."

소강상태를 유지하는 전장을 둘러보며, 단장 샥티는 한숨을 쉬었다.

'테임만 아니었으면 고전할 일도 없었겠지만…… 아니,

그런 말은 말자.'

주신의 신의니까.

그녀는 그렇게 자신을 달래며 고개를 가로저었다.

둘로 갈라진 또 다른 몬스터들을 쫓아가야만 한다. 샥티는 지시를 내리고자 했다.

"……?"

그때 샥티는 무언가가 덤불을 헤집으며 달려오는 기척을 느끼고 시선을 돌렸다.

——헬 하운드와, 알미라지?

교전하지도 않고 두 마리의 몬스터가 쏜살같이 지나간 순간.

"————."

그녀는, **그것**을 보았다.

그 직후.

쿠웅.

"……언니?"

무언가가 둔중하게 울려퍼지는 소리에, 그때까지도 나무 위를 주시하던 아마조네스 일타가 돌아보았다.

시야 너머에서, 그녀의 의자매는 나무줄기에 몸을 기대고 있었다.

등과 머리를 대고 체중을 실은 채.

아니, 그게 아니다.

내동댕이쳐진 것이다.

그리고 이내, 샥티는 피를 토하며 바닥에 쓰러졌다.

"어……?"

그녀를 받아낸 나무 또한 쩌적쩌적 기분 나쁜 소리를 내며, 굉음과 함께 쓰러졌다.

류도, 아이샤도, 다른 단원들도, 몬스터들도 돌아보았다.

땅에 쓰러진 채 움직이지 않는── 재기불능에 빠진 샥티를 남긴 채, 대삼림이 진동했다.

"언니?!"

일타의 비명이 솟고, 류 일행은 눈을 크게 떴다.

멈출 줄 모르고 부풀어 오르는 존재감의 덩어리는 이미 기척을 숨길 마음도 없는지 나무뿌리와 함께 풀밭을 짓밟아 으깨며 다가왔다. 흠칫 놀란 세이렌이 날아오르는데도 누구 하나 알아차리지 못한 가운데, 그것은 나무 사이에서 모습을 나타냈다.

"헉──."

그것은 바위와도 같은 주먹을 가졌다.

그것은 아득히 올려다봐야 할 정도의 거구를 자랑했다.

그것은 두꺼운 갑옷을 장비했다.

그것은 거대한 라브리스(대형 양날도끼)를 들고 있었다.

칠흑의 피부를 가진 시커먼 그림자는, 목소리를 잃은 일동을 노려보았다.

"너 이 자식!!"

격노한 일타, 그리고 【가네샤 파밀리아】의 단원들이 무기를 들고 돌진한다.

　모험자들 앞에 나타난 검은 그림자는—— 포효했다.

🐾

　"레트, 피아, 여길 빠져나갈 수 있겠어?!"

　복잡하기 그지없는 미궁 깊은 곳.

　정신이 아득해질 정도의 세월과 수많은 사람의 손으로 만들어진 인조미궁 크노소스의 대형 홀에서는 여전히 광기의 연회가 펼쳐지고 있었다.

　"미스터 벨을 지원하라는 말인가요?! 이 상황에서 는……."

　"아니야, 뒤쪽의 입구 말이다!"

　"!"

　"18계층까지 돌아가서, 남은 레이 일행을 설득해 데려와 줘. 이제는 【가네샤 파밀리아】라도 상관없어!"

　이제는 수단을 가릴 때가 아니라고, 펠즈는 자포자기에 가깝게 외쳤다. '제노스'들의 존재가 모험자들에게 알려져 파문이 일어난다 해도, 여기서 【이켈로스 파밀리아】에게 패배하는 것보다는 낫다.

　펠즈의 뜻에 두 마리의 '제노스'가 고개를 끄덕였다.

　"18계층에서 여기까지 오는 길은 기억해?"

　"네!"

"여기 '열쇠'야. 이걸로 '문'을 열 수 있어."

구형 매직 아이템을 재빨리 건넨다. 조그만 몸에는 어울리지 않는 커다란 도끼를 바닥에 내팽개친 레드 캡은 쪼그려 앉아 있던 하피를 살폈다.

"피아!"

"날 수 있어요…… 날고 말겠어요!"

하반신에 여전히 족쇄를 찬 하피는 상처 입은 몸을 채찍질해 날개를 펼쳤다. 모든 힘을 쥐어짜내 하늘에 뜬 그녀의 한쪽 다리에 재빨리 매달리는 레드 캡. 두 마리의 '제노스'는 이성을 잃은 몬스터들의 머리 위를 날아, 돌계단 너머로 사라졌다.

"메이거스, 너 지금 뭐 하는 거야!"

"!"

두 마리의 모습을 끝까지 지켜볼 틈도 없이, 굵은 목소리가 펠즈에게 날아들었다.

【이켈로스 파밀리아】의 헌터들이었다. 딕스의 【포베토르 다이달로스】에서 벗어난 도합 여덟 명의 남녀가 무기를 들고 달려들었다.

"한 가지 묻겠다. 너희는 왜 저자를 따르지? 아무리 봐도 포악하기 그지없는 자인 것 같다만."

제대로 싸우면 숫자에서 밀린다. 일제히 달려들면 견디지 못한다. 그 사실을 재빨리 파악한 펠즈는 지금도 서로 싸우는 '제노스'들의 중심으로 일부러 몸을 날렸다.

"뻔한 걸 물어. 재미있으니까 그렇지!! 딕스를 따라다니면 돈도 술도 여자도, 괴물도 마음대로 즐길 수 있다고!"

"……물어볼 필요도 없었군."

펠즈는 그 이상 아무 말도 하지 않고 반격에 나섰다.

다가서는 자를 마구잡이로 공격하는 몬스터들을 장애물로 삼아 적의 행동을 방해했다. 미친 듯이 날뛰는 몬스터들의 옆을 어찌어찌 피하거나, 혹은 대형 우리를 이용해 도약하며 덤벼드는 헌터들. 그러나 펠즈는 접근을 허용하지 않고 무색 충격파를 쏘았다.

"커억?!"

"젠장……! 아까부터 뭐야?! 그것도 매직 아이템이냐?!"

"별것 아니야. '마력'을 탄환 대신 삼아 충격파로 쏘는 것뿐. 몇몇 몬스터들이 사용하는 공격성 '하울'이나 마찬가지지."

혼돈에 빠진 전장은 흑의의 메이지스에게 든든한 아군이 되었다. 펠즈 자신도 몬스터들에게 위협을 받아 피해를 입지만 적의 '마법'을 봉쇄할 수 있다는 것이 무엇보다도 큰 도움을 주었다.

이 자리에서 영창을 끝까지 완성하기란 지극히 어렵다. 설령 '병행영창'을 체득했다 하더라도 이 환경에 영창을 마칠 수 있는 자는 별로 없다. 전장 밖에 가만히 서서 느긋하게 영창한다면 오히려 펠즈가 영창 없이 저격을 퍼부을 수 있다.

공격용 매직 아이템, '매직 이터'.

자신의 전용으로 만들어낸, 펠즈의 원거리 공격수단이었다.

"지독하게 연비가 나쁜 것이 난점이지만……. 벨 크라넬의 속공마법이 부럽군."

'제노스'들이 폭주하는 난전을 이용해 또 한 사람, 무법자를 땅에 쓰러뜨렸다.

"이게 어디서 장난감 같은 걸 쓰고 앉았어……!"

그가 몸에 걸친 흑의를 포함해 【페르세우스】 수준의 수많은 매직 아이템, 혹은 그 이상의 엄청난 효과에 불평을 터뜨리면서도 수인 한 사람이 마침내 펠즈의 지근거리까지 파고들었다.

"한번 붙기만 하면 넌——!!"

날아드는 장검.

펠즈는 이를 글러브로 움켜쥐었다.

"?!"

"너희들이 말하는 그 '장난감'을 만들어내려면 여러 가지 어빌리티가 필수거든."

혼신의 힘으로 내리친 검신을 매우 쉽게 받아낸 펠즈.

상대가 경악하거나 말거나, 흑의의 메이거스는 담담히 사실을 고했다.

"Lv.4야, 나는."

살이 썩어 문드러진 후로는 '은혜'를 갱신받지 못했지만——.

그렇게 마음속으로 과거의 주신을 원망하며, 남은 한쪽

손의 글러브를 상대의 배에 가져다 댄다.

"잠까——"

폭음. 복부에 작렬한 충격파에 사내는 포탄처럼 뒤로 날아가고 말았다.

"그리고, 이래봬도 '현자'라 불리던 몸이라 '마력'과 마인드에는 자신이 있어."

문양이 새겨진 글러브를 빛내며, 흑의의 메이거스는 큰소리를 쳤다.

네 사람 격파. 이곳을 돌파할 수만 있다면 자신도 벨을 지원하러——

그렇게 생각한 순간이었다. 등 뒤에서 날아든 일격을 펠즈는 아슬아슬하게 회피했다.

"우연인걸. 우리도 Lv.4거든."

"……!"

대머리에 까만 문신을 새긴 휴먼, 거한 그랜의 대검이 흑의의 일부를 찢었다. 여기에 난전의 틈을 노려 펠즈를 공격하려는 아마조네스에 수인, 드워프.

라네의 파티를 살해했던 【이켈로스 파밀리아】의 주력이었다.

궁지에 몰렸음을 자각하며 펠즈는 두 손을 휘둘러 충격파를 난타해댔다.

전장 안쪽에서 충격파가 터지는 요란한 소리가 연속으

로 울렸다. 격렬한 합주를 들으며 벨은 눈앞의 사내에게 몇 번이나 달려들었다.

"너 정말 Lv.3이냐? '민첩'이 얼마나 되는 거야?"

"……!"

2M을 가뿐히 넘는 붉은 장창을 회전시켜 고글 낀 사내는 참격을 쉽게 튕겨냈다.

말은 이렇게 하지만 벨의 공격은 딕스의 몸을 스치지도 못했다. 이제까지의 맹공은 모두 흘러나가고 말았다.

'제노스'의 고함소리가 등 너머로 들려와 자꾸만 조바심이 치밀었지만, 고글 낀 사내는 기세 좋게 창을 수평으로 휘둘러 벨을 밀어냈다.

한 차례 간격이 벌어졌다.

"저 메이거스가 한 말은 사실이야. 내 '커스'는【스테이터스】를 단숨에 떨어뜨려."

"……!"

"지금도 몸이 나른해서 미치겠어."

정말로 페널티를 입은 걸까. 그렇게 벨의 머릿속에서 싹트려는 의심을 내다본 것처럼 딕스는【포베토르 다이달로스】의 대가를 너무 쉽게 들려주었다.

상대의 원래 실력은 제1급 모험자 수준.

설령 레벨이 하나 떨어졌다고 가정한다 해도——Lv.4.

벨은 얼굴이 굳는 것을 느꼈지만, 어차피【스테이터스】의 차이는 이미 알고 있었다. 새삼 겁을 먹지는 않고 나이프의 자루를 꽉 쥐었다. 이내 다시 찌르기가 날아왔다.

"잠깐 놀아줄 생각이었는데, 제법인걸. 소문 난 루키란 게 허명은 아니었나 봐."

그러나 그것도 슬슬 질렸다고, 담담한 어조로 말하며 고글 사내는 웃었다.

"그럼 공격한다~?"

흔들거리던 창의 끝이 홱 돌더니 살기를 머금고 짓쳐들었다.

"?!"

무시무시한 기세로 날아든 창에 《우시와카마루 2식》이 왼손 안에서 튕겨져 날아갔다. 붉은 단도가 허공에 춤추는 가운데, 뒤틀린 붉은 창날이 잇따라 밀려들었다.

"큭!"

아슬아슬하게 피했다.

백발 몇 가닥을 잃으면서도 몸을 뒤튼 벨은 그대로 회전해 역수로 쥐었던 《헤스티아 나이프》를 딕스에게 꽂았다.

"너 진짜 빨빨거린다."

그러나 딕스는 엇갈려 지나가면서 창을 한 바퀴 돌려 물미로 벨의 얼굴을 찍었다.

"아윽?!"

헛스윙으로 끝난 자신의 일격, 아픔에 타오르는 안면. 한순간 세상이 흔들렸지만 벨은 두 다리에 힘을 주어 자세를 유지하고 동시에 등 뒤로 빠져나간 딕스를 돌아보았다.

"——?!"

돌아본 순간, 눈앞으로 밀려드는 붉은 창날.

사내의 흉악한 미소가 시야로 들어온 것과 동시에, 벨은 '힘' 어빌리티에 맡겨 억지로 움직인 《헤스티아 나이프》를 수평으로 휘둘렀다.

"하하하하하하하하하하하하하하하하!!"

흘려낸 줄로만 알았던 붉은 창이 반전해 벨에게 꽂혔다. 웃음소리와 함께, 딕스의 선언대로 공세가 이어졌다.

마치 뱀처럼 구물거리며 이빨을 들이대는 장창. 《헤스티아 나이프》 한 자루와 몸놀림만으로 버텨내는 벨을 가차 없이 몰아붙인다. 간파할 수가 없다—— 적의 공격을 읽을 수가 없다. 끊임없는 창 공격 속에 섞여드는 거친 발차기가 호되게 몸을 걷어차 더더욱 판단을 흐트러뜨렸다.

세련됨이라고는 전혀 찾아볼 수 없는, 한없이 폭력적인 창술 앞에 벨은 궁지에 몰렸다.

"으랏차!!"

마침내 자세가 허물어진 순간, 결정타라는 양 날리는 일격.

밀려드는 창날을 보고—— 벨의 눈이 날카롭게 빛났다.

——걸렸다!!

비었던 왼손을 뒤로 돌려, 발도와 동시에 붉은 검광을 뿜어냈다. 딕스의 창을 힘차게 후려친 것이다.

"!!"

스모키 쿼츠 렌즈 안에서 사내가 두 눈을 크게 떴다.

예비무기인 《우시와카마루》. 그리고 【검희】에게 어깨 너머로 배웠던 '공격 유발'. 워 게임 직전, 아마조네스 소녀와도 함께 시벽 위에서 벌였던 호된 훈련내용을 반영시켜, 벨은 궁지에서 오히려 허점을 만들어냈던 것이다.

『결정타는, 방심과 가장 가까워.』

동경하는 이의 가르침을 곱씹으면서 벨은 잔상이 남을 만한 속도로 몸을 놀렸다. 초대 우시와카마루를 휘둘러 머리카락 하나 차이로 흘려내고, 상반신이 떠버린 상대의 품안으로 파고들었다.

긴 무기의 급소, 동시에 나이프의 간격. 자기 무기의 성능을 폭발시키려 한다.

그러나.

"──."

눈을 크게 뜨고 있어야 할 딕스의 얼굴이 대담한 웃음을 짓는다. 벨의 사각, 사내의 등 뒤에 숨어 있던 오른손이 들고 있던 것은 단검에 해당하는 대형 배틀나이프. 창을 든 것과는 반대쪽 손이 둔중한 강철의 광채를 끌며 경직된 루벨라이트색 눈동자를 태웠다.

마치 이쪽의 행동을 흉내 내듯, 딕스는 허리에서 뽑아든 무기를 얼어붙은 벨의 옆구리를 향해 내질렀다.

완벽한 카운터. 아래에서 쳐올리는 듯한 나이프의 찌르기.

"크윽!!"

완벽하게 허를 찔린 벨은 창졸간에, 온 힘을 다해 무릎을 구부리고 있었다.

"오?"

시야가 낮아진 것과 동시에, 복부로 날아들던 일격이 가슴으로 들어왔다. 배틀나이프의 칼날을 받아낸 것은 벨의 브레스트 플레이트. 강철색 갑옷이 찢어지는 금속성을 터뜨리며 딕스의 무기를 튕겨냈다.

"하하하, 그 갑옷 좋은데!!"

"으윽?!"

가슴에 받은 충격에 허덕일 틈도 없이 앞차기에 맞아 멀리 날아갔다. 왈칵 쏟아져 나온 땀에 젖으면서 벨은 나이프를 쥔 오른손으로 브레스트 플레이트를 눌렀다.

'벨프……!'

딜 아다만타이트를 섞어 만들었다고 큰소리 쳤던, 벨프특제 제5대《깡총이》.

『거금을 들여 산 정제금속으로 만들었으니 망가뜨리지말라고.』

기억 속에서 웃는 청년과 갑옷에게 진심으로 감사를 보냈다. 적의 필살 공격을 멋지게 방어해 목숨을 이어준 것이다.

"진짜 재미있다, 너. 계속해보자."

입가를 틀어 올린 딕스는 공격을 재개했다. 배틀나이프

를 거두고 다시 창을 구사하는 상대에게, 벨은 이번에야말로 방어에만 내몰렸다.

——강해.

스테이터스가 떨어졌더라도 딕스의 '기술'과 '허허실실'이 사라진 것은 아니었다. 당연하다. 그의 전투기술은, 그동안 함양했던 경험은 진짜니까.

설령 벨의 【스테이터스】가, 속도라는 최대의 무기가 백중지간이었다 해도 경험의 양에서는 차원이 다르다. 헌터 딕스 페르딕스는 강력한 '커스'가 없어도 에누리 없이 강했다.

창 자루에 얻어맞아 바닥에 나뒹굴면서 벨은 통감했다. 【이슈타르 파밀리아】의 제1급 모험자 프뤼네를 상대했을 때와 같은, 버틸 수 없는 저항감이 팔다리 끝을 태우고 있었다.

"으윽?!"

지면에 쓰러진 자신에게 즉시 날아든 창을 간신히 회피했지만 창날 끝에 뺨이 스쳤다. 이내 벌떡 일어나 한 차례 거리를 벌렸을 때,

"앗 뜨거······!!"

뺨을 침범하는 격렬한 열기와 아픔에 견디지 못하고 몸을 꺾었다.

"조심하라고. 이 창을 함부로 맞았다간······ 금방 죽으니까."

딕스는 웃으면서 날이 구부러진 흉흉한 창을 눈앞으로

들어 올렸다.

"메이거스들이 만들어준 특수주문품이거든. 여기에도 '커스'가 있어. 한 번 상처를 입으면 포션이 됐든 '마법'이 됐든 아물지 않아. 저주를 풀기 전까진."

"!"

벨은 놀라움을 감추지 못했다. 동시에 간담이 서늘해졌다. 딕스의 말을 증명해주듯, 닦아도 닦아도 상처에서는 피가 멎질 않았다. 뺨을 타고 피부와 갑옷을 붉게 물들인다.

한 번이라도 공격을 맞았다간 치료할 수가 없다. 그야말로 '저주받은 무기'였다.

상처를 좀먹는 진홍색 저주에 벨은 이를 악물었다.

——하지만 이 상처, 전에도 언젠가?

언뜻 시선을 떨구고, 나이프 칼날에 반사되는 상처를 보았다. 기억 한구석이 시큰거리는 데에 벨은 당혹감을 느꼈다.

"몬스터 놈들은 아무리 상처를 입혀도 조만간 다 나아버리잖아? 상품으로 내보내려면 아물지 않는 상처를 입혀서 움직이지 못하게 만들어버리는 게 제일 쉽지."

대수롭지도 않다는 듯 무서운 소리를 늘어놓는 딕스의 말에, 벨의 얼굴에 섬광이 내달렸다.

"혹시…… '다이달로스 거리'에 있던 '바바리안'은……."

고아원 뒤쪽, 아이들에게 퀘스트를 의뢰받아 그들과 시르와 함께 잠입했던 지하계단. 그 어둠 속에서 겨루었던 대형급 몬스터를 떠올렸다.

"어라라, 너 그놈하고도 만났냐?"

아연실색하는 벨에게 딕스는 우습다는 듯 목소리의 톤을 높였다.

"맞아. 그 덩치는 우리가 잡았던 거였어. 확실하게 이 창으로 썰어줬는데…… 출고하기 전에 멍청한 부하 놈들을 뿌리치고 도망쳤지 뭐야."

"……!"

"쫓아가려 해도 무너진 지하통로 너머로 사라져버리는 바람에. 방치할 수도 없어서 찾고 있었거든."

피투성이었던 거구. 혈액이 응고되었는데도 아물지 않던 무수한 상처.

흘러나오는 비명 속에 섞였던 분노, 고통, 슬픔의 감정.

벨을 동요케 했던 괴물의 '통곡'.

그 '바바리안'도 '제노스'였어――?

"그 녀석한테 호되게 당해서 말이지. 이젠 대형급은 예외 없이 죽여버리기로 했는데…… 그렇구만. 네가 해치워줬구나. 고맙다, 【리틀 루키】."

벨은 충격을 느낀 것과 동시에 눈앞에서 목을 끅끅 울리며 웃는 사람이 던전보다도, 몬스터보다도 무시무시한 존재로 보였다.

류가 말했던 '악'이란 이러한 존재가 아닐까.

형언할 수 없는 오싹함이 벨의 몸을 끌어안았다.

"어째서……"

"응?"

"어째서, 몬스터들을, 상처 입히는 거예요……?"

정신이 들고 보니 벨은 묻고 있었다.

"말했잖아. 돈이 필요하다고."

"정말로, 겨우 그것 때문에……?!"

그 '통곡'을 듣고도 돈 때문에 '제노스'들을 상처 입힐 수 있단 말인가.

괴물의 포효가 들려오는 가운데, 벨은 몸을 내밀며 묻고 있었다.

"……."

벨의 그 말에 딕스는 잠깐 입을 다물었다.

한 손으로 고글을 매만지는가 싶더니…… 씨익.

이제까지와는 다른 웃음을 보였다.

"【리틀 루키】. 너 왜 다이달로스의 자손들이 미친 선조의 유언 같은 걸 곧이곧대로 따랐는지…… 천 년이나 되는 세월 동안 크노소스를 만들었는지, 이해하겠냐?"

갑작스러운 물음에 벨이 당황하자,

딕스는 대답을 기다리지 않고 말했다.

"**피**가, 그렇게 만드는 거야."

"네……?"

"**피**가 말이야, 시킨다고."

고글 너머로, 그 붉은 눈을 온 힘을 다해 누르면서.

열기 띤 목소리로 사내는 내뱉었다.

"시끄럽게 술렁거린다니깐, 이 멍청한 미궁을 완성시키라고!!"

"──!"

"도저히 가만있을 수가 없어!! 다이달로스의 피가 소란을 떨어대서!"

사내가 처음으로 터뜨린 감정적인 목소리.

반사적으로 후퇴할 뻔한 벨을 내버려둔 채 딕스는 주워섬겨댔다.

"이 쓰레기 같은 지저분한 곳에서 태어났을 때부터 그랬어! 크노소스가, '수기'에 적힌 '설계도'가, 우리를 붙잡아다 질척질척하게 처녹인다고!! 아무도 벗어나지 못해, 이 **피의 주박**에서는!!"

딕스는 웃고 있었다. 웃으면서도 격분과 원념으로 가득했다.

눈앞에서 터져 나온 격정의 분류에 벨은 몸을 떨고 말았다.

──**피의 주박.**

천 년 전부터 면면히 이어져온, 기인 다이달로스의 집념.

신마저도 뛰어넘어, 지하미궁을 능가하는 '작품'을 창조하고자 했던 사내의 끊임없는 망집.

그의 재능과 광기의 편린은 딕스가 말한 대로 피를 통해 자손들에게도 이어졌단 말인가.

"웃기지 않냐, 앙?! 나한테 명령해도 되는 건── 나 자신뿐인데!!"

억측과 가능성 사이에서 당황한 벨은 단 한 가지, 알아낸 것이 있었다.

눈앞의 사내, 딕스 페르딕스는.

그가 말하는 피의 주박에 저항하려 들 만큼 처절한 '자아'를 감추고 있었다.

"……난 이딴 것 없어졌으면 좋겠다고 생각해. 거짓말이 아니야."

치솟은 감정의 소용돌이를 한바탕 토해냈는지, 딕스는 희미한 웃음을 지은 채 싸늘하게 식은 목소리로 말했다.

"난 세계의 그 무엇보다도 이 미궁을 증오해."

하지만 부술 수는 없어.

피가 말리는 거야. 다이달로스의 '저주'가.

그뿐이 아니라 '작품'을 완성시키라고 명령하고 앉았지.

딕스는 담담히 말하고, 고글 위에서 계속 눈을 억누르던 손을 떼었다.

"한때는 던전에 분풀이를 하던 시기가 있었어. 다이달로스도, 우리 자손들도 이상하게 만들어버린 지하미궁이 미워서 말이지. 몬스터 놈들을 죽이고 죽이고 죽이고 또 죽였어."

"……!"

"하지만 당연히 충족되질 않았고."

그리고 딕스는 벨의 등 뒤, 지금도 날뛰고 있는 '제노스'

들을 바라보았다.

"어떻게 하면 내가 충족될까…… 미궁을 만들면서 계속 생각했어. 그때였지. 말하는 몬스터를 발견해서 사냥하기 시작했던 게. 분명…… 아, 그래. 그렇게 으스대던 제우스 랑 헤라 일파 놈들이 사라진 후였어."

딕스는 고개를 숙이더니 큭큭 웃음을 터뜨렸다.

목을 울리며 웃는 그 기분 나쁜 조소에 벨은 다시 소름이 돋았다.

"평범한 몬스터하고는 달라. 울며불며, 목숨 구걸을 한 다니깐. 다이달로스를 미치게 만들었던 던전에서 태어난, 괴물 놈들이 말이야. ……하하, 환장하겠더라고."

"――."

천천히 올라온 사내의 얼굴에 달라붙은, 더할 나위 없이 흉흉한 웃음에 벨은 말을 잃었다.

"――난 발견한 거야. '저주'를 대신할 '욕망'을!!"

딕스는 힘차게 오른손에 들린 붉은 창을 번뜩였다.

"그 괴물 놈들을 욕보이고 울게 만들고 절망에 빠뜨리고 쓰레기처럼 다루면서 나는 처음으로 충족됐어!! 피의 굶주 림을 달랠 수가 있었다고!!"

"뭐라고요……?!"

"조상님 말씀대로, 나는 **바라는 바에 순수해졌어!**"

사내의 목소리는 멈추질 않았다.

"쾌감이라니깐~! 피를 능가한다는 건!! 그건 나 자신을 넘어섰다는 거야!! 술로도 약으로도 채우지 못했던── 최고의 쾌락이었어!!"

사내의 엇나간 광기를 직접 보고 벨은 이해해버렸다.

다시 말해, 딕스가 '제노스'들에게 저질렀던 짓은 이미 과정일 뿐, 진정한 목적은 자신의 욕구와 그 흉포한 가학성을 충족시키는 것.

피의 저주조차 일축해버리는 흉포한 '욕망'을.

그는 자신이 바라는 바를── 무엇과도 바꿀 수 없는 가학심이라는 이름의 '자아'를 채우기 위해 행동하는 것이다.

대장장이 귀족 크로조의 피와 지금도 싸우고 있는 벨프와는 다르다. 그와 비교하는 것조차 가소롭다. 딕스는 피에 저항하기를 포기하고── 그 이상의 '욕망'을 해방시켜, 몬스터만도 못한 '짐승'으로 전락했던 것이다.

"겨우 그딴 걸 위해……!!"

비네를, '제노스'들을──.

열락에 빠져 허우적대는 사내의 모습을 보고 벨은 어깨를 떨었다.

"겨우 그딴 거?"

그 순간 딕스에게서 표정이 사라졌다.

"취소해, 꼬마."

"──윽?!"

"넌 모를걸. 거역할 수 없는 피의 충동이란 게 뭔지."

한 손으로 몇 번씩 허공을 가른 창이 필사적으로 피하려는 벨을 꿰뚫고자 한다.

"눈알 안쪽이 타들어 정도로, 내 힘으로는 어떻게 할 수 도 없는 '저주'란 게 뭐지!!"

사내의 격정이 담긴 수평 일격을 받아내지 못한 채 벨은 날아가버리고 말았다.

"처음에는 돈 때문이었어."

푸른 하늘에 에워싸여 이켈로스가 말했다.

"아까도 말했듯 크노소스를 완성하는 데에는 돈, 돈, 돈…… 돈이 들어. 던전의 '심층'에서 아무리 보물을 가지 고 와도 부족할 정도의 거금이."

"……."

"게다가 동료가 죽을 위험성도 높거든. 안전하고 돈이 많이 들어오는 방법이 있으면 당연히 뛰어들지 않겠어?"

우연히 발견한 '제노스'를 포획해, 거기서 밀수를 시작했 던 당시의 일을 말하는 이켈로스.

헤르메스는 낯빛 하나 바꾸지 않은 채 귀를 기울였다.

"딕스도 처음에는 그런 생각이었지만…… 히히히, 그 자 식, 변해버렸지 뭐야."

"변해버렸다고……?"

"응. 외부로 반출하기 위해 몬스터를 혼내주다 보니 말 이야…… 비명 지르고 애원하는 모습을 보고 듣는 사이에 눈을 번들번들 빛내게 됐다니깐."

자신 안에 잠들었던 '욕망'을 깨달아버린 거라고, 그렇게 덧붙이며 이켈로스는 이제는 '제노스' 포획의 목적과 수단이 뒤바뀌게 된 경위를 들려주었다.

　"사랑스럽더라고. 뭔가를 찾아내 구원을 받은 그 자식의 얼굴이. 환희에 몸부림치면서 한층 흉포해져가는 꼬락서니가……!"

　"……너 진짜 악취미다, 이켈로스."

　"히히히히……!! 우리는 그렇게는 못 하잖아? 시건방진 것들이지만 나는 내 나름대로 내 새끼들을 사랑하고 있는 거라고."

　피의 주박마저도 내쳐버릴 수 있게 된 권속들을 축복하듯, 이켈로스는 목소리를 바람에 실었다.

　"다이달로스의 비원도 딕스 대에서 무너질지 모르겠네."

　"……."

　"그 자식은 이미 크노소스 완성 따윈 안중에도 없어~."

　이켈로스는 그렇게 말하며 눈을 가늘게 떴다.

　"지금 그 자식은 내가 사랑해 마지않는── **짐승의 꿈**이야."

　'이럴 수가……?!'

　아스피는 전율에 사로잡혀 얼어붙었다.

땅에 나뒹구는 몇 개나 되는 팔다리, 붉게 물든 풀꽃에서 눈물처럼 떨어지는 선혈, 산산이 부서져나간 온갖 무구.

나무 위에서 숨을 죽인 그녀의 시야에 펼쳐진 것은, 이미 실낱같은 목숨만 남기고 쓰러져버린 모험자들의 모습이었다.

전멸.

【가네샤 파밀리아】의 정예가, 오라리오가 자랑하는 제1급 모험자들이, 단 한 마리의 '괴물'에게.

샥티와 마찬가지로 일타가 **순식간에** 쓰러지고, 그 후로는 눈 깜짝할 사이였다. '적'은 동요하는 토벌대 내에서도 제1급 모험자들을 명확하게 노리고, 그들을 각개격파한 후에는 일방적인 유린을 이어나갔다. 거대한 라브리스를 한 손으로 내리쳐 지면째 헤집고, 거목 같은 팔을 휘둘러 휩쓸고, 발로 모험자들의 잔재주를 짓밟았다.

칠흑의 피부에는 상처 하나 없었다.

훅, 훅. 간헐적으로 토해내는 콧김이 조용해진 숲에 메아리쳤다. 그것은 모험자가 시체처럼 나뒹구는 전장의 중심에서 참극의 왕과도 같이 서 있었다.

'검은색, 미노타우로스……?!'

모른다. 저런 것은 모른다.

아스피의 지식에 저런 '괴물'은 존재하지 않는다. 극심한 심장 고동 소리가 몸을 안쪽에서부터 흔들어댔다. 뭐가 잘못되어 당장이라도 호흡이 흐트러질 것 같았다. 필사적으로 소리를 내지 않고자 매직 아이템의 투명 기능을 유지하던 아스피는 떨릴 것 같은 팔다리를 붙드는 데 온 신경을 집중했다.

그녀는 후회했다.

정보수집을 우선시해 이 자리를 떠났어야 했다. 류와 아이샤에 감화되어, 배후에서 지원하는 어울리지도 않는 정의감을 발휘해서는 안 되는 것이었다. 한시라도 빨리 도망쳤어야 했다.

시선 너머의 광경을 앞에 두고, 지금도 몸이 말을 듣지 않는 아스피는 후회했다.

"대체 무슨 농담이지, 이게⋯⋯?"

"⋯⋯."

숲의 전장에 서 있는 것은 검은색 '괴물'을 제외하면 두 사람.

아이샤와 류였다.

지원할 틈도 없이 유린극을 보아야 했던 그녀들의 얼굴은 이제까지 본 적이 없는 긴박감으로 물들었다. 정면에 선 그 존재에게 압도당해 함부로 움직이지도 못했다.

다른 몬스터들은 이미 없다. 마치 **이렇게 될 줄 알았던 것처럼**, 한 마리도 남김없이 이 자리를 떠나 동쪽 끝으로 향했던 것이다.

'⋯⋯큭?!'

도망쳐. 아스피는 속으로 빌었다.

얼른 여기서 벗어나. 그녀들에게 마음속으로 외쳤다.

하지만 엘프 전사와 아마조네스는.

아스피의 외침을 저버리듯. 조용히 무기를 들었다.

그녀들의 주위에는 【가네샤 파밀리아】의 단원들이 쓰러져 있다. 그리고 그들은 아직 살아 있다.

빈사상태의 모험자를 내버려둘 수는 없다고, 류와 아이샤는 검은 '괴물'에게 무기를 겨누었다.

아스피는 어떻게도 할 수 없는 감정과 함께 있는 힘껏 이를 악물었다.

"……."

팽팽해진 숲 속의 공간.

피부가 저려오는 긴장감 속에서, 류의 몸이 낮아지고, 아이샤의 거대 박도가 붕붕 회전하고, 아스피의 손이 허리춤의 홀스터로 돌아갔다.

저마다의 가슴 속에서 울리는 세 개의 심장 소리가 겹쳐졌다.

『──오오.』

그리고.

검은 '괴물'이 한 걸음 내디딘 것이 신호였다.

"크윽!!"

류와 아이샤가 질주하고, 그와 동시에 투명 상태를 유지한 채 나무 위에서 도약한 아스피가 투척용 바늘과 버스트 오일을 던졌다.

허공에서 출현한 세 개의 바늘을 건틀렛으로 손쉽게 튕겨내버린 '괴물'의 곁에 시간차를 두고 던졌던 버스트 오일이 작렬했다. 제대로 된 대미지는 기대하지 않는다. 그러나 폭염으로 상대의 시야를 가릴 수는 있다. 그 틈에 두 방향으로 갈라졌던 류와 아이샤는 좌우에서 공격하려 했다.

　속도를 살린 협공. 그러나 '적'은── 아이샤를 노렸다.

　"""윽?!"""

　폭염을 뒤집어쓰고 나타나는 검은 그림자.

　땅을 밟아 부수다시피 발을 내디뎌 순식간에 거리를 좁힌 것이다. 대상을 놓쳐버린 류도, 머리 위에서 그 광경을 지켜봤던 아스피도, 그리고 접근을 허락하고 만 아이샤도 전율했다.

　눈앞에서 허공으로 치솟은 라브리스. 아이샤는 재빨리 머리 위로 박도를 들었다.

　"_____."

　그 직후, 박도가 분쇄되었다.

　자루를 쥔 손가락의 뼈에 금이 갈 정도의 충격. 두꺼운 검신이 단칼에 쪼개지며 아이샤의 시야에 은색 비가 쏟아졌다. 무기 한 자루를 희생해 공격의 궤도를 흘려내는 데 성공한 것은 그녀의 기량 덕이었지만 다음 공격을 막아낼 방법은 없었다.

　간발의 차이도 두지 않고, 아무렇게나 휘두른 적의 오른손 손바닥이 아이샤에게 꽂혔다.

"——커흑?!"

왼팔 위에서 따귀를 맞은 아이샤의 몸이 꺾이면서 좋지 못한 소리와 함께 날아갔다. 거목 줄기에 부딪힌 그녀는 지면에 쓰러져, 더 이상 움직이지 않았다.

"【안티아네이라】!!"

류의 고함에 이끌린 것처럼 칠흑의 '그림자'는 즉시 그녀에게 몸을 날렸다.

"으윽!!"

관성을 무시하는 듯한 대포와도 같은 기세에 류는 신속한 반응으로 몸을 눕혔다. 지면에 스칠 정도로 몸을 숙인 그녀의 머리 위를 지나가는 라브리스. 무시무시한 풍압에 후드와 함께 복면이 날아가 류의 고운 맨얼굴이 드러났다.

엘프 전사는 이대로 있지는 않겠다고 스쳐 지나가면서 목도를 휘둘렀으나—— '적'은 한쪽 다리의 완력만으로 도약해 그 공격을 회피했다.

"큭……!!"

거구가 착지하자 요란하게 흔들리는 전장. 경악을 떨쳐내면서 순식간에 몸을 돌리는 류.

시야 중앙에 나타난 검은 '괴물'은 이미 이쪽으로 돌아섰으며, 거리가 떨어져 있음에도 아랑곳 않고 라브리스를 치켜들고 있었다.

——투척?

아니었다.

'적'은 류의 예측을 배신하고, 쳐들었던 라브리스를 자신의 발밑에 내리찍었다. 그곳에 돋아났던 청수정이 풀밭과 함께 폭발해 무수한 탄환이 되어 쇄도한다.

"헉?!"

류는 이것도 어찌어찌 회피했으나──

"──우, 아."

그녀의 뒤에서 수많은 수정탄이 터지는 소리와 비명이 흩어졌다.

"아니……!"

등 뒤를 보았던 류는 경악했다. 지면에 쓰러진 것은 아스피였다.

류는 금방 이해했다. '적'이 노렸던 것은 자신이 아니라, 매직 아이템을 장비한【페르세우스】였다.

냄새인지 기척인지, 투명 상태인 아스피의 위치를 정확하게 파악한 '괴물'은 광범위한 산탄 공격을 퍼부었던 것이다. 아울러 아스피는 류의 몸에 가려 적을 보지 못해 회피 행동이 한발 늦었다.

"안드로메다……."

수정 산탄을 맞은 하데스 헤드는 파괴되었다. 투명 상태가 해제된 미녀의 몸이 등부터 땅에 쓰러졌다. 몸을 감싼 순백색 망토는 온통 구멍이 뚫린 채 피에 물들고, 망가진 은제 안경 또한 지면에 나뒹굴었다.

"……."

전투불능에 빠진 아이샤와 아스피를 멍하니 바라보던 류는 시선을 앞으로 되돌렸다.

'괴물'은 악몽의 상징처럼 의연히 그곳에 서 있었다.

모험자를, 혹은 몬스터를 몇 명이나 몇 마리나 해치웠는지 피에 젖은 라브리스를 흔들면서 한 걸음 한 걸음, 진동과 함께 이쪽으로 다가온다.

류는 말없이 자세를 낮추고 무기를 들었다. 목검을 두 손으로 부르쥐고, 적에게 대비해 반신 자세를 취한다.

그 모습에 칠흑의 '괴물'도 발을 멈추었다. 감정을 드러내지 않는 두 눈으로 류를 응시하는가 싶더니, 조용히 라브리스를 든다.

오직 홀로, 류는 '괴물'과 대치했다.

"……."

적의 공격으로 복면을 잃어, 엘프의 미모가 숲 속에 드러났다.

전의는 쇠하지 않았다. 버들잎처럼 모양 좋은 눈썹을 추켜세우며, 적을 늠름하게 노려보는 모습은 전사의 표정이었다. 그러나 온 얼굴에서 흘러 떨어지는 대량의 땀이 그녀의 심경을 이야기해주었다.

'오랜만인걸…….'

농후한 '죽음의 기척'.

모험자를 그만두고 던전에서 발을 씻었던 류가 오래도록 느껴보지 못했던 감각.

이제까지도 목숨만 간신히 붙은 상태로 사선을 벗어난 적이 몇 번이나 있다. 그러나 지금 직면한 기적은 이제까지 경험했던 어떤 것보다도 농후하고 격렬했다.

한순간의 정적이 류의 고막을 꿰뚫었다.

조급해지려는 고동 소리가 경종이 되어 머리와 귀를 흔드는 가운데, 손을 살짝 벌렸다가 목검을 꽉 고쳐쥐었다.

다음 순간,

『——워어어어어어!!』

"흐으읍!!"

류와 '괴물'은 움직였다.

찢어지는 포효와 함께 터져 나온 참격. 땅을 기다시피 회피하고 목검을 하단으로 내질렀다. 이쪽의 공격도 빗나갔지만 신경 쓰지 않는다. 류는 발을 멈추지 않고 가속했다.

아이샤의 교전을 보고 깨달았다. 적의 압도적인 괴력 앞에 방어는 서툰 짓이다. 미미한 접촉조차 용납되지 않는다. 바람처럼 달리고, 회오리바람처럼 피한다. 그리고 질풍을 두른 공격을 뿜어낸다. 류는 공격과 회피에 전심전력을 쏟아부어 칠흑의 '괴물'과 맞서 싸웠다.

상대의 무시무시한 잠재능력에 항상 선제공격을 빼앗겼다. 류는 언제나 후수로 밀렸다. 게다가 '괴물'은 공격을 간파하고 '기술'을 사용했다. 일부 무장한 몬스터들과 마찬가지였다. 지금 류에게는 그것이 무엇보다도 큰 위협이었다. 그런 공격을 당할 때마다 엄청난 오한에 휩싸였지만 그래도 움츠러들지는 않았다. 움츠러들었다간 패배하며, 그것은 곧 죽음이다.

거구의 상대에게 항상 자세를 낮게 유지하고, 집요하게 다리만을 공격했다.

『──우윽.』

속도가 올라가면 올라갈수록 더욱 예리하고 강렬해지는 류의 공격에 '괴물'은 눈을 크게 떴다. 류에게는 그것이 환희의 표정처럼 보였다. 이 '괴물'은 이제까지 마주쳤던 어떤 몬스터와도 달랐다.

이 몬스터의 행동은 인류에 대한 '살육'이 아니라 '투쟁'.

그런 생각이 머리를 스쳤다. 그리고 그 차이가 무엇을 전투에 가져다주는지 류는 몸으로 잘 알고 있었다. 살육자와 전사의 차이는 높은 경지에 대한 그칠 줄 모르는 갈망, 그리고 승리에 대한 집념이다. 류는 복면을 잃어버린 얼굴을 일그러뜨렸다.

그리고 분신을 남기듯이 뛰어다니는 엘프와, 비할 데 없는 힘을 해방한 '괴물'의 전투는 1분도 지나지 않아 결판의 순간을 맞았다.

장기전 따위 원래 염두에 두지도 않았으며, 처음부터 전력을 다했던 류가.

한계가 왔음을 깨달은 엘프 전사가, 승부에 나선 것이다.

"타아아앗!"

『──!! 오오오오오오오오오오오오오!!』

측면돌진. 짐승과도 같은 낮은 자세의 돌격을 감행하는 류에게 검은 '괴물'은 라브리스를 쳐들었다.

상대의 질주를 아득히 능가하는 속도로, 그 거대한 무기를 땅에 내리꽂는다.

『?!』

그 직후, 폭풍이 발생하며 목검이 허공으로 치솟은 가운데 '괴물'의 어깨가 놀라움에 흔들렸다.

손에 반응이 없다. 허공을 가른 라브리스는 그저 땅을 분쇄했을 뿐 승리의 감촉을 팔에 전해주지 않았다. 한순간의 공백이 생겨난 '괴물'의 몸을, 다음 순간 그림자가 덮었다.

'──잡았다.'

류였다.

라브리스가 내리꽂히기 직전, 질주에서 도약을 거쳐 허공으로 몸을 날렸던 것이다.

적의 시선을 항상 하단에 고정시켜두었던 것이 포석이었다. 상대의 생각을 조작하고 기습에 나서기 위해.

류가 마지막으로 낸 카드는 공중전이었다.

지상전에 계속 대응했던 상대의 초동은 이때 치명적으로 늦어졌다. 류의 '허허실실'이 '괴물'의 힘과 기술을 능가했다.

"하아아아아아아아아아아!!"

경악하는 적을 향해, 허리에 꽂아둔 두 자루의 소태도를 발도한다.

《소태도 후타바(雙葉)》. 이미 세상을 떠난 극동 출신 동료에게 받은 두 자루의 검.

류는 '괴물'의 목숨을 앗아가고자 쌍검을 번뜩였다.

"——아니?!"

그러나—— 가로막혔다.

혼신의 쌍격을 가로막은 것은, 뿔이었다.

머리에서 돋아난, 황소와도 같은 붉은 뿔.

이 뿔만은 결코 부러지지 않는다는 양, '괴물'은 혼신의 쌍격을 정면으로 받아냈던 것이다.

그리고 필살의 공격에 실패해 허공에 뜬 류의 몸을, 목의 근육만으로 힘차게 튕겨내버린다.

"크으윽?!"

요란한 충돌성을 내며 류의 가녀린 몸이 거목에 부딪혔다. 폐에서 공기를 토해내면서도 자세를 바로잡으려 하는 그녀의 앞에, 시커먼 그림자는 순식간에 육박했다.

"윽——."

눈앞에서 허공으로 올라간 라브리스. 회피도 이제는 늦었다. 칠흑의 거구를 올려다본 류는 죽음을 각오했다.

『——…….』

그러나, 도끼가 내리꽂히기 직전.

'괴물'은 움직임을 우뚝 멈추고, 완전히 다른 방향을 올려다보았다. 눈을 크게 뜬 류도 깨달았다. 숲 안쪽에서 몬스터의 포효가 들려오는 것을. 마치 무언가를 알리려는 것처럼.

침묵했던 검은 '괴물'은 도끼를 내리더니, 류의 앞에서 이동하기 시작했다. 뻣뻣이 서 있던 그녀를 내버려두고, 땅을 울리며 숲 안쪽으로 사라진다.

"……놓아줬구나."

'괴물'이 완전히 모습을 감춘 후, 류는 힘없이 중얼거렸다.

경련을 일으켜 주먹을 쥘 수 없는 손을 내려다보고, 결국 견디지 못한 채 크게 소모된 몸을 거목의 줄기에 기댔다.

눈을 가늘게 뜨며, 계층이 자아내는 푸른 하늘을 올려다보았다.

수정의 빛을 받는 숲의 전장에는 수많은 모험자가 쓰러진 채, 그녀 이외에는 움직이려 하지 않았다.

🕯

"그렇게 내가 용서하기 힘드냐, 【리틀 루키】?"

끝나지 않는 광연 속에서 딕스가 물었다.

"그냥 말을 할 줄 아는 것뿐이야. 몬스터라는 점은 똑같다고."

"크, 아……!!"

벨의 몸은 너덜너덜 상처를 입었다.

'저주의 창'으로 펼치는 찌르기만은 막았지만, 전투에서 우위에 선 사내에게 호되게 당하고 있었다. 전투가 시작되

고 어느 정도 시간이 지난 지금은 만신창이라 해도 과언이
아닌 상태였다.

　다만 눈만은 흐려지지 않는 빛을 머금고 있었다.

　"처참하게 죽여버리는 게 뭐가 잘못이야?"

　"끄윽!"

　"이제까지 너도 그렇게 했잖아? 몬스터를 잡아서, 돈을
벌고. 똑같잖아."

　"아윽……!!"

　붉은 창의 자루로, 만족스럽게 움직이지도 못하는 소년
의 몸을 후려친다.

　벨은 《헤스티아 나이프》로 튕겨내기는 했지만 빠른 사선
이 되어 내달리는 붉은 둔기를 모두 막아내지는 못했다.
다리를, 팔을, 얼굴을 몇 번이나 맞았다.

　웃음을 지은 딕스는 장난을 치듯, 가지고 놀듯 벨을 두
들겨댔다. 벨의 눈동자에 깃든 빛과 마음을 꺾어버리고자,
질문이라는 명목으로 언어의 칼날을 휘둘러대며.

　"……그래, 도…… 그렇다고 해도……!"

　"?"

　"리드 씨네는, 저 몬스터들은, 웃을 수 있어……! 우리하
고 똑같이, 눈물을 흘릴 수 있어……!"

　벨은 루벨라이트색 눈동자로 딕스를 노려보았다.

　"손을, 잡을 수도……!!"

　손바닥에 남은 온기를 떠올리듯, 오른손을 부르쥔다.

"……너도 맛이 갔구나."

딕스의 웃음이 더욱 깊어졌다. 마치 자신의 가학심에 불을 지피듯, 고글 안의 붉은 눈동자를 이글이글 빛내기 시작한다.

"자, 그럼 어떻게 할까."

"으윽……?"

어깨에 내리꽂힌 일격에 벨은 마침내 한쪽 무릎을 꿇었다. 왼손을 바닥에 짚으며 호흡을 흐트러뜨린 소년의 모습을 내려다보며,

"그러고 보니…… 너, 그 부이브르한테 꽂힌 모양이던데."

딕스가 문득 중얼거린 그 말에, 벨의 시간이 멎어버렸다.

"──좋아. 네가 눈을 확 뜨게 해주지."

사내는 얼굴에 냉혹한 웃음을 지었다.

"거기 서……!"

"거기서 자고 있어."

강렬한 발차기를 턱에 얻어맞고 벨은 바닥 위를 굴러갔다.

목을 큭큭 울리는 사내의 기척이 멀어져갔다. 순간적으로 몽롱해지려는 의식과 흔들리는 시야에 구역질을 느끼면서도 입술을 깨물고 벨은 바닥을 박찼다. 딕스가 걸어간 곳── 홀 안쪽으로 휘청거리며 달려간다.

홀 깊은 곳에는 여러 갈래의 통로와 여러 개의 오리할콘 '문', 그리고 작업 도중에 방치된 것으로 여겨지는, 내부의

금속이 그대로 드러난 깊은 수직굴이 있었다. 까마득히 뒤쪽에서 폭주하는 '제노스'들의 진동이 전해지는 가운데, 벨은 어스름한 통로 중 하나로 뛰어들었다.

깜빡거리는 단 하나의 마석등. 일렁이는 어둠.

끈적끈적 달라붙는 암흑을 헤치며, 꼬이려는 발을 움직이며 짧은 석조 통로를 벗어나자.

"──벨!!"

용종 소녀가 천장에서 드리워진 사슬에 묶여 있었다.

"비네!!"

벽에 손을 짚은 벨의 눈이 크게 뜨였다.

물건이라고는 하나도 없고, 대신 숱한 혈흔만이 바닥에 남은 작은 공간이었다.

두 팔을 사슬에 묶여 매달린 소녀의 모습은 제물이라는 말을 연상케 했다. 발도 족쇄로 고정되어 구부정한 자세로 서 있었고, 상반신에는 지금의 벨과 마찬가지로 애절한 타박상이 수없이 보였다.

은청색 장발을 출렁거리며, 청백색 피부와 비늘에 온통 상처를 입은 비네는 눈물이 고인 호박색 눈으로 만신창이가 된 벨을 바라보았다.

드디어 만났다. 다시 만났다.

하지만 아니야. 이건 아니야.

이런 곳에서, 이런 모습으로, 몸도 마음도 다쳐가며 재회하다니, 두 사람 모두 이런 것은 바라지 않았다. 원하지 않았다.

찰나의 순간 동안 헤아릴 수도 없는 감정이 벨의 가슴속에 넘쳐나는 가운데.

원흉인 고글 사내는 소녀의 바로 옆에 서 있었다.

"【리틀 루키】, 문제 하나 낼게."

딕스는 엷은 웃음을 띠며 소녀의 은청색 머리카락을 움켜쥐었다.

"아……?!"

얼굴과 가녀린 턱이 억지로 위를 향해 비네가 비명을 질렀다.

눈 깜짝할 사이에 분노가 치민 벨은 그만두라고 외치려 했으나,

"이 녀석 이마의 돌을 뜯어내면…… 어떻게 되게?"

"——."

소녀의 이마에 묻힌 붉은 돌에 손을 가져다 댄 딕스를 보고, 심장이 멈추는 기분을 느꼈다.

『부이브르의 눈물』.

거액의 부가 약속된 붉은 돌. '행복의 돌'이라고 불리기도 하는 신비의 보석.

그러나 그 붉은 돌을 빼앗긴 순간, 부이브르는 흉포해져 폭주를——

"그만둬!!"

벨은 정신없이 소리치고 있었다.

"아, 안 돼, 하지 마── 내가, **내가 아니게 돼……!**"

"하하, 너 알고 있었냐?"

달려 나간다.

노성을 터뜨리고 싶을 정도로 말을 듣지 않는 다리를 앞으로 움직여, 소녀를 향해.

사슬에 묶인 채 몸을 떨며, 겁을 내는 비네의 곁으로.

멀다. 하염없이 멀다. 두 사람 사이에 놓인 별것 아닌 거리가 무한처럼 느껴질 만큼, 절망적일 정도로, 멀다.

비네의 이름을 외치며, 벨은 팔을 뻗었다.

눈물을 흘리는 호박색 눈동자가, 같이 팔을 내밀려는 것처럼, 이쪽을 바라본 순간.

"잘 가라, 괴물."

사내의 손이, 소녀의 붉은 돌을 뜯어냈다.

"────."

벨의 시간이 멈추었다. 시야가 색을 잃었다. 세계가 정지했다.

힘차게 뽑혀나온 붉은 돌이, 소녀의 이마를 떠나, 빛의 꼬리를 끌었다.

"아──."

벌렁 뒤로 쓰러지듯 천장을 올려다본 소녀의 입술에서, 목소리의 파편이 떨어졌다.

호박색 안구 속에서 동공이 수축되고, 가녀린 팔다리가 떨린다.

"——아, 아."

꿈틀.

파도처럼 크게 경련한 소녀의 몸에서, 떨림이 그치질 않았다.

속박된 사슬이 공포에 떨듯 가늘게 울기 시작한 다음 순간.

소녀의 목에서 무시무시한 비명이 솟아났다.

『——아아아아아아아아아아아아아아아아아아아아아아아아아아아아아아아아아아아아아!!』

멍하니 멈춰 선 벨이 보는 가운데, 소녀의 몸에서 터져 나온 절규.

절그럭거리는 사슬의 비명과 함께 시작된 것은 육체의 변화였다. 이미 등에 돋아났던 한쪽 날개의 뒤를 따르듯, 청백색 피부가 솟구치더니 반대쪽 날개가 태어났다.

그것만으로 그치지 않는다. 소녀의 팔이, 다리가, 팽창을 반복했다. 멈추질 않는다. 소녀의 변용이 멈출 줄을 몰랐다.

기괴한 살점 떨어지는 소리를 내며, 소녀는—— '괴물'은 변모했다.

".............비, 네."

뜯겨져나가는 사슬, 분쇄되는 지면.

진동하는 공간의 중심에서 연기와도 같은 먼지를 받으며, 벨은 갈라진 목소리로 중얼거렸다.

"크하하, **이렇게 되는구만.**"

뜯어낸 붉은 돌을 든 딕스는 웃음소리를 흘리며 재빨리 그 자리를 떠났다.

『──아아.』

멍하니 선 벨이 **올려다보는 가운데**, 변모를 마친 그것은, 숙였던 고개를 들었다.

감정이 없는 호박색 눈으로, 소년의 얼굴을 포착한 직후──포효했다.

『────────────────아아!!』

돌격.

두 팔에 붙잡혔던 벨은 비행하듯 바로 뒤의 석조 통로로 날아갔다. 무시무시한 기세로 시야가 흘러가고, 커다란 몸이 통로를 박살내는 소리와 함께 홀 바닥에 내팽개쳐졌다.

"뭐, 뭐야, 저게……."

무기를 들고 있던 딕스의 부하들이 아득한 후방에서 출현한 그 존재에 아연실색했다.

"설, 마…… 비네……?!"

그들에게 궁지에 몰려 흑의가 너덜너덜해진 채 벽에 몰렸던 펠즈 또한 전율에 빠진 목소리를 흘렸다. 무턱대고 미친 듯이 날뛰며 그저 난폭한 포효로 대응하는 '제노스' 몬스터들 너머에서, 그 거대한 그림자가 천천히 몸을 일으켰다.

"......아."

바닥에 내팽개쳐져 아픔에 불타는 등을 일으킨 벨은, 눈 앞에 있던 그 거구를 올려다보고 다시 얼어붙었다.

꼬리를 포함한 전체 길이는 7M을 가뿐히 넘을 정도로 거대하다.

두 다리는 하나로 합쳐져 하반신은 거대한 뱀 같은 몸통으로 변했다. 가느다란 상반신에서는 회색 피막을 가진 흉흉한 날개가 돋아나 소름이 끼칠 정도로 언밸런스했다.

날카로움을 되찾아 길어진 용의 발톱, 더욱 일그러진 몸 곳곳을 뒤덮은 용의 비늘. 등에서 흘러내려 날개에 걸린 은청색 장발과 찬란하게 빛을 뿜는 것처럼 생생한 청백색 피부에서 간신히 소녀의 흔적을 찾아볼 수 있었다.

목 위에 얹힌 머리는 마치 용의 화장을 한 것처럼 뺨은 갈라졌으며 얼굴은 단단하게 굳었다. 공허한 눈은 동공 없는 은백색으로 변했고, 흉포화했다는 증거를 드러내듯 핏발이 섰다.

붉은 보석, 제3의 눈을 잃은 이마는 시커멓게 움푹 파였다.

몸을 들어 올려 3M이나 되는 높이에서 내려다보는 부이브르에게, 벨은 말을 잃었다.

"하하하하하하하하!! 왜 넋 나간 표정을 하냐, 【리틀 루키】! 전부 **원래대로잖아!!**"

뒤늦게 홀에 돌아온 사내의 폭소가 벨의 귀를 흔들었다.

그 말이 맞다.

이것이 '부이브르'.

벨의 지식 속에도 있는, 라미아와도 같은 체형을 가진 용종 몬스터.

용종, '괴물'.

『……아, 아, 아, 아아아아아아아아아아아아아아아아!!』

귀를 찢을 듯한 금속성 목소리를 터뜨리며 용종 몬스터는 그 긴 머리카락을 흔들어댔다. 피부까지도 진동시키는 대음향, 용의 꼬리가 몇 번이고 솟구쳤다가는 바닥을 두드리는 진동에 벨은 망연자실한 표정으로 가만히 서 있을 뿐이었다.

그곳에는 이미 벨이 아는 비네는 없었다.

천진난만한 미소도, 온기도, 눈물도 잃어버린 이형의 얼굴.

부정은 불가능했다.

진정한 '괴물'이었다.

"이걸 보고도 아까랑 똑같은 소릴 할 수 있을까아, 【리틀 루키】?! 아앙, 벨 크라넬?!"

균열이 내달린 것처럼 벨의 얼굴이 일그러졌다.

딕스의 말이 악마의 속삭임처럼 소년의 가슴을 침범했다.

인류와는 완전히 다른 위협적인 체구, 피를 상징하는 잔혹한 이빨과 발톱, 짐승의 본성을 띤 무시무시한 목소리.

추악하다.

이렇게 추악할 수가.

인류를 투쟁으로 몰아붙이는 처절한 혐오감과 기피감이 온몸에서 솟아났다.

딕스의 말은 틀림이 없었다.

이 감정은, 전혀 잘못되지 않았다.

원래의 모습을 되찾은 용종 '괴물'에게, 벨은 틀림없이——구역질을 느끼고 있었다.

『……에에에 ……에에에에에에에에에에에에에에에에에에에에에에에에에!!』

"커억?!"

눈앞에서 가만히 서 있던 벨을, 미친 듯이 날뛰는 용의 꼬리가 후려쳤다.

비늘에 덮인 거목과도 같은 꼬리에 맞아 벨은 흙먼지를 일으키며 날아갔다. 바닥에 부딪힌 허리의 파우치에서 시험관이 깨지는 소리가 울려 퍼지고 포션 용액이 흘러나왔다. 모조리 못쓰게 된 것 같았다.

몸이 겨우 멈춘 후, 벨은 엎드린 자세로 피를 토하며 고통에 허덕였다.

"이제는 알았겠지, 벨 크라넬?!"

저 멀리서 다시 날아드는 딕스의 목소리.

입에서 뚝뚝 떨어지는 피로 돌바닥을 물들이며 떨리는

팔로 몸을 일으키는 벨에게 추가타를 가하듯 외친다.

"네 앞과 뒤에 뭐가 펼쳐졌냐?!"

벨의 앞에는.

'괴물'의 본성을 드러낸 추악한 용종 몬스터.

벨의 뒤에는.

야수와도 같이 포효를 지르며 미친 듯이 날뛰는 수많은 몬스터의 무리.

인류와는 화합하지 않고, 서로 싸움을 벌이는 '괴물'의 광경에 에워싸여 있었다.

"죽을 뻔했지?! 지금도, 아까도!"

부이브르에게, 리저드맨에게.

무시무시한 포효와 흉포한 눈빛을 받으며, 죽을 뻔했다.

힘과 살의에 휘둘렸다.

"그게 괴물이야! 그게 '몬스터'라고!!"

딕스는 조롱했다. 흔들림 없는 진실을 들이대며.

"눈을 뜨라니깐, 벨 크라넬! 너도 이쪽으로 와!"

희열을 머금은 사내의 웃음소리가 어디까지고 울려 퍼진다.

벨의 떨리는 눈이 크게 벌어졌다. 시야에 비친 돌바닥을 피의 반점이 더럽혀나간다.

"하하하. 정말 악취미하다니깐, 딕스 자식."

딕스와 마찬가지로 그 광경을 멀리서 바라보는 그랜 일당 또한 유쾌하게 웃어젖혔다. 펠즈에게 결정타를 날리지 않은 채 상황을 지켜보았다.

"벨 크라넬……!"

필사적으로 일어나려 하는 펠즈는 씁쓸함에 물든 목소리를 쥐어짜냈다.

『……에에에에에에에 ……에에에에에에에에에에에에에에에에에에에에에에에에……!!』

'괴물'들의 광란이, 부이브르의 목소리가.

가물가물해져가는 벨의 귀에 메아리쳤다.

눈이 흔들렸다. 시야에 초점이 돌아오질 않았다. 구역질에 빠져 죽을 것 같다. 입안에 쇠비린내가 퍼졌다.

작렬하는 아픔과 혐오감에 이리저리 휩쓸리며.

주위를 '괴물'들에게 포위당한 채.

벨은── 울려 퍼지는 고동 소리를 듣고 있었다.

"사실은 너도 그냥 어쩌다 보니 여기까지 온 거지? 솔직해지라니까!"

몸을 후려치는 사내의 목소리에 벨은 고개를 숙였다.

그렇다. 어쩌다 보니 여기까지 왔다.

이형의 소녀를 발견하고, 【파밀리아】를 끌어들이고, 자신도 휩쓸리고.

전부 다 어쩌다 보니 이렇게 된 것이다.

생각해보면 스스로 결정했던 것은 무엇 하나 없었는지도 모른다.

상황에 휩쓸린 채 아무것도 결단하지 않았는지도 모

른다.

　그러니 이것은 대가다.

　지금이 대가를 지불할 때다.

　해답을 낼—— 바로 그때다.

　벨은 이를 악물고, 주먹을 움켜쥐고, 혼신의 힘을 다해 일어났다.

　『……우으으우……?!』

　벨은 노려보았다.

　지금도 거대한 몸을 휘저어대며 날뛰는 부이브르를.

　『……에에에……!』

　원래 흉포해진 '부이브르'의 행동은 일관적이다. 빼앗긴 '부이브르의 눈물'을 되찾고자 더욱 공격적으로 변하고, 포악의 극에 달하는 것이다.

　그러나 몬스터는 지금도 붉은 돌을 가진 딕스의 곁으로 향하려고는 하지 않는다.

　『……베에에에에…….』

　그보다도 소중한 무언가를 찾는 것처럼.

　『베에에에에에에에에에에엘……!』

　찾고 있다.

　저런 모습이 되고서도, 벨을 찾고 있다.

　'괴물'로 전락한 지금도 소년을 원한다.

　벨은 주먹을 부르쥐고 앞으로 나아갔다.

　"……이, 네."

입가의 피를 닦고, 상처 입은 몸을 질질 끌며.

"비네……!"

목을 떨면서, 소녀의 이름을 불렀다.

『━━━━━━━━━━━━━━━━━━━━아아?!』

다가오는 벨에게, 부이브르는 거대한 꼬리를 휘둘렀다.

마치 동료가 살해당한 악몽에 시달리듯, 인간의 악의를 두려워하듯 소년의 몸을 후려쳤다.

"야, 야. 어떻게 안 하면 너 그러다 죽는다~?"

딕스의 홍소가 울려 퍼지는 가운데.

다시 바닥을 구른 벨은 자리에서 일어나, 부이브르에게 다가갔다.

"……비, 네."

튕겨 날아간다.

"비……네."

내팽개쳐진다.

"비, 네……!"

그래도 여전히, 벨은 미친 듯이 날뛰는 부이브르에게 다가갔다.

『아아아아아?!』

너덜너덜해진 채 자신의 앞에 서는 인간에게, 몬스터는 마침내 팔을 휘둘렀다.

날카롭게 빛나는 용의 발톱. 대각선으로 내리찍은 왼팔이 벨의 오른쪽 어깨에 꽂혔다.

"————아."

직격을 받은 벨의 몸이, 너무나 엄청난 무게에 푹 가라앉았다.

땅을 디뎠던 부츠가 발밑을 부수고 석판을 함몰시켰다.

하지만 어깻죽지에 파고든 용의 발톱은—— 이미 멈춘 후였다.

벨의 어깨 근육에 절반가량 파고든 채, 그곳에서 더 나아가질 않는다.

카드득, 소리를 내며 떨린다.

동료가 만들어준 갑옷이 용의 발톱을 붙잡아 막아준 것이다.

"……괜찮……아."

벨은 고개를 들었다. 바로 앞에서, 자신을 내려다보고 있는 용종 '괴물'을 올려다본다.

"……난, 괜찮, 아."

벨은, 웃었다.

고통을 견뎌내며, 눈에 눈물을 머금고, 한껏 웃었다.

처음 만났을 때처럼.

언젠가 그랬던 것처럼.

『————————.』

용종 '괴물'이, 몸을 떨었다.

"난, 여기 있어……."

어깨에 박힌 소녀의 발톱을, 피가 흐르는 것도 아랑곳하지 않고, 오른손으로 움켜쥔다.

피를 빨아들인 발톱과 함께 손가락을 감싼다.

"괜찮아, 비네……."

경직된 이형의 몸을, 가만히 끌어안는다.

싸늘해진 몸을, 추악한 얼굴을, 품에 끌어안는다.

"——."

그 광경에 딕스는 얼어붙고, 그랜 일행은 숨을 멈추었으며, 펠즈마저 말을 잃었다. 소년의 모습을 시야에 담은 몬스터들까지도 한순간 몸을 떨었다.

"괜찮으니까……."

혐오와 기피의 감정을 인정하고, 받아들이면서, 그 이상의 마음으로 강하게 끌어안았다.

언제나 소녀가 가슴속에서 듣고 싶어 했던, 빛바래지 않는 고동의 온기를 전해주었다.

벨은 은청색 머리카락에 입가를 묻고, 눈물을 흘리며 속삭였다.

『아…….』

동공을 잃었던 호박색 눈동자 또한 투명한 액체를 흘렸다. 한 줄기, 두 줄기. 멈추질 않는다. 두 눈에서 넘쳐난다. 우는 방법을 몰라야 할 '괴물'이, 눈물을 흘렸다.

『아……아아아아아아아아아아아아아아아아아아아아아아아아아아?!』

벨의 몸을 떠밀치고, 부이브르는 다시 공황에 빠졌다.

그 거대한 몸을 폭풍처럼 휘저어대며, 소녀의 마음과 '괴물'의 본능이 맞버티는 것처럼, 눈물과 함께 통곡을 터뜨린다.

"비네……!"

바닥에 주저앉은 벨은 얼굴을 비통하게 일그러뜨렸다.

괴로워하는 소녀에게 다시 한 번 달려가려던 그때.

"──분위기 잡치네."

붉은 창이 등을 엄습했다.

"큭?!"

몸을 날려 창졸간에 회피한 벨은 다리를 회전시키며, 창을 든 사내와 대치했다.

고글로 눈을 가린 딕스는 짜증이 치미는 표정으로 벨을 노려보았다.

"뭐 하는 짓이야, 이 자식아. 기대를 저버려도 유분수지. 그 나이프로 괴물의 배때기를 째버렸어야 할 거 아냐."

침을 뱉으면서 딕스는 한 손으로 찌르기를 날렸다.

숨을 몰아쉬며, 벨은 《헤스티아 나이프》를 뽑아 연속으로 날아드는 창날을 막아냈다.

"말했잖아? 괴물은 괴물이야!"

"……!"

"괴물에 정신이 팔려서 뭐 어쩌자는 수작이냐고, 아앙?!"

연속으로 펼쳐지는 찌르기의 난무 속에서 딕스는 격앙

했다.

"괴물을 구할 이유가── 가치가 어디 있냐고!!"

그 순간.

"크으윽!!"

벨의 두 눈이 빛을 뿜어냈다.

크게 뜨인 그 눈으로 창의 궤도를 간파하고, 온 힘을 쥐어짜내── 창의 자루를 베어 날을 날려버렸다.

"엑──."

"누군가를 구하는 데에 사람이, '괴물'이 무슨 상관이야!!"

저주가 깃든 날이 공중에서 빙글빙글 돌고, 소리를 내며 멀찌감치 굴러갔다.

경악한 딕스를 바라보며 벨은 결연한 눈빛으로 내뱉었다.

"도움을 청하고 있어!!"

그것만으로도 구해 마땅한 진실이라고 부르짖으며, 소년은 신의 칼날을 쳐들었다.

"충분해!!"

다른 누구도 아닌, 다른 누구의 말도 의지도 아닌.

소년 자신이 결단한 대답과 마음이 홀에 쩌렁쩌렁 울려 퍼졌다.

"벨 크라넬, 너는……."

그런 소년의 포효에, 펠즈는 조용히 중얼거렸다.

동시에, 미친 듯이 날뛰던 '제노스'들에게도 변화가 생졌다.

어떤 몬스터는 어깨를 떨고, 어떤 몬스터는 몇 번이나 가슴을 들썩거리고.

어떤 가고일은 돌로 된 눈을 크게 뜨고.

어떤 리저드맨은 노란 눈에서 물방울을 떨어뜨렸다.

그리고 벨의 선언에 딕스는.

"——너 **위선자**구나?!"

입을 크게 벌리고 흉포한 웃음을 지으며 다시 달려들었다.

"그럼 넌 사람도 몬스터도 구하겠단 거냐?! 누구든 상관 않고 구하겠다 이거야?!"

"……!!"

"무리잖아, 거봐아!! 애들도 알겠네!"

구역질이 난다는 양 딕스는 조소를 들이댔다. 저주의 날을 잃어 단순한 봉이 된 창 자루와 배틀나이프를 장비하고, 이제는 만족스럽게 싸우지도 못하는 벨을 가차 없이 몰아붙인다.

"벨 크라넬, 네놈은 토끼가 아니야! 네놈은 박쥐야!!"

"?!"

그 결정적인 말로 벨의 **뺨**을 후려친 것과 함께 긴 다리를 크게 들어 소년의 몸을 걷어찼다.

"컥……!!"

"아, 재미없어……. 요컨대 머리가 모자란 그냥 꼬맹이였구만."

바닥에 쓰러진 벨을 향해, 딕스는 창 자루로 자신의 어깨를 두드리며 다가갔다. 진심으로 실망했다는 양 중얼거리며, 창을 한 바퀴 돌린다.

"됐어. 뒈져버려."

절단되어 뾰족해진 창의 자루를 벨에게 내리꽂는다.

그러나 바로 그 창이 벨을 관통하기 직전.

"고마워——."

딕스의 등 뒤에서 붉은 비늘에 휩싸인 꼬리가 출렁였다.

"——벨찡."

롱소드를 높은 상단으로 든 리저드맨이 눈에 핏발을 세운 채 힘차게 팔을 휘둘렀다.

"엑—— 크억?!"

흠칫 깨달은 것과 함께 간신히 직격을 피한 딕스. 그러나 그의 등에서 피가 솟았다. 짐승처럼 후퇴해 간격을 벌린 고글 사내는 믿겨지지 않는 것을 보았다는 양 외쳤다.

"너, 너 이 자식?!"

궁지에서 벗어난 그 리저드맨—— 리드의 모습에 벨 또한 경악했다.

리드의 눈은 아직까지도 붉게 물들어, '커스'의 영향에서 벗어나지 못했음은 명백했다.

하지만.

"빌어먹을, 기쁘구만. 기쁘다고……. 영문 모를 힘 따위 날려버릴 만큼!"

"윽……?!"

"인간의 말이란 건…… 이렇게나, 몸을 뜨겁게 해주는구나……!"

가슴에 깃든 열기를 발판 삼아 자신을 고무시켜, 저주를 튕겨낸 것처럼.

리드는 칼자루를 부르쥐며 악다문 이빨을 쪼개져라 뿌득뿌득 울리더니, 괴물이나 다를 바 없는 딱딱한 얼굴에 우는지 웃는지 알 수 없는 표정을 짓고 있었다. 노란 눈에서는 눈물샘이 무너진 것처럼 눈물이 끊임없이 쏟아진다.

"미안해, 벨찡…… 고마워."

이제까지 있었던 일에 대한 사과와 감사의 말을 쥐어짜낸 후, 리드는 전방을 노려보았다.

아직까지 '커스' 때문에 강제로 주어진 폭력성을, 몬스터의 포효를, 딕스에게 들이댄다.

『워어어어어어어어어어어어어어어어어어어어!!』

"큭!!"

그 모습에 가슴이 떨려온 벨 또한 힘을 쥐어짜내 리저드맨의 뒤를 따랐다. 한 사람과 한 마리가 나란히 서서, 포악한 헌터에게 격렬하게 공세를 퍼붓는다.

"장난하나…… 왜 정신을 차리고 난리야, 괴물이?!"

딕스의 짜증 섞인 목소리. 그것은 어쩌면 동요의 목소리.

실제로 그는 궁지에 몰렸다. 만신창이가 된 벨, 아직까지 완전히 '커스'에서 해방되지는 않은 리드. 두 사람 모두 실력을 충분히 발휘할 수는 없다 하지만 2대 1. 게다가 리저드맨은 검기가 현저히 빛을 잃었다지만 제1급 모험자와 견줄 만한 괴력── 딕스와 같거나 더 뛰어난 잠재능력은 건재했다. 【포베토르 다이달로스】의 대가로 스테이터스가 한참 떨어진 그에게는 대항할 방법이 없었다.

그렇다고 해서 힘을 되찾고자 '커스'를 해제한다면 사방에 흩어졌던 모든 '제노스'가 제정신을 찾아 일제히 딕스를 비롯한 헌터들에게 이를 들이댈 것이다.

어리석은 위선자가 이끌어낸 단 하나의 이상사태가 사내의 퇴로를 끊어버렸다.

"딕스?!"

서서히 밀리는 딕스의 모습에 그랜 일당도 조바심에 찬 고함을 질렀다. 그의 '커스'만이 【이켈로스 파밀리아】의 우위를 유지하는 유일한 방법이었다. 두목을 도우러 가고자 그들은 홀 안으로 달려 나갔다.

"──크아악?!"

그때 아마조네스의 무방비한 등에 처절한 충격파가 꽂혔다.

"못 간다……!"

"너, 너 이 자식?!"

얼굴부터 지면에 처박힌 아마조네스를 내버려둔 채 그랜과 다른 일당이 돌아보자, 그곳에는 왼팔을 내민 만신창이의 메이거스가 서 있었다.

분노한 헌터들을 향해, 펠즈는 떨리는 오른팔을 내밀고는 충격파를 난사했다.

"빌어처먹을, 너희는 저 메이거스를 죽여버려! 난 다른 놈들을 데리고 딕스한테 갈 테니까!"

그랜은 대답을 기다리지 않고 수인과 드워프 헌터를 엄폐물 대신으로 삼아 달려 나갔다. 펠즈의 공격으로 쓰러졌던 다른 동료를 걷어차 깨우고, 몬스터들이 미친 듯이 날뛰는 전장을 우회해서.

그러나 다음 순간.

콰작, 하는 비릿한 소리에 이어 그랜의 시야가 **절반 사라졌다.**

"어, 어어……?"

바로 옆에서 날아든 일격에 얼굴 절반이 도려져나간 것을 그랜이 알아차리는 데에는 시간이 필요했다.

당혹감 섞인 목소리와 함께 뻣뻣한 움직임으로 고개를 돌려, 남은 한쪽 눈으로 쳐다보자, 그곳에는 어깨로 숨을 쉬는 가고일의 모습이 있었다.

『아, 카아아아아아아아아아아아아아아아아아아아아아아아아아아아아!!』

"어, 어떻게── 끼야아아아아아아아아아아아아아아아아아아아아아아악?!"

'커스'에 지배당했어야 할 '제노스'가, 여전히 이성을 회복하지 못한 채 헌터들에게 쇄도했다.

리드와 마찬가지로 '커스'에 저항한 그로스 일행은 비명을 지르는 그랜 일당, 펠즈의 숨통을 끊으려 하던 드워프 일당을 몰살시키려는 것처럼 마구잡이로 밀려들어 갔다.

『샤아악!!』

"하앗!!

"~~~~~~~~~~~~~~~~~~~~~~~~~~크윽?!"

대형 홀에서 온갖 전황이 돌변한 가운데, 딕스는 벨과 리드의 연계에 몰려 궁지에 빠져들고 있었다.

오른쪽에서 리저드맨의 쌍검이 날아들고, 왼쪽에서 소년의 나이프가 꽂힌다.

재빨리 위치를 바꿔가며 교대로, 혹은 동시에 펼치는 온갖 공격을 버텨내던 창 자루와 배틀나이프가 삐걱거렸다. 귀에 들려오는 그랜 일당의 비명이 한층 딕스의 조바심을 부추겼다.

항상 오만불손하던 사내의 얼굴에 처음으로 땀이 흘러내렸다.

그리고—— 그는 깨달았다.

"——."

벨이 휘두르는 왼손의 《헤스티아 나이프》, 마찬가지로 리드가 휘두르는 롱소드와 시미터. 도합 세 자루의 무기가 마구잡이로 참격을 퍼붓는 가운데 섞여서 들려오는 그 소리를.

지릉, 지릉.

"——야."

검이 바람을 가르는 소리에 숨어들면서도 들려오는 미미한 종소리.

격렬한 전투의 음향에 묻혔던 소리가 들려오는 곳은, 벨의 주먹.

"——야!"

순백색 광채를 띠고, 빛의 입자를 모으는 주먹.

고글에 반사되는 그 광채를 목격하고—— 딕스는 온 힘을 다해 절규했다.

"——뭘 **모으고** 앉았어 이 자식아아아아아아아아아아아아아아아아아아아아아아아?!"

【아르고노트】.

고속전투 상황의 병행 차지.

리저드맨과의 일전에서 익혔던 '기술'을, 그와의 공동전투에서 폭발시킨다.

『크르아!!』

"억?!"

이성을 잃은 딕스의 허점을 리드의 시미터가 찌른다. 아슬아슬하게 회피했지만 자세가 흐트러진 그의 간격을, 초속(超速)의 육박이 포착했다.

바람 가르는 소리와 함께 딕스의 품으로 파고드는 벨의 왼발. 사내의 얼굴이 얼어붙었다.

20초의 차지.

벨은 포효와 함께 포성을 터뜨렸다.

"아아아아아아아아아아아아아아아아아아아아!!"

작렬.

"――커어어어어어어어억!!"

흰 번갯불과도 같은 섬광이 배틀클로스에 싸인 딕스의 가슴에 꽂혔다.

무시무시한 충격에 꿰뚫린 사내는 아득한 후방에 쌓였던 시커먼 우리 중 하나에 맹렬한 속도로 처박혔다.

"아, 윽……?!"

딕스가 날아가버린 것과 동시에, 벨은 격통에 사로잡힌 오른손을 붙들었다.

차지를 부여한 무기마저도 파괴해버리는 스킬【아르고노트】의 반동. 미미한 시간이라면 모를까, 오랜 차지는 벨의 주먹까지도 부수는 것이다.

껍질이 터져 피가 솟고 뼈가 부서진 손을, 벨은 이를 악물며 꽉 쥐었다.

"아――."

한편, 리드와 '제노스'들의 눈에 비쳤던 붉은 빛도 완전히 사라졌다.

"……우, 우리가……."

"그로스……! '커스'가 풀렸구나!"

【포베토르 다이달로스】에서 해방된 '제노스'들의 모습에, 펠즈가 안도의 고함을 질렀다. 파괴충동에 지배당했던 그들의 손에 전멸당한 헌터들 곁에서, 그로스와 다른 몬스터들은 머리를 흔들고 침착함을 되찾았다.

　"해냈구나, 벨찡!"

　"……."

　제정신을 되찾아 신이 난 리드를 내버려둔 채, 그게 아니라고, 벨은 혼자서만 직감하고 있었다.

　격파해서 '커스'가 풀린 것이 아니다. 딕스는 공격에 맞기 직전, **스스로** '커스'를 해제했다. 피할 수 없는 결정타를 회피하고자, '커스'의 대가를 없애 본래의 능력—— Lv.5의 내구력을 되찾아, 벨의【아르고노트】를 간신히 견뎌냈던 것이다.

　"크아악, 아……아프잖아아아아아아아아아아아아아아아아……!!"

　방심하지 않고 노려보던 벨의 눈, 홱 고개를 돌린 리드의 시선 너머, 망가진 검은색 우리 속에 파묻혔던 딕스가 고통에 찬 비명을 내뱉었다.

　벨이 혼신의 힘을 다해 꽂았던 차지 일격은 딕스에게 분명 치명타를 가했다. 얻어맞은 흉골에 금이 갔는지 몇 번이나 기침과 함께 피를 토했으며 몸을 가늘게 떤다. 우리에 충돌하는 바람에 다른 곳에서도 출혈이 심했다.

　"젠장, 빌어먹을……!! 죽여버리겠어……!!"

두 손에 든 창 자루를 지팡이처럼 짚으며 일어난 딕스는 금이 간 고글 안에서 충혈된 붉은 눈을 드러낸 채 증오의 목소리를 흘렸다.

"그건 내가 할 소리야."

"윽?!"

딕스에게 접근한 리드가 험악한 안광을 드러내며 무기를 내리쳤다. 아슬아슬하게 회피한 고글 사내를 리드가 가차 없이 쫓아갔다.

"동포들에게 했던 짓들을 속죄하게 해주마!!"

"이, 이봐, 관둬!"

분노를 드러내며 달려드는 리드에게서 뛰어 물러나며 딕스는 열심히 도망쳤다. 벨 또한 아직까지 멀리 떨어진 곳에서 괴로워하는 부이브르를 구하기 위해 격통과 피로에 허덕이는 몸을 질타하며 가세했다.

"기다려, 기다리라니깐! 죽어버린다고, 그런 짓을 했다간!"

벨과 리드의 공격을 딕스는 필사적으로 피하고 막아냈다. 그때까지의 포악한 태도는 자취를 감춘 채 소인배 같은 언동을 보이며 후퇴를 계속했다.

천천히, 고통에 허덕이는 부이브르와 홀 구석에 있던 여러 개의 '문'으로 다가갔을 때,

"그런 짓을 했다간——"

고개를 숙였던 딕스는 웃음을 띤 얼굴을 쳐들었다.

"──부서져버릴 텐데?"

달려들려 했던 두 사람 앞에 내민 것은, 붉은 돌.

""큭?!""

공격을 억지로 중단하는 벨과 리드.

'부이브르의 눈물'. 지금도 괴로워하는 비네를 구하기 위한 유일한 열쇠.

벨과 리드가 부자연스럽게 몸을 멈추자, 딕스는 조롱하며 부러진 창 자루로 후려쳤다. 멀리 나가떨어진 둘에게 오른손에 든 붉은 돌을 내민다.

"그렇게 소중하냐? 그럼 돌려줄게!"

그리고 그가 돌을 집어던진 곳은, 증설작업이 끝나지 않아 그대로 드러난 수직굴.

"아!!"

"윽?!"

벨, 리드 누가 먼저랄 것도 없이 눈빛을 바꾸며 질주한다. 신체능력을 최대한 발휘한 리드가 수직굴로 떨어지는 붉은 돌을 순식간에 따라잡아, 망설임 없이 몸을 날렸다. 그가 붉은 돌을 잡기 전에 한발 늦게 멈춘 벨은 돌과 함께 떨어지려는 리저드맨에게 달려들어, 그 긴 꼬리를 간신히 붙잡았다.

"너무 생각대로 돌아가니 웃음이 다 나네!"

수직굴 가장자리에서 필사적으로 리저드맨의 거구를 지탱하는 소년을 내버려둔 채, 딕스는 손가락을 내밀어 부이브르에게 겨누었다.

"【헤맬지어다, 끝없는 악몽】."

초단문영창에 이어, 흉흉한 붉은 파도가 비네에게 쏟아졌다.

『──아아아아아!!』

"아앗?!"

상반신을 젖히며 절규하는 부이브르.

벨과 리드에게 급히 달려오려 하던 펠즈와 그로스 일행은 그 일련의 상황에 경악했다.

"마무리를 지어야지?"

마지막으로 딕스는 균열이 간 고글을 벗어던지고는 'D' 모양의 기호가 떠오른 왼쪽 눈을 드러냈다. 곁에 있던 '문'과 공명시켜 활짝 열어젖혔다.

"자, 가버리라고."

『──────우우우!!』

폭주하는 부이브르는 열린 문 너머, 높은 단차가 있는 까마득한 오르막 계단을 뛰어올랐다. 그로스가 외쳤다.

"너 이 자식, 무슨 짓을 한 거냐?!"

"내 '커스'는 인원을 제한하면 보여주는 환각을 다소 조작할 수 있거든. ──벨 크라넬, 저 부이브르는 지금쯤 네 환영을 쫓아가고 있을걸! 저건 지상으로 가는 직통 통로야!"

앞부분은 분노하던 그로스 일행에게, 뒷부분은 어떻게든 리드를 끌어올리려 하던 벨에게 말한 것이었다.

최후의 앙갚음이라는 양 딕스는 입가를 찢어져라 틀어 올렸다.

"저딴 괴물이 지상에 나가면, 당장 처치당하겠지이!"

"큭……?!"

숨을 멈춘 소년의 모습에 만족한 듯, 딕스는 '눈'을 이용해 다른 '문'을 열었다.

"딕스 페르딕스!!"

"어허! 나한테 신경 쓰지 말고 얼른 쫓아가라니깐? 하, 하하하하하하하하하하하하하하하하하하하하하하하!!"

펠즈가 터뜨린 충격파를 피한 딕스는 '문' 너머로 나아가며 홍소를 터뜨렸다.

"큭……?!"

암석 날개를 펼친 그로스가 달려갔지만 그 직전에 '문'은 힘차게 닫혀버렸다.

오리할콘으로 만든 '문'이 닫혀 딕스의 추적은 사실상 불가능해졌다.

"큭—— 리드 씨, 돌을 주세요!"

"벨찡?!"

벨은 리드의 손에서 『부이브르의 눈물』을 받고, 비네가 사라진 높은 계단을 뛰어올랐다. 초조함으로 몸을 태우면서 폭주하는 부이브르를 따라갔다.

"야단났군……. 리드, 그로스! 뒷일 부탁해!"

'제노스'의 존재가 드러나고, 나아가서는 아직도 혼란에

서 벗어나지 못한 도시에 몬스터라는 폭탄이 출현하는 사태를 우려한 펠즈 또한 달려갔다. 이 자리를 '제노스'들에게 맡기고 벨의 뒤를 따른다.

"리드, 그로스!"

그보다 한발 늦게, 세이렌 레이가 이끄는 나머지 '제노스'들이 홀에 도착했다. 해방된 동포들, 그리고 바닥에 쓰러진 헌터들의 모습에 레이 일행과 함께 온 레드 캡 레트와 하피 피아가 놀라움을 드러냈다. 그들을 발견한 그로스가 외쳤다.

"——! 레이, '열쇠' 있나?!"

"네?!"

"적의 두목이 미궁 안으로 도망쳤다! 놈은 위험해, 놓쳐서는 안 돼!!"

홀 안쪽에서 들려온 그로스의 말에 레이는 눈을 크게 뜨며 등 뒤를 돌아보았다. 그녀들을 이곳까지 안내해준 하피, 그리고 레드 캡이 '열쇠' 매직 아이템을 그녀에게 보여주었다.

"레이, '열쇠'는 하나밖에 없습니다. 여러 집단이 이 미궁을 자유롭게 오가지는 못해요."

"……그러면, 이 '열쇠'는 뒤를 따라올 '그'에게 주도록 하죠."

레트와 재빠르게 말을 나누고 레이는 '열쇠'를 소형 몬스터들에게 넘겨주었다.

길을 되돌아가는 그들과 헤어져 홀에 남은 레이 일행은 리드와 합류했다.

리드가 물었다.

"레이, 모험자들은 어떻게 했어?"

"어떻게든 빠져나왔어요. 희생자는…… 아마 없었을 거예요. 이쪽은 어떤가요?"

"보다시피 동포들은 살았지만…… 돌을 빼앗긴 비네가 폭주했다. 펠즈와…… 그 꼬마가 쫓아가고 있다."

비네가 지상으로 달려가버렸다는 그로스의 말에 레이 일행은 말문이 막혔다.

세 마리는 '커스' 때문에 일어났던 소란이 끝나면서 힘이 빠진 몬스터들, 그리고 비네와 벨이 올라가버린 지상 통로를 각각 쳐다보았다. 그로스가 다급한 어조로 말했다.

"사로잡힌 동포들은 한계다. 더는 못 움직인다. 안전한 장소에서 쉬게 해야 한다."

"그러면 동포들을 지킬 인원이……"

"……우리도 비네를 쫓아가자."

리드의 말에 금색 세이렌과 회색 가고일이 얼굴을 쳐다보았다.

"벨찡하고 비네에게만 떠넘겨서 괜찮을까? 계속 도움을 받기만 해서 괜찮을까? 우리가 지상에 나가면 쓸데없는 혼란만 더할지도 몰라……. 하지만 무슨 일이 생긴다면, 이번엔 우리가 벨찡하고 비네를 도와줘야지."

최악의 상황까지 고려하면서도, 이번에는 자신들이 소년과 그의 소중한 사람들을 위해 몸을 바쳐야 한다고, 리드는 입을 다문 그로스와 레이를 강한 눈빛으로 쳐다보았다.

"……겸사겸사, 염원하던 지상도 볼 수 있고."

"멍청한 놈. 이 비상사태에……."

"하지만 갈 거지요, 그로스?"

그로스는 마지막에 너스레를 떠는 리드를 질타했지만, 그의 마음을 꿰뚫어 본 것처럼 레이가 옆에서 웃음을 지었다.

"벨 씨를 숲에서 처음 봤을 때, 어쩌면……하고 기대하기도 했어요. 그리고 그 소년이 동포를 구해주었다는 걸 알고…… 지금, 저는 많이 기뻐요."

뺨을 붉히고 미소를 띠며, 서툰 인류 언어로 금색 세이렌은 내심을 들려주었다.

그리고 그것은 두령들의 이야기를 듣던 다른 '제노스'들도 마찬가지였다. 포효며 함성을 질러 뒤를 따라가자고 의지를 전했다.

입을 다문 그로스는 이윽고 암석 날개를 펼쳤다.

"……펠즈라면 몰라도, 그 꼬맹이한테는 도저히 맡겨놓을 수 없지."

부상 상태를 봐서 이 자리에 남을 몬스터와 그렇지 않은 몬스터를 나누고, 그로스는 날개를 쳐 허공에 떠오르더니 지상 계단으로 향했다.

웃음을 나눈 리드와 레이도 그의 뒤를 따랐다.

"말야, 그로스? 역시 인간들 중에도 믿을 만한 놈이 있었지?"

"……아직 모른다. 만에 하나가 있어. 신용할 수는……."

"솔직하지 못하구만."

"그로스는 늘 저러니까요."

"닥쳐."

셋이 어깨를 나란히 하고, 리드 일행은 '제노스'를 이끌며 계단을 뛰어오르기 시작했다.

한편, 이때.

전멸한 【이켈로스 파밀리아】 중에서 남몰래 모습을 감추는 한 남자가 있었다.

'제노스'들에게 들키지 않도록 바닥을 기어, 돌계단을 굴러 내려갔다.

"딕스…… 어디로 간 거야, 살려줘……. 젠장, 괴물 놈들…… 용서 못 해……."

오른손에는 가공된 정제금속, 왼손에는 절단된 붉은 창날.

왼쪽 눈과 함께 얼굴 표면의 절반을 잃은 휴먼 거한은 제정신을 잃고, 헛소리 같은 말을 중얼거리면서 슬금슬금 미궁 안을 나아갔다.

붉은 물방울이 소리를 내며 떨어진다.

등 뒤로 점점이 핏자국을 남기며, 사내는 어둠에 싸인 크노소스 내부를 나아갔다.

"아아, 빌어먹을. 아프잖아……!"

피를 뚝뚝 흘리는 몸을 붙든 딕스는 눈을 짐승처럼 일그러뜨리고 투덜거리면서, 통로 한 모퉁이에 만들어진 정밀한 조각상을 걷어찼다.

'다이달로스의 눈'으로 크노소스 내부를 자유로이 이동할 수 있는 딕스는 홀에서 도망친 후 이동을 멈추지 않았다. '설계도'가 기재된 '다이달로스의 수기'를 진저리 날 정도로 읽은 그가 복잡기괴한 이 영역에서 길을 잃는 일은 없었다.

우선 차분하게 쉬며 부상을 치유하자고, 각종 치료도구가 갖추어진 【파밀리아】의 지하 홈으로 향했다.

"괴물 놈들, 그리고 그 애송이……! 반드시 죽여버리고 말겠어……!"

【이켈로스 파밀리아】는 딕스 외에는 전멸했다. 포획한 몬스터들도 빼앗겼다. 이 추태와 굴욕은 몇 배로 갚아주겠노라고, 딕스는 거친 숨을 몰아쉬며 핏발 선 눈으로 어스름 너머를 노려보았다. 그러다 문득.

"······?"

딕스는 걸음을 멈추었다.

이미 오랫동안 살아왔던 미궁이, 여느 때와 다른 것처럼 느껴졌기 때문이다.

공기가 진동하는 듯한, 정적이 경고를 발하는 듯한, 그야말로 진짜 던전으로 바뀌어버린 듯한 감각. 넓은 간격으로 켜진 마석등의 빛이 촛대의 불꽃처럼 흔들렸다.

오리할콘 '문'을 몇 개나 지나 추적자의 존재조차 신경 쓰지 않고 도망치기만 했던 딕스는 이때 등골이 서늘해지는 기분을 느꼈다.

그럴 리가 없어. 말도 안 돼. '문'은 닫고 왔어. 그럴 리는——.

등에 꽂히는 이 시선은 착각이라고, 가속하는 심장 박동에 욕설을 퍼부으며, 딕스는 어느샌가 달리고 있었다.

아픔을 호소하는 팔다리를 무시하고, 거친 호흡을 터뜨리면서, 몸을 엄습하는 오한으로부터 도망치고자 거리를 벌렸다. 그러나 떨어지질 않는다. 몸에서 피가 뚝뚝 떨어지는 것을 알아차리고 혈흔을 남기지 않겠노라 지혈해봤지만 오한의 근원은 미로에 남은 냄새라도 쫓아오는지 딕스가 지각할 수 있는 일정한 거리를 두고 결코 떨어지지 않았다.

딕스가 통과한 '문'을 닫으면 또 다른 '문'이 열리는 소리가 어디선가 울렸다. 마치 딕스를 몰아붙이듯, 모습이 보이지 않는 추적자의 그림자는 시시각각 이쪽으로 접근했다.

"으윽……?!"

기억 속의 경로를 따라가는데도 어딜 가든 똑같은 경치가 시야에 들어왔다. 착각과 환혹의 소용돌이가 딕스의 의식을 조바심과 공포에 물들이며 잠식했다.

다이달로스의 망집이, 명공이 그려낸 혼돈의 세계가 본성을 드러냈다. 그 누가 찾아와도 평등하게 혼란에 빠뜨리는 크노소스는 한 사내를 끊임없는 악몽 속으로 끌어들였다. 추적자의 존재가 뒤에서 다가오는 것인지, 아니면 앞에서 밀려드는 것인지 딕스는 이제 알 수 없었다.

딕스에게는 이미 여유가 사라졌다.

설령 모종의 장애물이 나타난다 해도 자신의 '커스'로 퇴치하겠노라는 안이한 발상은 산산조각으로 박살이 났다. 그만큼 지금의 상황은── 그에게 다가오는 **무언가**는 상식을 벗어난 존재였다. 머릿속을 시뻘겋게 물들이는 경종을 울려대기에 충분할 만큼.

딕스는 자긍심도 체면도 깡그리 내팽개치고 계속 뛰었다.

그리고.

"─────."

발이 멈추었다.

시선 너머, 아무런 이상할 것도 없는 외길을 앞에 두고 정지하지 않을 수 없었다.

차디찬 석조 통로. 앞을 내다볼 수 없을 정도로 충만한 어둠.

그 어둠이 일렁거렸다.

고글을 잃어버린 딕스의 붉은 눈이 얼어붙었다.

그것은 마치 심연의 가장 깊은 곳에서 제물을 기다리는, 미궁의 왕과도 같이.

칠흑의 '괴물'―― 검은 맹우는 어둠을 찢으며 딕스의 눈앞에 나타났다.

"……이게 뭐야…… 장난하는 거야……?"

딕스의 실수는 분노와 증오에 사로잡혀 냉정한 판단을 잃었다는 것.

적의 손에 넘어간 '열쇠'의 존재를 염두에 두지 못했다는 것이었다.

무엇보다도 그의 유일한 오산은―― 그 '존재'를 몰랐다는 것이었다.

훅, 훅. 거친 콧김이 딕스의 귓전을 두드렸다.

한 걸음, 한 걸음 파멸의 발소리와 함께 다가서는 그림자에 두 다리가 움직이질 않았다.

바위 같은 왼손이 굳게 쥔 피에 젖은 라브리스가 험악한 빛을 뿜었다.

"들어본 적도 없다고, 이딴 괴물은――――――?!"

절규와도 같은 욕설을 쏟아내며 팔을 쳐든 딕스에게 칠흑의 그림자가 드리워졌다.

다음 순간――

꽈광!!

그것으로 끝이었다.

'커스'조차 사용해보지 못하고, 사내는 머리 위로 날아든 단두대에 어이없이 잡아먹혔다.

비참하고, 무엇보다도 허망한 죽음이었다.

사방으로 튄 선혈, 짓이겨진 고깃덩어리 옆을 지나, '괴물'은 나아간다.

동포의 곁으로 달려가고자.

쇠할 줄 모르는 투쟁심에 굶주린 것처럼.

"벨 크라넬!"

하염없이 이어지는 장대한 계단. 돌로 이루어진 단차는 무한히 이어지지 않았을까 하는 착각이 들 만큼 길게 뻗어나갔다. 던전의 심도로 역산해보자면 도합 17계층 정도의 거리가 존재할 지하계단을 달려 오르던 벨은 흑의를 나부끼는 펠즈에게 따라잡혔다.

"그런 몸으로 무리하지 마. 이미 혹사라 할 수준을 넘어섰어."

"페, 펠즈 씨……."

홀의 전투에서 심각한 부상을 입었던 벨은 그런 경고를 받았다. 사실 마음대로 몸이 움직이질 않아, 나중에 출발한 펠즈에게 따라잡히고 말았을 정도였으니.

"그냥 뛰고 있어도 돼. 잠시 기다려."

호흡이 흐트러진 벨에게 펠즈는 글러브에 싸인 손을 가져다 댔다.

"【피오스의 지팡이, 피오네의 빛. 치유의 권능으로 얽히매 풀리지 않을 것이 없으리】."

발치에 펼쳐진 하얀 매직 서클, 마도사의 지팡이처럼 빛을 내는 글러브의 문양. 그리고 스스럼없이 흘러나오는 '병행영창'.

벨이 놀라고 있으려니 영창을 마친 펠즈는 '마법'을 발동시켰다.

"【디아 파나케이아】."

여러 가지 색채의 빛 덩어리가 벨을 에워싸고, 다음으로는 온몸에 입었던 상처, 부서진 주먹, 나아가서는 피로감까지도 사라졌다.

"이건……!"

"엘릭서와 마찬가지로, 흔히 말하는 전체치유마법이란 거야."

고위 회복마법 덕에 벨의 몸은 문자 그대로 완치되었다.

"고맙습니다, 펠즈 씨!"

솟아나는 활력을 되찾은 벨은 펠즈에게 인사하고 단숨에 가속했다. 토끼를 방불케 하는 속도로 계단을 여덟 칸씩 뛰어올라, 펠즈를 남겨놓은 채 저 멀리 달려 나갔다.

"이거 레알……?"

괄목할 만한 속도에 자기도 모르게 신들의 말을 중얼거리다가, 헛기침을 하며 "못 따라가겠군……!"이라고 얼버무리는 메이거스. 그런 그를 내버려둔 채 벨은 열심히 두 다리를 놀렸다.

"비네……!"

이윽고 들려오는, 석재가 부서지는 소리.

까마득한 저 멀리서 어렴풋이 새어 나오는 빛은, 몬스터가 마침내 지상으로 진출했음을 알려주고 있었다.

서쪽 시벽으로 다가가는 태양은 앞으로 몇 시간만 지나면 저녁이 된다는 사실을 알려주었다.

그래도 아직은 푸른 하늘이 펼쳐진 가운데, 【헤스티아 파밀리아】의 멤버들은 도시 동남쪽의 '다이달로스 거리' 안으로 들어갔다.

"안 되겠습니다, 도저히 못 찾겠군요……."

"지리감각 없는 놈들한텐 던전보다도 훨씬 던전이라고, 여긴."

"베, 벨프 님, 무슨 말씀을 하시는지 소녀는 도통 모르겠나이다……."

거무스름한 벽돌길을 한데 모여 이동하는 가운데, 좌우

의 경치에 고개를 돌리는 미코토, 한 손으로 머리를 감싼 벨프, 살짝 땀을 흘리는 기모노 차림의 하루히메가 입을 모아 말했다.

"서포터 군, 역시 남에게 물어봤자 소용이 없겠구나. 그 럴듯한 이야기는 있다 해도 여러 가지 소문이 뒤섞여서."

"그렇게 쉽게 풀릴 거라고는 생각하지 않았지만요……."

미궁거리의 주민들에게 탐문을 벌였던 헤스티아와 릴리 는 얼굴을 마주 보았다.

【소마 파밀리아】를 나온 후, 자니스의 정보대로 이들은 '다이달로스 거리'에 왔다. 몬스터의 그림자가 어른거릴 만 한 곳은 모조리 뒤지고 다녔지만, 슬럼의 구조가 너무나도 난해해 자꾸만 길을 잃었다.

위로도 아래로도 이어진 계단, 얽히고 꼬인 수많은 골목 길. 주로 벽돌 건물이 많이 보이기는 하지만 밀집한 건축 물의 크기와 높이에는 아무런 규칙성도 없다. 마치 트릭아 트 속에 흘러들어온 것만 같았다. 유한한 거리 속에 무한 한 길과 계단을 집어넣은 듯한 느낌. 그런 착시감에 사로 잡히고 말았다.

"벨도 그렇겠지만…… '다이달로스 거리'에는 별로 좋은 추억이 없어서 말이다."

과거를 돌이켜보듯 벽돌로 만든 탑을 올려다본 헤스티 아는 푸른 눈을 가늘게 떴다. 다른 길로 들어설 때마다 붉 은 선으로 그려진 '아리아드네'를 수시로 확인하며, 일행은 거리 안을 헤맸다.

"——!"

"야…… 지금 그건."

그 이변을 가장 먼저 알아차린 것은 미코토와 벨프였다. 두 사람이 날카롭게 돌아보는 바람에 깜짝 놀란 헤스티아는 예외였지만, 르나르 하루히메는 귀를 쫑긋 세우고 릴리도 뒤늦게 깨달으며 흠칫했다.

헤스티아가 권속들의 기색에 당황하고 있으려니—— 이내 수많은 비명이 잇따라 터졌다.

"!!"

"가자!"

"예!"

주신이 상황을 파악한 것과 동시에, 벨프와 미코토를 선두로 【헤스티아 파밀리아】는 달려 나갔다. 규환과 함께 달려오는 주민들과 엇갈려 지나가면서, 흐름의 근원이 되는 소동의 중심지로 달려갔다.

그리고 몇 번째인지 모를 모퉁이를 꺾은 순간.

"앗……!"

"몬스터?!"

벨프 일행의 시야에 들어온 것은 라미아 같은 추악한 몬스터였다.

미궁거리에서도 외곽, 민가에 에워싸인 널찍한 거리에서 건물 한쪽이 파괴되고 있었다. 몇 겹이나 되는 벽을 부수고 왔다는 증거로 몬스터의 청백색 피부와 비늘에는 무수한 돌조각이 붙어 있었다.

방대한 흙먼지가 피어나는 주위에는 아직 도망치지 못한 일반인이 다수 보였다. 물론 이 자리에 있는 파벌이나 모험자는 【헤스티아 파밀리아】뿐이었다.

"적의 아지트에서 탈주한 몬스터……라고 보면, 맞으려나?"

"……자, 잠시만 기다리십시오. 저건."

길바닥에 쓰러져 온몸을 떠는 몬스터의 심상찮은 분위기를 경계하며 벨프가 등에서 대도를 뽑는 가운데, 장도 《코테츠》를 겨눈 미코토가 동요한 목소리를 흘렸다. 소란을 듣고 달려오며 사용했던 그녀의 스킬 【야타노쿠로가라스】는, 본 적이 없어야 함에도, 전방의 몬스터와 조우한 경험이 있음을 알려주고 있었다.

이윽고 흙먼지 너머에서 천천히 고개를 든 괴물의 모습을 보고, 경직된 릴리는 그 이름을 중얼거렸다.

"……부이브르."

""""——헉?!""""

벨프, 미코토, 하루히메, 헤스티아가 일제히 숨을 멈추었다.

그리고 그들은 보고 말았다.

부자연스럽게 뻥 뚫린——있어야 할 붉은 돌을 잃어버린——이마를.

"설마……?!"

시야 너머의 부이브르에게 무슨 일이 일어났는지를 깨달은 순간, 몬스터가 움직였다.

『―――――――아아!!』

비단을 찢는 듯 높은 절규와 함께 헤스티아 일행에게 달려든다.

창졸간에 반응한 벨프와 미코토가 대도와 카타나를 교차시켜 장벽과도 같이 밀어내려 했지만,

"크, 어어억?!"

"아악!!"

튕겨져 날아가고 말았다.

흉포해진 부이브르의 돌격은 무시무시해 Lv.2 모험자가 두 겹으로 섰음에도 완전히는 막을 수 없었다. 기세는 상쇄되었지만 벨프와 미코토는 민가에 처박혀, 거리의 주민들에게서 한층 큰 비명이 솟아났다.

"헤스티아 님……!"

"큭……?! 하루히메 군!"

곁에 있던 릴리에게 길가로 밀려 나가떨어졌던 헤스티아는 부이브르 앞에 쓰러진 르나르를 보고 고함을 질렀다. 충격의 여파를 받아 찰과상투성이가 된 하루히메는 떨면서 몸을 일으키고, 아연실색 눈앞의 몬스터를 올려다보았다.

"비네, 님……?"

붉은 빛에 에워싸인 호박색 눈동자.

누구보다도 용종 소녀와 오랜 시간을 지냈던 하루히메는 확신과 함께 이름을 불렀다.

완전히 변해버린 모습을 보고, 비취색 두 눈에 눈물이 맺혔다.

『아아아아아아아아아아아아아!!』

변모한 용종 소녀는 환영을 쫓아가듯 긴 몸을 날렸다. 드워프의 몸통만큼 굵은 용의 꼬리가 허공을 가르고, 그 자리에서 움직이지 못하는 하루히메에게 짓쳐들었다.

"하루히메 공!!"

미코토의 목소리가 울려 퍼진, 그때.

"——비네!!"

바람처럼 달려온 벨이 그 자리에 뛰어들었다.

"벨!!"

비네가 뚫은 구멍에서 나타난 벨은 반쯤 몸받기와도 같은 기세로 용의 꼬리에 달려들어 강철 건틀렛으로 튕겨내 궤도를 바꾸었다. 꼬리는 하루히메의 머리 위를 지나 허공을 가르는 데서 그쳤다.

헤스티아 일행의 경악과 환호를 들으면서, 소년은 등을 드러내고 르나르 소녀 앞에 섰다.

"벨, 님……!"

"하루히메 씨, 물러나요!"

아직도 눈물에 젖은 하루히메의 비통한 목소리에 벨은

몸이 찢어지는 듯한 표정을 지으며 외쳤다. 미코토가 달려와, 움직이지 못하는 그녀를 부축해 헤스티아의 곁으로 데려갔다.

'최악의 상황은 막았지만……!'

숨겨진 크노소스의 출입구 중 하나에서 튀어나온 벨은 파괴와 함께 미궁거리를 나아가는 비네의 발자국을 따라 그녀를 따라잡을 수 있었다.

하지만 이미 수많은 사람들의 수많은 눈이 비네의 모습을 목격하고 말았다. 다리에 힘이 빠져 움직이지 못하는 일반인들을 주위에서 발견하고 손바닥에 식은땀이 흘렀다.

이제는 어쩌지? 어떻게 해야 하지?

아니—— 우선은 그녀의 이마에 돌을 되돌려놓고 폭주를 진정시키는 것이 먼저다.

괴로워하는 비네를 구해내야 한다고, 손안에 든 붉은 돌을 꼭 쥐었다.

돌진의 반동으로 자세가 흐트러졌던 비네와 벨은 정면으로 마주 섰다.

——그때였다.

한 줄기 섬광이 날아들었다.

"＿＿＿＿＿＿＿＿＿."

벨의 후방, 머리 위 방향.

시야 끝에서 나타난 섬광――황금의 날을 가진 한 자루의 장창――이, 그야말로 벼락처럼 비네의 왼팔에 명중해 꿰뚫었다.

『아――아아아아아아아아아아아아아아아아아아!!』

관통당한 왼팔과 함께 창의 무시무시한 기세에 끌려 나가듯 건물에 격돌하는 비네.

창이 벽에 깊이 파고들어, 절규를 터뜨리면서도 비네는 그 자리에 못 박히고 말았다.

갑작스러운 사태에 벨의 머리가 한순간 정지해버렸다.

숨을 쉬는 것도 잊고, 지금 눈앞에서 일어난 일을 고속으로 생각해보았다.

아마도, 누군가가 벨의 후방에서, 무시무시한 '힘'으로 장창을 투척한 것이리라.

"――저게 이번 소동의 원흉이라는 거겠지?"

멀리서 들려온 그 목소리를 벨은 똑똑히 들었다.

그리고―― **거대한 환성**이 솟아났다.

『―――――――――――――――――――――――――――와아아!!』

『만세, 만세에에에에에에에!』

『모험자님!!』

그 목소리가, 그 환희가, 그 흥분이.

벨의 등 뒤에 나타난 존재가 무엇인지를 말해주었다.

말을 잃은 헤스티아 일행의 침묵이, 무엇이 나타나고 말았는지를 암시해주었다.

벨은 자신의 심장 소리를 듣고 있었다.

시야를 뒤흔들 정도의 무시무시한 경종 소리를 듣고 있었다.

두쿵. 두쿵! 두쿵!! 가속과 충격이 그치질 않는 심장 소리에 휩싸이면서, 벨은 천천히 후방을 돌아보았다.

"……."

가장 처음 눈에 들어온 것은 검을 든 금발금안의 여검사.

"아직 주민들에게 피해가 미치진 않은 모양이다."

"호오, 우리보다도 빨리 도착한 자가 있었구먼?"

"어라? 저건……?"

"아르고노트 군이다아~!"

"또 저 토끼 자식이야……?"

잇따라 뛰어든 것은 긴 지팡이를 든 하이엘프, 거대 배틀액스를 짊어진 드워프, 쌍검과 대쌍인을 든 아마조네스 자매, 메탈 부츠를 장착한 웨어울프.

"부이브르…… 예의 '날개 달린 몬스터'와 일치하는걸."

마지막으로, 창을 투척한 장본인인 파룸.

밀집한 건물 위에 모여, 벨과 부이브르를 내려다보던 것은—— 도시 최강의 모험자들.

【브레이버】핀 디무나.

【나인 헬】리베리아 리요스 알브.

【엘가름】가레스 랜드록.

【아마존】티오나 히류테.

【요르문간드】티오네 히류테.

【바나르간드】베이트 로가.

그리고【검희】아이즈 발렌슈타인.

지난번의 '원정'을 마치면서 모든 간부의 스테이터스는
——Lv.6을 돌파했다.

오라리오의 쌍벽 중 하나이며, 영원히 사람들의 입에 전
해질 차세대의 영웅 자리를 구가하는 미궁도시의 최전선.

도시 최대 파벌,【로키 파밀리아】.

"저 몬스터, 18계층 사건하고 관계가 있는 거야? 족쇄
같은 걸 찼는데, 저게 무장인가?"

"그건 모르겠다만…… 길드는 이를 예상하고 많은【파밀
리아】에 대기명령을 내려둔 것인지도 모르지."

"쳇, 그럼 미리 말을 좀 해주든가."

아마조네스, 하이엘프, 웨어울프의 대화가 시간이 얼어
붙었던 벨의 귀를 그저 지나갔다.

이상해. **너무 빨라.**

이곳은 '다이달로스 거리'. 소란을 듣고 서둘러 달려왔다
해도 너무나 간격이 짧다. 그 증거로 그들 이외에는 이 자
리에 도착한 모험자가 없었다.

설마—— 간파했던 걸까?

지상에 대기하라는 말을 들은 시점에서, 온갖 추세와 가
능성을?

벨은 전율한 눈빛으로, 지금도 유유히 이쪽을 내려다보

는 파룸 용사를 바라보았다.

"단장님, 저 몬스터는……."

"이마의 돌이 사라졌군. 서둘러 **처리**하자."

그들이 이곳에 있는 이유는, 단 하나.

도시에 나타난 몬스터를, **제거**하기 위해.

도시를 열광케 했던 위대한 선구자들이 되살아난 것처럼, 주민들의 환성이 도로를 메웠다.

몸이 앞으로 비틀비틀 밀려날 정도의 환성에 이은 환성. 헤스티아 일행의 얼굴에서 핏기를 가시게 할 정도로 쩌렁쩌렁 울려 퍼지는 목소리.

민중에게 있어 강함과 동경, 희망의 상징인 모험자들의 모습이.

지금의 벨에게는 절망으로밖에 보이지 않았다.

"뭐야, 로키의 권속들이 와버렸잖아."

'다이달로스 거리' 내에서도 높은 곳, 벽돌 탑 꼭대기.

미궁거리를 한눈에 내려다볼 수 있는 이 장소에서 이켈로스와 헤르메스는 소란을 알아차리고 사태를 지켜보는 중이었다.

"재미있게 될 줄 알았더니…… 이젠 끝났네."

"……그렇겠지."

헤르메스의 눈 아래, 아이즈를 비롯한 제1급 모험자들의 등 뒤에는 제2급 이하의 【로키 파밀리아】 단원들도 진을

치고 있었다. 도시 최대 파벌의 등장으로 모든 것이 결판이 나리라고, 이켈로스는 재미없다는 듯 어깨를 으쓱했다.

"내 애새끼들도 거의 다 뒈져버린 모양이고…… 이젠 사건도 해결되겠구만. 잘됐네, 헤르메스?"

그렇게 경박한 웃음을 지으며 말하는 이켈로스와는 달리, 헤르메스는 말없이, 얼어붙은 소년의 옆얼굴을 바라보고 있었다.

'──아이즈, 씨.'

열기가 멈추지 않는 가운데.

벨은 이쪽을 내려다보는 아이즈와 시선을 나누었다.

동경하는 소녀는 벨만을 바라본다.

그 금색 눈이 묻는다.

왜 거기 있어?

'아, 아아──.'

그 순간, 딕스의 말이 뇌리에 되살아났다.

박쥐── **위선자**.

어리석은 선택을 한 벨을 조롱한다.

귓속에 메아리치는 그 홍소가 묻는다.

너는 이제부터 어떻게 할 거냐고.

『아아아아아아……?!』

들려오는 부이브르의 비명.

깊이 파고든 장창에 구속당한 용종 소녀.

벨의 생각이 혼탁해졌다. 시야가 격렬하게 깜빡거렸다.

자신이 서 있는 장소는 진정한 경계선. 앞과 뒤. 전진이냐 후퇴냐.

동경과 괴물, 동료와 저울, 영웅과 죄인, 할아버지와 소녀, 사죄와 참회, 약속과 배신, 진짜와 가짜, 갈림길과 선택, 결단을결단을결단을.

가슴에 사무치는 마음, 소녀의 웃음과 눈물.

그녀가 뻗었던 손은, 그녀가 내밀었던 온기는, 그녀를 지키고자 결심했던 그 맹세는——.

온갖 마음이 뒤섞여 벨의 가슴속을 헤집어댔다.

영원히 응축되었던 한순간 속에서.

벨은.

벨은.

벨은——.

『와아아아아아아아아아아아아아아아——⋯⋯⋯⋯?』

쩌렁쩌렁 울려 퍼지던 민중의 함성이, 수그러들었다.

그 대신 열광의 소용돌이는 당혹감의 술렁임으로 변모했다. 분위기를 지켜보던 말단 모험자들의 표정도 마찬가지로 의혹에 물들었다.

미궁거리를 뒤흔들던 소란은 자취를 감추고, 정적이 가득 찬 것 같았다.

"아앙?"

그 광경에 웨어울프는 눈살을 찡그렸다.

"잠깐…… 뭐야, 저거."

"아, 아르고노트 군……?"

아마조네스 자매는 당황했다.

"내 눈의 착각인가, 저건?"

"핀……."

"……뭘 하려는 거지?"

드워프, 하이엘프, 파룸은 냉담하게 눈을 떴다.

"―――."

동경하던 소녀는, 금색 두 눈에 경악을 내비쳤다.

"…………크윽!!"

벨은, 대치하고 있었다.

괴로움에 허덕이는 '괴물'을 등지고, 이를 토벌하고자 하는 **인간들과**.

마치 몬스터를 감싸며 모험자들로부터 지키려 하듯.

얼굴에서는 쉴 새 없이 비지땀을 흘렸으며. 호흡은 떨리고 얼굴은 창백했지만.

역수로 쥔 칠흑의 나이프를 든 채, 아이즈 일행 앞을 가로막고 있었다.

'바보……!!'

벨프, 릴리, 미코토, 하루히메가 말을 잃은 가운데.

헤스티아는 한껏 눈을 크게 떴다.

"……!!"

가고일 그로스 또한 그 광경에 돌로 된 두 눈을 크게 떴다.

"뭐 하는 거야, 벨찡……."

인간의 눈을 피해 근처의 뒷골목으로 달려왔던 리드와 '제노스'들은 지금 눈앞에 펼쳐진 광경에 얼어붙었다. 그들과 합류한 펠즈 또한 아연실색했다.

"——히, 히히?! 이히히히히히히히히히히히히히히히히히……?!"

그리고 이켈로스는.

눈 아래의 광경에, 발작을 일으킨 것처럼 어깨를 흔들며 광희난무했다.

"보라고, 헤르메스!! 걸작이야!"

깔깔 웃음소리를 터뜨리며, 남색 머리카락은 흔들며 신의 눈을 빛낸다.

"이젠 건방진 것들밖에 안 남았다고 생각했는데…… 아직도 저런 멍청한 애들이 있었구만!"

환희에 몸을 뒤틀며 웃어대는 이켈로스의 곁에서.

입을 꾹 다문 헤르메스는, 쓸쓸하게, 웃었다.

"너는, 정말로 어리석구나……."

민중, 모험자, 몬스터, 신들의 시선 너머.

소년은 오직 홀로, 파멸 속으로 몸을 던졌다.

'괴물' 소녀를 구하고자, 벨은 【로키 파밀리아】와 대치

했다.

10장

어리석은 이

도시 남동쪽, '다이달로스 거리' 한쪽은 부자연스러운 정적에 휩싸였다.

　푸른 하늘 아래 펼쳐진 그 광경은 이질적이었다.

　거리 중앙에 위치한 장소에는 건물에 창으로 못 박힌 부이브르, 그리고 이를 감싸려는 듯 무기를 든 벨. 길가에는 헤스티아 일행, 그곳에서 멀리 떨어진 후방에는 주민들이, 그들의 바로 뒤에는 옥상 위에 포진한【로키 파밀리아】가 모여 있었다.

　파괴된 잔해에서 뭉게뭉게 먼지가 일어나는 가운데, 부이브르 이외의 모든 자와 마주 선 소년에게 기이한 것을 보는 시선이 쇄도했다.

　"근데…… 어쩔 거야, 저거?"

　마치 자신들과 적대하려는 듯이 선 벨에게, 티오네는 풍만한 가슴을 출렁이며 한숨을 쉬었다. 그녀의 곁에 있던 여동생 티오나는 아직도 당황하면서 벨과 아이즈, 나아가서는 수뇌진 사이에서 시선을 왕복시키고만 있었다.

　"어, 어쩌지?"

　"무시하면 될 거 아냐. 뭘 생각하는지는 몰라도 알 게 뭐야. 냉큼 해치우자고."

　베이트가 같잖다는 듯 대답하며 한 걸음을 내디뎠다.

　몬스터를 해치우고자 하는 웨어울프 청년을 따라【로키 파밀리아】의 다른 모험자들도 움직이려 한 순간——

　"【파이어볼트】."

"""헉?!"""

콰앙! 격렬한 발사음과 함께 불꽃의 벼락이 허공으로 발사되었다.

지붕에서 뛰어내리려던 베이트 일행의 발이 멈추었다. 갑작스런 포성에 '다이달로스 거리'의 주민들은 놀라 일제히 귀를 막았다.

파우치에 붉은 돌을 꽂아 넣은 벨이, 왼손을 허공으로 향해 속공마법을 쏘았던 것이다.

위협하듯, 그 이상 움직이지 말라고 경고하듯.

여전히 비지땀을 뻘뻘 흘리면서.

"——아앙?"

"으윽?!"

그 직후.

베이트에게서, 【로키 파밀리아】에게서, 민중에게서 무시무시한 감정의 파도가 부풀어 올랐다.

'뭐하자는 짓이냐——' 그들의 무수한 시선이 벨에게 그렇게 묻고 있었다.

몬스터를 감싼 소년에게 비난의 눈빛이 쏠린 것과 함께 무시무시한 '혐오'와 '적의'가 당장이라도 고개를 쳐들려 했다. 그것은 이미 배척 일보 직전이라 해도 과언이 아니었다. 당황하는 아이즈와 티오나, 방관하는 핀 일행, 그리고

마른침을 삼키는【헤스티아 파밀리아】의 모습이 벨의 시야에 비쳤다.

오른손에 든《헤스티아 나이프》가 떨리고, 쏟아지는 땀과 쿵쾅거리는 심장은 최고조에 달하려 했다.

──끝난다.

여기서 발언을 그르쳤다간, 끝난다.

벨 크라넬은, 인류의 '적'이 된다.

다음 한 마디로──.

"…………내,"

메마른 혀가 꼬이는 가운데,

벨은 자신을 노려보는 사람들을 향해, 말했다.

"…………내, 내 사냥감이다."

입에서 나온 것은 그런 말이었다.

"이 부이브르는, 내 사냥감이다……!"

매섭던 공기가 흩어지고, 어안이 벙벙해진 베이트 일행에게 벨은 목소리를 높였다.

"그러니까, 손대지 마……!!"

궁지에 몰린 상황에 취한 벨의 행동은, 탐욕스러운 모험자의 연기.

이 몬스터의 '마석'도 드롭 아이템도 전부 자기 것이라고, 입을 딱 벌린 헤스티아 일행이나 아연실색한 주민들에게 주장하며, 오른손에 든 나이프를 겨눈다.

『──────카악?!』

"웃!"

그때, 몇 차례나 몸을 흔들던 부이브르가 마침내 창을 뽑고 구속에서 탈출했다.

선혈을 흩뿌리며, 고통과 인간들로부터 벗어나고자 모험자들과는 반대방향으로 진행했다.

민중에게 등을 돌린 벨은 곁눈질조차 하지 않고 쫓아갔다.

"어…… 그러니까, 뭐가 어떻게 된 거야?"

티오나가 고개를 갸웃하고 있으려니, 아이즈가 입을 열었다.

"모험자들 사이에서, 몬스터를 가로채는 건, 규칙 위반……."

"아―…… 부이브르는 레어 몬스터지, 그러고 보니."

"저게 어디서 장난질이야……. 그것도 던전 안에서나 통하는 얘기지. 이딴 데까지 규칙을 끌고 오는 놈이 어디 있어!"

아이즈의 발언에 티오나가 수긍하는 기색을 보이고, 베이트는 한 손으로 자신의 회색 머리카락을 마구 헤집어댔다.

긴급상황임에도 이기적인 발언을 한 소년에 대해 베이트만이 아니라 다른 단원이나 주민들에게서도 순식간에 불평과 반감이 부풀어 올랐다.

"단장님……."

길 저편으로 달려가는 벨과 부이브르를 바라보며 티오 네가 돌아보자, 핀은 낯빛 하나 바꾸지 않고 담담히 지시 했다.

"제멋대로 구는 애송이에게 맞춰줄 이유는 없지. 저 부 이브르를 추적해."

그의 명령에 따라 다른 단원들이 건물에서 뛰어내리고, 혹은 지붕을 따라 달려 나갔을 때.

『──오오오오오오오오오오오오오오오오오오오오오 오오!』

"?!"

이를 가로막으려는 듯 몬스터의 포효가 허공에 울려 퍼 졌다.

다음 순간 길에 나타난 것은 스무 마리도 넘는 무장한 몬스터였다.

"무장한 몬스터!"

"역시 리빌라가 궤멸된 소동과 관계가 없진 않았나 봐……."

거친 발소리를 울리며 뒷골목에서 쏟아져 나온 리저드 맨, 미로처럼 구불구불한 골목길에서 허공으로 날아오르 는 가고일. 두 마리의 몬스터를 따라 지상과 하늘에 속속 몬스터가 나타났다.

다시 주민들에게서 솟아나는 혼란과 비명, 모험자들의 경악. 그러한 것들을 내버려둔 채 괴물의 무리는 진로를 가로막듯──혹은 자신들을 미끼로 삼듯──【로키 파밀리아】 앞을 가로막았다.

　"리드, 그로스……!"
　──한편, 펠즈는 제지를 뿌리치고 달려 나간 '제노스'들을 뒷골목에서 아연실색 지켜보고 있었다.
　"이젠 말리지 마세요, 펠즈."
　"레이……!"
　"우리는 결심했어요. 저 소년과 동포를, 비네를 돕기로. 여기서 그들을 버리고 만다면…… 꿈을 좇을 자격은 없어요."
　날개 끝을 물어뜯어 다시 얼굴에 피를 칠한 금색 날개의 세이렌은 펠즈에게 웃음을 짓고, 자신도 날아올랐다. 사방으로 흩어지는 금색 깃털 너머로 창공을 올려다보며, 흑의의 메이거스는 장갑을 낀 손을 꽉 움켜쥐었다.
　"젠장…… 이미 너희에게 정이 들었다는 걸 알고 이러는 거지?!"
　'제노스'들을 엄호하기 위해 펠즈도 그 자리에서 이동하기 시작했다.

　"핀, 어떻게 할까."
　활로 응전하면서 리베리아는 핀에게 지시를 구했다.
　"……가능한 한, 생포해."

"생포라고?"

이해를 못하겠다고 소리를 지르는 베이트에게 파룸 두령은 고개를 끄덕였다.

"그래. 마음에 걸리는 게 있어. 우선 티오네와 티오나를 전열로 내세워 반격한다. '마법' 사용은 최대한 자제해. 시내에 피해가 가니."

"알겠습니다!"

"알았어~!"

"짜증나게 뭐야……."

"후열의 마도사들은 피난하면서 주민들을 지켜라. 시민의 안전이 최우선이다. 가라."

"""네!"""

명령이 잇따라 떨어지고, 지시를 받은 자들부터 즉시 행동에 나섰다.

티오네, 티오나, 베이트를 시작으로 잇따라 단원들이 달려 나가는 가운데, 핀은 다른 자들과 마찬가지로 지붕에서 뛰어내리려 하던 아이즈를 붙들었다.

"아이즈, 넌 여기 남아."

"……?"

"리베리아는 결계 준비. 말은 이렇게 해도 주민들이 당장 움직이지는 않겠지."

"……과도한 명성이란 것도 곤란하군. 알았다. 무슨 일이 있을지 모르니."

"부탁해. 가레스는 미안하지만 지금부터 내가 말하는 곳에 그물을 쳐주겠어?"

"흐음? 딱히 상관은 없네만…… 저 무장한 몬스터는 상대하지 않아도 괜찮겠나?"

"응. 베이트한테 맡기면 충분할 거야."

의아함에 찬 아이즈의 시선을 무시하고, 핀은 리베리아와 가레스에게도 지시를 내렸다.

도시 최대 파벌의 전투를 한번 보고자 하는 흥분, 무엇보다도 절대적인 안도감을 품고 좀처럼 피난하지 않으려는 시민들을 내려다보며 리베리아는 탄식하고, 뛰어내린 것과 동시에 영창을 개시했다. 가레스는 도끼를 걸머지고 핀이 지정한 장소로 향했다.

"……핀."

빠안—히 바라보는 아이즈에게 핀은 이내 사과했다.

"아, 미안미안. 아이즈, 넌 만약을 위해서야."

표정이 희미하고 말수가 적은 【검희】의 감정 동향——불복, 혹은 불만——도 눈치를 챈 것처럼 쓴웃음으로 대답한다.

"……뭔가, 있어?"

"엄지가 좀, 말이지……."

만약을 위해서라는 말에 아이즈가 애매한 표정으로 되묻자 핀은 엄지를 핥았다.

이미 소녀와 자신밖에 남지 않은 지붕 위에서, 파룸 두령은 고개를 들었다.

　그의 시선 너머에서, 모험자들은 몬스터의 무리와 맞부딪쳤다.

　【로키 파밀리아】와 '제노스'의 전투가, 막을 열었다.

　폭이 8M이나 되는 대로를 한껏 사용해 곳곳에서 교전이 개시되었다.

　모험자들을 막으려 하는 '제노스'의 무리는 시벽을 등지고 동쪽에서 밀어붙였으며, 바벨에 가까운 서쪽에서 달려온 【로키 파밀리아】와 도로 중앙 부근에서 격돌했다.

　수인 청년단원이 상대하는 트롤, 휴먼 소녀가 맞서 싸우는 라미아, 엘프 미인이 화살로 공격하는 그리폰. 각자의 무기로 금세 전투의 음향을 사방에서 울려댔다.

　『크오오오오오!』

　"리저드맨이라……."

　몬스터의 가면을 쓴 리드와 아마조네스 티오네가 전투에 들어갔다.

　전자가 든 것은 롱소드와 시미터, 후자가 든 것은 한 쌍의 쿠쿠리 나이프. 두 자루의 무기를 다루는 자들끼리 격렬한 합을 이루었다.

『……?!』

그러나 이내 리드의 마음속에서는 폭풍우에 휩싸인 바다처럼 파도가 일었다. 검은 장발이 나부낀 것과 동시에 잔상을 남길 것 같은 속도로 날아드는 노도의 검무. 고속으로 펼쳐지는 모든 검광이 일격필살이었으며, 리드가 온힘을 다해 이를 튕겨내면 청각의 허용범위를 넘어서는 무시무시한 금속성이 울렸다.

게다가 물 흐르듯 날아드는 아마조네스 특유의 체술. 나긋나긋한 갈색 다리가 채찍처럼 구부러지면서 리드가 자랑하는 단단한 붉은 비늘에 꽂혀 이를 순식간에 부숴버렸다. 상대의 맨발에는 상처 하나 없다.

그물처럼 교차하는 쌍검, 팔꿈치와 발차기까지 섞인 초육탄전.

공격을 막아내는 자신의 무기와 건틀렛을 믿을 수 없는 충격이 꿰뚫고 육체까지 관통했다. 진짜 몬스터인 리저드맨이 보더라도 그녀의 사나운 체술은 맹수를 방불케 했으며, 두 자루의 쿠쿠리 나이프는 날카로운 이빨을 연상시켰다.

전황은 눈 깜짝할 사이에 리드의 수세로 기울어졌다.

"헤에……."

한편 티오네는 자신의 공격을 막아내고 결정타를 아슬아슬하게 회피하는 리저드맨을 상대하며 눈을 가늘게 떴다. 그리고 리드가 사용하는 검기── '기술'과 '허허실실'

을 캐내려는 듯이 공격의 속도를 한 단계 높인다.

'가, 강하다……!!'

리드의 노란 두 눈이 흔들렸다.

그는 오늘 하루 동안 전투했던 모험자——샥티를 제외한 【가네샤 파밀리아】의 제1급 모험자와 고글 낀 사내 딕스——와는 정정당당한 백병전으로 붙는다면 이길 자신이 있었다. 그것은 과장도 허세도 아니다. 몬스터의 '마석'을 먹으며 성장했던 '강화종'의 잠재능력, 오늘까지 갈고 닦았던 야성의 검기가 모험자에게는 지지 않는다는 자부심을 주었기 때문이다.

그러나 이 상대에게는 승리의 비전이 털끝만큼도 떠오르질 않았다.

날카로운 아마조네스의 안광을 앞에 두고, 지금 막 몬스터인 자신이 사냥감이 되었음을 리드는 자각하지 않을 수 없었다.

——【프레이야 파밀리아】와 【로키 파밀리아】.

——리드, 그들에게는 절대 관여하지 마.

——그들만은 적으로 돌려선 안 돼.

리드의 뇌리에 되살아나는, 어두운 던전 안에서 나누었던 펠즈와의 대화.

이제까지 호들갑스러울 정도로 두 파벌과의 접촉을 회피시켰던 메이거스의 경고를, 펠즈의 진의를, 리드는 몸으로 이해했다.

'하지만—— 당하고만 있을 수도 없거든!'

눈꼬리를 틀어 올린 리드는 적의 공격을 교묘히 흘려내며 반격에 나섰다. 짧고도 재빠른 참격으로 공세를 연결한 후, 혼신의 힘을 실어 롱소드와 시미터를 휘두른다.

당연히 티오네는 이를 쉽게 막아냈지만—— 지체하지 않고 리드의 허리에서 돋아난 굵은 꼬리가 그녀를 급습했다.

"!"

꼬리로 펼친 세 번째 연격이, 경악하는 티오네의 두 손에서 두 자루의 쿠쿠리를 튕겨냈다.

'어떠냐?!'

결정타를 꽂으려는 양 리드가 시미터를 휘두른 순간—— 티오네의 모습이 **사라졌다.**

그 직후, 지각범위를 허용하지 않는 속도로 리드는 옆얼굴을 **붙잡혀**, 옆에 있던 민가에 처박혔다.

『——커억?!』

거무스름한 벽돌 벽면을 분쇄하며 문자 그대로 벽 안에 파묻힌 리드는 안구가 떨어질 듯이 한쪽 눈을 크게 떴다.

"……단순한 리저드맨은 아닌 모양이네."

팔 하나로 리저드맨의 거구를 들어 올려 벽에 묻어버린 장본인은 담담한 어조로 손에 쥔 안면을 삐걱삐걱 울려댔다.

견디지 못하고 휘두른 꼬리를 티오네는 뒤로 휙 물러서

쉽게 피했다. 해방되기는 했지만 벽에서 몸을 뽑아낸 리드
의 다리는 이미 비틀거리고 있었다.

『―――――――――――――――――――――アア아!!』

"시끄럽구만……."

――리드와 티오네에게서 떨어진 곳, 머리 위에서 터져 나
온 괴음파에 베이트는 머리에서 돋아난 짐승 귀를 숙였다.

화살을 비롯한 온갖 공격을 가볍게 피하며 광범위한 효
과의 괴음파를 터뜨리는 추악한 얼굴의 세이렌. 거리를 둔
베이트조차 평형감각을 잃어버릴 만한 파괴력이니, 직격
을 받은 여러 단원들이 견디지 못하고 바닥에 손을 짚은
채 귀에서 피를 흘리는 것도 무리는 아니다.

베이트는 눈에 살기를 머금고 땅을 박찼다.

『?!』

왼쪽 아래에서 급속도로 밀려오는 그림자에 세이렌 레
이는 흠칫했다. 마치 달까지 잡아먹으려는 굶주린 늑대처
럼 하늘을 내달린 베이트를 본 그녀는 공격을 중단하고 온
힘을 다한 회피행동에 나섰다.

아슬아슬하게 엇갈려 지나가며 뺨을 스친 주먹에 그녀
가 식은땀을 흘리는 사이, 기습에 실패한 웨어울프는 이를
내다본 것처럼 눈앞에 밀려드는 건물의 벽을 걷어찼다.

탄환이 튕겨난 것처럼 다시 육박한다.

『―――――.』

비행형 강화종인 레이가 등 뒤를 빼앗겼다. 경악할 틈도 없었다.

베이트는 웃으면서, 햇살을 반사하는 미스릴 메탈 부츠를 휘둘렀다.

"떨어져."

날개를 가지지 못한 자이면서도 날개를 가진 몬스터를 격추시킨다.

『크윽?!』

왼발 올려차기에 맞아 레이는 운석 같은 속도로 낙하했다. 등을 강타당해 호흡곤란에 빠지고 낙법도 못한 채 돌바닥을 부쉈다.

일격에 끝난 것이었다.

"핀도 귀찮은 소리를 하고 앉았다니깐……."

생포하라는 지시에 푸념을 늘어놓으며, 착지한 베이트는 위력을 가감한 공격에 쓰러진 레이에게 다가갔다. 애를 먹고 있던 다른 단원들에게서도 전전긍긍한 시선을 받으며, 그는 함몰된 지면에 쓰러진 그녀의 몸을 발로 아무렇게나 굴려보았다.

배틀클로스에 싸인 모양 좋은 가슴이 흔들리고, 금색 세이렌은 허공을 보며 누웠다.

"아앙? 너……."

땅에 처박히는 바람에 레이의 피 화장이 일부 씻겨나간 것이었다.

거무스름한 금색 장발, 하늘을 방불케 하는 푸른 눈, 그리고 엘프에게 뒤지지 않을 정도로 아름다운 얼굴.

레이의 숨겨진 외모에 한쪽 눈썹을 틀어 올렸던 베이트는 웃음을 지었다.

"헹, 몬스터 주제에 제법 괜찮은 상판을 가졌구만."

그리고 들어 올렸던 오른발을 가차 없이 레이의 배에 내리꽂는다.

『……아?!』

"하지만 괴물은 죽어야지."

발바닥에 꽂힌 세이렌의 하반신이 펄쩍 뛰었다. 베이트는 웃음에 모멸과 분노를 담아, 자비 없이 인류와 '괴물'의 고랑을 레이의 몸에 새겨넣었다.

허공을 향한 레이의 눈을 태우는, 아름답고도 잔혹한 태양의 빛.

그토록 고대했던 지상의 빛까지도 그녀에게 가혹한 현실을 들이댔다.

『으어어어어어어어어어어어어어어어어어어어!!』

"꾸역꾸역 귀찮게 몰려들긴."

레이를 짓밟던 베이트에게 가고일이 하늘에서 날아들었다.

분노한 그로스는 뒤로 뛰어 물러난 베이트에게 달려들어 찢어발기고자 팔을 들었지만, 수평으로 날아든 족도가 순식간에 발톱을 분쇄했다.

시야에 암석 발톱의 파편이 흩어지고, 얼어붙은 가고일에게 베이트는 이어지는 돌려차기로 메탈 부츠를 작렬시켰다.

『크억?!』

"자리를 잘못 잡았다고, 네놈들은."

음습한 지하에 틀어박혀 있으라고, 흉포한 웨어울프는 발에 차여 날아간 가고일을 추격했다.

"웃, 차!"

『?!』

하늘로 도망치는 것도 허용되지 않아 가고일이 필사적으로 난타를 견뎌내는 가운데, 티오나는 상대하던 레드 캡에게 무기를 빼앗았다. 조그만 몸에는 어울리지 않는 거대 도끼는 요령 좋게 움직인 대쌍인에 허공으로 날아갔다.

——고블린이지만, Lv.4 정도 되려나?

'강화종'으로 보이는 레드 캡을 보고, 티오나는 속으로 조금 이상하다고 솔직한 감상을 중얼거리며 티오나와는 또 다른 체술로 발차기를 날렸다.

"호잇!"

『끄윽?!』

주위의 개체에 비해 실력이 느껴졌던 고수 몬스터를 눈 깜짝할 사이에 전투불능에 빠뜨린다.

"난 베이트하곤 다르지만~ 우르가는 힘을 조절하기가

어려워서 말야."

　한 손으로 든 대형무기를 어깨에 걸머지며 티오나는 맞서는 모험자들과 몬스터 사이를 오종종 달려갔다. 사냥감을 찾던 그녀는 더 설치고 싶다며 투덜거리고 있었다.

　『키이익!!』

　"에~? 알미라지~?"

　눈꼬리가 추켜세운 동글동글한 붉은 눈, 솜처럼 하얀 털결.

　한 손을 치켜든 알미라지가 '동료의 원수!'라고 말하듯 달려들었다.

　자꾸만 어떤 소년을 연상케 하는 몬스터에게 티오나는 마음이 내키지 않아 한 팔을 내밀어 딱밤을 퉁겨주었다.

　『뀨우?!』

　빠아악! 믿겨지지 않는 소리가 이마에서 울려 퍼지고, 눈을 크게 뜬 알미라지는 데굴데굴 뒤로 굴러가 벽에 부딪혔다.

　알미라지——알루는 뀨우우 처량한 울음소리를 내며 기절했다.

　파트너 헬 하운드는 그녀를 두고 건물 뒤에 몸을 숨겼다.

　"야단났군……!"

　높은 연립주택에서 전장을 내려다보던 펠즈는 조바심에 사로잡혔다.

한 마리, 또 한 마리 '제노스'가 【로키 파밀리아】에 쓰러져간다. 상대측은 티오네와 같은 간부를 제외하더라도 일반 모험자들의 실력이나 연계 또한 뛰어났다. 제18계층에서 이어진 연전의 피로도 있는지 라미아와 트롤, 상처 입은 하피 등은 잇따라 힘이 다해 쓰러지고 있었다.

예상은 했다. 역시 이렇게 되고 말았다. 후드 안에서 드러난 이를 악문 펠즈는 고개를 들고, 옥상에서 주위의 경치를 둘러보았다.

"현재 위치는 '다이달로스 거리' 한쪽 구석, 암피테아트룸(원형투기장)이나 동쪽 메인 스트리트에서 가깝군······!"

미궁거리의 건물 틈새로 암피테아트룸을 확인하고, 펠즈는 결심했다.

"미안하다, 우라노스······. 지금 쓰겠어!"

흑의 속에서 금속제 완드를 꺼낸 펠즈는 끄트머리를 북쪽 방향으로 돌렸다.

"······지진?"

쿠웅, 소리를 내며 땅에 쓰러진 리저드맨 앞에서 티오네는 발밑을 내려다보았다.

베이트도 가고일을 쓰러뜨려, 서 있는 몬스터는 얼마 남지 않은 가운데 그 진동은 지면에서 전해졌다. 점점 강해지는── 아니, **다가오는** 진동에, 설마 하며 【로키 파밀리아】가 마음속의 목소리를 하나로 모은 순간.

지면이 힘차게 갈라지며, 찬란하게 빛나는 금속질의 거대한 덩어리가 출현했다.

"으아악~?! 뭐야 이거?!"

깜짝 놀란 티오나에 이어 다른 단원들도 놀라 소리를 질렀다.

"금속계 몬스터?!"

"신종인가?!"

모험자들의 말 그대로, 그것은 은을 연상케 하는 금속으로 이루어져 있었다.

그 어떤 대형급 몬스터보다도 굵은 팔, 굵은 다리. 목의 위치에서 조그만 산처럼 불룩 솟아난 머리와 눈으로 여겨지는 부위. 이마에는 어느 종족의 언어에도 속하지 않는 칠흑의 각인이 존재했다. 3M에 이를 정도의 거구는 좌우 비대칭이었으며 그야말로 금속 덩어리를 엮어 맞추었다 해도 과언이 아니었다. 심층영역에 서식하는 암석 몬스터 '플레임 록'과도 통하는 이질적인 모습이었다.

"골렘…… 몬스터 필리아 사건 때문에 지하수로에 배치해두었던, 내 매직 아이템이지……!"

펠즈는 자포자기한 어조로 자신의 비밀병기에 대해 독백했다.

제작자의 '마력'을 완드로 날려 원거리 조작도 가능하지만, 보통은 자동제어. 주어진 간결한 지시를 따르는 금속의 전사다.

자신의 의지가 없는 충실한 병사── '현자'를 자처하던 펠즈 말고는 이르지 못한 지고의 경지에 속한 매직 아이템 이기도 했다.

'제노스'들을 구하기 위해 펠즈는 완드를 휘둘러 금속 전사에게 명령을 내렸다.

"뭐야, 이거! 이 녀석들 동료야?!"

"내가 아냐?!"

미친 듯이 날뛰는 골렘에 티오네와 베이트는 즉시 접근해 공격을 꽂았다. 그러나 쿠쿠리 쌍검은 날이 깎여나갔으며, 메탈 부츠도 그 단단한 충격을 다리에 전해줄 뿐이었다.

"크윽── 단단해!!"

"아다만타이트냐?!"

"맞아……!"

높은 곳에서 그 모습을 내려다보며, 펠즈는 살과 가죽이 남았더라면 아마도 회심의 미소를 지었을 것이다.

골렘을 구성하는 재료는 모두 아다만타이트. 그것도 심층영역에서 캔 초고순도 최상급품. 제1급 모험자의 무기라 해도 쉽게는 파괴할 수 없다. 가치를 부여하자면 총액 10억 발리스를 넘는, 그야말로 펠즈가 평생 아껴두고 싶었던 비밀병기였다.

『────────!!』

몸을 떨면서 웃는 메이거스의 눈 아래에서, 티오네와 베이트의 공격을 튕겨내고도 상처 하나 입지 않은 골렘은 모험자들에게 달려들었다. 움직임은 둔중함 그 자체였지만 아다만타이트의 경도와 중량으로 휘둘러대는 팔다리는 위협적인 흉기였다.

단원들이 공격을 펼치지 못하거나 방패와 함께 나가떨어지자 베이트와 티오네도 혀를 차고 있으려니,

"──그래그래, 이런 걸 기다렸다구!!"

티오나가 눈을 빛내며 만면에 미소를 지었다.

꿈틀, 경직하는 펠즈의 시선 너머에서 바람의 방향이 바뀌었다.

"다들~! 비켜비켜~!!"

"저 바보가……!"

"야, 옆에 굴러다니는 괴물들 얼른 치워!"

두 손에 든 우르가를 머리 위에서 풍차처럼 회전시키는 티오나의 모습에 티오네가 투덜거리고, 베이트가 욕과 함께 고함을 질렀다. 그 목소리에는 전혀 여유가 없었다.

다른 단원들 또한 "도망쳐─!" "온다─!" 하고 고함을 지르며 전속력으로 대피한다.

민중──그리고 조금 전부터 그 자리에서 움직이지 못했던 헤스티아 일행──이 무슨 일인가 싶어 당황하는 가운데 핀은 쓴웃음을 짓고, 리베리아는 한숨을 쉬고, 아이즈는 조금 부럽게 바라보았다.

아무도 남지 않은 도로 한복판에서, 천천히 몸을 돌리는 골렘.

자신을 마주 보고 똑바로 달려드는 금속의 전사에게 티
오나는 천진난만한 미소를 빛내더니—— 우르가와 함께
달려들었다.

"가아아안다아아아아————!!"

그리고, 양단했다.
"——————."

민중, 헤스티아 일행, 땅에 쓰러진 '제노스'가 일제히 얼
굴을 실룩거렸다.

비스듬히 검광을 빛내는 우르가.

번쩍이는 무수한 파편을 뿌리며, 아다만타이트의 거구
가 요란하게 지면에 쓰러진다.

두 쪽으로 갈라진 비밀병기를 보고, 펠즈는 풍화된 석상
처럼 넋이 나가버렸다.

『……, ……, ……!』

"어, 아직도 움직이네?!"

갈라진 상태에서도 끼기기긱 팔을 뻗는 상반신에 놀라
돌아보며 무기를 꽂는 티오나.

칼날이 이마에 위치한 각인의 일부를 깎아낸 순간, 골렘
의 안광은 사라지고 팔을 지면에 떨어뜨린 것과 동시에 완
전히 침묵했다.

"아~ 얼굴이 약점이었구나! 해냈어, 핀!"

"티오나 이 바보야!! 단장님이 생포하라고 하셨잖아!!"

"아."

오른팔을 붕붕 휘두르는 여동생에게 언니의 벼락이 떨어졌다. 버서커의 본질을 발휘한 티오나는 그 자리에서 굳어버렸다.

오더메이드 우르가── 자루 위아래에 연결된 두 자루의 거검. 수많은 모험자들의 무장 중에서도 오버스펙 사이즈를 자랑하는 초대형 무기가 티오나의 손에서 빛을 뿜었다.

이윽고, 조용해졌던 주민들은 다시 열광을 되찾았다.

"하, 하하하……. 안 되겠어, 우라노스. 역시 저 녀석들이 더 괴물이야……!!"

간신히 충격에서 회복된 펠즈는 헛웃음을 지을 수밖에 없었다.

도시 최대 파벌 【로키 파밀리아】의 힘을 고스란히 보고, 외경심에 지배당했다.

그리고 그때.

"또 핀의 예상대로구먼. 언제 봐도 날카롭다니깐."

"──────."

펠즈의 등 뒤에서 드워프의 나직한 목소리가 들렸다.

대형 배틀액스를 든 가레스였다.

'제노스'들의 등장 타이밍과 그 규모를 보고 테이머에 준하는 통솔자── 혹은 협력자의 존재의 냄새를 맡은 핀의 지시를 받아, 주위 일대에 그물을 펼쳐두었던 것이다.

어느샌가 다가온 가레스는 전장을 내려다보던 펠즈의 등에 말을 걸었다.

"자네가 저 몬스터들의 두목인가?"

"……."

"인간인지, 아니면 몬스터인지…… 뭐, 그 로브를 벗겨보면 확실히 알 수 있겠지."

제1급 모험자의 위압감에 도망칠 계획도 세우지 못하고 얼어붙었다. 펠즈는 칠흑의 로브 안에서, 이제는 느낄 수도 없는 비지땀의 감각을 선명히 떠올리고 있었다.

"……큭!"

'제노스'들의 비명과 높아져가는 민중의 성원을 듣던 벨프는 대도를 부르쥐었다.

【헤스티아 파밀리아】는 이 거리에서 움직이지 못했다. 벨과 비네를 따라가려 해도 '제노스'들이 진로를 가로막으며 출현하는 바람에 앞으로 나아갈 수가 없었던 것이다. 무엇보다 【로키 파밀리아】의 무시무시한 공세에 압도당하고 말았다.

너덜너덜하게 당한 '제노스'의 대부분이 피를 흘리며 땅에 쓰러진 광경을 앞에 두고, 스미스 청년은 이젠 한계라는 양 발을 내디뎠다.

"안 돼요, 벨프 님!"

그런 그의 허리에 릴리가 매달렸다.

"이거 놔, 릴리돌이!! 저대로 두면, 저 녀석들은……!"

"안 돼요! 벨 님 때는 유야무야 넘어갔지만 또 감싸는 짓을 했다간 【헤스티아 파밀리아】는……!!"

릴리도 공포와 싸우고 있었다.

그 공포는 규탄당하게 될 【파밀리아】의 미래, 그리고 '괴물'보다도 무서운 제1급 모험자들의 비할 데 없는 힘에 대한 것이었다. 떨면서도 박해와 보복을 우려하는 릴리의 모습에 벨프는 입술을 깨물었다.

"……됐다. 가거라, 벨프 군."

"헤스티아 님?!"

"모든 것이 내 명령이었다고 하면 그만이다. 권속은 주신을 거역할 수 없으니까. 신들의 '오락'…… 유별난 취미였다고 판단해준다면 그나마 파풍은 덜하겠지."

그 말과, 무엇보다도 비네의 동포들에게 보내는 여신의 자비에 릴리도 등을 돌릴 수는 없었다. 벨프의 키나가시를 놓고, 자신도 각오를 다진 것처럼 아이템이 든 파우치로 손을 돌렸다.

"……제 중압마법으로, 모험자들의 움직임을 막아보겠습니다. 그 사이에 '제노스' 여러분을."

"미코토 님……."

"하루히메 공의 '승화' 또한 제가 빌려도 되겠습니까? 솔직히 말해 제1급 모험자들을 붙들어놓을 자신이 없습니다……."

"……알겠사옵니다!"

미코토가 벨프의 곁에 나란히 서서 카타나를 칼집에 거둔다. 하루히메도 힘차게 고개를 끄덕였다. 긴박해진 공기에 모두가 땀을 흘리는 가운데, 영창을 들키지 않도록 미코토와 하루히메가 일단 뒷골목으로 몸을 숨기려던——
바로 그때.

포효가 울려 퍼졌다.

"＿＿＿＿＿＿＿."

아이즈, 핀, 리베리아, 티오나, 티오네, 베이트, 그리고 가레스. 그 전투영역에 있던 모든 제1급 모험자가 저마다 행동을 중지하고, 같은 방향을 보았다.

하늘마저 진동시키는 그 소리에【헤스티아 파밀리아】의 일원들도 움직임을 멈추었다.

"지금, 그게…… 뭐지?"

주민들의 소란은 뚝 그쳤다.

교전 중인【로키 파밀리아】의 단원들도 정지했다. 비전투원 하루히메도 발을 멈추었으며, 마치 본능 그 자체가 겁을 먹은 것처럼 짐승 꼬리가 끊임없이 미동했다. 여신인 헤스티아조차 눈을 크게 뜨고 있었다.

이윽고…… 쿠웅…… 쿠웅…….

자신의 존재를 주장하듯, 땅을 울리며, 불온한 중저음이 울려 퍼졌다.

확인하지 않아도 알 수 있는 무언가의 발소리. 서서히 다가오는 음향이 들려온 것은 부이브르가 나타날 때 파괴했던 벽면의 흔적, 그 너머였다.

지금도 여전히 흙먼지가 피어나는 그곳으로, 모든 이의 시선이 모여들었다.

수많은 몬스터들이 쓰러진 거리에서 모든 소리가 사라졌다.

이내.

연기 너머에 떠오른 그림자는, 잔해들을 밟아 부수는 소리를 내며, 마침내 모습을 드러냈다.

"——엑."

그렇게 중얼거린 것은 한 모험자였다.

미궁의 어둠 속에서 태어난 듯한 칠흑색 몸. 2M을 웃도는 거구는 바위와도 같은 근육으로 뒤덮였으며, 그 위에 두른 것은 모험자의 갑옷이었다.

터질 듯이 부푼 브레스트 플레이트, 어깨받이, 건틀렛, 허리받이, 그리브.

그 거구를 다 담지도 못한 풀 플레이트 아머의 각 부위를 경장과도 같이 몸에 달아놓았다. 한 손에 든 것은 거대한 라브리스였으며, 또한 갑옷의 등 부분에도 다른 대형 도끼를 걸쳤다. 어느 도끼나 피에 젖어 새빨갛게 번들거렸다.

머리에서 돋아난 두 뿔은 붉은색.

그 위용에서 연상되는 단어는, 맹우.

길드의 자료에 실리지도 않았거니와,【로키 파밀리아】조차도 만난 적이 없는 '미지'의 '괴물'이 그곳에 있었다.

항상 초연하던 핀이 팔짱을 풀고 낯빛을 바꾸며 몸을 내밀었다.

그의 엄지는 뻣뻣하게 경련하고 있었다.

『──.』

훅, 훅, 거친 콧김을 토해내는 '괴물'은 휘릭 굵은 목을 돌렸다.

쓰러진 제노스들, 그리고 모험자의 모습을 시야에 담은 순간.

포효를 터뜨렸다.

『워어어어억!!』

정적을 때려부수는 가공할 포효.

모래먼지가 치솟을 정도의 음파가 쩌렁쩌렁 퍼져나간 직후, '다이달로스 거리'의 주민들은 흰자위를 까뒤집으며

© Suzuhito Yasuda

일제히 픽픽 쓰러졌다.

"―――아."

"서포터 군, 하루히메 군!!"

민중에 이어 릴리와 하루히메까지도 낯빛이 창백해져 두 무릎을 꿇으며 지면에 주저앉고 말았다. 헤스티아가 고함을 지르는 가운데 벨프도, 미코토도, 【로키 파밀리아】의 단원들도 몸을 한껏 젖혔다.

심상치 않은 '하울'.

생물의 심신을 원시적 공포로 속박해버리는 괴물의 노래.

자신과 싸울 자격이 없는 자를 리스트레인트(강제 정지)로 몰아넣는 외침이었다.

벨프와 미코토는 한쪽 무릎을 꿇었다. 그들이 내려다보는 자신의 손바닥은 떨렸으며, 레벨이 한 단계 승화시킨 몸이었다 해도 만족스레 움직일 수는 없었다. 【로키 파밀리아】 내에서도 전의가 꺾인 자가 속출했는지 창졸간에 검을 바닥에 찍어 자세를 유지하는 자들이 더러 보였다.

『후우웁!!』

자격 있는 자들만이 전장에 남은 가운데, '괴물'이 달려 나갔다.

검은 그림자가 약진한 곳에는, 티오네가 있었다.

"!"

파도처럼 밀려드는 몬스터에게 티오네는 눈꼬리를 틀어

올렸다. 두 자루의 쿠쿠리를 들고 반격 태세를 취한다.

"피해, 티오네!!"

핀의 격렬한 목소리가 울부짖는 라브리스에 갈라지고, 은색 날은 그대로── 티오네의 겨우 1M 앞, 지면에 꽂혔다.

폭쇄와 충격, 그리고 부유감.

티오네의 두 눈이 경악으로 물들었다.

치솟는 바위와 모래먼지에 시야가 가려진 가운데, 땅에서 다리가 떠버려 모든 회피행동을 빼앗겼다. 이내 그녀를 향해 깔끔하게 노린 것 같은 왼팔 수평공격이 날아들었다.

창졸간에 쿠쿠리를 교차시켜 방어했지만 그 손바닥을 앞에 두고 두 자루의 무기는 아무런 도움도 되지 않았다.

파쇄.

"──커어억!!"

방어를 관통하고 몸 측면에 빨려든 일격이──우연히도 아이샤와 똑같은 모습으로──티오네를 민가 한구석으로 날려버렸다.

"티오네?!"

겨우 눈 몇 번 깜빡할 찰나에 일어난 일. 그러나 모험자들의 의식과 시간을 빼앗기에는 충분한 광경. 동생 티오나의 고함이 흩어질 동안 '괴물'의 거구는 뻣뻣이 선 다른 단원들을 향해 맹위를 떨쳤다.

『우오오오오오오오오오오오오오오오오오오!!』

땅을 밟아 부수다시피 파고든 것과 동시에, 부르쥔 왼쪽 주먹을 선풍과도 같이 반회전시킨다. 제노스들의 곁에 있던 모험자들은 예외 없이 말려들어 티오네와 똑같이 휩쓸려 날아갔다. 뼈가 부서지고, 피를 토하고, 범위 밖에 있던 단원들과 충돌하며 절규한다.

"으아아아아아아아아아아아아아악!!"

남성 단원의 외침이 허공에 메아리치고, 그대로 유린당한【로키 파밀리아】의 대다수가 전장에서 일소되었다.

"이 짜샤――!!"

"크루스, 네놈들은 비켜!! 거치적거려!"

우르가를 끌며 티오나가 돌격하고, 베이트가 온 힘을 다한 욕설로 고함을 질렀다.

'하울'의 영향에서 벗어나지 못한 모험자들과 함께 부상자를 끌어내는 다른 모험자들이 대피하는 가운데, 거칠게 날뛰는 맹우와 제1급 모험자들이 충돌했다.

우르가는 라브리스의 강격에도 굴하지 않았다. 눈이 번쩍 뜨일 만한 무게를 받아내면서도 티오나는 도끼를 튕겨내고, 즉시 땅을 기다시피 달려온 베이트의 공격이 적의 다리를 후려쳤다.

자세가 한순간 무너지는 '괴물'. Lv.6인 두 사람이 덤벼들어 적을 붙들어놓는다.

"엘피, 쓰러진 주민들을 전부 피난시켜! 얼른!!"

"네, 네엣!!"

핀은 눈 아래에서 창백해진 얼굴로 움츠러든 마도사들의 후열부대에 고함을 질렀다. 두령의 지시에 어깨를 흠칫 떤 소녀들은 기절한 주민들을 끌어안고 서둘러 피난했다.

"핀, '마법' 지원은?!"

"안 돼, 영창한 시점에서 적의 주의가 이쪽으로 쏠릴 거야. 그러면 주민들이 위험해져. 네 결계로도 저 돌격은 막지 못해."

지상에서 올려다본 리베리아에게, 적어도 피난이 끝날 때까지는 대기하라고 핀은 말했다. 매직 서클을 펼치고 이미 완성시켰던 '마법'을 대기상태로 유지한 하이엘프는 당장이라도 혀를 찰 것 같은 표정으로 전방의 전장을 노려보았다.

"검은 미노타우로스……?"

"아니…… 심층에 사는 블랙 라이노스의 '아종'이겠지."

티오나와 베이트의 파상공격에도 개의치 않고 여전히 날뛰는 '괴물'을 아이즈는 가만히 주시했다. 당장이라도 뛰어나갈 것 같은 그녀를 시선으로 제지하며, 핀은 '심층'에서 발생했던 '이상사태'일 거라고 추측했다.

저것 또한 다른 무장한 몬스터와 같은 '강화종'일 수도 있다고.

"……아, 아스테리오스……."

지면에 쓰러져 있던 '제노스'들이 칠흑의 그림자를 향해 고개를 들었다. 부상을 당한 리드는 마지막 동포의 이름을 중얼거렸다.

"……장난하고 앉았어."

──한편, 분쇄된 잔해 속.

민가에서 등을 떼어내고 피 섞인 침을 뱉은 티오네는 눈가를 가린 앞머리를 아무렇게나 쓸어 올렸다.

다음으로는 눈꼬리를 확 틀어 올린다.

"기어오르지 말라고, 이 소 자식아!!"

갈비뼈가 부러졌음에도 아랑곳 않고 막대한 노성을 터뜨린다.

거의 사람의 육성으로는 여겨지지 않는 고함에 티오나 일행이 무슨 일인가 반응하기도 전에, 티오네는 맨손으로 폭주했다.

티오나와 베이트를 튕겨내고 일대일로, 검은 맹우를 향해 왼쪽 주먹을 쳐들었다.

이를 상대하는 '괴물' 또한 마찬가지로 왼손의 거대한 주먹을 등 뒤로 끌어당긴다.

"타아아아아아아아아아아아아아아아아아아아아아아아아아아아아아앗!!"

『워어어어어어어어어어어어어어어어어어어어어어어어어어어어어억!!』

쇳덩어리와도 같은 적의 주먹에 티오네는 자신의 주먹을 꽂았다.

귀를 막고 싶어지는 둔중한 타격성이 발생했다.

무시무시한 반동에 밀려나는 괴물의 주먹, 그리고 부서져나가는 티오네의 주먹.

　피를 토하면서도 손가락뼈가 부러진 그 왼손을, 꽉 움켜쥐고, 티오네는 다시 펀치를 날렸다.

　『?!』

　두꺼운 복근에 처음으로 직격을 허용한 맹우의 몸이 뒤로 휘청 흔들렸다.

　"다짐고기로 만들어주마!!"

　티오네는 멈추지 않았다.

　몸을 과열시키는 격분이 그대로 힘이 된 것처럼 적의 거구에 노도의 러시를 꽂는다. 발꿈치, 팔꿈치, 무릎, 주먹. 체술이 뒤섞인 맹공이 펼쳐질 때마다 새까만 장발이 뱀처럼 출렁이며 강철과도 같은 '괴물'의 육체를 흔들어댔다.

　『——부우워어어어어어어어어어어어어어어어어어어어!!』

　검은 맹우도 겁먹지 않고 정면에서 난타전을 받아들였다.

　"자, 잠깐만, 티오네에?!"

　"시꺼, 닥치고 있어!!"

　밀려나 날아갔던 티오나가 이름을 불렀지만 티오네는 노성을 질러 무시했다.

　그런 언니의 모습에 베이트와 함께 티오나는 진저리를 쳤다.

　"안 되겠다, 맛이 갔어……."

본성을 드러낸 티오네는 여동생 이상의 버서커로 바뀌었다. 적의 강건한 가죽에 주먹 껍질이 터져 나가든, 다리뼈에 금이 가든 전혀 멈추질 않았다. 반격은 모조리 회피하고 살의의 의지로 눈앞의 적을 분쇄하고자 한다.

"쉭!!"

그리고 적의 거대한 팔을 피한 티오네의 왼발이 혼신의 일격을 맹우의 안면에 꽂았다. '심층'의 대형급 몬스터라 해도 머리를 박살낼 수 있는 상단 발차기. 몸을 띄우며 필살의 기술을 펼친 티오네는 눈꼬리를 한껏 틀어 올리고, 다음으로는 크게 떴다.

광대뼈에 발차기를 맞고도, 검은 미노타우로스는 견뎌냈던 것이다.

'이, 놈──.'

반응이 없어.

모험자는 아무리 단련해도 얻을 수 없는 '괴물'의 타고난 맷집과 강인함. 공격을 퍼부었던 티오네의 팔다리를 부술 정도의 견고함과 함께, 지금도 그 단단한 두 다리로 힘차게 땅을 디디고 있었다.

칠흑의 맹우는 뺨에 파고들었던 그녀의 왼발을 움켜쥐더니, 그대로 집어던졌다.

"으윽?!"

다시 벽에 내팽개쳐지는가 싶었던 찰나, 우르가를 내팽개친 티오나가 그녀의 몸을 받아주었다. 그러나 결국 민가를 폭발시켰다.

"아우 정말, 뭐 하는 거야!!"

"쓸데없는 짓 하지 마! 닥치고 있으라고 했지!!"

자매가 나란히 벽을 부수며 꽥꽥 떠들어대는 동안 베이트가 혼자 교전했다. 맹우는 티오네에게 뒤지지 않는 발차기를 날리는 웨어울프를 향해 포효하며 라브리스로 응전했다. 티오나와 티오네 또한 말다툼을 벌이면서도, 격렬한 공방전을 전개하는 동료에게 가세했다.

우르가가 라브리스와 격돌하고, 메탈 부츠가 상대의 공격을 차내고, 분노의 주먹이 갑옷 위에서 거구를 후려친다.

서로 한 걸음도 물러나지 않는 모험자들과 '괴물'의 격전을 주위에서 관망해야만 했던 【로키 파밀리아】의 단원들은, 그것을 보고 말았다.

"우, 웃고 있어……."

'괴물'의 흉흉한 웃음을.

뺨을 한껏 추켜세우고, 허연 이빨을 드러내며, 분명히 웃고 있는 맹우의 환희를.

제1급 모험자 세 사람을 동시에 상대하며 몇 번이나 공격을 맞으면서도, 처절한 '투쟁'에 몸을 떨고 있었다.

검은 맹우는 고양감을 떨치듯 포효를 터뜨렸다.

'어쩐지, 이건……!'

피부가 저릿저릿 떨리는 포효를 받으며 티오나는 우르가를 휘둘렀다.

'알고 있어, 이 감각……!!'

이쪽의 공격을 아랑곳하지도 않는 상대에게 혀를 내두르며 티오네는 라브리스를 피했다.

'이 자식은 마치……!!'

조그만 '계층 터주'와 교전하는 듯한 착각에 휩싸이며 베이트는 메탈 부츠를 휘둘렀다.

너무나도 어처구니없는 신체능력.

그리고 어딘가 기억과 겹쳐지는 어렴풋한 잔영.

젊은 모험자들은 어떤 사내의 존재를 떠올리고 말았다.

"……."

오탈은 '바벨' 최상층에서 미궁거리의 그 광경을 지켜보고 있었다.

"저 미노타우로스, 기억에 있어?"

벽 일면을 가득 채운 직사각형 유리창. 도시에서 가장 높은 곳에서 시내 전경을 내려다볼 수 있는 그 창가에 서서 미궁거리를 응시하는 자신의 권속에게 프레이야가 물었다.

"저것은…… 아니오, 하오나…… 설마."

주신의 물음에, 오탈은 앞을 본 채 낯빛을 바꾸지 않고 담담히 말을 흐렸다.

그런 무인의 곁에 서서, 한 손에 든 포도주에 입을 가져다 댄 프레이야는 【로키 파밀리아】와 몬스터가 펼치는 전장으로부터 시점을 돌렸다.

아득히 멀리 떨어진 곳임에도, 신의 은색 눈동자가 쏘아본 것은 지금이라도 색이 흔들리려 하는 투명한 빛.

진로를 파괴하면서 미궁거리를 벗어나고자 하는 부이부르와, 이를 따라가는 소년의 모습이었다.

"회른."

"예."

조금 떨어진 곳에서 무릎을 꿇고 있던 소녀에게 프레이야는 등을 돌린 채 말했다.

"던전으로 간 알프릭 일행에게서 보고는?"

"아직 돌아오지 않았습니다."

"그래……. 지금부터라도 저 폭주하는 부이브르를 따라갈 수 있을까?"

"……늦었는지도 모릅니다."

권속의 솔직한 의견에 상관없으니 가라고 프레이야는 지시했다.

소녀가 인사를 하고 방을 나가는 가운데, 입술이 문득 한마디를 흘렸다.

"저런 몬스터들이 있었다니."

정말로 하계는 알 수 없는 법이라고, 은발의 미신은 웃음을 지었다.

"——그러니까~ 저 몬스터들은 우리 애새끼들이 잡았던

거래도."

허공으로 녹아드는 머리카락을 찰랑거리는 남신의 경박한 고백에 가레스는 눈살을 찡그리고 있었다.

"밀수해서 돈 벌려 했던 건데, 저렇게 도망쳐버렸지 뭐야."

"그 말을 믿을 거라 생각하나?"

"뭣하면 내가 말하는 '다이달로스 거리' 지하로 내려가 봐. 몬스터 놈들을 가둬놓았던 우리가 잔뜩 있을 테니까."

이켈로스가 혼자 가레스와 펠즈가 있는 옥상에 나타난 것은 바로 조금 전이었다. 칠흑의 맹우가 나타나면서 눈길을 빼앗긴 가레스에게 추가타를 가하듯, 느닷없이 자수를 시작했던 것이다.

"그러니까 그 시커면 친구는 그냥 풀어줘~."

"……."

"그놈은 우리 애새끼들하고는 상관이 없어. 그냥 휘말려 든 거야."

아직까지 이쪽에 등을 돌린 채 움직이지 않는 흑의인물에게 이켈로스는 까닥까닥 손가락을 들이댔다.

거짓말은 하지 않았지만 사실도 아니다. 수십 년 전부터 로키에게 단련된 가레스는 이켈로스의 경박한 웃음을 꿰뚫어 보고, 조금 전부터 떠올리던 의문을 던졌다.

"왜 그걸, 이 장소에서, 나에게 털어놓지?"

"난 져버렸거든……. 승자의 부탁이란 걸 들어주고 있을 뿐이야."

그 말이 끝난 직후였다.

흑의인물은 문답의 허점을 찌른 것처럼 옥상에서 뛰어내렸다.

낙하해 멀어져 가는 상대를 보고, 가레스는 탄식하면서도 쫓아가려고는 하지 않았다.

"……자세한 내용은 나중에 듣지. 따라와."

"그래그래. 다정하게 옮겨달라고."

느물거리는 이켈로스의 말을 무시하고 가레스는 그의 멱살을 잡았다.

먼 곳에서 격화되어가는 전투를 보며, 이제는 1초가 아깝다고 생각하고는 허공으로 몸을 날렸다. 남신이 고함을 지르거나 말거나.

"가버린 모양이군."

"……미안해, 신 헤르메스. 덕분에 살았어."

——뒷골목으로 몸을 감추고 머리 위로 떠나가는 가레스의 모습을 확인한 펠즈는 눈앞에 있던 헤르메스와 마주섰다.

탑 위에서 전장만이 아니라 펠즈와 가레스의 접촉까지도 확인한 헤르메스는 이켈로스와 일방적인 거래를 나눠 그를 보낸 것이었다. 우라노스의 한쪽 팔이며 면식이 있는 메이거스를, 남신을 내보내 구출하고자.

"지금 상황에선 아무래도 네 힘이 필요하니까, '현자'."

"……지금은 펠즈야, 신 헤르메스."

부끄러움을 느끼며 말하는 흑의의 메이거스에게 여리여리한 남신은 어깨를 으쓱했다.

헤르메스도 잡담은 그만두고 본론을 꺼냈다.

"그럼 펠즈. 도와준 대가로 내 바람을 들어줬으면 해……벨 군은 지금 혼자야. 어떻게든 도우러 가줘."

"하지만…… 그래서는 '제노스'들이."

"저 까만 미노타우로스 덕에 어떻게든 될 것 같지 않아? 그리고 보아하니 【브레이버】는 몬스터들을 생포하려나 봐. 최악의 결말이 오지는 않을 거야."

교묘한 말로 교섭을 청하며, 헤르메스는 머리에 썼던 모자 안에서 눈을 가늘게 떴다.

"나한테도 이것저것 뒤가 구린 게 있잖아? 우라노스의 오른팔."

"……."

"죄를 갚겠다는 건 아니지만…… 부디 부탁을 들어줄 수 없을까?"

입을 다물어버린 메이거스에게 헤르메스는 얼굴을 가까이 가져가며 속삭였다.

생각할 시간을 둔 펠즈는, 천천히 손을 내밀었다. 흑의의 소매로부터, 헤르메스의 손바닥에 오쿨루스보다 작은 까만색 구슬을 여러 개 떨어뜨렸다.

"긴급 시에는 이것을 쓰도록. 깨뜨리면 사용할 수 있으니."

"……알았어. 난 헤르메스야. 약속은 지키겠어. ……루루네."

뒷골목 안에 모습을 숨기고 있던 시앙스로프 소녀에게 헤르메스는 까만 구슬을 맡겼다.

이를 지켜보고, 펠즈는 신의에 따라 움직였다.

"벨 군과 부이브르는 남쪽으로 갔어. 아마 '다이달로스 거리'를 빠져나가서, 지금 복구 중인 환락가로 갔을 거야."

"알았다."

탑에서 내려다보았던 헤르메스의 정보를 토대로, 펠즈는 남동쪽으로 진로를 잡았다.

🔥

격렬한 교전이 이어졌다.

제1급 모험자들과 칠흑의 미노타우로스가 펼치는 전투는 치열의 극에 달했다. 일진일퇴의 공방이 초 단위로 몇 번이나 반복되어, 다른 모험자들은 주위를 에워싸고 아연실색 쳐다보기만 할 뿐 움직이지도 못했다. 그러나 모험자들은 숫자에서 우세했다. 분노한 티오네를 무시하면서 겨우 제대로 된 연계가 이루어지기 시작하자 몬스터가 차츰 밀렸다.

추세가 기울어지려는 바로 그때.

'괴물'의 한 가지 행동이 전황에 결정적인 변화를 가져다주었다.

『우우우우우우우우우!!』

몇 번째인지 알 수 없는 공격을 몸으로 받은 순간, 칠흑의 미노타우로스는 오른손을 뒤로 돌렸다.

그 굵은 다섯 손가락이 쥔 것은, 갑옷에 매달아놓았던 또 다른 거대 도끼였다.

——더블 액스?

이제 와서 배틀 스타일을 변경하려는 칠흑의 미노타우로스를 보고 티오나 일행의 얼굴에 긴장감이 스쳤다.

"_____."

그리고 그 위험성을 가장 먼저 알아차린 것은 【로키 파밀리아】의 그 누구도 아닌—— 벨프였다.

"——도망쳐야 해!!"

"뭐?!"

"위험하다고요!!"

'하울'의 영향에서 겨우 벗어나기 시작한 몸을 억지로 움직여, 기절한 릴리를 끌어안고 헤스티아의 손을 잡아끈다. 미코토가 하루히메를 안고 뒤를 따르는 가운데 벨프는 후방, 리베리아가 지팡이를 들고 있는 【로키 파밀리아】의 진영까지 온 힘을 다해 뛰었다.

『후읍!!』

어깨와 팔의 근육을 부풀린 몬스터는 오른손에 든 피에 젖은 거대 도끼를 내리찍었다.

정면에서 티오나가 우르가로 받아내고자 검신을 접촉시킨 순간—— **방전**이 발생했다.

"""""?!"""""

거대 도끼를 받아낸 티오나가 빛의 거품에 휩싸이고, 좌우 양쪽에 있던 티오네와 베이트도 여파를 뒤집어썼다. 경악한 티오나 일행의 시야에 비친 것은 파직, 하고 도끼의 날 위를 춤추는 어마어마한 전류.

날에 묻었던 피가 눈 깜짝할 사이에 증발해, 그 아름다운 금색 장식이 드러났다.

이제는 티오나, 티오네, 베이트, 다른 모험자들도 일제히 깨달았다.

피에 젖은 대형 도끼의 정체는—— '마검'이었다.

얼굴을 일그러뜨린 핀, 눈을 크게 뜬 아이즈, 마도사로서 경이로운 속도로 지팡이를 쳐든 리베리아. 【파밀리아】 동료들만을 우선시한 벨프는 이를 악물고, 전장에 남아 있던 【로키 파밀리아】의 단원들은 얼어붙었다.

『오오——』

생각지도 못한 벼락을 받고 한순간 리스트레인트에 빠진 티오나 일행의 눈앞에서, 칠흑의 거구는 다시 오른손의 대형 도끼를 쳐들었다.

하늘을 찌르는 높은 상단. 티오나 일행을 한꺼번에 날려 버릴 '포격'의 자세.

핀이 고함을 지르고, 리베리아도 듣기 전에 '마력'을 방출했다.

"리베리아, 결계를 쳐!!"

질주해 달려온 벨프 일행이 매직 서클 안으로 뛰어든 것과 거의 동시.

리베리아의 '마법'—— 돔 형태의 거대한 결계마법이 발동했다.

『——워어어어어어어어어어어어어어어어어어어어어어어어어어어어어어억!!』

그리고 찢어지는 포효와 함께, 포격은 감행되었다.

"——썩을?!"

마비된 몸을 밀어내고 한쪽 발을 쳐든 베이트의 메탈 부츠가 도끼 형태의 '마검'에 닿은 순간, 흉악한 벼락이 솟구쳤다.

시야를 황금색으로 짓이겨버리는 방전현상. 히드라와도 같이 무수히 구불텅거리는 번개의 이빨이 주위 일대를 가득 메우면서 파괴의 소용돌이를 일으켰다. 지근거리에서 직격을 당한 티오나 일행은 물론, 도로에 있던 모험자들도 회피할 방법이 없었다. 모두 벼락의 포격 속에 휩쓸렸다.

사방으로 뻗어나간 포격은 그대로 리베리아의 결계와 접촉해 굉음을 내고 요란한 스파크를 낳았다. 의식을 잃은 민중, 젊은 마도사들, 핀과 아이즈, 그리고 【헤스티아 파밀리아】 일행을 뒤덮은 녹색 빛의 영역은 흔들리지도 않고 포격을 견뎌냈다.

귀를 찢는 소리가 사라지고, 맑게 갠 시야 너머에는……
철저하게 파괴된 거리의 모습이 있었다. 남김없이 박살이
난 길 양쪽의 민가, 용의 발톱자국과도 같이 도려져나간
돌담. 그러한 광경 곳곳에 몸이 불타 연기를 뿜는 모험자
들이 굴러다녔다.

시산혈해라 해도 좋을 만한 광경이었지만, 기적적으로
모두들 숨은 붙어 있었다.

"모, 몸이 저려어~!! '마비'야~?!"

"빌, 어먹을……!! 전부 막으라고, 망할 늑대!!"

"죽여버린다, 망할 아마조네스……!"

포격 직전, 몸을 돌보지 않고 날렸던 베이트의 메탈 부
츠가 지근거리의 위치에서 공격을 막아——미스릴 부츠가
전격을 흡수해——위력을 대폭 감소시켰던 것이다. 그러
나 물론 초고출력인 데다 한 점에 머물지 않고 대규모로
펼쳐진 방전을 모두 막아낼 수는 없었다.

멀찌감치 날아가 이리저리 굴러간 끝에 시커멓게 그을
린 제1급 모험자들은 도로 한구석에 무릎을 꿇고 모두들
쌩쌩하게 말다툼을 나누고 있었다. 포격을 견뎌내기는 했
지만 몸에는 전류가 파직파직 소리와 함께 가시넝쿨처럼
맺혀 몸을 움직일 수가 없었다.

"……"

제노스들이 쓰러진 동쪽을 제외하고, 칠흑의 미노타우
로스가 서 있는 도로 중앙지대에서 서쪽은 이미 눈 뜨고

봐줄 수 없을 지경이었다.

　잔해의 무더기로 변한 도로의 광경과 이쪽으로 눈을 돌리는 괴물을 보고, 핀은 눈을 가늘게 떴다.

　"생포는 됐어——."

　황금색 머리카락을 출렁이며, 파룸 두령은 입을 열었다.

　혼자 서 있던 옥상 위에서, 그는 말했다.

　"——해치워, 아이즈."

　다음 순간,

　토웅.

　『————.』

　부츠의 가녀린 소리를 울리며 금발금안의 검사는 '괴물'의 등 뒤에 착지했다.

　"알았어."

　은색 검을 뽑은 것과 동시에 그녀는 주문을 읊었다.

　"【눈을 뜨라, 폭풍】."

　울려 퍼지는 옥음.

　초단문영창을 거쳐 발동된 소녀의 '마법'.

　『——부워어어어!』

　배후를 빼앗긴 미노타우로스가 돌아서면서 오른팔의 '마검'을 휘둘렀다.

　급격히 밀려드는 벼락의 도끼에 금발금안의 소녀는 조

용히 그 마법명을 입에 담았다.

"【에어리얼】."

바람이 울었다.

소녀의 몸을 기류가 에워싼 순간, 신속으로 검이 내달렸다.

적의 오른팔을——— **절단한다.**

"——————."

헤스티아 일행, '제노스', 그리고 칠흑의 미노타우로스가 모두 얼어붙었다.

바람을 두른 검광에 '괴물'의 오른팔이 '마검'을 든 채 허공에 치솟더니, 파괴된 포석 위에 꽂혔다.

전격의 파도가 지면에 발생한 것과 동시에 몬스터의 거구가 허공을 향해 벌렁 젖혀졌다.

『———————————우우우?!』

절규가 치솟고, 팔꿈치 아래쪽을 잃은 미노타우로스의 팔에서 피분수가 솟았다.

기류의 갑옷에 보호받은 아이즈의 몸에는 피가 튀질 않았다. 모두 바람에 날려간다.

마법 【에어리얼】.

사용자의 온몸과 무장을 강화하는 바람의 인챈트.

다른 파벌인 벨프와 미코토, 헤스티아는 그것밖에 알 수 없었다.

'———아이즈 발렌슈타인.'

모험자 이외에는 유일하게 '하울'에 굴하지 않았던 헤스티아는 이때, 소녀의 그 모습을 넋 놓고 바라보았다.

【검희】아이즈 발렌슈타인.

명실 공히 도시 내에서도 손꼽히는 모험자. 오라리오 제일의 여검사.

벨의 동경.

바람을 거느리고, 금색 장발을 나부끼는, 마치 영웅담에 나오는 '정령'과도 같은 분위기를 두른 소녀는 분명 소년이 동경할 만한 존재라고 헤스티아마저 한순간 인정해버릴 만큼 아름다웠다.

'괴물'의 절규에 진동하던 전장 속에서, 그저 오로지 늠름하게 존재하던 소녀는 검을 울렸다.

『우우————————오오오오오오오오오오오오오오!!』

두 눈을 크게 뜬 미노타우로스는 역습이라는 양 남은 라브리스를 내리쳤다.

수많은 모험자를 재기불능에 몰아넣었던 일격. 단두대와도 같은 '괴물'의 필살기.

이를 아이즈는 가느다란 검 한 자루로 튕겨냈다.

기습으로 적의 팔을 빼앗았으면서도 오만에 빠지지도, 방심하지도 않았다.

금색 두 눈을 가늘게 뜨고, 경악한 한 마리의 '괴물'을 노려본다.

"간다."

그저 온 힘을 다해, 소녀는 바람과 검의 선율을 자아냈다.

『~~~~~~~~~~~~~~~~~~~~~~~~~~~~아아아!!』

가차 없는 연속공격.

종횡무진 내달리는 무수한 검광으로 아이즈는 적의 거구를 베어나갔다.

대각선베기, 올려베기, 회전베기, 내려베기. 한쪽 팔을 잃은 미노타우로스는 어떤 공격도 막지 못했다. 무시무시한 강도를 자랑하던 칠흑의 가죽이, 몸에 걸친 중장갑이 너덜너덜하게 베여나갔다. 잔재주 없이 정면에서 펼치는 참격의 폭풍에 미노타우로스의 발이 처음으로 뒷걸음질을 쳤다.

"역시 아이즈의 저 '마법'은 치사해~!!"

"새삼스럽게 뭔 소리냐, 멍청아…….."

베이트보다도 빠르고, 티오나보다도 무겁고, 티오네보다도 많은 공격을 펼친다.

바람의 힘이 자아내는, 【검희】라 칭송받는 한 가지 이유. 방관밖에 허용되지 않은 아마조네스 소녀는 분통해하고, 웨어울프 청년은 혀를 찼다.

이윽고 방어를 그만두고 과감하게 반격에 나선 몬스터가 아이즈와 격렬하게 무기를 맞부딪쳤다.

검과 도끼가 충돌하는데 불꽃은 튀지 않고 바람이 흐르는 맑은 소리만이 울렸다. 그 기류의 소용돌이에 굴하지 않는 미노타우로스의 괴력은 역시 차원이 달랐으며, 적의 일격 사이에 세 차례의 참격을 날리는 아이즈의 검기는 그이상으로 신들린 것이었다.

소녀가 가속했다.

시야에서 눈앞의 적 이외의 모든 것을 지워버리고 표정을 없앴다.

더욱 높은 경지를 추구하고자, 더 큰 진화를 이루고자 참격을 더더욱 날카롭게 가다듬는다.

검이 뿜어내는 은광과 바람소리가 발생할 때마다 적의 거구는 피를 뿜어냈다.

"저, 저게 바로……."

한 번 넋을 놓았던 헤스티아가 이제는 얼굴에 긴장을 띤 채 숨을 멈춘 가운데.

낯이 창백해진 미코토는 목을 떨었다.

"저것이…… '전희(戰姬)'."

과거, 누군가가 말했다. '전희'라고.

소녀의 가면을 쓴 몬스터 슬레이어. 괴물의 시체로 쌓은 정상. 지칠 줄 모르고 미궁 깊은 곳까지 파고드는 그 모습은 흡사 목숨을 내버린 것 같다고.

엄청난 양의 선혈이 솟구치는 가운데, 그래도 바람의 갑옷 덕에 홀로 아름답게 존재하는 소녀의 모습에 벨프도, 【로키 파밀리아】의 단원들까지도 외경심과 두려움을 느꼈다.

한층 높은 바람의 포효가 전장에 울려 퍼졌다.

"!"

흔들리는 거구. 무너지는 적의 자세.

몇 번째인지 알 수 없는 상처를 입고, 마침내 허점을 드러낸 미노타우로스에게 아이즈는 눈꼬리를 틀어 올렸다.

포석을 자갈처럼 밟아 부수며 가속한 것과 함께, 온몸을 한껏 사용한 마무리 일격 대각선베기가 펼쳐졌다.

『——오오오!!』

"?!"

그러나 적의 다음 행동에 아이즈는 경악을 드러냈다.

라브리스로 방어하기에는 이미 늦었다고 판단한 맹우가 휘두른 것은 머리—— 높이 솟아난 뿔이었다. 그 붉은 뿔은 바람을 두른 혼신의 참격을 튕겨내버렸다.

도리어 허점을 드러낸 소녀에게 미노타우로스는 땅을 함몰시킬 정도로 발을 내디디면서 라브리스의 일격을 작렬시켰다.

"크윽?!"

바람이 폭발했다. 방어를 위해 펼쳤던 은검의 기류가 순수한 힘에 박살이 났다.

너무나 거대한 충격에 두 다리로 지면을 깎으며 밀려난 아이즈는, 기세가 멈추었을 때 자신의 검을 내려다보았다.

바람의 인챈트를 파괴당한 검은, 떨고 있었다. 너무나 극심한 충격에 저릿저릿해진 아이즈의 손이 칼자루를 꽉 쥘 수 없는 것이다. 감정이 희박한 표정 속에서 눈을 크게 뜬 소녀는, 정면을 향해 고개를 들었다.

피로 온몸을 물들이면서 훅, 훅, 거친 콧소리를 뿜어낸 미노타우로스는, 웃었다.

이 상황에서도 흉흉하게, 거칠게, 대담하게.

눈을 크게 떴던 아이즈 또한 버들잎처럼 모양 좋은 눈썹을 틀어 올렸다.

"【눈을 뜨라, 폭풍】."

마비된 팔에 다시 【에어리얼】을 두른 아이즈는 바람의 힘으로 장비를 강제 고정시켰다. 움츠러들 줄 모르는 강자에게 포효를 지르며, 미노타우로스는 질주하는 아이즈에게 맞섰다. 다시 시작된 전투에 헤스티아 일행이 놀라고 있으려니,

"흐읍!"

『쿠훅?!』

고착상태에 들어간 아이즈와 '괴물'의 전투에 가세하는 사람이 있었다. 중장갑을 두른 가레스였다. 겨우 전장에 돌아온 그는 근처의 건물에 이켈로스를 내팽개치고——"진짜 요즘 애송이들은 말야……" 하고 투덜거리는 소리를 무시한 채——공중에서 떨어지며 미노타우로스의 등에 도끼를 꽂았던 것이었다.

"아이즈, 협공한다."

"……! 가레스, 나는——"

"그런 팔로 위험을 무릅쓰게 할 수 있겠나. 떼는 그만

써. ──안 그런가, 핀?"

그런 가레스의 목소리에 호응한 것은 '괴물'의 어깨에 꽂히는 한 자루의 장창이었다.

『······?!』

"역시 그렇지. 뭐, 가레스가 왔다면 내가 올 필요도 없었겠지만."

회수한 창을 투척해 미노타우로스를 공격한 핀은 어깨를 으쓱해 보였다. 그도 또한 아이즈의 상황을 가늠하자마자 모든 지휘를 일시 포기하고 전선까지 올라왔던 것이다.

핀까지 바라보니 아이즈는 떨떠름하게 고개를 끄덕였다. 미노타우로스를 역전의 제1급 모험자 셋이서 포위한다.

몬스터는 심각한 부상을 입고도 저항했으나······ 이내,

쿠웅.

『······!』

너덜너덜 상처 입은 만신창이의 몸으로, 지면에 한쪽 무릎을 꿇었다.

"아스테리오스······!"

은검, 대형 배틀액스, 장창을 든 모험자들 앞에 무릎을 꿇은 미노타우로스의 모습에 리드는 얼굴을 일그러뜨렸다.

마침내 마지막 동포까지도 당하고 말았다. 주위에서 그로스와 레이, 다른 '제노스'들이 몸을 움찔거리는 기척을 느끼며 모험자들의 등을 노려보고 있으려니──

거리 한복판에 세 개의 까만 구슬이 투척되었다.

"！"

구슬은 순식간에 깨져 시커먼 연기를 뭉게뭉게 뿜어냈다. 눈을 크게 뜬 리드, 그로스, 레이는 그것이 무엇인지를 이내 알아차렸다. 펠즈의 매직 아이템이다.

"！"

"연막⋯⋯!"

"이 연기, 막 달라붙지 않나?!"

자신들만이 아니라 주위 일대를 금세 에워싸는 검은 연기에 아이즈, 핀, 가레스도 경악을 드러냈다. 그리고 제1급 모험자들보다도 몇 초 빠르게 반응할 수 있었던 리드 일행은 번뜩이듯 시선을 나누고, 없는 힘을 쥐어짜내 각자 행동에 나섰다.

『————————————!!』

가고일이 울부짖었다.

주위에 울려 퍼진 몬스터의 포효에 다른 '제노스'들은 귀를 떨고 미노타우로스도 흠칫 고개를 들었다. 그리고 포효가 끝나기도 전에 세이렌이 허공으로 날아올라 최대 출력의 괴음파를 터뜨렸다.

""""？!""""

제1급 모험자들만을 노린 살인적인 고주파. 배후에서 날아든 그 소리에 아이즈 일행의 움직임이 멈춰버렸다.

시각, 그리고 청각.

이 두 가지가 사라지자 제1급 모험자라고 해도 한순간

허점을 보였다.

'——! 미노타우로스의 기척이……!'

사라졌다.

시각과 청각을 잃어 주위의 정보가 현저히 제한된 가운데, 눈앞에 있어야 할 '괴물'의 기척이 어둠에 녹아드는 것처럼 사라진 데에 아이즈는 당황했다.

"저건……?!"

——한편, 아이즈 일행과 함께 대로를 메워나가는 검은 연기를 헤스티아는 본 적이 있었다.

펠즈와 만났던 며칠 전의 달밤, 우라노스에게 데려가기 위해 흑의의 메이거스가 품에서 꺼내 터뜨렸던 그 검은 연기였다. 곧 헤스티아 일행의 눈앞에도 검은 구슬이 투척되어 주위 일대는 짙은 연기에 휩싸였다.

"윽!"

괴음파 탓에 핀과 가레스의 지시도 들리지 않는 가운데 아이즈는 에어리얼 사용을 단행했다. 출력이 높아진 바람의 기류가 몸에 달라붙는 짙은 안개를 날려버렸다. 생물처럼 달라붙는 연기가 눈 깜짝할 사이에 흩어지자, 역시 눈앞에서 미노타우로스는 홀연히 사라진 후였다. 그리고.

'——용서해다오.'

안개가 걷히고 아이즈 일행이 나타난 순간, 리드는 풍선처럼 팽창시킨 가슴을 해방했다. 사라져버린 미노타우로스에게 정신이 팔린 아이즈, 가레스, 핀은 재빨리 이쪽을 돌아보았지만 때는 이미 늦었다.

리드의 입에서 화염이 뿜어져 나온 것이다.

"리저드맨이 불을?!"

가레스가 경악하거나 말거나 아이즈는 이것도 바람으로 막으려 했으나 리드의 노림수는 그녀들이 아니었다.

불을 계속 토하면서 얼굴을 옆으로 훑어, 광범위하게 화염방사를 펼쳤다.

"?!"

대로 양옆의 민가에 옮겨 붙은 그것을 아이즈 한 사람의 바람만으로 막을 수는 없었다. 슬럼에 불씨가 많은 것도 화근이 되었다. 목재며 마석제품의 발화장치에 인화해 주위 일대는 금세 불바다로 변했다.

『크오오오오오오오!』

상공에서 가고일의 목소리가 울려 퍼진 순간, 리저드맨도 세이렌도 공격을 중지하고 쏜살같이 도망쳤다. 이미 다른 몬스터들도 뒷골목으로 뛰어들어 '제노스'들의 대철수가 이루어졌다.

"……!"

"……인력이 부족해. 먼저 후열부터 구한다."

한순간 추적하려다가 발을 멈춘 아이즈에게 핀 또한 한 방 먹었다는 표정으로 명령했다.

거리에는 마비되어 움직이지 못하는 베이트 일행을 비롯해, 미노타우로스에게 쓰러진 단원들이 다수 있다. 움직일 수 있는 사람은 핀 일행을 포함해 극히 일부였다.

"뭐가 어떻게 된 거야……!"

주민들을 지키기 위해 결계를 유지하는 리베리아 또한 움직이지 못하고 있었다. 시야를 뒤덮은 수상쩍은 짙은 안개 때문에 판단을 내리지 못해──안개의 유해성을 우려해──'마법'을 해제할 수가 없었다. 지켜야 할 사람들이 그녀의 족쇄가 되고 말았던 것이다.

어쩔 수 없이 핀이 전선으로 올라가면서 지휘체계가 정지되었던 것이 전략에서 한 수 늦어져버린 가장 큰 요인이었다.

모험자들은 핀의 지시에 따라 재빨리 태세를 회복했다. 가레스가 티오나 일행과 이켈로스를 한꺼번에 구해내고, 아이즈도 구조활동에 힘썼다. 부상을 입지 않은 마도사들이 리베리아와 함께 빙결마법이나 유수마법을 구사해 소화를 우선시했다. '제노스'냐【로키 파밀리아】냐, 어느 쪽의 편을 들어야 할지 계속 망설이기만 했던 헤스티아 일행도 여기에 힘을 보탰다.

10분 후, 고위 마도사들의 활약으로 피해는 도로 일대에만 그치고 불길은 완전히 잡혔다. 석조 도로는 검은 연기가 피어오르는 시커먼 황무지로 변했다.

"핀, 그 미노타우로스는……."

"……지하야."

아이즈가 서글픈 표정을 감추지 못한 채 대로 중앙까지

나가자, 핀은 지면을 내려다보았다.

그곳에는 솟아오른 포석이 균열처럼 입을 벌리고 있었다.

"이건……."

"금속 거인이 나타났던 구멍이야. 그 '괴물'은 여기를 통해 지하수로로 내려갔겠지."

펠즈의 골렘이 출현한 구멍을 보고 아이즈는 놀랐다. 표면이 그을린 포석 아래로 보이는 어두운 수로에는 분명 혈흔이 있었다. 그 와중에 칠흑의 '괴물'은 기척을 죽이고 구멍으로 뛰어들었던 것이다.

"……쫓아갈까?"

"그래, 부탁해……. 다만 마지막의 그 도주극을 보면, 무장한 몬스터들은 역시 상당한 지능을 가지고 있어. 단독으로 깊이 쫓아가지는 말아줘."

아이즈의 질문에 대답한 핀은 잘려나간 미노타우로스의 한쪽 팔까지 사라졌다는 사실에 탄식했다.

잠시 후, 겨우 다른 모험자와 길드 직원들이 황급히 도착했다. '하울'에 당한 자들의 치료가 진행되는 가운데,. 핀은 큰 실패를 저질렀다는 양 하늘을 우러러보았다.

"계산 착오였어……. 일을 그르쳤구나."

미궁거리에서 일어난 격렬한 몬스터의 포효, 폭발음, 무엇보다도 피난한 주민들의 통보에, 소란이 잦아들려 했던 오라리오는 다시 혼란에 빠졌다.

로이만을 비롯한 길드 상부는 새하얗게 질린 채 각【파밀리아】에게 서둘러 구조하러 가도록 통보를 내리는 가운데, '다이달로스 거리'가 존재하는 도시 남동쪽 제3구역에 많은 모험자들이 집결하고 있었다.

"큭……!!"

시벽 부근까지 내려앉은 태양이 옆얼굴을 비춘다.

벨은 달리고 있었다.

골목길을 파괴하며 나아가는 비네를 따라.

"비네!"

벨의 고함도, 비명을 지르며 나아가는 용종 소녀에게는 닿지 않았다. 벽을 부수고 계단을 뛰어오르며 남하하는 비네와 벨은 마침내 미궁거리의 입구를 넘어 슬럼을 벗어나고 말았다.

"흐악……?! 꺄아아아아아아아아아아아아아아아아아!!"

"이봐, 모험자들! 이쪽이야, 이쪽이라구!!"

폭주하는 몬스터를 보고 데미휴먼들이 찢어지는 비명을 지르며 쏜살같이 도망쳤다. 미궁거리를 벗어나자마자 길에는 금세 사람이 늘어났으며, 소란과 비명의 증가에도 박차가 가해졌다. 창부로 보이는 차림을 한 여성들이 잇따라 모험자를 불러왔다.

벨의 얼굴이 조바심으로 물들었다.

"비네, 멈춰!!"

『아아아아아아!!』

미궁거리에서부터 몇 번이나 몸에 달라붙어 애원했지만 격렬한 사행(蛇行)에 떨려나고 말았다. 일그러진 용의 비늘을 붙잡으면서 찢어져버린 벨의 손은 이미 너덜너덜했다. 몇 번을 불러도 효과가 없어, 붉은 돌을 이마에 되돌리기란 지극히 어려웠다.

가녀린 상반신에 매달린 벨은 끊임없는 진동을 견뎌내다가 골목의 상점 간판에 부딪혀 다시 지면에 나뒹굴었다. 그 광경이 다시 주위의 비명을 샀다.

'이미 '커스'는 풀렸을 텐데……!'

비네의 두 눈에서는 이미 흉흉한 붉은 빛이 사라지고 없었다. 딕스의 '커스'에서는 해방되었을 것이다. 그럼에도 용종 소녀는 폭주를 멈추지 않았다.

벨 자신도 머리에서 피를 흘리며, 구멍이 뚫려 피투성이가 된 비네의 왼팔을 바라보았다.

──비네를 꿰뚫은 장창.

아마도 핀이 던졌던 장창이 불행하게도 소녀의 공포를 일깨우고 말았을 것이다.

같은 종류의 무기를 지녔던 딕스의 소행을, 조소를, 악의를.

붉은 돌을 잃고 제대로 판단도 하지 못한 채, 인류 전체에 등을 돌리고, 이리저리 도망칠 만한 악몽을.

사내의 저주는 사라지질 않았다.

"찾았다, 여기 있다!!"

"?!"

비네를 막지 못한 채 마침내 모험자들이 모습을 나타내고 말았다.

라미아와도 같은 대형급 레어 몬스터인 '부이브르'의 폭주상태에, 모험자들은 잠시 겁을 먹기는 했지만 이 이상은 보내지 않겠노라고 무기를 들었다. 단궁에 화살을 메기고, 투창을 치켜들고, 보석이 박힌 지팡이를 겨눈다.

골목 정면, 측면으로 나선 모험자들에게 벨은 목이 찢어져라 외쳤다.

"안 돼————!!"

벨의 고함은 모험자들의 기합성에 지워졌다.

저벨린이 용의 꼬리 하반신에 박히고, 화살이 어깨를 뚫고, 화염마법이 직격했다. 부이브르의 몸에서 무수한 비늘이 벗겨져 떨어졌다.

『————————————아아!!』

비네에게서 비명이 솟았다. 모험자들의 가차 없는 공격에 괴로워하며, 적의에서 도망치고자 한층 가속했다. 정면에 있던 모험자들을 날려버린다.

"크윽……?!"

벨은 부서져라 이를 악물었다.

부이브르의 진로로 잇따라 모여드는 모험자들을 보고——

갈등과 망설임을 뿌리치면서, 그들을 향해 오른팔을 내밀었다.

"【파이어볼트】!!"

공격을 가하려던 모험자들에게 연사마법이 꽂혔다.

"에엑?!"

"?!"

"으허어어어어억?!"

발밑에, 무기에, 몸에.

염뢰가 작렬해 등부터 나가떨어지는 모험자들의 곁에 수많은 불똥이 춤을 추었다. 벨은 비네를 따라가면서 모험자들에게, 아군이어야 할 같은 인류에게 공격을 펼쳤다.

"【리틀 루키】, 너 이 자식!!"

염뢰를 연사해 방해하는 벨에게 모험자들이 얼굴을 시뻘겋게 물들이며 고함을 질러댔다. 하급, 상급, 파벌, 모두 상관이 없었다. 오로지 혼자 공격을 가하는 루키를 매도했다. 건물 위에서 눈치를 살피던 여자아이들도 놀라 눈을 크게 뜨면서 그의 만행을 목격했다.

"미쳤어?!" "그렇게 드롭 아이템이 탐나냐!" "이럴 때 무슨 짓이야!" 모험자들에게서 쏟아지는 매도에 가슴이 저리고 손이 떨렸지만, 그래도 벨은 '마법'을 쏘아댔다. 부이브르를 지키며 계속 쫓아갔다.

이윽고 끝이 나지 않던 도피행이 돌입한 곳은 복구 중인 환락가 구역.

【프레이야 파밀리아】에게 궤멸당했던 【이슈타르 파밀리아】의 예전 영역. 환락가 내에서도 특히 심한 파괴가 이루어졌던 이 장소는 폐허나 다를 바 없는 건물이 아직도 많이 남아 일반인의 출입이 금지된 곳이었다. 반파된 창관, 쓰러진 나무통이나 불탄 흔적이 보이는 거리. 주인이 사라진 여신의 궁전 '벨리트 바빌리'가 내려다보는 성하마을은 완전히 쇠퇴해버리고 말았다.

그물코처럼 교차하는 쓸쓸한 골목을 마구잡이로 달려나간다.

벨과 비네가 가는 곳곳마다 앞서 왔던 모험자들이 기다리고 있었다.

"......?"

문득 벨은 위화감을 느꼈다.

'......공격을 안 하잖아?'

울리지 않는 무기 소리, 멈춰버린 사격.

모험자들은 비네의 진로를 막는 것처럼 모습을 나타내거나, 혹은 위협사격을 할 뿐 눈에 띄는 공격을 시도하지는 않았다.

마치 체념한 것처럼——

'——아니, 그게 아니야.'

안이한 억측을 걷어차버린 것과 동시에 오한이 등줄기를 꿰뚫었다.

'유도되고 있다……!!'

다음 순간 벨의 얼굴에서는 색이란 색이 모두 빠져나갔다.

"비네, 가면 안 돼!!"

어떤 장소로 끌려가고 있다. 이를 깨달은 벨은 체면 가리지 않고 외쳤다.

진로 정면에 나타나는 휴먼, 대형 방패를 든 드워프. 앞길을 가로막는 그들에게서 도망치듯 부이브르는 길을 꺾어 들어갔다. 창졸간에 꼬리를 잡고자 팔을 뻗기는 했지만 옆에서 날아든 화살에 가로막혔다. 방해하지 말라는 양 지붕 위에서 나타난 수인에게 저격당한 것이다.

"윽……?!"

그리고 벨의 갈망도 허무하게.

어두운 골목이 단숨에 탁 트이면서, 해가 저물려 하는 하늘의 빛이 시야를 메웠다.

넓은 공간과 부서진 폐허가 만들어낸 분지형 광장.

힘차게 뛰어든 부이브르는 철책을 넘어뜨리고, 발 디딜 곳이 사라지는 바람에 깊은 단차 아래로 떨어졌다. 소리를 내며 돌바닥을 부순 그녀가 도착한 곳은 광장 중앙. 고개를 드니 폐허 위에 선 무수한 모험자들에게 주위를 포위당한 상태였다.

모험자들의 도당. 【파밀리아】간의 연대.

광장을 포위한 마도사들이 이미 완성된 '마법'을 대기상태에서 발동으로 이행하려는 광경에 벨의 심장이 고함을 질러댔다. 한 걸음도 멈추지 않고 자신도 광장으로 뛰어들었다.

　"【리틀 루키】, 멈춰!!"

　"미쳤냐, 너?! 그러다 죽어!"

　광장에 착지한 벨에게 모험자들이 경고와 함께 노성을 터뜨리는 가운데,

　"상관하지 마아, 쏴버려어!"

　이성을 잃은 것 같은 거한의 목소리가 포위망 안에서 솟고, 그것이 방아쇠가 되었다. 무수한 마법의 빛이 치솟으며 일제 포화가 일어났다.

　"──────."

　광장 중심으로 쇄도하는 포격의 빛.

　눈을 크게 뜬 부이브르의 얼굴을 비추고, 눈 깜짝할 사이에 온몸을 뒤덮었다.

　『아아아아아아아아아아아아아아아아아아아아아아아아아아아아아아!!』

　몬스터의 절규가 작렬하는 '마법' 속에 묻혔다.

　폭풍 속으로 소녀의 모습이 사라져간다.

　"────────으윽?!"

　벨은 돌진했다.

　맹렬한 불길에, 벼락에, 얼음 폭풍에 몸이 이리저리 흔들렸지만 광장 중앙을 향해 달렸다.

　피부가 타고, 머리카락이 그을리고, 피부에 서리가 끼어도 포격의 소용돌이에 말려든 소녀의 곁으로 달렸다.

언어를 이루지 못하는 고함이 사방으로 흩어졌다.

구역질마저 날 정도로 시간의 흐름이 완만해졌다.

닫혀버린 시간의 세계 속에서, 벨은 팔을 뻗었다.

포격의 잔재가 치솟는 가운데, 용종 몬스터는 모든 비늘을 잃고 하늘을 우러러보고 있었다.

온몸에서 연기를 뿜으며, 시커멓게 탄화된 팔다리 끝을 더럽히면서, 덧없는 은청색 장발을 흩날린다.

다가오는 소년을 보고, 공허한 눈으로, 입술에 소리를 얹는다.

벨.

"크으윽!!"

혼신의 힘으로 뻗은 벨의 손이 소녀에게 닿으려던 순간.

붉은 창날이 소녀의 가슴을 꿰뚫었다.

"_____."

먼 곳에서 날아든 창날.

저주가 새겨진 원념의 창.

"하, 흐햐하하하아아하하하하하하하하하하!! 해치웠다, 내가 해치웠다고오!!"

거한이 웃었다. 제정신을 잃은 채 웃어댄다. 얼굴 절반을 잃은 사내의 홍소가 멈춰버린 시간의 흐름을 깨부수었다.

벨의 눈앞에서, 창에 꿰뚫린 소녀의 몸이 천천히 기울어졌다.

　"――비네!!"

　소년의 눈물과 절규가 흩어진 순간―― 지면이 붕괴되었다.

　"뭐지?!"

　"무너진다!"

　일제포화가 작렬한 중심지를 기점으로, 광장이 무너져갔다.

　발밑이 사라지고, 자신도 낙하하면서.

　벨은 어두운 어둠 밑바닥으로 떨어지는 소녀의 몸을 잡고, 끌어안았다.

　모험자와 마도사들은 얼굴을 팔로 가리며 눈 아래의 광경에 움직임을 멈추었다.

　무너진 지면. 치솟는 방대한 흙먼지. 중심지에는 커다란 구멍이 뚫리고, 원래의 형상과도 맞물려 인공 개미지옥 같은 양상을 띠었다. 바닥에 깔렸던 포석이 지금도 이따금 우르르 소리를 내며 구멍 안으로 빨려 들어갔다.

　기인 다이달로스가 설계하고 환락가에 펼쳐놓았던 '비밀 지하도'. 지하의 샛길 때문에, 원래 공동 상태였던 광장이 일제포격의 충격을 견디지 못하고 무너져버렸던 것이다.

모험자들에게서 목을 꼴깍 울리는 소리가 들렸다.

소년도, 부이브르도 깊은 구멍 밑바닥으로 사라지고 말았다.

"하하하하하하하하하하!!"

그런 그들을 내버려둔 채 망가진 웃음소리를 터뜨리는 거한이 있었다.

【이켈로스 파밀리아】의 그랜이었다. 헌터들 중 유일하게 살아남은 그는 '열쇠'를 써 크노소스를 빠져나온 후, 제정신을 잃은 채 원한을 갚고자 딕스의 창을 비네에게 투척했던 것이었다.

"해냈어어, 딕스으!! 괴물을 해치웠어, 해치웠다구우!! 내가아——"

『크아아!!』

착란에 빠진 그랜의 머리를, 상공에서 급강하한 가고일의 발톱이 박살냈다.

【로키 파밀리아】에서 벗어나 포격의 섬광을 발견한 그로스는 날개 달린 몬스터들과 함께 광장으로 달려오고 있었다. 그리고 그 광경을 보고 말았다.

모험자들의 경악이 집중되는 가운데, 이번에야말로 헌터의 목숨을 끊은 가고일은 벨과 비네가 떨어졌던 구멍을 보고 몸을 떨었다.

『크——오오오오오오오오오오오오오오오오오오!!』

"날개 달린 몬스터?! 이렇게나 많이 있어?!"

"젠장, 도망쳐라!!"

'제노스'들은 날뛰었다.

상처 입은 몸을 채찍질해가며, 최후의 힘을 쥐어짜내 비명을 지르는 모험자들에게 달려들었다.

소년과 소녀의 마지막 시간을, 그 누구도 방해하지 못하도록.

남겨진 시간을 알리는 모래시계처럼 자갈과 돌조각이 연신 떨어졌다.

어스름에 휩싸여, 무너진 잔해에 묻힌 지하통로의 공간.

머리 위에 뚫린 구멍 너머로 펼쳐진 꼭두서니색 하늘이 지켜보는 가운데, 벨은 힘을 잃은 소녀의 몸을 끌어안고 있었다.

"비네…… 비네!!"

눈에 눈물을 머금고, 소녀의 가슴에 뚫린 저주의 창을 움켜쥔다.

저주의 힘이 지금도 소녀의 몸을 잠식하고 있다. 벨은 창날을 뽑아 내팽개쳤다.

덜그렁. 울려 퍼지는 메마른 소리. 꿈틀 경련하는 청백색 몸.

벨은 파우치 안에서 붉은 돌을 꺼내 텅 빈 비네의 이마에 꽂았다.

돌이 희미한 빛을 되찾기는 했지만, 소녀는 움직이지 않았다.

그뿐이랴── 후둑, 소리를 내며.

긴 꼬리가 재가 되어 허물어졌다.

"윽……?!"

창에 찔린 가슴의 안쪽.

상처 너머로 보이는, 피에 물든 자청색 결정에는 균열이 생기고 있었다.

균열이 커질 때마다, 소녀의 몸은 끄트머리부터 재가 되어간다.

"안 돼…… 안 돼!!"

울부짖는 어린아이처럼 벨은 몇 번이나 같은 말을 되풀이했다.

안 돼, 이런 건 안 돼, 사라지면 안 돼.

소녀의 몸을 끌어안으며, 꽉 감은 눈에서 하염없이 눈물을 청백색 뺨에 떨구었다.

"……베, 엘?"

"!"

귓전에 스친 숨소리 같은 속삭임에 벨은 흠칫 시선을 돌렸다.

어렴풋이 눈을 뜨고, 호박색 눈에 빛을 돌아오며 비네는 의식을 되찾은 것이었다.

딱딱하게 변해 거스러미가 일어난 뺨은 그대로.

당장이라도 사라질 것 같은 눈빛으로, 벨을 올려다본다.

"비네……!"

"……베, 엘…… 미안, 해."

비네는 피를 흘리는 벨의 얼굴을 바라보며 갈라진 목소리로 사과했다.

서서히 재로 변해가는 소리를 들으며, 벨은 몇 번이나 고개를 가로저었다.

웃음을 이루지 못하는 웃음을 지으며, 눈물과 함께 웃어주었다.

"괜찮아, 괜찮아, 그러니까……! 난 괜찮으니까……!! 그러니까, 비네——"

——사라지지 마.

어깨를 끌어안은 손에 힘을 주며 벨은 애원했다.

몸이 흔들리고, 소년의 가슴에 이마를 기댄 비네는, 행복에 휩싸인 것처럼 어렴풋한 미소를 지으며 호박색 눈을 적셨다.

가녀린 가슴에서 쩌적 소리가 나고, 마침내 용의 몸통이 모두 허물어졌다.

"……꿈, 꿨어."

"어……?"

인간의 상반신을 남긴 비네는 눈을 크게 뜬 벨의 얼굴을 올려다보았다.

"아무도, 날 구해주지 않는…… 무서운 꿈."

재를 흘리면서.

목숨의 시간을 잃어가면서, 비네는 떨리는 손을 들었다.

"그래도, 있지."

벨의 뺨에 가만히 가져간 오른손은 닿자마자 허물어졌다.

오열 속에 사라질 것 같은 목소리로, 비네가 말했다.

"이번에는…… 구해주러 온 사람이, 있었는걸."

벨의 눈이 한껏 커졌다.

"기뻐……."

눈을 감자, 투명한 눈물이 뺨을 타고 흘러내린다.

입술에 웃음을 지으며, 단 하나의 '꿈'에, 소소한 동경에 안긴 채.

이형의 소녀는 이때, 분명히 충족되었다.

재가 허물어진다.

소녀의 몸을 이루던 형태가 사라져간다.

망연자실한 벨의 눈앞에서,

고마워.

비네는 울면서, 꽃처럼 미소 지었다.

그리고.

"벨…… 좋아해."

사라졌다.

무너져내렸다.

소리를 내며, 벨의 손가락 사이에서, 수많은 재가 흘러내린다.

"―――――."

시간이 멈춰버린 벨의 뺨을 타고, 마를 줄 모르는 눈물이 조용히 흘러내렸다.

치솟는 잿가루.

재가 반짝이는 모습 속에 소녀와의 추억이 떠올랐다가는 반사되어, 빛을 뿜고, 사라져간다.

만남.

두려움.

슬픔.

당혹감.

접촉.

감사.

이름.

기쁨.

웃음.

포옹.

눈물.

가슴속에서 넘쳐났다가는 떨어져가는 재 속에서, 아름다운 붉은 보석만이 부서지지 않고 남았다.

"아, 아아──."

감정이 무너진다.

마음에 구멍이 뚫린다.

목이 떨리고, 통곡이 솟아나려던 그다음 순간,

"【미답의 영역이여, 금기의 벽이여. 오늘 이날 나의 몸은 하늘의 법전에 등을 돌리니──】"

영창이 울려 퍼졌다.

"?!"

눈물을 뿌리며 돌아본 곳, 벨의 등 뒤에 서 있던 것은 흑의의 메이거스.

"【피오스의 지팡이, 살루스의 잔. 치유의 권능으로도 닿지 않을 그대의 목소리여── 부디 기다려주기를】."

펼쳐지는 것은 하얀 매직 서클. 방출되는 것은 인간의 상식을 초월한 '마력'의 광채.

벨이 눈을 크게 뜨고 바라보는 가운데, 펠즈는 낭랑히 주문을 이어나갔다.

"【왕의 심판, 단죄의 번개. 신의 섭리를 거역하여 이 몸이 불에 탄다 하면──】"

지하통로에 가득 찬 순백색 마력광은 머리 위의 구멍을 넘어 한 줄기 광휘가 되어 하늘로 치솟았다.

황혼의 하늘에 솟구친 빛의 기둥을, 오라리오에 있는 모든 이가 목격했다.

 "이 빛은── 펠즈?!"
 "큭······?!"
 발밑에서 뿜어져 나오는 빛에, 모험자들을 광장에서 쫓
아낸 레이와 그로스, 그리고 그들에게 실려 왔던 리드가
눈을 크게 떴다.

 "헤스티아 님!"
 "신의 송환······? 아니, 그게 아니야!!"
 권속의 용태를 살피던 헤스티아도 벨프가 가리키는 그
빛의 기둥을 목격했다.

 "핀······."
 "환락가 방향······ 벨 크라넬, 아니, 부이브르인가?"
 【로키 파밀리아】의 모험자들 또한 하늘을 올려다보았다.

 "그것을 썼는가, 펠즈······."
 노신은 눈을 감고,

 "몇 번인가 본 적이 있지, 저 빛은."
 은발의 미신은 높은 탑에서 웃음을 짓고,

"먼가 또 일어나겠데이~."

주홍머리 여신은 지붕 위에서 책상다리를 한 채 바라
보고,

"기적이 틀림없어."

여행모를 쓴 남신은 눈을 가늘게 떴다.

"【──스스로 명부를 지향하노라】."

매직 서클이 더 큰 빛을 발하고, 벨의 얼굴과 흑의를 물
들였다.

"【열어라 카론, 명계의 강을 건너. 들어라 명왕이여. 미
칠 듯한 이 전율을】."

울려 퍼지는 장엄한 선율. 신성한 음조.

그것은 하계의 섭리를 뒤트는 악업.

"【그치지 않는 눈물, 흩어지는 통곡. 대가는 이미 지불하
였으니】."

초장문영창으로 이루어진 금기의 '마법'.

결정된 운명을 뒤집고, 절대 거역할 수 없는 섭리에 반
역하는 비기.

"【빛의 길이여. 결정된 과거를 제물 삼아 어리석은 선망
을 비추어주기를】."

고대의 '현자'에게만 허락된 '소생마법'.

"【아아, 나는 돌아보지 않으리로다──】."

영창의 완성, '마력'의 임계.

펠즈의 모든 마인드와 맞바꾸어, 그 갈구의 노래가 바쳐
졌다.

"——【디아 오르페우스】."

빛의 기둥이 터져 나갔다.

그 대신 지하공간은 무수한 흰 빛에 휩싸였다.

함박눈과도 같은 빛의 보석들이 놀란 벨 앞에 모여들어,
나선을 이루고, 높고 맑은 소리와 함께 수렴했다. 마지막
으로 매직 서클 아래에서 태어난 청백색 빛이 벨의 품으로
빨려 들어갔다.

다음 순간, 유리가 깨져나가는 것과 같은 음향이 섬광과
함께 터졌다.

한층 눈부신 빛에 세계가 희게 물들고, 반사적으로 눈
을 감은 벨은—— 품에 되살아난 무게와 온기에 몸을 떨
었다.

조심조심, 기도하듯 눈을 떠보니…… 눈을 감은 용종 소
녀가 그의 가슴에 몸을 맡기고 있었다.

"아——."

갈라진 목소리로 중얼거리고, 이내 뿌옇게 흐려지는 시
야를 느끼며 뺨에 한 손을 가져다댔다.

차갑다. 하지만 따뜻하다. 고동 소리가 전해진다. 숨결

의 소리다.

가느다란 인간의 팔다리. 용의 날개는 사라지고 지면에 쌓인 재의 무더기는 줄어들었다.

이마에 박힌 붉은 보석이 벨의 눈을 비추듯 반짝였다.

"⋯⋯⋯⋯처음으로 성공했군."

털썩, 둔중한 소리를 내며.

벨의 등 뒤에서 흑의의 메이거스가 기력을 다 소진한 것처럼 엉덩방아를 찧었다.

"800년 만인가⋯⋯. 나 원, 슬롯만 잡아먹을 뿐 쓸데없는 희망이라고 원망까지 했는데⋯⋯."

돌아본 벨과 시선을 마주하고, 후드 안에서 웃음을 짓는 기척을 흘리며.

펠즈는 허공을 우러러보았다.

"아아⋯⋯ 의미가 있었구나."

목이 메인 펠즈의 모습에, 벨의 두 눈에서는 눈물이 쏟아져내렸다.

용종 소녀에게 눈을 돌리고, 다시 한 번 뺨의 온기를 만져보고── 한껏, 한껏 끌어안았다.

감겨 있던 소녀의 눈에서도 투명한 눈물이 넘쳐났다.

🔥

해가 서쪽으로 기운다.

하늘로 솟구쳤던 빛의 기둥은 형체도 없이 사라졌다.

한때는 희게 물들었던 세계가 명동하는 일도 없이. 사람들의 혼란과 신들의 술렁임만을 남긴 채, 도시에는 황혼의 하늘이 돌아왔다.

백색 거탑의 그림자가 드리워진 미궁거리 한쪽.

저녁놀이 진 탑에 황금색 머리카락을 비추며, 핀은 보고를 듣고 있었다.

"미안, 핀……. 중간에 수로 무너져서…… 못 쫓아갔어."

"환락가에 몰려든 날개 달린 몬스터들도 붕괴된 광장을 통해 지하통로로 내려갔고…… 소식이 끊어졌다고 한다."

아이즈와 리베리아의 이야기를 잠자코 듣던 핀은 엄지를 핥았다.

"그렇군……. 벨 크라넬과 부이브르는?"

"지금은 아직 행방불명이다. 다만 부이브르와 함께 낙하했던 지하통로에는…… 혈흔과 함께 몬스터의 주검으로 보이는 재가 남아 있었다고 하는군."

아이즈는 리베리아의 보고가 무언가 마음에 걸리는 눈치였지만, 핀은 내버려둔 채 수고했다며 고개를 끄덕였다. 그녀들을 보낸 파룸 두령은 전장이 되었던 거리를 바라보았다.

"결국, 놓쳤구나……."

손상과 탄 흔적이 남은 거리를 둘러보며 중얼거린다.

이윽고, 다른 모험자들과 협력해 부상자와 무너진 건물

을 철거하는 【로키 파밀리아】의 단원들에게 지시를 내리기 시작했다.

"……."

그의 그런 모습을 바라보던 아이즈는, 손을 내려다본 후 말없이 고개를 들어 하늘로 시선을 돌렸다.

붉은 햇살이 도시에 내리쬐이고 있었다.

벨은 저녁 햇살이 닿지 않는 어둠 속의 광경을 말없이 바라보고 있었다.

"비네, 비네……!"

"다행이다, 다행이야……!"

도시의 지하통로를 나아가 당도했던 용수로 입구.

비밀문 너머에 있던 이 장소는 터널을 이루었으며 의외로 넓었다. 마치 다리 아래의 공간을 방불케 했다. 벨은 이 장소가 어딘가 눈에 익은 것 같기도 했지만 지금은 기억이 잘 떠오르지 않았다.

벨과 펠즈, 비네, 그리고 광장까지 올 수 있었던 '제노스'들은 모험자의 손이 아직 닿지 않은 이 용수로에 몸을 숨기고 있었다.

시선 너머에서는 리드와 그로스, 레이, 그 밖에 라미아와 트롤 같은 이들에게 에워싸인 비네의 모습이 보인다. 그녀는 아직도 눈을 뜨지 못한 채 잠든 상태였지만 '제노스'들은 모두 눈물을 흘리고 몸을 떨며 동포의 무사를 기뻐했다.

"……펠즈 씨."

"왜 그러지, 벨 크라넬?"

함께 '제노스'들 밖에 있던 메이거스에게 벨이 물었다.

"지상까지 와주었던 '제노스'들은, 그게 전부였나요……?"

"아니, 아직 모든 '제노스'와 합류한 건 아니야. 너는 못 들었을지도 모르겠지만, 【로키 파밀리아】에게서 벗어날 때 뿔뿔이 흩어져 도망치고, 낙오된 자들도 있는 것 같아. 도시 어딘가에 몸을 숨겼거나, 아니면…….."

펠즈는 말을 흐리고, 벨은 입을 다물었다.

시선 너머에 있던 리드 일행의 숫자는 두 손으로 헤아릴 수 있을 정도였다. 벨과 비네가 떠난 후 미궁거리에서 분투해주었다는 '제노스'들의 안부가 걱정되었다.

벨은 생각을 이리저리 굴리며, 다시 비네를 에워싼 '제노스'들을 바라보았다.

"벨 크라넬……."

엄청난 '마법'을 구사한 탓에 기진맥진해 벽에 몸을 기댔던 펠즈는 조용한 목소리로 이름을 불렀다.

"왜 그런 표정인지 물어봐도 될까?"

지체하지 않고, 벨에게 깊이 파고드는 질문을 건넸다.

'제노스'들을 멀리서 바라보며, 초연한 표정을 짓는 벨의 내심으로.

"……."

"네 덕에 '제노스'들은 구원을 받았어. 거짓말이 아니야. 비네도 살았지. 나도 감사하고 있고."

"저는……."

"후회하고 있어?"

네가 결단한 선택을.

벨의 말을 앞질러 그렇게 물었다.

벨은 금세 고개를 가로저으려다가, 움직임을 멈추고, 시선을 떨구며 대답했다.

"그 사람이…… 고글 낀 그 모험자가, 저한테 그랬어요."

비네와 '제노스'들을 박해하던 포악한 헌터.

딕스의 말을 들려주었다.

"너는 '위선자'라고……."

"……."

고글 낀 사내는 벨에게 그렇게 단언하고 조소했다.

벨이 결단했던 해답은 그저 허울이고 꿈이며 황당무계한 공상이라고.

아무 선택도 하지 못하는, 그저 '박쥐'일 뿐이라고.

──박쥐. 그 말은 옳다.

'괴물'을 구했으면서, 인간들 앞에서는 배척당하지 않으려고 필사적으로 체면을 차렸다.

【로키 파밀리아】에게 보냈던 적의.

모험자들을 쏘았던 자신의 마법.

전부 기억한다.

소녀를 구하고 싶다는 일념만으로 온갖 것들을 배신했다.

동경과 대치하고, 동료들도 한때는 내팽개쳤으며.

'영웅'에 대한 마음에도, 할아버지에게도 등을 돌리려 했다. 결별하려 했다.

그 마지막에 기다리고 있던 것은 하염없는 무력감.

펠즈에게, '제노스'에게, 류를 비롯한 수많은 이들에게 도움을 받지 않았다면 비네를 이렇게 구해내지는 못했다.

아무도 지키지 못했고, 아무도 구하지 못한 '위선자'.

사내의 홍소가 다시 귓속에 되살아났다.

"……."

고개를 숙인 소년의 말을 들은 펠즈는.

기대어 앉았던 벽에서 등을 떼고, 벨과 마주 보았다.

"벨 크라넬, 이건 지론일 뿐이지만…… 난 이렇게 생각해."

그리고 말했다.

"'위선자'라고 욕을 먹은 사람이야말로 '영웅'이 될 자격이 있다고."

그 말에 벨은 눈을 크게 뜨고 고개를 들었다.

"앞으로도 고민하고 괴로워하고 망설이고, 오늘처럼 결단을 내려줘."

"펠즈 씨……."

"영웅들이 내렸던 결단은 때로는 잔혹했고, 때로는 비정했고, 때로는 용서받을 수 없는 것이었고…… 그리고 무엇보다도 존엄한 의지였어."

어둠에 잠긴 후드 안에서 다시 펠즈가 웃었던 것 같았다.

"그들과 똑같이 하려 했던 네 해답은, 욕을 먹든 경멸을 사든, 분명 잘못되지 않았던 것이니까."

펠즈의 말이 마음을 때렸다. 벨은 아무 대답도 할 수 없었다.

가슴에 사무친 감정을 얼버무리는 것이 고작이었다.

"살과 가죽을 잃은 내가 말하지. 뼈와 미련밖에 남지 않은 내가, 굳이 말해줄게."

오랜 시간을 살아왔던 흑의의 메이거스는 마지막으로 말했다.

"어리석은 사람이 되어라, 벨 크라넬."

"……."

"부디 너만은, 어리석은 사람으로 있어줘. 네가 가진 것은 우리에게는 정말 어리석지만…… 그러나 신들이 보기에는 분명, 그 무엇과도 바꿀 수 없는 것이야."

펠즈는 몸을 치우고, 벨의 시야에 '괴물'들의 모습을 보여주었다.

"벨 씨, 정말, 고마워요……!"

"미안해, 벨찡…… 고마워!"

"……고맙다. 감사, 한다."

인간과 융합할 수 없는 '괴물'들의 말에, 마음에, 시야가 흔들렸다.

지금도 잠든 용종 소녀를 바라보며 목이 떨렸다.

"너처럼 '제노스'와 기묘한 인연을 맺고 정을 베풀어준 사람은 많이 있었어……. 하지만 너처럼 자신을 돌보지 않고 그들을 구해준 사람은 아무도 없었어."

고마워.

그 감사의 말에 벨은 고개를 숙였다.

하늘을 물들인 저녁놀이 등을 돌린 소년의 머리를 커다란 손바닥으로 감쌌다.

자랑하지 않아도 괜찮다.

계속 망설여도 괜찮다.

하지만 후회는 하지 말렴.

저기 눈앞에는, 어리석은 위선으로 구해냈던 목숨들이 분명히 있으니까.

——황혼의 빛이, 할아버지의 목소리를 빌려 그렇게 말해주는 것만 같았다.

에필로그　선택의 대가

서쪽 햇살이 비추는 시내를 걸어간다.

하늘은 아직도 붉다. 벨은 '제노스' 일행과 헤어져 '다이달로스 거리'로 향했다.

결국 잠에서 깨어나지 못한 비네와의 작별을 아쉬워하며, 그들에게 그녀를 맡기고 왔다.

벨이 용종 소녀와 있는 모습을 들킨다면 이제는 의심을 사는 정도로는 끝나지 않는다. 펠즈도, 어쩔 수 없이 지상으로 나왔던 '제노스'를 돕기 위해 리드 일행과 함께 행동하기로 했다.

사람들의 시선으로부터 도망치듯, 벨은 고개를 숙이며 걸어갔다.

【헤스티아 파밀리아】, 그리고 【로키 파밀리아】가 있을 미궁거리 한쪽으로.

이대로 홈까지 도망쳐 무시해버릴 수는 없었다. 무슨 일이 있었는지, 자신의 행동이 무엇을 가져왔는지, 이 눈으로 확인해야만 한다.

시내를 이동할 때는 소리를 질러 비난하던 자는 전혀 없었지만—— 미궁거리로 발을 들인 순간, 상황이 돌변했다.

"큭……?!"

이리저리 뛰어다니는 길드 직원들, 지면에 드러누운 부상자. 눈에 익은 망가진 벽의 흔적. 그러한 것들을 보고 창백해진 벨의 모습을, 주위의 사람들이 알아보기 시작했다.

주민들도, 모험자들도, 길드 직원들도 쏘아보는 듯한 눈빛을 보냈다.

'벌이'를 위해, 사리사욕을 채우기 위해 몬스터를 감싸고 쫓아다녔던 소년을 향해 소리 없는 비난이 쇄도했다.

"여, 벨 크라넬. 부이브르한테서 보물은 챙겼냐?"

"뭐야, 이제 와서…… 【로키 파밀리아】는 저렇게 고생하고 있는데."

"모험자는 개뿔…… 【리틀 루키】는 개뿔."

이윽고 모르는 사람들의 목소리가 모르는 감정을 들이대며 날아들기 시작했다.

발을 움직이기 시작한 벨에게, 경멸을 감추지 않는 사람들이 가차 없이 침을 뱉었다.

적의, 악의, 그리고 실의.

이제까지 받아본 적이 없는 사람들의 어두운 의지를 뒤집어쓰며, 숨을 멈추었다.

오라리오를 뒤흔들었던 워 게임의 승자, 【리틀 루키】의 명성은 땅에 떨어졌다.

인기와 기대는 단 하나의 소행으로 뒤집혔다. 동전의 양면인 것이다. 신뢰와 실망은.

벨은 그들을 배신하고 말았다. 이제는 뒤집을 수 없다.

해의로도 발전할 수 있는 감정에 휩싸이면서, 떨리는 팔다리가 싸늘해지는 것을 느끼면서, 벨은 꾹 참고 앞으로 나아갔다.

그리고.

"_____."

그 도로에 도착했을 때, 벨은 얼어붙고 말았다.

온통 부서지고 터져 나간 포석. 잔해의 무더기로 변한
민가. 불타고 그을린 흔적. 눈앞에 들이대어진 광경에, 이
것이 선택의 대가 중 하나임을 톡톡히 깨달았다.

"벨⋯⋯."

대로 옆에는 헤스티아가 있었다. 벨프도 미코토도 있었
다. 릴리와 하루히메는 아직 제 컨디션이 아닌 것 같았다.
가슴에 아픔이 내달렸다.

"⋯⋯."

멀리 떨어진 곳에는 아이즈도 있었다. 이쪽을 빤히 바라
보는 그녀의 뒤에는 【로키 파밀리아】의 단원들이 대기 중
이었다. 작업을 하는 사람도 있고, 무언가 하고 싶은 말이
있는 분위기로 이쪽을 보는 사람도 있다. 목이 꽉 잠겼다.

"⋯⋯!"

그리고 주요 전장이 되었던 주위에는 수많은 길드 직원
이 보였다.

여기서도 많은 이들이 노려보는 가운데, 한 여성 직원이
이쪽을 알아보고 똑바로 다가왔다.

찰랑거리는 갈색 머리카락, 안경을 낀 에메랄드색 눈동
자, 뾰족한 하프엘프의 귀.

"에이나, 누나⋯⋯."

아연실색 멍하니 서 있던 벨의 앞에서 에이나는 걸음을

멈추었다.

이제까지 본 적이 없었던, 눈썹을 곤두세운 냉엄한 표정으로 바라본다.

단둘만의 공간에는 아무도 다가오려 하지 않았다.

많은 이들이 멈춰 서고, 정적이 벨의 귀를 후려치는 것 같았다.

에이나는 천천히 입을 열었다.

"이기적인 판단으로 도시와 시민들을 위험에 빠뜨리고, 모험자들에게도 위해를 가했다. ——사실이니?"

——아니에요.

그렇게 말하고 싶었다.

그녀에게만은 오해를 사고 싶지 않았다.

하지만 비네 일행에 대해서 말할 수는 없었다.

벨은 고개를 숙이고 대답했다.

"……네."

다음 순간—— 짜악.

메마른 소리와 아픔이 뺨에 생겨났다.

눈을 크게 뜨며 앞을 보니, 오른손으로 따귀를 때렸던 에이나는 눈에 눈물을 머금은 채—— 화를 내고 있었다.

"안 믿어……!"

다음으로는 에메랄드색 눈동자에서 눈물을 뚝뚝 흘렸다.

"그런 말을, 어떻게 믿어……!"

울음을 터뜨린 에이나는 벨을 끌어안았다.

거짓말을 간파하고, 무언가를 숨긴다는 사실에 분노하고, 이야기해주지 않는다는 데 슬퍼하며.

흐느끼는 에이나에게, 벨은 말을 잃었다.

——여자를 울렸을 때는 가슴을 빌려주고 안아줘야 하는 게야.

할아버지의 가르침이 머리를 가로지르고, 두 손이 그녀의 등까지 올라갔지만…… 이내 축 늘어뜨렸다.

할아버지, 나는요——.

어떻게 해야 좋을지, 모르겠어요.

자신 때문에 누나가 울고 있다. 주위의 참상에는 망연자실할 뿐이다.

헤스티아와 동료들은 조용히 소년과 에이나를 지켜보았다.

에이나의 두 팔에 끌어안긴 채, 머리 위를 올려다보기만 하는 벨의 눈동자에.

여전히 붉은 하늘이 조용히 내려앉았다.

⊡

이른 아침.

해가 뜨지도 않아 하늘은 어스름에 휩싸여 있었다. 어젯밤까지 내렸던 비가 그치고 어렴풋한 아침 안개가 낀 가운데, 거대 시벽에 에워싸인 오라리오 내에서 북쪽 도시문은 열려 있었다.

"나도 마침내 오라리오랑 작별이구만……. 하지만 네가 배웅해주다니. 웬일이냐, 가네샤?"

"나는 가네샤니까."

남색 머리카락을 출렁이는 갈색 남신은 그게 무슨 대답이냐며 코끼리 가면의 신에게 경박한 웃음을 지었다.

활짝 열린 북문에서는 가네샤와 그의 단원들에게 배웅을 받으며 이켈로스가 혼자 떠나가는 중이었다.

【로키 파밀리아】를 통해 길드로 연행되었던 이켈로스는 도시의 밀수에 가담한 【파밀리아】의 행위를 인정했다. 또한 길드의 눈을 속이고 몬스터를 포획했다는 사실도.

도시에 충격을 가져다주었던 몬스터의 지상출현은 그와 그의 【파밀리아】가 초래한 것으로 단정되었고 사건으로부터 이틀이 지난 오늘, 페널티로 오라리오 영구추방이 집행되었던 것이다.

모든 권속을 잃고 모든 자산도 몰수당한 그는 사실상 몸만 남아 쫓겨나게 되었다.

"뭐, 천계로 송환되는 것보단 낫지만."

"너의 처우에 관해서는 길드 내에서도 논란이 있었다더군."

"나도 알아. 요컨대 눈에 보이는 제물이 필요했던 거잖아?"

내 【파밀리아】는 별별 짓을 다 저질렀으니까 말이야.

그렇게 웃으며 느물거리고 모든 것을 받아들인 이켈로스를 보며, 가네샤는 가면 안에서 입을 다물었다.

길드가 출입을 허가한 북쪽 시벽 위에는 이른 아침임에도 많은 사람과 신들이 모여 있었다. 이켈로스가 추방되는 순간을 지켜보기 위해서였다.

"다만…… 기껏 재미난 일이 일어날 것 같았는데, 그걸 직접 지켜보지 못하는 게 유감이구만."

이켈로스는 문 안쪽으로 시선을 돌리며 오라리오를 바라보았다.

"진짜 부럽다야, 헤르메스."

"──그렇게 소란은 수습되고 있어."

두 팔을 슬쩍 벌리며 헤르메스는 노신에게 보고했다.

길드 본부 지하, '기도의 방'. 네 개의 횃불에 비친 어스름 속에서 신좌에 앉은 우라노스와 헤르메스는 극비 면회를 가지고 있었다.

"내 아이들에게 도시의 동태를 살피게 했는데, 길드에 대한 비난은 그럭저럭. 이건 죄랑 책임을 대부분 이켈로스한테 뒤집어씌운 덕이려나?"

몬스터를 지상으로 **도주시키고** 도시를 위험에 빠뜨린 죄는 이켈로스와 그의 【파밀리아】에게 모두 전가되었다. 후자는 이미 존재하지 않으며, 따라서 도시의 비난을 그에게 집약시켜 처단함으로써 길드는 일단 여론을 잠재우고

자 한 것이다. 체제 때문에라도 이번 사건을 몬스터의 지상진출이라 인정할 수는 없었으므로, 그런 면에서도 다행이었다.

신의 영구추방은 희생양의 측면도 있었던 것이다.

"지성이 있는 몬스터의 존재에 대해서도 들키지 않았어. 다만 무장한 몬스터는 리빌라 주민들한테 목격됐으니, 언젠가 18계층과 '다이달로스 거리'의 관계…… 바벨 이외의 던전 출입구가 판명되는 것도 시간문제일 거야."

다만 크노소스의 존재를 파악한 것은 일부 【파밀리아】와 길드뿐.

여기서 상황을 어떻게 이어나갈지는 전적으로 우라노스에게 맡기겠다며, 헤르메스는 가벼운 어조로 보고했다.

"일단 사건은 진정되고 있다고 봐도 문제는 없을 거야."

그렇게 마무리를 짓은 여리여리한 남신에게 우라노스가 입을 열었다.

"그러나 끝은 아니다."

정면에서 그를 마주 본 헤르메스도 고개를 끄덕였다.

"응. 【로키 파밀리아】로부터 도망쳤던 '제노스'들은…… 아직까지 전부 던전으로 돌아간 건 아니고, 모험자들의 추적에 목숨을 위협받고 있어."

"염원하던 지상으로 나왔거늘, 지금은 살아남기 위해 던전으로 돌아가야만 하다니 얄궂은 일이지. 그렇다고 '바벨'은 말할 것도 없고, '다이달로스 거리'도 길드 상부가 봉쇄

한 데다, 로키 일당까지 그물을 펼치고 있으니…… 돌아갈
수단이 없군."

"'제노스'들을 감싸주는 펠즈와 함께 잡히는 것도 시간문
제야……."

앞뒤로 꽉 막힌 상황에, 헤르메스는 너스레를 떨듯 덧붙
였다.

"차라리 로키네를 포섭해버리면 어때? 가능성은 희박하
지만."

"……."

초연한 태도로 대답을 하지 않는 우라노스에게 어깨를
으쓱해 보인 남신은 분위기를 바꾸고, 웃음을 지었던 가느
다란 눈을 떴다.

"우라노스, 당신은 길드와 도시의 기둥이야. 오라리오의
질서를 기원한다면, 당신만은 언제까지고 평화와 안녕의
상징으로 남아 있어야만 해."

"……."

"설령 뒤가 구린 짓을 꾸몄다 하더라도 시치미를 뚝 떼
어야지."

"……나도 안다."

말을 거듭하는 헤르메스에게 우라노스도 겨우 대답했다.

헤르메스는 그 대답을 이끌어낸 순간 웃음을 보였다.

"──그래서 말인데, 우라노스. 이번 소동의 수습도 내
가 맡으면 안 될까?"

"……무슨 생각을 하나, 헤르메스."

"에이, 생각은 무슨. 대신 대가를 좀 받고 싶을 뿐이야."

당신의 장기말이 되어 활약했던 대가를.

헤르메스는 그렇게 요구했다.

"나도 그 아이를── 벨 군을 이대로 실추시킬 수는 없거든. 난 걔한테 모든 걸 걸었단 말이야, 우라노스."

뒤집어진 명성, 대중의 비난.

그 소년을 이곳에서 잃고 무대에서 퇴장시킬 마음은 없다고 자신의 신의를 드러냈다.

"왜 그렇게까지 벨 크라넬에게 집착하나."

소년에 관한 자신의 내심은 드러내지 않고 우라노스가 묻자 헤르메스가 입가를 틀어 올렸다.

"제우스가 두고 간 선물이라서?"

파직 튀어 오른 횃불의 불똥에 눈을 크게 뜬 우라노스의 얼굴이 비쳤다.

그러나 노신은 이내 눈을 감았다.

"이번에는 이쪽을 좀 도와주겠어, 우라노스?"

빛과 어둠을 함께 지닌 남신의 시커먼 미소에, 침묵했던 노신은── 고개를 끄덕였다.

창연한 밤하늘에서 내려다보이는 도시 변두리, 폐허 한쪽.

그곳에서는 한 마리의 '괴물'이 숨을 죽인 채, 건물이 만들어내는 어둠과 동화되어 있었다.

　한쪽 팔을 잃은 칠흑의 맹우.

　상처에서 흐르는 피에 그의 몸은 붉게 물들었다. 라브리스를 땅에 박은 채, 뚝뚝 핏방울을 떨어뜨리는 맹우는 몬스터의 생명력만으로 목숨을 부지하고 있었다.

　『…….』

　전장에서 거칠게 날뛰었던 기질이 거짓말이었던 것처럼 잠잠하게 가라앉은 채, '괴물'은 천천히, 다 허물어진 구멍이 뚫린 머리 위를 올려다보았다.

　지상의 하늘. 미궁에는 없는 별들의 광채.

　흘러가는 구름 너머에서 조각달이 얼굴을 내밀었다.

　오늘 밤은 달이 희다.

　금색을 잊고, 차디찬 빛을 뿜어낸다.

　'괴물'의 눈동자는 아직도 보지 못한 무언가를 찾듯, 흰 달을 바라보고 있었다.

【벨 크라넬】

소속: 【헤스티아 파밀리아】
종족: 휴먼
직업: 모험자
도달 계층: 제20계층
무기: 헤스티아 나이프
소지금: 81,200발리스

스테이터스

Lv.3

힘: D577   내구: D508   기교: D582   민첩: A807   마력: D531
행운: H   내성: H

《마법》
　【파이어볼트】   ·속공마법.

《스킬》
　【리아리스 프레제】   ·조숙한다.
　　　　　　　　　　　　·마음이 이어지는 한 효과 지속.
　　　　　　　　　　　　·마음의 강도에 따라 효과 향상.

　【영웅선망 아르고노트】   ·액티브 액션에 대한 차지 실행권.

《다이달로스 오브》

◆ 인조미궁 크노소스의 「열쇠」.오리할콘으로 만든 「문」을 여닫을 수 있다.
◆ 재료는 미스릴 및 명공 다이달로스의 피를 물려받은 자손의 눈. 후계자가 시체에서 안구를 적출해 제조한다.
◆ 눈동자에는 「D」라는 기호가 보인다. 류가 벨에게 넘겨준 파우치에 들어 있었다.
◆ 정확한 입수 경로는 불명. 류는 누군가에게서 압수한 것 같은데……?

후기

얼마 전 GA문고 동기 겸 모 SRPG를 뜨겁게 이야기하는 사이인 나나죠 츠요시 선생님과 이야기를 나눌 기회가 있었습니다.

"발매된 단행본 9권 표지, 치키(닌텐도의 SRPG '파이어 엠블럼' 시리즈에 나오는 헤로인 중 하나. 신룡족의 왕녀. 천 살이 넘는 나이를 가졌지만 외모나 행동은 어린 소녀) 같네요."

"……의식하진 않았는데 정말 비슷하네요~."

난 다 알고 있다고요, 하고 마음을 꿰뚫어 보는 듯한 나나죠 선생님의 눈빛이 무서웠습니다.

이 자리에 쓰고 싶은 말이 잔뜩 있습니다.

도중에 전개가 너무 가슴 아파져서 펜을 내팽개치고 싶었던 것, 등장 캐릭터가 너무 많아 난감해졌던 것, 그 바람에 기존 동료들이 나설 차례를 빼앗겼던 것, 생각보다도 헤로인(미노타우로스)의 존재감을 연출하지 못했던 것, 800년 동안 자오랄(RPG '드래곤 퀘스트' 시리즈의 마법주문. 전투불능에 빠진 아군을 소생시킨다. 성공확률은 반반)을 성공시키지 못했던 심정을 생각하다가 토할 뻔했던 것, 그리고 나나죠 선생님이 말한 치키가 마지막에 작가의 손을 떠나 혼자 떠들기 시작했던 것.

이번 권도 고생했지만 마지막에 있었던 일 덕분에 작가도 구원을 받은 기분이 들었습니다. 고마워, 치키. 언제나 옴의 지팡이('파이어 엠블럼' 시리즈의 장비. 이 게임에서는 죽은 아군을 다시 부활시킬 수 없지만 이 지팡이를 쓰면 딱 한 번 소생이 가능하다)를 쓰게 만들어서 미안해.

그런고로 본편 10권입니다. 오래 기다리셨습니다.

드디어 10권대에 들어섰다고 감격스럽기도 하고 감개무량하기도 하지만, 오래 전부터 쓰고 싶었던 것을 쓸 수 있었던 점이 무엇보다 기쁩니다. 앞으로도 판타지라는 세계관에 도전하면서 재미난 작품을 만들어낼 수 있도록 노력하겠습니다.

이건 다른 이야기인데, 상하권 구성이 되어버렸던 폐해입니다다만 사실은 원래 연속 간행 예정이었던 본편 9권과 외전 5권으로 등장인물 교환을 시도할 예정이었습니다. 그 사람이 가지고 있었던 아이템이 사실은…… 하는 전개를 외전 쪽에서 보완하고 싶었는데요, 이 꼬락서니가 됐습니다. 외전을 읽지 않으신 독자님이라면 뜬금없는 이야기였을 것 같지만, 읽으시지 않아도 문제는 없도록 본편을 진행시키고 있으니 안심하시기 바랍니다.

그러면 감사 인사를.

GA문고 편집부 담당 코다키 님, 이번 권에서도 멋진 일러스트를 그려주신 야스다 스즈히토 선생님, 관계자 여러분, 이 자리를 빌려 감사 말씀 드립니다. 덕분에 본편 시리즈 10권이라는 곳까지 올 수 있었어요. 이것도 여러분과, 무엇보다도 독자 여러분 덕입니다. 언제나 응원해주셔서 정말 감사합니다.

동시 출간된 소책자 특별 한정판의 소책자 커버 일러스트를 맡아주신 퐁칸⑧ 님, 오리지널 코믹스를 그려주신 쿠니에다 선생님께도 많은 신세를 졌습니다. 깊이 감사드립니다.

다음 권에서 또 만나면 기쁘겠습니다. 그러면 이만 실례합니다.

오모리 후지노

역자후기

몬스터 아가씨 모에는 대세죠.

……라는 9권 역자후기의 인사말에 죄책감이 드는 10권이었습니다.

안녕하세요, 역자입니다.

스포일러가 여러분에게 저주처럼 달려드는 역자후기이므로, 마법내성이 없으신 분들은 첫 페이지로 돌아가주시길 바랍니다.

그런고로 던전만남 10권 되겠습니다.

우선 방정맞은 역자후기로 분위기 파악 못 했던 점에 대해 독자 여러분과 비네를 비롯한 제노스들에게 사과하고 싶습니다. 솔직히 10권이 이렇게 무거운 내용이 될 줄 몰랐어요. 저는 처음에 소재본을 받아 들고 표지를 보았을 때부터 마지막 부분을 읽을 때까지 비네가 죽을 거라고만 생각했습니다. 저와 비슷한 걱정을 하신 분도 많지 않았을까요.

다행히 비네는 원래 모습을 되찾고 제노스들에게 돌아갔습니다만, 우리의 주인공 벨은 큰 업을 짊어지고 말았습니다. 이제 겨우 열네 살밖에 안 된 소년이 짊어질 수 있을까 싶을 정도로 무거워요. 다행히 세계를 적으로 돌리는 것만은 피했지만, 신뢰받던 어린 영웅(본인은 이런 칭송에 대해 멋쩍어하고 당혹스러워할 뿐, 자랑하거나 자만하지는 않았습니다)에서 자기 욕심 때문에 사람들에게 피해를 준 모험자로 전락해 버렸으니. 물론 진실을 아는 사람들은 여전히 벨을 믿고 지탱해주지만, 그래도 아마 상당히 괴로울 거예요. 벌써부터 11권이 기대+걱정됩니다. 헤르메스와 우라노스가 무언가 대응책을 마련하려는 것 같으니 여기에 걸어봐야겠죠.

이건 아주 개인적인 캐릭터 선호도에 따른 겁니다만, 저는 티오나가 '아르고노트 군'을 어떻게 생각할지가 궁금합니다. 벨이 자신들에게 대드는 모습을 눈앞에서 똑똑히 보긴 했지만, 천진난만한 그녀는 '아르고노트 군은 그럴 사람이 아닌 것 같은데……' 생각하며 나름대로 끙끙 고민하지 않을까, 그래서 또 베이트와 투닥거리지 않을까, 뭐 그런 예상이죠. 아아, 티오나 귀여워…… 어흠흠. 그런 의미에서 소드 오라토리아 6권……은 지나가고 7권 언저리가 또 궁금해지는 것이었습니다. 그러고 보면【로키 파밀리아】가 엄청나게 빨리 나타났던 데에도 뭔가 이면의 사정이 있을 것 같죠.

소드 오라토리아 이야기가 나왔으니 말인데, 외전과 함께 읽으시는 분들은 아셨겠지만 류가 벨에게 건네준 파우치에 있던 '다이달로스 오브'는 소드 오라토리아 5권에서 이블스를 상대하면서 얻었던 아이템이죠. 이것이 벨에게 전달되는 과정이 드라마틱해 저는 좋았는데요, 본편만 보시는 분들께는 좀 뜬금없지 않았을까 걱정되네요. 그러니 외전 보세요 외전! 티오나가 귀엽습니다!(역설) 이번에 그녀를 주인공으로 한 스핀오프 작품도 나왔잖아요. '가면 라이더 아마존즈'라고…… 네? 그거 아니라고요?

대절단(이라 쓰고 '각설'이라 읽는다).

아무튼 스케줄의 압박은 있지만 저는 다음 권이 나올 10월이 벌써부터 기다려집니다. 여러분도 그렇지 않나요? 이번에도 책이 나오면 무서운 속도로 작업해나갈 수 있을 것 같아요. 그러고 보니 11권은 드라마 CD가 들어간 한정판도 나온다고 하네요. 소재본이 들어오기 전에 개인적으로 구입할 목록이 또 늘었습니다!(행복한 비명)

그럼 저는 다음 작품에서 뵙겠습니다.

2016년 7월
김완

던전에서 만남을 추구하면 안 되는 걸까 10

2021년   7월 14일 1판 10쇄 발행

저   자 오모리 후지노
일 러 스 트 야스다 스즈히토
옮 긴 이 김완
발 행 인 유재옥
본 부 장 조병권
담당편집 정영길
편 집 1 팀 이준환, 박소연
편 집 2 팀 정영길, 조찬희, 박치우, 조현진
편 집 3 팀 오준영, 곽혜민
미   술 김보라, 서정원
라이츠담당 한주원
디 지 털 박상섭, 이성호, 최서윤
발 행 처 ㈜소미미디어
인쇄제작처 코리아피앤피
등   록 제2015-000008호
주   소 서울 마포구 토정로 222, 403호(신수동, 한국출판콘텐츠센터)
판   매 ㈜소미미디어
마 케 팅 한민지 이주희
물   류 허석용
전   화 편집부 (070)4164-3962, 3963 기획실 (02)567-3388
             판매 및 마케팅 (070)4165-6888, Fax (02)322-7665

ISBN 979-11-5710-407-9 04830
ISBN 979-11-950162-0-4 (세트)